U0837225

# 散文艺术论

柏峰 著

文化发展出版社
Cultural Development Press
·北京·

**图书在版编目（CIP）数据**

散文艺术论 / 柏峰著. — 北京：文化发展出版社，2024.2
ISBN 978-7-5142-3881-5

Ⅰ. ①散… Ⅱ. ①柏… Ⅲ. ①散文－文学研究－中国
Ⅳ. ① I207.6

中国版本图书馆CIP数据核字(2022)第233837号

# 散文艺术论

著　者 柏 峰

出 版 人：宋　娜
责任编辑：尚　蕾　　责任校对：岳智勇
责任印制：邓辉明　　封面设计：邓小林
出版发行：文化发展出版社（北京市翠微路 2 号　邮编：100036）
发行电话：010－88275993　010－88275711
网　　址：www.wenhuafazhan.com
经　　销：全国新华书店
印　　刷：唐山楠萍印务有限公司

开　　本：710mm × 1000mm　1/16
印　　张：25
字　　数：321 千字
版　　次：2024 年 2 月第 1 版
印　　次：2024 年 2 月第 1 次印刷

定　　价：99.80 元
I S B N：978－7－5142－3881－5

◆ **如有印装质量问题，请与我社印制部联系　电话：010－88275720**

# 序

我国散文源远流长，几乎可以追溯到新石器时期的龙山文化阶段。考古工作者在陶寺遗址发现了带有文字的瓷片，这确实是非常了不起的发现。至少可以证明，公元前2000多年的时候，我国就出现了文字，有文字就有散文，与世推移，经先秦、两汉、魏晋六朝的发展变化，至唐宋时代抵达鼎盛巅峰，此后，有晚明小品一时繁荣，一直到新文化运动兴起，散文再次进入新的灿烂阶段，这自然与经济社会的进步与变革有关，也与散文艺术发展的内部规律有着密切的关系。

从我国目前的散文发展现状来看，散文艺术的审美形态已显固化，限制了散文作家向历史与现实的纵深描写，局限于社会历史文化与现实生活的细部刻画，而不敢涉足于大题材的掘进，这其实是散文的衰退。这个衰退从唐宋时期开始，一直蔓延到现在。散文的艺术表现手法几乎很少有新的突破，出现了一个艺术“徘徊”的现象。而要打破这个“徘徊”的艺术现象，则需要散文作家一是回归到古典散文时代，尤其是先秦、两汉时代，努力展示散文的磅礴气象和反映社会现实，呼唤蓬勃向上的时代精神，二是突破长久以来散文形成的“狭小”的艺术格局，通过“破界”和“融合”来寻求突破方向，努力将散文向史论或者小说和其他文体渗透，不断吸纳史论或者小说和其他文体的艺术表现手法，打破既定的审美形态，呈现出新的艺术发展趋向。

基于此，有必要全面地研究和书写两千多年来的散文演变和发展史，在这个认识基础上，大致规定了本书的基本思路：立足于当前散文的发展实践，来探索散文艺术，而对我国古典散文则侧重从散文发展的主要流派来论述，对现当代散文着重从一些重要的作家作品来分析，也选择性地介绍了一些外国散文，力图完成比较宏观和贯穿性的研究与论述，为目前我国散文的强劲发展提供一些艺术经验与史料。

这就是我撰写这本书的初衷和想法，如此而已。

# 目　录

## 第三章　中国现代散文



## 第四章　中国当代散文



## 第五章　外国散文

# 第一章　散文艺术探索

# 散文要有“中国作风”与“中国气派”

著名散文作家梁衡在《笔走龙蛇惊风雨：毛泽东文章四大特点》中谈到毛泽东的文章时，情不自禁地赞美道：“那种风格、那种语言、那种气派，是浸到骨子里，溢于字表、穿透纸背的，只有他才会有。中国是个文章的国度，青史不绝，佳作迭出。向来说文章有汉司马、唐韩柳、宋东坡、清康梁，群峰逶迤，比肩竞秀。毛泽东算一个，是历史群山中一座巍峨的高峰。”——他把毛泽东的文章特点归纳为四个方面：首先具有“磅礴凌厉的气势”，其次是“知识渊博、用典丰富”，再次是“讽刺与幽默”，最后是“通俗与典雅”。这四大特点概括了毛泽东文章的美学内质。如果进一步深入研究毛泽东的文章为什么会具有这四大特点，就涉及毛泽东关于文章也就是散文的美学思想。

毛泽东虽然没有专门系统的散文美学论述，可是，他却有独特的散文美学思想，包孕在他的卷帙浩繁的著述中。他的散文美学思想，最重要和最完整的表述是他在《反对党八股》中提出的：文章要言之有物及新鲜活泼的为中国老百姓所喜闻乐见的中国作风和中国气派。当然，毛泽东这里的散文美学主要是对政论散文而言的。但我认为，毛泽东的散文美学思想不仅概述了政论散文的艺术特征，也概述了包括抒情、叙事散文在内的整体散文艺术特征。

中国是一个整体散文异常发达的国度。毛泽东的散文美学思想，是全面地考察了中国上下几千年的散文创作实践得出来的结论。他本人一生都沉浸在民族文化的大河里面，最喜欢读的书是《史记》《汉书》《三国志》《资治通鉴》《容斋随笔》等历史文化典籍，也喜欢读汉赋和唐诗宋词，晚年还一再阅读南北朝时期文学家庾信的《枯树赋》等，从中汲取了民族文化的丰富营养，用来正确地、富有创造性地指导中国革命、中国文化发展的方向。同时，他逐渐在阅读和政论散文写作实践中形成了自己的“言之有物”“新鲜活泼”“中国作风”“中国气派”的散文美学观点。

言之有物，这是就散文的内容美而言。《周易·家人》中提出：“君子以言有物”的观点，就是说文章要有内容；刘勰亦认为“木体实而花萼振，文附质也”(《文心雕龙·情采》)。的确，没有内容的散文，是无本之木。真实的内容，是散文的基本要求之一。汉赋之所以渐渐地消失在人们的审美视野里，这与它“言之无物”，只讲求以声韵为主的形式有关，所谓的“文胜于质”，只能走向穷途末路。因此，毛泽东认为，“最要反对的是言之无物的文章”(《反对党八股》)。反对“言之无物”，首先要反对空洞的长文章。毛泽东形象地说：“空洞的长文章是‘懒婆娘的裹脚，又长又臭’。”我认为，即使“言之有物”，文章还是精粹为好，以鲁迅的杂文集《花边文学》为例，每篇文章不超过 800 字，可包容的思想和艺术容量则非常大，令人叹为观止。汉语的特点之一是以简明的文字表达丰富的内容。毛泽东反对“言之无物”，不仅是对中国散文美学营造规律的总结，也是对散文内容美的正确论述。

新鲜活泼，我以为是说散文的形式美的问题。这是毛泽东提出的散文内容的外在表现方式。散文应该是活鲜鲜的，富有生命力的，而不是僵死的、呆板的。读毛泽东的一些政论散文，简直就像读诗意盎然的艺术散文，何以故？这就是因为他的文章除具有“言之有物”的内容美之外，还与它“新鲜活泼”的形式美有着重要的关系。例如，《反对自由主义》，毛泽东一口气列举了诸多的自由主义表现形式，以轻松诙谐、灵动飞跃的笔触，活脱脱刻画了自由主义者的种种表现，读后真是令人痛快，而且印象深刻，久久不忘！在《改造我们的学习》中，毛泽东信笔拈来一副对联："墙上芦苇，头重脚轻根底浅；山间竹笋，嘴尖皮厚腹中空"，用来指责那些主观主义者，以及那些徒有虚名而并无真才实学的人，真可谓入木三分。

毛泽东讲的新鲜活泼，是对散文形式美的论述。我们知道，文无定法，要以意运法，灵活自然地表达作品的思想内容。而新鲜活泼，则要求文章不落俗套，不带有匠人习气，要独出机杼，别出心裁，因为客观世界"体有万殊，物无一量"（陆机《文赋》），怎么能用相同的模式去反映它们呢？应该用新法（形式）反映不同的意（内容），这样才能使文章形式和内容相得益彰，新鲜活泼，不拘一格，产生出震撼人心的艺术力量来。

毛泽东的散文要新鲜活泼的美学观，还包含一个重要的问题，即语言。毛泽东讨厌"语言无味"，追求"生动活泼的语言"的美学境界。这也是千百年来精心锤炼自己的艺术作品的文学艺术家所看重、所努力的方向。孔子在《论语》中讲"言而无文，行之不远"，也是说没有美的语言的文章是没有旺盛的生命力的。毛泽东终生所推崇的鲁迅，是运用语言的大师。他在回复北斗杂志社讨论怎样写文章的一封信里，列举了八条写文章的规则。毛泽东于 1942 年 2 月在延安，把其中的四条印发在《宣传指南》里发给党内的同志学习，目的在于提高他们的写作能力，主要是解决文章的形式美问题。文章形式美的核心是语言问题。如何解决这个问题呢？毛泽东认为：第一，要向人民群众学习语言；第二，要从外国语言中吸收我们需要的成分；第三，还要学习古人语言中有生命的东西。舍此别无他途。毛泽东的才华横溢、气韵生动、义理俱佳的政论散文，是他的散文美学思想的实践产物，并且因此取得了巨大的艺术成就。

毛泽东的“中国作风”和“中国气派”，实质是他的关于散文美学风格的思想，也是他对我国富有民族文化特色的整体散文美学风格的科学总结。

散文美学风格的形成是一个复杂的问题。美国文学批评家 M.H. 艾布拉姆斯在其名著《镜与灯》里提出了艺术四要素的理论，并勾画出以作品为中心的作品、艺术家、观赏者的三角关系。我认为，这个三角关系并不是单向的，应该是双向的互补作用。如果我们暂时不去涉及宇宙（社会生活）与作品的关系，而简单地研究一下“作品—艺术家—观赏者”的关系，那么，可以发现“作品—艺术家—观赏者”的关系是互相制约、互相促进、共同存在的，缺一不可。观赏者在某种意义上制约和促进着作家，制约和促进着作品。前面说过，中国的散文是富有民族文化特色的精神产物，那么，它的整体美学风格，就应该是“中国作风”和“中国气派”。这样，才有老百姓去看，才能使他们喜闻乐见。否则，没有“中国作风”和“中国气派”的艺术作品是没人看的，只能走向衰亡。从这里可以看出，“中国作风”“中国气派”一方面是作家主观追求的，另一方面是老百姓所要求的，亦受中国传统文化的浸透和影响。毛泽东科学地予以总结，明确地指出了中国散文的美学风格的实质所在。

现在，我们的一些散文写作，并不是去认真地探索“中国作风”和“中国气派”，而是一味地搬弄西方的“作风”和“气派”，逐渐丧失了读者，陷入创作的尴尬状态中，这就背离了这个根本的美学规律！毛泽东的“中国作风”和“中国气派”，并不只是他对散文的美学风格的概括和要求，而是包括一切文学艺术，这才是我们文学艺术工作者应该追求的正确道路。著名作家孙犁先生提出要写“中国式散文”，不仅是对自己散文写作实践的理论总结，也是对我国散文美学发展规律的重要揭示，充分证明了毛泽东的散文美学思想的指导意义。

毛泽东提出的“言之有物”及“新鲜活泼”和“中国作风”“中国气派”，涉及散文美学的内容美与形式美，以及整体美学风格的问题，是我们当代散文创作和散文理论研究的珍贵遗产，它不仅影响了过去我国现代政论散文的发展，而且必将对今后散文的整体发展产生巨大影响。这种影响永远是积极的，而且随着历史的不断前进越来越重要。

# 关于散文写作的几个问题

## 散文的起源与发展

什么是散文？按照我的理解，散文与小说、诗歌以及戏剧等艺术形式，构成了文学的主要文体种类。从历史进程来看，散文的产生很早，就我国而言，至少产生在殷商时期。殷商时期是我国散文的成熟阶段。为什么这样说呢？从已经出土的甲骨文得知，夏、商时期就开始运用汉字进行叙事与纪实了，尽管记叙与纪实的文字比较短小，然而，篇幅完整，基本上可以交代清楚要反映的事实，而且叙述清楚，饱含感情。到了西周时代，散文的发育、发展更加完善，例如收录在《尚书》里的文章，有的非常精彩，具有浓郁的诗意。我曾经写过研究古典散文的文章，将散文的成熟期划分在西周，认为散文是从周原走来的文体，也就是从西周开始算起散文的历史。这实际上是把散文的起源整整向后推迟了几百年，或者说，晚了一个时代。这是不正确的。现在，我认为，散文这个文体应该起源于殷商时代，或者说起源于夏代后期，特别是夏代与殷商交接的时期。这一时期，社会动荡，天崩地裂，朝代更替，战争频繁，交战的双方为了鼓舞士气和争取社会的广泛支持，多进行宣传和发表战斗檄文，这些都是散文。遗憾的是，至今尚未发现记录这些宣传和战斗檄文的文字资料。

我们知道，文字的产生不是一朝一夕就能完成的，而是需要经过漫长的历史发展过程，目前发现的甲骨文，虽然记录的大多是殷商的事物，但是，甲骨文的产生应该更早，不迟于夏代后期甚至更早。只是由于记载文字的材质问题，更早时期的文字记录还没有发现而已。首先，散文是实用性文体。散文在社会日常生活中用于传递社会信息和发布政令、祭祀等活动，《尚书》里的主要篇章，多是这样的内容。其次，散文还是抒发情感和表达思想的文体。最后，随着社会的发展变化，散文逐渐形成了三大主流：抒情散文和史传散文以及政论散文。

## 散文是语言的艺术

任何文体都是由文字构成的，小说、诗歌、戏剧和散文同样如此。散文的写作者对文字的要求较之小说、诗歌和戏剧来说，一般讲求语言的清丽与典雅，也就是说，散文的文字应该更合乎语言规范，依据语言的构成法则和修辞要求进行写作。散文写作者是文字的手艺人。这是散文写作最基本的艺术要求。

文字是散文乃至一切文学作品的首要构成元素。要写散文，首先需要提高写作者的文字运用能力。文字具有声音、色彩、音乐和具象的功能。法国 19 世纪小说家福楼拜曾说过这样的话，不论一个作家所要描写的东西是什么，只有一个名词可供他使用，用一个动词要使对象生动，一个形容词要使对象的性质鲜明，因此就得用心去寻找，直至找到那一个名词、那一个动词和那一个形容词为止。初唐诗人王勃的《滕王阁序》中“落霞与孤鹜齐飞，秋水共长天一色”，这里的名词、动词和形容词使用得真好！还有，恩格斯的《在马克思墓前的讲话》也是绝妙好文。他评价马克思对人类社会的贡献，这样说道：“正像达尔文发现有机界的发展规律一样，马克思发现了人类历史的发展规律”，这就是“直接的物质的生活资料的生产，从而一个民族或一个时代的一定的经济发展阶段，便构成为基础，人们的国家制度、法的观点、艺术以至宗教观念，就是从这个基础上发展起来的”。他继续论述说“马克思还发现了现代资本主义生产方式和它所产生的资产阶级社会的特殊的运动规律。由于剩余价值的发现，这里就豁然开朗了，而先前无论资产阶级经济学家或社会主义批评家所做的一切都只是在黑暗中摸索”。恩格斯用朴素而准确的语言简明扼要地介绍了马克思的两个伟大发现和历史功绩。没有华丽的辞藻，也没有堆积一切与表现主题无关的枝枝叶叶的东西，但是，朴实的语言里却蕴含着非常丰富的内容。

那么，散文的语言要求是什么呢？概括来说，就是要朴素、典雅和清新。也就是说，不需要太多与表现主题无关的堆积性语言，而是要言不烦，字字稳妥，讲究色彩、音节和视觉的优美。要符合汉语的使用规范，按照汉语的语法来组织词语和句子。因为，只有这样才符合人们的阅读审美习惯和要求。现代和当代文学史上的著名散文家都是很讲究语言艺术的，鲁迅、周作人、林语堂、梁实秋、梁遇春、徐志摩以及朱自清、叶圣陶等，还有孙犁、汪曾祺等，他们的散文语言既流淌着古典语言的散文风韵，又是很好的现代语言的艺术表现者，给我们提供了很好的语言学习榜样。不管怎样，散文的关键是如何巧妙地把文字很好地结构起来，很好地组织起来表情达意，这需要长期的文字磨炼过程。

## 散文的危机与新生

散文目前面临着极大的危机，为什么这样说呢？因为，我们的社会已经进入了以信息化为标志的工业化社会。散文是产生于远古时代的文体，是适应生活和社会发展节奏缓慢的农业生产时代的文学创作现象，经历了几千年的审美过程，而且至今还保留着古老的文体特征。现在，面临着这样全新的时代，特别是受到信息化社会的剧烈冲击。一般来说，由于散文文体，篇幅比较短小，具有话说的特点，操持这种文体几乎没有任何刚性的限制。比如，小说要有完整的生活故事叙述，戏剧有舞台的制约和限制，诗歌要讲究韵律等条件，似乎只要能书写文字就可以写作散文了——在一些写作者看来，写作散文不需要基本的文体训练就可以直接进入，加之新媒体的普及与应用，所谓的散文就铺天盖地而来，写过几篇自说自话的东西，就称之为散文作品，散文写作者称为散文家，似乎只要具有一般的文字书写能力都可以写散文，这是这个时代散文畸形发展的一个现象。其实，这并不奇怪，现代工业化社会为大众提供了便捷的媒介工具和言说的便利条件，这标志着时代的进步和文化生产的进步。然而，表面的现象并不能真正说明散文的真实发展，只能说散文遇到了前所未有的巨大“危机”而已。除去所谓的散文作品数量和散文写作者呈几何倍数增长，还有视频、美图、短视频和影视等，这些新兴的媒介，对游记散文、记叙散文，甚至传记散文和议论散文都产生了不可估量的冲击。以游记散文为例，过去，人们总是借助语言文字来描述山川河流、名胜古迹和一切普通读者未曾涉猎的地方。如郦道元的《水经注》，这是一部散文体的实录体地理学著作，同时是一部旅游文学著作，其中许多篇目历来被人们推崇为旅游散文的佳品。如《三峡》篇，在记述三峡水道情况的同时，还描绘了三峡雄奇壮丽、气势磅礴的景象，并穿插着关于三峡的众多神话传说、风物习俗、民歌民谣，其写景叙事、实虚映衬无不给人以美的享受。还有杨衒之的《洛阳伽蓝记》，其写作目的虽然是试图通过佛寺的盛衰来寄托对拓跋氏覆亡的哀悼，但旅游线索明晰，又把洛阳寺塔建筑作为审美对象加以描写，文字生动，写法精湛。如写水宁寺的佛塔，仅用“高风永夜，宝铎和鸣，铿锵之声，闻及十余里”寥寥几语，就写出了寺塔的巍峨壮丽和庄严肃穆。柳宗元是唐代山水游记集大成者，他的山水游记不但文笔清新秀美，富有诗情画意，而且在对景物的描写中寄托了自己抑郁的情怀，表现出深刻的思想意义。他的《永州八记》，是古代山水游记散文的一块丰碑，标志着古代山水游记散文的最高成就。徐弘祖的《徐霞客游记》，是他游遍大半个中国写下的数十万言的日记体巨著。里边的有些篇章，可称为游记散文的经典之作，如《游黄果树瀑布记》中对瀑布水势的描绘“透陇隙南顾，则路左一溪悬捣，万练飞空，溪上石如莲叶下覆，中剜三门，水由叶上漫顶而下，如鲛绡万幅，横罩门外，直下者不可以丈数计，捣珠崩玉，飞沫反涌，如烟雾腾空，势甚雄厉”，写得有声有色，绚烂多彩，充分体现了作者作为旅行家的情怀和作为文学家的笔致。整部著作被清代钱谦益评价为“世间真文字，大文字，奇文字”和“古今游记第一”。这些游记散文，不知道影响了多少读者。可是，现在，几部关于三峡和佛寺以及反映黄果树瀑布的电视纪录片，就完全可以从视觉和解说中，把过去郦道元、杨衒之和柳宗元以及徐弘祖费尽心血写出来的东西轻而易举地“拿下”了。这不仅是以信息化为标志的工业化社会所产生出来的以光电影为主体的新媒介对纯正的以语言文字为媒介的游记散文的冲击，而且这种直观的光电影艺术吸引了广大受众，几乎在消闲的业余时间就可以欣赏到自己未曾涉猎的陌生地方，不再需要认真去读这些游记名著了。就连过去的《红楼梦》《三国演义》《西游记》《水浒传》等古典小说，都已经搬上荧屏了，又有谁会有耐心去读纸质文本著作呢？这就很有力地证明了，无论是散文也好，小说也好，都面临着新的危机。

其实，任何事物的发展总是会有两面性的，有危机的一面，也有新生的一面。散文也是这样。还是以游记散文为例，尽管影视或者风光纪录片具有直观、形象和纪实的优势，也可以通过解说和扩展无限的内容来介绍山川河流、名胜古迹等，然而，这些光电影构成的作品，缺少一种游记的最主要的东西——情感，这就是作者在写作游记散文时灌注于作品里的独特的属于个体体验的情感与思想。而情感与思想只能流淌在语言文字之中，这是新媒介很少能反映出来的东西。比如，英籍印度裔的著名作家奈保尔的《重访加勒比》，这是他的游记作品，堪称纪实文学的典范之作。在《重访加勒比》中，他用准确、敏锐的洞察力，写下了他对这个世界真实的印象。奈保尔重访家乡特立尼达和另外四个加勒比国家和地区。一路上，他目睹了特立尼达的繁华与落后、英属圭亚那的热情与冷漠、苏里南的多样与空洞、马提尼克的偏见、牙买加的茫然……这些急速转型中的国家和地区充满变化，却又停滞不前。奈保尔用惊人的写作技巧和敏锐的历史思维冷静地再现了这里“毫无创造”的文化，他关注的是这里形形色色的人和他们的处境。在他看来，这里的人是模仿者，生活在借来的文化中，是一群永远无法抵达目的地的旅行者。奈保尔笔下的这种情感与思想，是新兴媒介远远不能通过光电影表现出来的。这就是说，散文的生机不是没有了，而是潜伏着很大的生机。另外，散文也要主动与现代新兴媒介相结合，借助这些高度发达的科技手段来进行文体扩容，来寻找艺术的契合点。任何拒绝和抗拒都是没有意义的。

## 散文写作的几个问题

既然散文在以信息化为标志的现代工业化社会还具有强大的生机和新生力量，现在，要讨论的是散文在新时代的写作问题，简略来说，主要有以下三点。

1. 散文的时代性。也就是说散文要深刻反映当代社会的基本矛盾，因为社会的基本矛盾决定了事物的走向与前进的目标。当代社会的主要矛盾是什么，党的十九大报告指出，“我国社会主要矛盾已经转化为人民日益增长的美好生活需要和不平衡不充分的发展之间的矛盾”。文学艺术属于意识形态，属于精神产品，散文又是文学艺术的主要文体，所以，散文担负着要深刻反映社会主要矛盾的任务，就是直面这个决定社会走向的主要矛盾，深刻反映出在平衡和解决这个主要社会矛盾过程中所发生的那些动人的英雄事迹和追求美好生活的巨大社会变革，以及由此引起的人的精神世界向着更高层次的迈进历程，这是散文写作的主要题材。只有紧紧抓住这个主要题材，散文才能发出“黄钟大吕”之音，才能留下时代进步的真实记录和社会变迁史以及人的心灵不断提升的刻印——美国著名散文家曼彻斯特的《光荣与梦想》，就是这样的巨著。他从 1932 年开始写作，止于 1972 年，全景式地勾画出美国 40 年间的政治、经济和整个社会的演进过程——觉得这才是散文应该选择的艺术路径，正面而完整地表现出社会的一个历史阶段。当然，也不排除其他题材的散文写作。

2. 散文的思想性或者说散文要表现真善美。首先，散文要有思想，而思想的要求就是要把真善美作为散文至高的思想和艺术境界，其实，这也正是散文必然的艺术要求。所谓真，就是真实。真实地反映社会生活，真实地模山范水，真实地记载事物，真实地抒发情感。所谓善，就是好。世界上人与人的美好和谐，人与自然的美好和谐，人与社会的美好和谐。所谓美，达到了真，达到了善，也就达到了美。换句话说，真是善的前提，善是美的前提，美是善的完成，美也是真的完成。这是互为条件、互为结果、互相转化的、辩证的美学规律。由此来看，真实是散文的生命。其次，散文反映出来的情感必须是美好的，必须是健康向上的，充满人生进取精神的。最后，真实的事物，真实的心理，好人，好感，好的自然景物，有了这真、这好，那么，真与好就一起达到了美。统一在散文作品里，就是事物真、情感好，再通过意境美、形象美、语言美、音韵美、色彩美、情节美等散文的外在形式表现出来，就完成了卓越的审美过程，达到了散文的内容美和形式美的美学境界。

3. 散文的美学要求。最为关键的是要有深邃的意境。意境是情感与表现情感的景物的有机结合。这就要求散文写作者通过寓情于景、寄情于事、寓情于物、托物言志，来实现物我的统一。我国古典哲学讲究“天人合一”。其实，在散文的写作中也要具有这种哲学意识，把内在的属于自我的认识、思想和精神，以及情感投射到外在的自然物上，通过具象来传递自己主观世界的东西，达到“物我合一”的最佳状态，表现出优美而深邃的意境，打动人心，使散文作品获得永不枯竭的艺术生命力。这是散文基本的美学要求。

## 散文作者应该具备的基本素质

思想素质是散文写作者的基本素质。思想素质与散文写作者的认识和哲学素质密切相关。没有很好的认识和哲学素质，就没有较高的思想素质。罗素的《西方哲学史》，不但是卓有见识的哲学著作，还是文笔潇洒漂亮的散文著作。如果罗素没有思想的强大穿透力，就不会把自柏拉图以来至现代哲学包含他自己开创的分析哲学在内的这漫长的思想发展过程梳理清楚，也不可能笔触轻松而准确地予以科学论述。当然，思想素质也体现了散文写作者的认识倾向。面对丰富多彩的社会生活和错综复杂的历史现象，要探寻到事物本质的东西，就需要正确的认识。没有正确的认识，就会对一些事物产生错误的判断，那么，写出来的散文作品也就没有力量。唐代散文家韩愈的作品为什么至今仍然具有艺术生命力，重要的原因就是他致力于“文以载道”的为文主张，而且身体力行，有的作品已经超脱出单纯的散文审美境界而达到思想哲学的高度。这说明了散文作家必须有较高的思想素质，才能写出好的作品。

文化素质是散文写作者非常重要的素质。关键的问题是要多读书，只有读书才能提升文化素质。司马迁读书很多，自谓学习“紬史记石室金匮之书”，也就是说，他读完了几乎藏在皇家图书馆的全部图书，涉猎“文史星历”等方面的专业知识，才具备了写作“究天人之际，通古今之变”的伟大著作《史记》的条件。他的老师西汉大儒董仲舒读书到了

“三年不窥园”的如此入迷的地步，特别是对《公羊传》读得更是精细透彻，成就了一代大儒，把儒家学说推向了崭新的历史阶段。正因为司马迁、董仲舒的阅读量极大，具备很高的文化素质，所以，写出了震撼人心的伟大著作。英国散文家培根写的随笔，涉及政治、经济、宗教、爱情、婚姻、友谊、艺术、教育、伦理等方方面面，其中的《论读书》《论真理》《论嫉妒》《论死亡》，写得语言简洁，文笔优美，说理透彻，警句迭出。如果没有高层次的文化素质，很难写出这样内容浩博的散文作品。还有兰姆，他的一生沉浸在书籍之中，才有了名作《伊利亚随笔》。马克思的阅读量也非常大，就《资本论》而言，仅参考书就有1500多种。人们可能对《资本论》所研究的“现代资本主义生产方式和它所产生的资产阶级社会的特殊的运动规律”不甚明白，然而，当你认真阅读这部书时，就会立刻被他优美而简洁的论述风格所征服——这些都说明散文作者应该具备较高的文化素养。

艺术素质是散文写作者需要不断提升的重要素质。艺术素质既包含天分和对艺术的敏锐的领悟能力，也包含散文写作者通过阅读、欣赏和观摩其他艺术类别而逐渐积累起来的艺术感受能力。艺术是相通的，艺术的基本法则也是通用的。比如，可以借鉴绘画艺术对线条和色彩的运用而“移用”到散文写作上，讲求对文字色彩的搭配，使文字活色生香，增强审美吸引力；也可以借鉴音乐艺术对音位和旋律的运用，来进一步使散文的文字响亮，使语言具有抑扬顿挫的音律美；当然，需要借鉴的艺术种类很多，诸如哲学、历史、天文及其他自然科学。每一门学科都是一个非常神奇的美的世界，里边既有自己特色的山峰、湖泊和草原，也有美丽的旭日和辉煌的落日，如果散文写作者能而且愿意深入在我们看来似乎很边远很陌生的世界，就会发现不同的令人惊心动魄的美的规律，这是值得散文借鉴的真正的艺术之美。

# 散文是“时代之花”

散文是一种古老而又十分年轻的文体。说到古老，就已知的情形来看，至少在西周时期散文文体就已经发展成熟，《尚书》的一些篇章，就已经具备了散文的艺术特征。无论是叙事还是议论，莫不感情充沛，语言精美，流淌着厚重的诗意，很有美学意境和思想气韵。同时，还有一个十分明显的特征，这就是散文的创作紧密地与现实社会和当下的生活场景息息相关，没有凌虚高蹈、远离人间烟火的味道，倒是强烈地散发着“地气”，并不曾脱离当时的政治经济生活，和整个社会息息相关。春秋战国时期的散文，更加突出现实关怀，表达出“诸子百家”意气风发的政治诉求和社会主张。这些既说明了散文文体的源远流长，也说明了散文文体本体就是“时代之花”——散文属于“时代之花”，是我对散文文体的审美和艺术特征的一个比较明晰的认识。

对散文的认识也有一个非常漫长的过程。在我国文学发展的相当长的历史时期中，除去诗歌、小说和戏剧以及一部分实用文体之外，其余的包括书信、序跋、笔记、碑文等（几乎是所有的）文体都属于散文。这当然不是科学地对散文文体的界定，但是，相当困难的是，散文文体究竟如何界定呢？至今仍然没有一个确切的文体概念，不过，一般来看，散文不会超越叙事、抒情和议论这样的范畴。前些年，在研究我国古典散文的时候，采取了这样的分类：抒情散文、史传散文和议论散文。因为，这三类散文是我国古典散文的主流，而且成就并支撑起我国古典文学史的主要构架。

为什么说散文是“时代之花”呢？因为散文这个文体的思想表达要求和审美要求，决定了这个文体必须扎根于时代与现实的土壤之中，要确切地表达各个不同的历史时期的时代与社会的政治要求和愿望——我国的古典散文史就充分证明了这个说法。无论是儒家还是法家、墨家、名家和阴阳家，以及其他的学术流派，无不借助散文来表述自己的政治诉求和愿望表达，而且，为了使他们的这些诉求和表达易于被人们所接受，他们无不在散文的艺术表现方式上费尽心血，甚是讲究辞章结构和逻辑思想，所以，当我们阅读先秦诸子的散文或是后世诸如刘向、董仲舒、司马迁以及“唐宋八大家”乃至元明清杰出的散文作品时，不但被其篇章表现的隽永深刻的思想所折服，也往往陶醉于其由文字营造出来的优美意境和丰沛气韵与精彩纷呈的语言之中不能自拔。这就是说，散文的思想生命和审美艺术生命是根植于时代与现实社会生活的，是时代与现实社会生活闪耀着思想光芒和语言艺术风采的文体。

“时代之花”是说散文是时代精神的反映，当然，还要依据散文本身的审美与艺术特性，首先是要真实。真实是散文艺术的生命线。什么是真实？真实就是客观地反映现实生活，就是通过对现实生活里发生的人与事进行“切近”的描述。自然，在描述的过程中离不开语言叙述和心理刻画，这是最能表现人物灵魂的艺术手法。史传散文就具有这样的品质。同样，不管是抒情散文还是议论散文，都要具备真实的品质，若是没有真实的艺术要求，就根本打动不了读者，就不会产生震撼人心的散文作品。

既然散文的生命线是真实的，那么，就要求散文写作者具备洞察现实生活的艺术能力，善于透过浮躁而零碎的非主流现象，抓住现实生活里本质的东西。这里所说的本质的东西，就是指时代与社会发展的内部规律。或者说，决定了时代与社会发展的趋向——这种趋向是任何力量也阻挡不了的。说散文属于“时代之花”，在某种意义上是说散文就是要表现出时代与社会发展的内部规律，而不是满足于风花雪月和花前柳下的无病呻吟。当然，由于散文的艺术体裁，决定了散文不可能全貌地揭示出时代与社会发展的内部规律，不仅仅是散文，就是小说、诗歌或者戏剧也是如此。但是，这并不是说散文就不可以完成这样的美学追求，而是通过对高度浓缩的时代与社会的事物进行艺术描绘，犹如打开了辉煌壮丽的建筑群的一扇窗口，借着这扇窗口而知整个建筑群的风貌。自然，这需要散文写作者拥有敏锐的洞察力和善于把握事物概况的能力。说到底，这是散文写作者的思想高度和艺术能力的综合表现。有的观点认为，散文写作“随便”就可以执笔为文，这是不正确的。散文，要求写作者具有一定的哲学理念和丰厚的思想资源，否则，也许能写出一些所谓的散文篇什，可以断定的是，这些所谓的散文篇什很快就会被时间的潮流湮没，而那些真正的巨匠的散文，则不会被时间的潮流湮没，反而更显出色彩的绚丽而具有恒久的艺术生命力。

气韵是散文的重要审美和艺术条件。气韵是我国古代美学和艺术中的一个重要概念。这里所说的气韵，主要是指散文的思想和哲学理念。散文需要其写作者要有思想高度和艺术能力，确实如此。一个从事散文的写作者，主要的艺术修炼除去大量的语言实践和储备，更重要的是思想认识的提升与哲学理念的完善。以我国古典散文家为例，先秦的诸子百家一直到近代的“桐城流派”，其写作者莫不是有着强烈的思想观念，或者儒家学说，或者老庄学说，或者墨家学说，或者佛家学说，这是他们写作的思想与哲学理念的出发点，或者说，正是这些学说支撑起他们的散文骨架。有一句话，叫作“韩潮苏海”，是什么意思呢？是说韩愈的散文犹如潮汐，涌动起来弥天盖地，气势磅礴；而苏东坡的散文就像大海，浩瀚无垠，雄浑壮阔，具有排山倒海的力量——这句话概括了韩愈和苏东坡的散文具有很强的艺术感染力，而究其实，无异于是说韩愈和苏东坡的散文具有强大的思想力量：韩愈秉持的是儒家学说，其思想意识和价值观概莫能外；而苏东坡除去秉持儒家学说，还包含不少道家和禅学的内容，所以，韩愈的散文与苏东坡的散文相比较，前者的思想格局显然没有后者的思想格局大，但是，后者的思想未必有前者的思想深刻。韩愈既是文学家也是思想家，而苏东坡还不能算是一个思想家。也就是说，韩愈对儒家的思想不仅是继承，而且还向前推进了一大步，表现在散文上，提倡“文以载道”，明确地提出儒家学说是散文主要倡扬的主导思想；苏东坡则不同，他虽然立身于儒家学说，同时，还积极采纳道家特别是禅学的思想，主张灵魂的自由与人生的舒适，追求一种理想化的高远的哲学境界。我们在这里不品评两者的高下，而要说明的是，他们的散文艺术都达到了非常的高度，成为我国文学史上最珍贵的遗产之一。之所以取得这样的艺术成就，一个重要的原因就是其散文具有充沛的气韵——思想力量。过去，在阅读我国古典散文的时候，有时总觉得语言很美、意境很美，但是，不明白这种美来自何处，也就是说，缺少古典思想与哲学理念的底蕴。后来，从文学慢慢转入经学、转入道家学说和佛学，再转回来欣赏古典散文，才知觉了古典散文的美，原因就是其渗透了思想和哲学理念——这才是包括韩愈与苏东坡作品在内的我国古典散文真正强大的生命力所在。

在这里，并不是强调散文是单纯的思想与哲学理念的宣传载体，而是说，散文要反映时代精神，时代精神实质上就是引领现实社会前进的思想与哲学理念的高度凝炼与体现，而散文如果没有或者缺少时代精神，那至少其内容是十分单薄和苍白的，既不能帮助读者思想与情感得到升华，也不能提升读者认识生活和认识社会的能力，感知不到时代的发展方向，那么，这样的散文作品肯定得不到读者的认可与欣赏。如果缺少读者的认可与欣赏，散文作品的生命力就会很快枯萎。根据美国文艺理论家布恩在《小说修辞学》里的观点，读者不仅是消极的文学作品阅读者，也是建构文学作品的重要部分——试想，读者在散文里没有获得自己所渴望的思想和哲学理念的满足，虽然这样的散文可能语言和艺术结构都不错，可是缺少了散文的气韵也就是思想的力量，就会丧失艺术的价值而被时间湮灭。

强调散文的气韵，就是强调散文的思想力量，但是，没有否定散文需要讲究语言和讲究优美的意境和写作的精湛技巧，这同样是值得注意的。文学作品首先是语言的艺术，而散文更是要把语言推向尽可能达到最大值的艺术表现程度——这是散文的艺术品质对语言的起码要求。在这个方面，唐代文学家王勃在汉语的运用上，达到了一个非常高的境界，读他的《滕王阁序》，无论是语言的色彩、音韵，还是修辞手法的使用都令人叹为观止，还有苏东坡的《前赤壁赋》，张岱关于西湖的描写，出神入化，美不胜收——这些，都说明了散文对语言的特殊要求。散文对语言的特殊要求是什么呢？简单地说，一方面是语言的基本功能，就是语言的叙述和表现；另一方面是语言的艺术功能，通过实词和虚词的组合与搭配，让语言生动起来。

散文是一切文学体裁的基本文体，也有其独特的艺术要求和内质规定。散文是“时代之花”并不是说散文只能正面描写社会和现实生活，而是要积极地把写作者对社会和现实生活的思考和反思表现出来，这是散文艺术的重要特质之一。例如，韩愈的散文，有不少内容都充满了论辩的光芒，充满了他对儒家学说之外的一些思想观点的批判，或者世风日下的担忧，文章依然气势磅礴而语言精辟，至今仍然有一定的思想认识价值。其他的文学体裁，与散文相比较，对思想和哲学理念的表达就要曲折和隐晦得多，如小说和戏剧，大都经过人物来体现写作者的思想意图和哲学理念，而诗歌则是与散文同质，往往不回避社会和现实生活中存在的一些矛盾，总是能对这些矛盾予以回应，这也是人们喜欢阅读散文的主要原因。

散文是“时代之花”，需要写作者具有敏锐的生活感受能力，而敏锐的生活感受能力不是先天就可以获得的，是需要写作者通过大量的阅读和文字实践来逐步提高的。说到阅读，已经成为现代人稀缺的学习习惯。现代人不喜欢阅读，已经很少有人能静下心来伏案读书了。究其原因，固然有工业化社会的技术为人们提供了许多可以直观的媒介，电影、电视剧和视频已经成为人们须臾不离的获取外界信息的工具，其娱乐性和新闻性，吸引了“手机一族”，特别是智能手机的普及化，几乎从孩子到古稀之年的人群，都可以熟练操作，选择自己感兴趣的题材。而阅读纸质文本则成了一种非常态的阅读，这是非常可怕的文化现象。的确，我不知道这是人类阅读史上的倒退还是进步，智能手机这种碎片化、娱乐化和无指向性的阅读，会把人类追求知识的纸质文本阅读排挤到怎样尴尬的地位，而这种智能手机的阅读，阅读者的精神与思想将会是堕落还是提升，现在还不能确切地予以回答，然而，令人遗憾的是，这种阅读不是按照人类需要的理性知识、按照认识的逻辑顺序去进行的，只是跟着即时的阅读兴趣走的，所收获的都是不成体系的东西，这与阅读的本质相去甚远，也根本不会让人们通过阅读而提升自己的精神与思想，进而发现新的需要解决的问题，并试图解决这些问题——话说得有点远了，还是说回来吧。散文写作者的阅读，不能走智能手机阅读的路子，而是要回到纸质文本阅读，通过这样的阅读来不断提升自己的思想认识和思想水平，获取更多的审美和艺术营养，才有可能持续推进自己的散文写作。

能不能直接从时代和当下社会与现实生活中获取散文的创作素材，这是衡量散文写作者艺术功力高低的分界线。然而，仅有这个艺术功力还是不够的，关键是看能不能选取代表时代和当下社会和现实生活最为本质的东西，这才是决定散文作品的重要因素。在我看来，尽管当前有人把散文分为景观散文、旅游散文、人物散文和文化散文、历史散文等种类，也许散文的写作者由于自己的审美偏好和艺术追求各异。但是，根本的一条就是看能不能让自己的散文作品成为“时代之花”——因为，不论是景观散文、旅游散文、人物散文，还是文化散文和历史散文，其着眼点就在于写出当下人们的精神和生活状况，写出这个时代与社会与之前历史过程的新异之处。而这新异之处，往往体现了时代精神与思想。然而，这个新异之处，不会直接地袒露出来，犹如隐藏在岩石和土地深处的富矿，需要写作者自己去寻觅、去开掘。至于散文写作者选取怎样的题材，无论是历史的或者文化的，鲜活的或者山水的，人物的或者事件的，都只不过是散文写作者笔下的素材与载体而已，所反映的却是真实的“当代史”也就是当下的社会与现实生活。

# 散文的“土气息泥滋味”

散文，自20世纪初期以来，就是比较活跃的文学体裁。说到活跃，是指它最早从旧文学“转换”过来，抛弃了旧文学特别是笼罩文坛的“桐城派”的艺术追求，反身从魏晋时期与明代的“性灵派”文学里汲取艺术营养。同时，不放弃借鉴国外散文的发展的审美经验，很好地吸纳了英国自培根以来到兰姆等的散文随笔的写作成就，用来推动现代散文的发展。所以，散文的艺术成就较之其他文学体裁要高远得多，1933年10月1日，鲁迅先生发表在《现代》第三卷第六期上的《小品文的危机》里，对“五四”运动以来的新文学有过这样的论断：“散文小品的成功，几乎在小说戏曲和诗歌之上。”

鲁迅先生的这个论断是正确的。代表现代散文成就的作家，鲁迅先生也有很好地说明。1936年5月，他在回复美国记者斯诺的书面提问中，你认为1917年“五四”运动以来，中国“最好的杂文（散文）家是谁”这个问题时，鲁迅先生开列的第一位作家是周作人，以下依次是林语堂、周树人、陈独秀、梁启超。周作人名列第一位，确实名副其实，一是其散文写作的文字多，止庵校订的《周作人自编文集》就有35部，而钟叔河编订的《周作人散文全集》多达14卷700多万字，这是非常珍贵的现代散文遗产；二是周作人的散文题材极其广泛，除了文史哲等方面不说，日常生活，以及回忆故乡往事的笔墨也占有很大的分量，客观地说，周作人的散文几乎就是一部现代社会生活与文学发展史。为什么周作人的散文能取得如此的艺术成就呢？

答案还得由他来揭开，1923 年 3 月 22 日，周作人为《之江日报》十周年纪念撰文，结合自己的散文写作并论述到散文与风土人情的关系，他说："须得跳到地面上来，把土气息泥滋味透过了他的脉搏，表现在文字上，这才是真实的思想与文艺。"这就是周作人散文写作的全部的"奥秘"所在——散文的重要艺术特征，就是要有"土气息泥滋味"。

"土气息泥滋味"是散文艺术生命的内在审美精神，这不但是周作人散文写作始终贯彻的主线，也是现代散文欣欣向荣的根本原因。鲁迅先生的散文，大都是抒写故乡或者刻画师友情感的篇什，例如，《狗·猫·鼠》《五猖会》《从百草园到三味书屋》《父亲的病》《藤野先生》《范爱农》《我的第一个师父》《女吊》《记念刘和珍君》等，这些散文作品，非常切近现实生活，特别是通过典型、生动、独特的细节描写，塑造出性格鲜明和个性突出的人物形象，散发出浓厚的"土气息泥滋味"。周作人曾经说，现代散文的源头，一个不容忽视的现象，就是倡扬晚明的"性灵派"，如"三袁"和张岱的散文，其实，他的散文却很少受这些影响，他推崇南北朝颜之推的《颜氏家训》，无论是行文的风格还是思想的认同上，都倾向于这种朴实、平淡却包含殷殷深情的独叙一般的话语特征，而林语堂的散文却有着显著的晚明散文风格。林语堂对古典经学的根柢不深，深受西方基督教文化的熏陶。他毕业于上海圣约翰大学，之后留学美国、德国，获哈佛大学文学硕士，莱比锡大学语言学博士。回国后在清华大学、北京大学等校任教。他的散文有着自然挥洒和抒发性灵的艺术特色。林语堂 1932 年开始创办《论语》《人世间》《宇宙风》等杂志，同时，写出了《人生的盛宴》《生活的艺术》《老子的智慧》《孔子的智慧》等散文集，促使现代散文从陈腐的"桐城派"阴影里走出来，破除了禁锢写作者思维的"八股文"的潜意识散文模式，这对现代散文的成熟与成长起到了很大的推动作用。

要说现代散文的真正成熟与发展，自然与梁启超、陈独秀、胡适、鲁迅、周作人这些致力于推动现代散文的开山祖师有关，更重要的是出现了朱自清、林语堂、梁实秋、徐志摩，还与稍后的沈从文等实力派散文家有关，他们的散文写作终于构架起现代散文这座流光溢彩的人文大厦。虽然这些散文家的美学追求和笔法各有不同，然而，不管是偏重于书斋生涯的煮文烹字也好，还是把散文的艺术才情寄托于山水自然也好，抑或是反映社会现实状况也好，一个重要的现象，就是深切地把散文的笔触深入时代与真实生活中，也就充满了"土气息泥滋味"。在这里，请注意，周作人所言说的散文的"土气息泥滋味"并不完全是指散文的描写题材仅仅是"乡土"，例如，他与其兄的散文常常出现魂牵梦绕绍兴水乡的童年往事以及故都北平的风土人情和社会关联等，应该还包含读书治学的深切感受，以及在此中触发的写作灵感，把古老的历史中的一些充满人生哲理和社会智慧借了自己的散文笔触予以"复活"，来表达作者对现实社会的艺术态度和生活回应，不过，洋溢在散文篇章里的情感要求是真实而强烈的，与徜徉于山水自然里灵魂的愉悦和精神的解脱所流露出来的情感几乎具有同等的价值，这也是散文"土气息泥滋味"的艺术表现，而不能排除在外。

周作人提出散文要有"土气息泥滋味"既是对现代散文的艺术规律的有益探索，也是对现代散文的美学特征的艺术概括，已经过去将近一个世纪了，但是，他的这一观点，对当下的散文写作仍然有着很重要的艺术启示，用时下的语言来讲，散文要"接地气"，这就是：散文要有强大的艺术生命力，就要扎根于丰富的社会现实中，要深刻表现带有地域特色的风土人情，还要植根于厚重的传统文化之中，表现出不虚伪不做作的真情实感，艺术地反映出平常琐碎的生活里闪耀着人性与整个时代精神的美好，若是充满书卷味的散文，也应当成为烛照世界丰富人的内心的美丽的彩虹，绝不能走到讲究虚浮夸张和思想贫弱的地步。

## 散文的艺术品格

探究散文的艺术品格，如果不去研究散文独特的“地磁力”和“吸引力”的内在美学逻辑，那就得不出正确的艺术结论。只有把握了散文这个独特的内在美学逻辑，才能找寻到散文在古代之所以兴盛的本质规律。

什么是散文的艺术品格？先说品，按照《现代汉语词典》的解释，就是器物等级和性质的含义，而格，具有规格、推究等义项。关于品格，一般来说，大都涉及人的格局与精神，法国学者拉布吕耶尔曾经专门写过《品格论》这部书，来探究在伦理道德范畴下人的美德与恶习，其理论基础自然与亚里士多德的《尼各马可伦理学》相关，也是沿袭泰奥弗拉斯托斯的《品格论》的思路的进一步论述——这里所说的品格，是指散文的性质与规格。

散文是一种抒发作者真情实感、写作方式灵活的记叙类文学体裁。这就是散文的艺术性质，或者说是散文文体的特征。性质决定品格。散文既然讲究“真情实感”，那么，散文的艺术品格应该具有“真实”的内质。其实，在某种意义上，也就是要反映真实的现实社会和生活，这是散文与小说、戏剧和诗歌共同具有的性质，只不过在艺术表现上有所区别而已。相对其他文体来说，散文偏重于作者通过“叙事”来“抒情”，但与诗歌的纯粹抒情有所不同——散文在反映现实社会和生活方面，较之小说、戏剧和诗歌更为直接，也更为切近。

散文在我国古代文学艺术中占据重要的美学地位，春秋战国时期的诸子百家，为了阐述各家经纬天地的学说，写出了大量的散文佳作，创造了轴心时代的文化昌盛景象，到了汉代，更是史传散文的兴盛时期，出现了《史记》和《汉书》这样的伟大作品，唐宋则是古典散文的再次复兴，一直到明清，高贵而典雅的散文，代表了古代文学艺术的最高成就。散文能有这样的美学地位，就在于它敢于直面现实社会和生活，选取社会和生活中的人与事，或者山水名胜，作为审美对象物，但其艺术视野，始终关注着足下的土地，不曾游离这个主线。这才使散文有了强大的“地磁力”和“吸引力”，保持了自先秦两汉以来的优秀写作传统，这是散文长盛不衰的主要原因。韩愈是唐代“古文运动”的提倡者，并身体力行地贯彻自己提出的“文以载道”的艺术论断，把散文写作的关注点紧紧与现实社会的政治、经济和文化现象联系起来，与个人的得失际遇联系起来，写出了至今仍然熠熠生辉的散文杰作。

探究散文的艺术品格，如果不去研究散文独特的“地磁力”和“吸引力”的内在美学逻辑，那就得不到正确的艺术结论。只有把握了散文这个独特的内在美学逻辑，才能找寻到散文在古代之所以兴盛的本质规律。从遥远的《尚书》开始，到《周易》《论语》《道德经》《庄子》《孟子》，一直到韩愈、柳宗元和欧阳修、苏轼和曾巩，蔓延到张岱和“桐城派”诸散文家，一个非常显著的现象，就是他们的散文写作，不曾偏离了“文章合为时而著”和“礼教治政”这个路径。简单来说，坚持散文彻底反映现实社会与生活的美学追求和有益于社会向着文明健康的方向发展的底线意识——这就是散文内在的艺术特征。

20 世纪二三十年代，散文又出现了新的灿烂时期，按照鲁迅先生的观点，散文取得的成就远在其他文学体裁之上——这话是非常有见地的。这个时期，散文大家迭出，陈独秀、胡适、鲁迅、周作人以及冰心、林语堂、梁实秋，甚至诗人徐志摩、沈从文等的散文，在继承我国古典散文的优秀传统笔法的基础上，不断吸收外国先进的散文艺术方法，为我国现代散文的发展，做出了极大的艺术贡献。而当代散文呢，从20世纪五六十年代出现的杨朔、刘白羽和秦牧等作家，到后来出现的巴金、孙犁、汪曾祺、余秋雨等散文艺术家，其共同的美学特征还是继承了以上说到的我国古典散文内在的艺术规律，保持了中国散文的艺术品格。

散文的艺术品格，首先是真实客观地反映现实社会与生活。这是散文区别于小说、戏剧和诗歌的重要因素。散文强调的是真实，真实就是客观存在，也就是现实社会和生活呈现出原本自然的状态。这给散文带来了艺术难度。而这一难度，其症结就是真实与客观地进行艺术的描绘。在这里，不能够虚拟和变形，只能如实又有艺术剪裁地反映这个世界。这里就需要正确认识现实社会和生活，要学会分析现象与本质、偶然与必然、局部与整体的关系，才能把握住现实社会和生活的主流和前进的趋向，才能站立在时代精神的高度，写出接“地气”而又有“眼光”的优秀散文作品。

其次，散文要抓取现实社会和生活里的“典型”。因为散文不像长篇小说那样，一般来说，其艺术容量有限，所以，散文属于“窥一斑而知全豹”的文体。既然散文的艺术容量有限，如何真实客观地反映现实社会和生活，如何写出具有本质的社会和生活“片段”，这就需要散文艺术家善于寻找“典型”的美学能力。恩格斯在《致玛·哈克奈斯》信中说“除细节的真实外，还要真实地再现典型环境中的典型人物”——这个著名的艺术论断，虽然指的是整个文学艺术，但是，就散文写作来说，尤其重要，善于抓取“典型”，实际上就是选取现实社会和生活里能体现本质的“一斑”或者“片段”，借以反映整体的现实社会和生活的历史过程，这是散文写作者应该具备的艺术能力。具有这样的艺术能力，散文写作者就得先具有认识现实社会和生活本质的能力。而获得这个能力需要散文写作者的哲学思想和精神的不断提升，也需要其艺术表现水平的不断提升。

最后，散文要有历史性的要求。散文，特别是描写宏大社会历史画面的散文，甚或是描写崇山峻岭和江河大地的散文，一个不容忽视的美学要求，就是必须具有历史性。所谓历史性，就是指时间性。散文的艺术生命力是要用时间来检验的，开放在现实社会和生活“土壤”里的“艺术之花”，是永远不会“凋谢”的，因为，从历史过程里“筛选”出来的带有“金含量”的“典型”的人与物，其自身就带有一定的历史本质特征，经过散文写作者的艺术加工，成为令人叹服的“金蔷薇”——而“金蔷薇”是不会被漫长的时间所湮灭的，具有散文的历史性的艺术品格。

## 散文的思想力量

散文写作，入门容易，起步也要求不高。但是，当你实实在在地进入这个艺术领域，并且，走过一段艰难曲折的路程之后，才忽然发现，散文的艺术境界简直太高远了，难以达到令人比较满意的地步。清代的文学家，从浩如烟海的散文作品里才挑选出周代至明朝的222篇散文精品（有的篇章是否为精品，还有待商榷），可见，散文要达到真正的艺术境界，非常非常难。

难在什么地方？简单来说，难就难在思想上。何谓思想？思想就是理性认识。一方面如果没有我国古典和近现代哲学思想的基础，没有世界古典和近现代的哲学思想为基础，注定产生不了具有思想力量的散文作品。另一方面，就是具备了这些哲学思想，如何寻找出能滋养和培植当代哲学思想的“有益”的精华，也是很不容易的事情，何况，还要表现出新的见解，就更难了。因此，很不赞成我国20世纪二三十年代一些散文作家的看法，他们不主张“文以载道”，而认为散文就是写性灵，大力提倡晚明的散文风格，认为这才是散文发展的正路，其实，事实并非如此。著名文艺理论家哈罗德·布鲁姆在其具有世界影响的著作《影响的焦虑》里，提出“审美自主性”的原则，强调“审美只是个人的而不是社会的关注”的观点，从这个艺术原理出发，艺术的主张与艺术的实践之间，还是有很大距离的。隐藏在内心的甚至是无意识的审美追求往往左右着作家的散文创作，这是艺术的一条定律。从另外一个角度来说，文学艺术尤其是散文，不能颠覆的艺术使命，仍然是讲究“文以载道”

的。即以晚明的小品而言，虽然极力淡化儒家的主流思想，却滑向道家甚至佛家。没有思想的散文是缺少精神支柱的。

以我国古典散文的发展历程来说，有两个发展高潮，这就是先秦的诸子百家散文和唐宋散文。这两个高潮期的散文，突出的特点是“文以载道”。先秦的散文，诸子百家面对“礼崩乐坏”急剧变化的社会局面，各自在散文写作中提出自己的政治主张和社会理想，儒家讲“仁”，墨家讲“兼爱”，还有法家讲“刑名”，阴阳家讲“阴阳”和“五行”，等等，都支撑起自己的散文精神骨架，气势恢宏，滔滔不绝犹如春潮决堤，给人以思想的冲击和震撼。唐宋散文，尤其是韩愈、王安石、欧阳修、曾巩等的散文，一改魏晋六朝以来的柔靡之气，企图恢复先秦散文强悍的思想阵势。至于魏晋六朝的散文，从语言的优美简练和艺术方面来讲，确实进入了一个全新的阶段，这与当时崇尚老庄及玄学思想不无关系，为什么崇尚老庄及玄学思想？除去当时的社会因素，主要是两汉以来“独尊儒术”，儒家思想成为统领整个意识形态的主导思想，而排斥非主流的学术观点，这势必遭到受老庄及玄学思想和佛学思想影响的人的反对，而后者成为散文的主要思想底色。因此，魏晋六朝时期的散文，缺少先秦时代诸子百家各自秉持自己所宣扬的社会政治理想的锋芒，显得有些柔靡之气，原因也许就在这里。韩愈、王安石、欧阳修、曾巩等，之所以要振臂一呼，提倡恢复秦汉散文而反对魏晋六朝以来的散文风气，实际上，还是要恢复儒家主流思想，他们的“文以载道”之“道”，也就是这些。“唐宋八大家”，主要还是韩愈、王安石、欧阳修和曾巩几人，而与苏东坡相比较，思想显得广博一点，除去提倡儒家思想，也张扬着老庄及玄学和佛学思想，他们合力把古典散文推向新的历史阶段。

宋代以后理学开始盛行，到了晚明，理学或者新儒学，尤其是王阳明的“心学”，成为推动哲学思想前进的强大动力，加之佛学和道学越来越显示出强盛的气象，一部分人恪守正统坚持儒家学说，而有的则采纳了佛学或者道学的思想，表现在散文写作上，由于“道”的不相同，散文出现了不同的流派，各呈风采，不过，各个流派的散文成就不能与先秦与唐宋时期相比较。这个时期的散文，以袁宏道等的“性灵派”最为引人注目，还有后期的张岱等的小品文，也冠绝一时。周作人甚是推崇晚明的散文，认为在解放人的观念和思想上有莫大的功绩，于是，不断著文予以倡扬。周作人的散文很受大家的认可，被认为是达到了现代文学比较高的成就，然而，周作人基本上却未曾沿袭晚明的散文路径，而是从《颜氏家训》里找到自己的散文美学追求。有的学者早就看破这一点。不难发现晚明散文，并非完全是由“性灵”去写的作品，就是袁宏道、张岱等，其散文的思想仍然是以正统的儒学为底色，而又不乏文采飞扬的老庄思想以及精致的佛学思想。不认识到这一层，就不会正确看待晚明散文。由此看来，晚明散文也是十分讲究“文以载道”的。周作人的散文也不例外，只不过他的“文以载道”的“道”不是传统的“道”，而是具有新质的思想主宰了他的散文精神而已。

新时代散文的发展，我觉得还是有必要再提倡“文以载道”，最基础的首先应学习古典哲学思想，这是我国文化的根系所在。离开了这个根系，散文就显得缺少精神骨架。而要支撑起这个精神骨架，应该先学习经和经学。这里的经，指的是我国传统的经学所涉及的内容，明确地说，就是读儒家经典。因为经和经学，是关于我国数千年来的主要哲学思想的载体，不读经，很难学习和理解我国古典散文，也不能提升自己的思想水平。只有在经和经学血脉的滋养下，“文以载道”的散文才会具有强大的思想力量。

# 当代散文创作的逻辑起点与艺术追求

我国当代的散文园地，百花吐艳，各领风骚。然而，目前散文创作一方面呈现出自20世纪80年代以来，经历了40年左右的持续繁荣——这是很少见的文学现象，也是世界文学特别是散文发展史上很少见的文学现象。为什么会出现这样的文学现象？出现这一文学现象的因素很多，最关键的是与整个社会和现实生活的快速发展相关联，与“改革开放”汹涌澎湃席卷天下的主流大势相关联，与努力实现伟大的“中国梦”相关联，也与我们数以千万计的散文作家、散文写作者不断为这个世界奉献自己的散文艺术心血结晶相关联，所以，出现了这般“万紫千红总是春”的散文创作局面；另一方面在散文持续繁荣发展的同时，也出现了一些问题，值得我们注意与研究——这个不奇怪，是正常的艺术现象，是“繁荣与喧嚣”共存的境遇。

散文曾经在20世纪初期的新文化运动背景下，出现了初期的繁荣发展，这是我国百年来新文学的重要艺术收获。中华人民共和国成立后，散文以“初春的抒情”为审美特征，出现了新的繁荣发展期，杨朔、刘白羽、秦牧等散文作家的创作实绩，构建了我国现代散文与当代散文的“分水岭”，自新文化运动以来的散文风格与艺术成就迅速转换为具有社会主义文学观念与思想的散文创作。无论是以鲁迅为代表的我国新文化运动的散文创作，还是自中华人民共和国成立以来70年的散文创作，包括自改革开放以来40年的散文创作，就其发展历程来看，散文一直真实记载着我国在现代化进程中的社会变革和中国人民为实现中华民族伟大复兴的不懈奋斗，同时切实反映出广大作家对社会发展的热切关注和当代散文在艺术上的革新进步，不仅为世界讲述着中国正在发生的精彩故事，更为世界文明与人类文化的发展贡献着深刻的思考和独特的创造。

进入新时代，我们比历史上任何时期都更接近、更有信心和能力实现中华民族伟大复兴的目标。自近代以来，历经磨难的中华民族迎来了从站起来、富起来到强起来的历史性飞跃。新时代为散文创作提供了巨大的发展空间，关键是我们如何认识新时代与真正把握新时代精神风貌与生活的本质特征，这是我们散文作家应该具备的散文艺术的历史站位与逻辑起点。

面对新时代人民对于美好生活的更高要求，当前的散文创作与时代发展大潮之间仍然存在一定的差距。散文创作不同程度上存在审美观念滞后和思想僵化的问题——主要体现在散文创作仍然停留在对现实生活的浅表层次认识水平，触摸不到决定社会走向的内在的强大脉动，满足于对小情怀、小恩怨、小波澜、生活小片段的描写，停留在自然主义的呈现方式而不能有所创新与突破，不能真实反映人民生产生活的生动现状和人民喜怒哀乐的复杂情感，回避或放弃现实关注，偏向于写作所谓风花雪月的“空灵”的东西，使散文创作逐渐偏离现实生活，或者出现对现实生活聚焦不准甚至扭曲的现象。表现在艺术方面，散文创作不同程度上存在创新不足和写作手法老化的现象，艺术格局狭窄，缺少鲜活生动的语言和雅正句式的优美呈现，这就使得散文创作缺少审美追求的动力，近年来的散文作品，特别是新媒体介入社会生活和个人空间后，散文的门槛过低，作品呈现出几何级数增长现象，虽然满足了不同层面读者的文化需求，但同时应该清醒地认识到，量的增长只是繁荣的一个方面，质的提高才是文艺的本质要求。如何才能提升散文作品的质地与艺术境界呢？我国新文化运动至今百年来的散文的发展历程和创作实绩，为新时代散文创作提供了审美参考。

散文作家始终敏锐地把握时代进程，始终与人民情感深度共振，这是散文持续繁荣发展的内在动力与艺术追求。鲁迅的散文创作是我国现代文学的高峰。他的《朝花夕拾》散文集，收录了10篇散文，勾勒了从清末到辛亥革命时期的若干社会生活风貌，是一幅幅世态图和风俗画。虽然是回忆性散文，却蕴含了作者对历史的深刻思考和对现实的执着态度。他不仅善于摄取生活中的小细节，以小见大，写人则写出人物的神韵，写事则写出事件的本质；还善于把记叙、描写、抒情和议论有机地融合为一体，充满诗情画意，蕴含丰厚。

孙犁不仅是优秀的散文家，也是人民文学的实践者。1947年，香港海洋书屋出版了他的散文集《荷花淀》；1958年，中国青年出版社出版了《白洋淀纪事》；1962年，百花文艺出版社出版了《津门小集》；1979年起至1995年，陆续出版了《晚华集》等10种散文集。他的散文特别是晚年的散文，几乎在艺术上达到了上乘的地步，其记人、叙事、议论与描写环境景观，真实地记叙了我国社会变革与现实生活向前发展的历史印痕，刻画出在时代潮汐里人物的情绪、心理和心灵的细微的颤动与内在风景，记录了时代进步的风韵遗响。可以看出，只有把心交给人民，才能写出这种发自内心的有“情”文学，所获得的传达于当时、传信于后世的艺术生命力。常常惊叹孙犁的貌似平静却是非常传神地表现出人物心理的发展层次，以及语言刻画人物的艺术表达能力，在《报纸的故事》里，达到了炉火纯青的地步：

说实在的，我是想在失业之时，给《大公报》投投稿，而投了稿子去，又看不到报纸，这是使人苦恼的。因此，我异想天开地想订一份《大公报》。我首先，把这个意图和我结婚不久的妻子说了说。以下是我们的对话实录：

“我想订份报纸。”

“订那个干什么？”

“我在家里闲着很闷，想看看报。”

“你去订吧。”

“我没有钱。”

“要多少钱？”

“订一月，要三块钱。”

“啊！”

“你能不能借给我三块钱？”

“你花钱应该向咱爹去要，我哪里来的钱？”

谈话就这样中断了。很难说是愉快，还是不愉快，但是我不能再往下说了。

因为我的自尊心确实受了一点损伤。

这段对话，把作者与新婚不久的妻子之间的关于订阅报纸的情理矛盾入木三分地刻画出来了。如果没有深入细致的生活体察与情感体验，是不会写出这样的文字的。是的，生活是作家的最为可贵的创作财富。只有深入生活，研究生活和理解生活以及变革生活，才能获得源源不断的散文创作素材，才能真切地感受到社会进步和历史前进的脚步声。

柳青当年为了深入生活，深入长安县皇甫村 14 年，写出了长篇小说《创业史》。这里要说的是，他 1972 年写的散文《建议改变陕北的土地经营方针》，通过对法国南部地中海沿岸加龙河下游葡萄产区和美国西海岸加利福尼亚苹果产区的考察，得出的结论是“陕北地区的气候、土壤和地形是天然的最理想的苹果产区”。他还从 18 世纪的英国说起，勾画出农业结构调整后延安、绥德、榆林的风貌，畅想着在这些地方修筑水电站，“为了便于管理和使用，可修三至五个大型水电站”。还有铁路，“先修最重要的一两条线与华北和关中相通，再修次重要的两条，还需修境内支线”。特别是他提到希望这个地区的经济尽可能得到充分发展，跟这个地区的光荣历史相辉映，至今读来还令人动容。柳青的梦想，今天都已经实现了：陕北已经成为我国的能源基地，黄土高原上的苹果、大枣等，已经成为名震天下的品牌农产品，深受消费者的喜爱。这篇文字，在文学史上无法与他的《种谷记》《铜墙铁壁》《创业史》比肩，也远没有《一九五五年秋天在皇甫村》在读者中产生的影响广泛，但它打开了通向作家创作奥秘的一个通道：散文艺术的根，应该深深地扎在生活的土壤之中，必须与人民同呼吸、共命运，必须与人民心连心，这样的散文作品才能具有经久不衰的艺术生命力。

散文创作要表现出新时代的社会生活本质，反映新时代的绚丽色彩和真实社会变革的历史、社会和人的心理的深刻真实记录。散文创作要准确地把握新时代社会的主要矛盾：人民日益增长的美好生活需要和不平衡、不充分的发展之间的矛盾。这个主要矛盾，制约影响着新时代社会和现实生活的各个方面，散文创作也无法绕过这个主要的社会矛盾，这是散文创作的富矿，里边有挖掘不尽的题材和客观的审美对象物，还要研究当下新的乡村问题、环境问题等重大的社会现实问题，不能只偏重于浮光掠影、走马观花浅层次地描写社会与现实生活，更不能扭曲社会与现实生活。当下的散文描写领域广阔，有历史文化散文，有旅游景观散文，有叙事记人散文……无论偏重于何种题材的散文写作，不可以游离新时代这一伟大的社会和历史进程，而要与人民息息相关，要表达出人民的喜怒哀乐，唱响为人民服务，为社会主义服务的主旋律。

中国特色社会主义进入新时代，我国的发展已站在一个更高层级的历史方位上。作为时代精神的书写者和人类灵魂的铸造者，散文作家也同样站在一个更高层级的文化起点上。要充分认识到新时代之于中华民族迎来从站起来、富起来到强起来的历史性飞跃的意义，要充分认识到科学社会主义在中国的成功及在 21 世纪的中国所焕发出的强大生机之于马克思主义、之于世界社会主义实践的意义，要充分认识到中国特色社会主义道路、理论、制度、文化建设及对现代化途径的探索为世界贡献了全新的选择和方案，要充分认识到中国日益在世界舞台发挥作用的同时，社会的主要矛盾已经转化为人民日益增长的美好生活需要和不平衡、不充分的发展之间的矛盾。这关乎散文作家能否成功地处理好由无数日常生活和当下经验组成的诸多“现状”之上的那个更宏阔、更丰沛，也更有力量的“现实”，并以审美的目光将所观察到的事物进行有机整合，记录这个时代的人民对美好生活的向往，提升这个时代人民的审美品格。

## 散文的形散而神不散

过去，有人把散文的特征归结为“形散而神不散”，应该说这对把握散文艺术规律有一定的认识作用，但是，这句话并没有从本质上揭示出散文的特征。那么，散文的特征是什么？我认为是“神散而形不散”。也就是说，作为散文发展主要内动力的思想观念，应该追随时代与社会的发展而革新与进步，这个思想观念不是固守不变的，而是依据时代与社会的前进重新确立的思想观念，即与时俱进的思想观念。这就决定了散文的革新与新生，但散文的文体（外在形制）却不会随着时代与社会的前进而有多少变化。

散文这种文体，在我国可谓源远流长。应该说从古文字的诞生之时起，就诞生了散文。《尚书》是我国第一部伟大的散文著作。虽然《尚书》中记载了不少当时王室的历史档案和资料，看起来像是公文汇编，但就文学价值而言，它是中国古代散文形成的标志。书中的文章结构渐趋完整，有一定的层次，已注意在命意谋篇上用功夫。可以说，之后春秋战国时期散文的勃兴，是对它的继承和发展。

散文一经诞生便是成熟的文体。仍以《尚书》为例：尽管是记录王室的公文汇编，但其语言的整饬、生动、凝练，极富说服力和巧妙的修辞艺术，以及力图表现出的完整的主题思想，都构成了比较完整的散文文体，特别是其中的情态、对话描写和勾画语言环境的能力，简直到了出神入化的地步，即使现在读来依然感觉到生机盎然，其形容如在眼前。

在春秋战国时期，这一散文创作的黄金时代，无论是议论、策对、辩论，还是记叙、状物、抒情等都开拓了散文文体的表现疆界，并为以后的散文立下了很高的艺术标杆，此后鲜有超出者，以韩愈、苏轼为代表的“唐宋八大家”也未能超越。有人说，春秋战国时期是一个“王纲解纽”的时代，是一个思想解放的时代，因此出现了诸子百家散文的昌盛局面，这个说法有一定的道理。然而，问题是，这一时期并没有凌驾于其他学说之上的思想，也没有核心价值观，任何学说都可以共生共存，都可以在互相激辩中或发展壮大或消亡。只是到了后来，严格地说，到了汉代以后，才有了统领一切学说的核心价值观——儒家思想。儒家思想既推动了我国古典散文走向繁荣，也埋下了散文衰败的因子——两千多年来，我国古典散文在思想内容的表现上几乎如出一辙，都是在努力地诠释和宣扬儒家思想，而拒斥一切新异的学说和观点，儒家思想既是散文思想内容的出发点也是归宿点。这也许就是历代散文缺少思想生命力的主要原因。

然而，这种“万马齐喑究可哀”的格局终于被打破了，散文出现了第二个黄金时代——这就是新文化运动时期，出现了以陈独秀、胡适、鲁迅、周作人以及冰心、梁实秋、林语堂、梁遇春等为代表的散文大家。

进入 20 世纪 80 年代，社会发展到了以改革开放为主旋律的时代，到了走向工业化、城镇化和以后现代化为特征的现代社会，现实迫切需要记录铿锵前进的脚步，需要一定的文学载体来引导人们清醒地认识急剧变化的社会生活。同时，也需要鼓舞人们走向未来的信心和理想，散文便应运再起——单就散文的产量而言，估计早就超过了春秋战国文化轴心时代与“新文化”运动时期这两个黄金时代的散文总量了——这是一个散文异常发达、异常活跃的时期，也是一个良莠不齐、泥沙俱下的散文创作时期。散文的作家身份不再仅仅是那些从事文化工作的人，而几乎是普及到了各个阶层，他们不在乎自己的散文作品能不能登上大雅之堂，而是注重宣泄自己的情感和对社会生活带有极其强烈的个性化认识。

互联网上难以计数的网站，为他们提供了发表散文的平台，在他们自娱自乐的同时影响了整个社会，有些还产生了较大的艺术影响——这些散文创作，都为当代文学奉上了一片葳蕤的绿色——不但散文的题材范围更为宽泛，而且文体界限也有了很大的变化：在题材方面，除了延续“文以载道”以及范山模水、写景抒情这些传统的题材，还出现了以回溯历史和充满文化色彩为特征的新散文。这给散文这个古老的文体注入了新的力量，并使散文进行自我更生、自我发展，而且来势汹涌、风起浪生，成为我国当代文学甚为壮阔的散文景观——出现了和小说、戏剧、图像、电视以及绘画、书法“联姻”的新的散文文体，其艺术的触角不但深入了时间而且深入了空间，这是散文相较其他文学体裁很少或未曾出现过的艺术现象。

可以说，散文已经成为这个时代普遍、寻常但审美境界越来越高的文体形式——这仅仅是散文热的表象，而更重要的是这个世界已经不再单一与封闭，而是凭借现代化为我们提供的各种获得文化、思想和科技信息的有利的物质条件，前所未有地开阔和改变了人们的思想和眼界，人们的认识达到了前所未有的高度，这才是散文热的主要原因——其特征就是“神散”：禁锢人的旧思想、旧观念犹如“落花流水春去也”，而出现的是完全有别于之前的崭新的思想和理念，散文的生命被激活了，呈现出春色无限好的兴旺景致。

散文的“形散而神不散”，实际上是说，新的思想和观念，形之于散文则是决定其内在生命力的内核，没有这个内核，散文就不会摇曳起绿色的生命，至于散文的文体，从春秋战国时代至今仍然没有多少改变。就当下的散文创作实际而言，有人写历史，有人写文化，有人写山水，有人写人物，有人写民俗，有人写风情，题材不一，姚黄魏紫，各有千秋，但是，散文的文体并没有改变，依然是固有的形制。

需要说明的是，这里所说的散文“形散而神不散”的神，是指决定散文生命力的内在的新的思想和理念。文学写作是富于个性的艺术，但只要作者把自己的命运同祖国和人民紧紧地联系在一起，就必定会有新的收获。有一位当代诗人写过这样两句诗，我以为放在这里很恰当：“太白连太乙，两儿知几重。”是啊，散文艺术的追求是一个永无止境的“形散而神不散”的追求过程。

# 信息时代的散文写作

工业革命的历史逐渐式微而信息时代突飞猛进的当下，社会生活也随之发生了新的变化，标志之一是数字化已经进入日常生活并直接影响人们的生活。文学艺术是社会生活的真实反映，散文是文学艺术的主要文体之一，其主要的艺术功能是叙事和抒情以及论说，因此，散文特别要反映当下的社会生活，要时刻注意捕捉社会生活中带有本质意义的东西，这是散文保持旺盛生命力的内在热能——而数字化的文字、图片、影像、视频和语音传递媒介平台，又为散文的创作和发展创造了良好的条件。

信息化时代为散文“零距离”传递和介入生活，以及扩大艺术受众面提供了先进的科学技术条件。散文相对其他文学艺术形式来说，和现实社会生活有着千丝万缕且血肉相依的关系。无论是叙事散文，还是抒情散文，或是论说散文，都来自当下深厚的社会生活，带着变动不居的社会生活新鲜的气息和味道，也无不深切地记录着社会生活或缓慢或急促的运动变革景象，渗透着写作者极其强烈的感情色彩和价值倾向。

古往今来，无论是先秦精彩纷呈的诸子散文，还是气象恢宏的汉代散文；无论是优美纯粹的魏晋散文，还是以韩愈、柳宗元为代表的唐代文以载道以论说见长的散文，或是唯苏轼、王安石等马首是瞻的诗情与哲理明显完美统一的宋代散文；无论是抒发性情的明代散文，还是追求形式精美的清代散文；无论是吸纳了欧美散文随笔艺术营养的新文化运动乃至 20 世纪初期的散文，还是吮吸了延安革命文艺思想的社会主义时期的散文，莫不是扎根于大地的摇曳生姿、艳丽无比、鲜艳芬芳的艺术之花——我国这些产生于不同历史时期的散文，既深刻地反映了当时社会生活的深度和广度，揭示了当时社会生活发展的本质，同时，散文也非常及时地反馈社会生活，作者对世界的认识及自身的审美追求蕴含在作品之中，来影响阅读者的精神世界。

不过，局限于当时媒体传递技术的物质条件，文本与阅读者之间往往不能很快地链接起来，受众面也受到一定的影响。这种情况，在信息化时代，由于数字化的实现与普及，文本与阅读者的链接非常迅速，几乎达到了同步，其作品一经发表，就像插上了翅膀，很快飞翔至各个角落。例如，刚刚兴起的微博、微信，瞬间就可以让文本通过朋友圈，使文本阅读者的数量呈现出几何级数的倍增。这是过去简直不敢想象的事情。因此，信息时代为文学艺术提供了前所未有的媒介条件，实现了“零距离”传递，受众面得到空前的提高。更重要的是，信息化也实现了快速的文字、图片、影像和语音发表和推出，只要作者认为有和大家分享的必要，就可以即时发表和推出，不一定只凭借出版时间总是相对滞后的纸质媒介的发表和推出。

这样一来，过去一些喜欢文学艺术的人，苦于没有成名，文字载体的稀缺，再加上版面空间受到条件限制，导致作者对文本的取舍非常严格。在选择过程中，其取舍有时决定于编辑的个人兴趣和主观意愿，有的堪称质量上乘的好作品，往往得不到刊发而被埋没，大部分送往报社的文本石沉大海、不见天日。而现在就不一样了，即使是幼稚点的作品，也能发表和推介出去，说不定还能找到属于自己的阅读群体。在这样的情形下，这些作者经过大量的艺术实践和不断地积累写作经验，未来只要愿意沿着这一路径走下去，其散文艺术成就不可估量。

散文实现了“零距离”传递，也就实现了“零距离”介入社会生活，能够迅速地普及到群众中去，通过阅读来影响阅读者，影响社会，营造出健康向上、积极进取的社会氛围，引导阅读者树立正确的人生观和健康的审美态度，为净化自己的灵魂，起到不可忽视的作用。散文文体，从表面来看，不同于其他文学艺术形式，艺术起点不高，好像容易入手，也容易敷衍成篇，加之题材范围比较广，不像小说、戏剧、诗歌对文体有这样和那样的严格要求，几乎人人都可以写作。信息时代特别是当下“微时代”的微博、微信，拥有数量庞大的作者队伍，每天不知道发表多少文字，也不知道每天有多少人在阅读，在转发……散文似乎走到一个极其普遍的创作时期——出现了散文的“巨量”生产壮观的社会现象。

然而，如果就这一现象进行深入冷静的剖析，可以发现：信息化时代散文的“巨量”生产现象与散文精品“荒芜”现象几乎同时存在，这真是一个引人深思的悖论。那么，如何走出这个悖论怪圈，其路径又在何处？信息化时代为人们表达意愿和文字、图片、影像、视频及语音传递提供了先进的技术条件，而“微时代”的迅速到来，微博、微信等应用软件的普及极大地推动了信息获取和社交行为的便捷，构成了新型信息交流巨大的场域——无疑，这就为许许多多具备一定文字写作能力的作者提供了作品发表和传播的良好条件，在每个人都有可能成为别人的粉丝并拥有自己粉丝的平等境遇下，由此而激发出来的写作热情，使得微博、微信几乎在瞬间更新，一篇漂亮的文章很快人尽皆知。就我有限的微博、微信阅读，常常惊喜蓦然出现的一些令人叹绝的好文章，无论是立意，还是语言和结构，简直就是百年不遇的好散文，甚至堪称经典！文需厚积而薄发。你想，在现实生活中，一些才华横溢的人，平日或者忙于本职工作，或者不曾想在文学艺术方面发展，现在，有了如此方便的条件来展示自己的语言艺术才华，笔下常常会出现有情有意、行文精彩的文字，获得粉丝和大家的赞扬，很快出类拔萃获得社会承认也未可知！数以亿计的极其庞大的覆盖人数，是信息时代散文写作潜在的作者资源，因而，出现“巨量”的散文作品是正常的事情。需要指出的是，“巨量”散文作品的出现，并非一种孤立的、偶然的现象，事实上，它与信息时代网络空间的极度扩张，尤其是“微时代”的迅速到来密切相关。换句话说，网络空间与“微时代”从根本上推动和成就了散文写作。而支撑“微时代”微博、微信的主要文本，自然是通常所说的广义的散文。不难设想，即使每月更新一两篇微博、微信文章，其整体的散文产量已堪称铺天盖地，而其传播之迅速、之广泛亦可想而知。由此可见，信息时代的发展和“微时代”的出现，确实为散文的“巨量”写作提供了空前的便捷和巨大的内在动力。

一个不可忽视的问题是：散文在信息时代真的繁荣起来了吗？我看未必。散文确实不是上述那样，而是具有很高的艺术要求。就是一个非常成熟的散文作家，一生也很难创作出几篇质量上乘、艺术完美的作品。清代有学者穷其一生之力披沙拣金，从浩如烟海的历代散文作品里，才挑选出一部《古文观止》来，认为这就是古典散文的精粹。当然，我国古典散文优秀之作远远不止这些。但是，也说明了散文艺术创作并非易事，必须具备德、才、学、识、见、情等因素，才有可能创作出比较好的散文作品。拥有大量的散文写作者，并不能说就会产生“巨量”的散文优秀作品，反而在一定程度上，也许是江海横流，泥沙俱下，良莠不齐，会严重影响当代散文艺术的正常发展。

如何走出信息时代散文“巨量”生产与散文精品“荒芜”的悖论怪圈呢？我觉得，应该采取这样的路径：其一，要充分认识散文“巨量”生产的积极意义。“微时代”的微博、微信，有着成千上万职业、经历、思想、性情、趣味迥然不同的写作者，带着鲜明的个人印记进入散文世界，其五花八门、无拘无束的言说，不仅彻底改变了散文被一些作家或者学者一统天下的格局，使散文首次拥有了更为丰富和越发斑驳的精神与文化承载，也是散文放下身价走向生活，走向人民群众，走向雅俗共赏，立足于不同的生活根基与生命趣味，随心所欲地表达着人生感知、社会见闻、时代欲求、现实评价，以及母爱亲情、童稚记忆、旅途奇观、艺文畅想，乃至下岗境遇、求职过程、讨债情形、合租体验、情感体验和知性思考，这些质朴、真切、幽微、细腻的表述，不仅将散文刻录个体性灵的功能优势张扬到极致，而且于无形中酿成了一个时代不加过滤与粉饰的众声喧哗——假设把所有的文本汇集在一起，则足以成为当代社会历史的精神图谱与生活长卷，而其中所包含的社会进步、经济繁荣、教育普及、文化提升等积极因素，更是极具思想认识和艺术价值。其二，对当下散文来说，散文的“巨量”生产固然具有重要的积极意义，然而也有散文精品“荒芜”的问题。主要原因是：“微时代”极其庞大壮观的散文生产者的理论修养、认识能力、审美能力、语言文字水平等方面参差不齐，以及微博、微信发表文字、图片、影像、视频和语音传递等文本与其他形式的读物（听、视）基本不设防，出现一些作品思想不健康，或者艺术格调不高，价值取向混乱的文本，这就需要我们采取疏通引导和积极发挥网络文艺批评的功能，积极倡导散文创作正确的思想倾向，树立健康的散文艺术的审美观和艺术观，对“微时代”微博、微信出现的优秀散文汇集出版或者通过高层次的评奖等行之有效的方法进行疏通引导，牢牢掌握散文艺术创作的社会主义方向；除积极开展卓有成效的散文艺术批评，好处说好，坏处说坏，既有力地对一些包含腐朽思想、奢侈作风，以及种种不良现象的散文进行冷静剖析、准确评价之外，还要关爱扶持那些精美的散文之作，这才是解决信息时代特别是“微时代”微博、微信“巨量”与“荒芜”悖论的正确路径。如是，相信我国当代散文艺术创作必将会有很好的发展，成为追寻美丽“中国梦”的黄钟大吕或者千里烟柳江上明月般充满诗情画意的婉转悠扬之歌……

# 散文写作要关注自然生态与土地伦理

散文写作要关注自然生态与土地伦理，这是散文写作的重大主题与题材。

“土地伦理”是美国著名的生态文学家奥尔多·利奥波德在其著名的纪实性散文作品《沙乡年鉴》里提出来的，他以一个生态学家的学识，讲述了土地金字塔、食物链等原理，提出了旨在提倡人类与自然和谐共处的伦理观念，说明人类只是在由土壤、河流、植物和动物所组成的整个社区中的一个组成部分，对此，我国生态文学研究学者程虹有着很好的论述。生态文学产生和发展的主要动因，是从20世纪60年代以来愈演愈烈的生态危机，而生态危机催生了生态文学，以及几乎波及整个人文与社会科学领域的生态思潮——奥尔多·利奥波德是这个生态思潮的引发者之一。

此后，生态思潮影响文学艺术，并得到热烈的回响，首先在欧美渐次也波及我国的文学艺术创作，记得早先就有徐刚等作家，表示致力于生态文学——毫不奇怪，在我国走向现代工业化的道路上，一个不能回避的问题就是如何保护生态，具体地说，在文学艺术创作中体现“土地伦理”的观念。衡量散文优秀还是平庸，就看能不能提供新的思想或者理念，这是关键。按照传统的文学评论的说法，简而言之就是讲究“文以载道”，这个“道”就是思想或者理念。如果散文丧失了这个基本的美学特征，那么，再华丽而飘逸的语言也遮挡不住其内容的贫弱与苍白。

关于“土地伦理”方面的创作，目前我国散文界还是不多见。这是因为，对于生态和生态文学，就其创作者来说，不仅需要有一个逐渐明晰和深化的过程，而且必须具备一定的关于生态与生态文学尤其是土地伦理的认识，而这种认识，尚未达到普遍的群体共识的地步，要达到群体共识仍然需要一个历史过程。尽管国内的一些关于生态和生态文学包括土地伦理的研究者做了大量的工作，大多是梳理和介绍欧美生态和生态文学，以及土地伦理的历史脉络和发展境况，还没有建构起来具有我国特色的生态和生态文学，以及土地伦理的理论与实践。鲁枢元先生的《陶渊明的幽灵》这部书，非常深刻地阐述了东晋伟大的文学家陶渊明的文学创作和文学思想，提出了人类的“元问题”。人类的“元问题”实质就是“人与自然”的问题，他认为陶渊明是一位面对人类“元问题”的先知先觉者。在某种意义上，自然与生态虽然有不同的概念内涵，有时候却可以视为具有相同的属性，只是在表述上采用不同的名称而已，由此，鲁枢元先生认为陶渊明是自然的魂魄，质性自然，并且在自然中诗意地栖居。这是活用了德国诗人荷尔德林的“人，诗意地栖居大地”的话，这句话，由于海德格尔而成为流行世界的名句。

海德格尔从解读荷尔德林的诗歌表达出自己对艺术的思考和揭示出“思”与“诗”之间深刻的关系。为什么海德格尔唯独喜欢荷尔德林的这句诗歌呢？在我看来，他也许早就预见到人类只有“诗意地栖居在大地”，才能更好地生存与发展，这是对人类与大地（自然或者生态）关系的最为朴素的判断。现代社会正处于工业文明时代，这个时代人类的生产能力得到了空前的提高，人类的物质生活和精神生活得到了极大的改善和丰富，然而，到了20世纪下半叶，就在工业文明高歌猛进的时刻，却听到了“人”并不“诗意地栖居在大地”上的警钟——环境污染开始成为西方工业化国家普遍面临的社会问题，并遭遇人类环境危机。这种危机没有得到有效地控制，反而越来越严重，这就是第二次人类环境危机，资源短缺，物种锐减，森林消失，沙漠化与荒漠化等全球环境问题日益威胁着人类的生存……“人，诗意地栖居在大地”，还能成为现实么，这也许成为人类的一个美好而遥远的梦？

海德格尔的预见成为人类的祈盼。生态危机是工业文明的必然产物，工业文明的基本结构和运行机制导致对自然资源的过度开发和耗费。应该说，环境问题不是简单的技术问题，而是文明的发展方向问题。因此，人类要走出环境危机，就必须彻底解决困扰工业文明的环境问题，强调人类整体利益优先，提倡生态文明和生态伦理——于是，关注生态日益成为人类的共识，承认自然的内在价值，确立自然作为人类伦理关怀对象的地位，使关怀自然成为人类的一项伦理义务。法国启蒙思想家卢梭的《漫步遐想录》展现出自然—大地充满生机有着无穷魅力的唯一景象，他说，“植物界是大自然赐给人类和动物的食物仓库”，“当我跟天地万物融为一体，当我跟整个自然打成一片时，我感到心醉神迷，欣喜若狂，非语言所能形容”——确实如此，在卢梭眼里，大自然是个多么美好而充满了令人身心俱爽的世界。19 世纪美国著名生态作家梭罗放弃了丰富多彩的城市生活，独身走到大自然中，写出了生态文学巨著《瓦尔登湖》，成为生态文学的典范之作。他认为，亲近自然是人类精神健康的构成因素，只有在自然中人的灵性才能得到更新与提高。先于梭罗的美国哲学家、作家爱默生的《论自然》，洋溢着赞美大自然的热情，他是梭罗坚定的支持者。此外，还有惠特曼等诗人，也认为自然是人类的母亲，文明要保持长久的生命力，必须与自然保持平衡。他呼唤：

保留你的辉煌宁静的太阳。
保留你的树林啊，大自然，还有树林周围那些安静的地方，
保留你的长着苜蓿和梯牧草的田野，以及你的玉米地和果园，
保留你那九月间蜜蜂在嗡嗡叫闹的开花的荞麦田……

惠特曼优美的诗句，表达出他对自然的热爱和期望自然里的一切绿色的植物，当然还有一切生命。这些关注生态和具有生态文学色彩的作品，是对工业文明进程中出现的环境问题的初始的艺术回应。而在《沙乡年鉴》里，奥尔多·利奥波德直接提出了一个新的伦理观点，即“土地伦理”，则是对以前尚未明晰的生态意识的理论升华和总结。这当然是了不起的，生态意识从此进入思想领域。到了20世纪，美国著名环境思想史学者罗德里克·弗雷泽·纳什的系列专著，诸如《荒野与美国思想》《大自然的权利：环境伦理学史》则已经从单纯的文学叙述生态问题上升到学科的理论问题——作家和艺术家的心灵是敏感而超前的。

我国古典哲学的一个核心概念讲究“天人合一”，其实，这里的“天”，除去特定的内涵，也指“自然”，包括自然界的一切生命，这些自然界的一切生命，都应该与人和谐相处。在敦煌石窟文献里，就有大量的关于古代环保意识的记载，在其数量甚多的石窟山水画里，反映出古代敦煌人从生存的角度考虑对大自然环境的一种理想追求。比如，在隋代第303窟壁画里，就有不少精美的山水画，还有第217石窟的壁画，呈现出一幅美丽的青山绿水，层峦叠翠，锦绣山花，长路逶迤，关山迢迢……这与石窟之外“黄沙万里绝人烟”的旷绝景观迥然不同，表达出人们喜爱“千崖竞秀，万壑争流”的幽美生活景致。莫高窟北魏第257窟的“九色鹿本生”故事壁画，更是表现出人与动物之间的相依相生和恩怨情结。这些山水壁画和佛经故事壁画，昭示出人类追求“诗意地栖居在大地”的向往以及与动物和谐相处的美好愿望。这比美国哈德逊生态画派注重用画面诠释生态文学家用文字表达的思想要早得多。“九色鹿”的故事，实际上是一个人类尊重动物的隐喻。英国哲学家边沁在论述动物时曾经说，“为什么我们该去折磨它们，有什么理由吗？我没有找到任何理由”——是的，是找不到任何理由的，按照康德的意见，人对动物有间接的责任，对动物的责任实际上就是为了人，他在《伦理学演讲录》里指出，我们“有对动物的责任，因为这样我们能够培养对于人类的相应的责任”，这句话揭示出人类与动物之间关系的实质。人类应该珍惜和尊重世界上的一切动物，一切动物皆平等，这是澳大利亚学者彼得·辛格提出来的。

当然，世界除去动物，还有植物和大自然。同样地，对待植物和大自然的态度，仍然会检验人对生态的认识是否达到了应该达到的高度：著名的生态文学作家梭罗就是榜样，他在《瓦尔登湖》里充满热情以旷达的胸怀理解大自然并写出了大量优美的文字，表现出人类渴望与大自然和谐一体的理念，至今仍然富有积极的意义。爱默生强调：“大自然是人类心灵的对应物，它从各个方面印证心灵问题……自然之美正是人类的心灵之美。自然的法则也就是人类心灵的法则”——这样的信条，其实是对梭罗《瓦尔登湖》的理论概括和说明。

程虹在力作《宁静无价》里，认真剖析了奥尔多·利奥波德提出的“土地伦理”观点，认为“土地伦理”的行为标准是“任何有利于保护生物社区的完整、稳定和美丽的行为都是对的，反之则是错的”。坚持“土地伦理”写作，应该注意有这样几种美学要求：

1. 从艺术形式上看，属于非小说的散文文学，要求以写实的方式来描述作者由文明世界走进自然环境那种身体和精神体验；

2. 从文体上看，主要以散文、日记等形式出现；

3. 从内容上看，主要思索人类与自然的关系；

4. 从表达方式上看，主要以第一人称“我”为描写的视角。

这几种艺术归纳不仅说明了秉持“土地伦理”观念的写作者所追求的美学风格，同时，也是衡量是否属于“土地伦理”文学作品的美学标准——有关“土地伦理”的散文，绝大多数都是以第一人称“我”来构架和展开叙写的，叙写的事件也是真实的，表达了人与动物、人与植物以及人与大自然和谐的关系。暂且不论其他，就以第一人称“我”的视角来叙写这一主题，需要有坦诚自己的“灵魂”和敢于直面这个世界的勇气，世界著名作家托卡尔丘克在诺贝尔文学奖授奖演讲里谈到这个艺术视角时，她说，我说的“第一人称”，指的是一种叙事方式，创作者或多或少地只写自己，将故事置于一个以“我”为中心的狭小范围之中。也正是这个以“我”为中心的狭小范围，才能更好地表现“土地伦理”的深刻主题。

上文已论及，生态和生态文学，不是仅仅要求作者只有直观的浅显的关于自然或者土地的认识，而是需要有关于这方面的理论和思想资源的武装，否则，写出来的作品达不到人们对生态或者对土地深刻的理解，不能揭示出其中所蕴含的关乎人类“诗意地栖居在大地”的哲学意味。换句话说，无论怎样，如果没有梭罗和奥尔多·利奥波德对自然—大地从理性到自己独特的生活与生存的切身体悟，决然不能写出《瓦尔登湖》和《沙乡年鉴》，首先是生态学专著，其次才是文学作品的著作。要从事这方面的写作，得有雄厚的关于生态的哲学思想和大量的对自然—土地上生物的深刻观察和记录，才可能写出比较“像样”的作品。目前的一些关于生态方面的散文写作，只是平铺直叙了作者对生态或者说自然—土地的一些生活的“碎片”而已，还达不到真正意义上的生态文学标准。按照“土地伦理”写作的要求，这是需要长期的生活观察和高度的理性认识。生态和生态文学乃至提倡“土地伦理”的作品，目的是非常明确的，对于由于工业化进程导致的环境日益恶化，影响了整个人类的美好生存，需要通过文学艺术来“怀旧”，来“追忆”和描写自然—土地上仅留的美好事物。还是海德格尔的哲学视野宽阔，他之所以欣赏和专门解析荷尔德林的诗歌，并把“人，诗意地栖息在大地”专门予以论述，是因为他看到了自然—土地上的“诗意”在逐渐消失……“土地伦理”写作其实是恢复大地“诗意”的文学努力，这也是当下散文写作应该关注的重大主题与题材。

## 读经与散文写作

散文写作讲究才气和识见。先不说才气，就识见而言，首先得有识。识，应该就是知识，而知识的获取就需要读书。读什么书？最主要的是读经。经，指的是古代以儒家思想为主体的学说。鲁迅先生是不主张读经的。他在《十四年的“读经”》里，就反对读经，他说，“所以要中国好，或者倒不如不识字罢，一识字，就有近乎读经的病根了”——这里的“十四年”是指民国十四年，即 1925 年，这篇文章是此年的 11 月 8 日所写。为什么鲁迅先生要强烈反对读经呢？客观来讲，读经之风在民国初期曾炽盛一时，后屡经变迁，然尊孔读经之风在社会上始终未歇。直至民国元年，1911 年，蔡元培颁布教育法，才规定“小学读经科，一律废止”。鲁迅幼时开蒙择定的教材是史书《鉴略》，在私塾里读的是“四书五经”，他说，“我几乎读过十三经”。正是有切身体会，他才将矛头直指读经，严厉地批判了当时鼓吹少儿读经的论调。少儿读经，确实应该慎重。现在，教育部就明确提出，不能用读经代替义务教育。

然而，作为写作者，作为人文知识研究者，经，还是要读的。因为，经，是我国传统文化的主要组成部分，按照古代对人文知识经史子集的分类，经学排在首位，因为经是其他知识的基础，统领着其他知识。不读经，就不能很好地学习古代人文知识，所以，要学好古代人文知识，就得读经。

那么，什么是经？先秦时，孔夫子讲授给学生的“六经”，即《诗》《书》《礼》《易》《乐》和《春秋》。后来，扩展为“十三经”，这是指

《易经》《书经》《诗经》《周礼》《仪礼》《礼记》《左传》《公羊传》《穀梁传》《论语》《孝经》《尔雅》和《孟子》。到了宋代，则确定为“四书五经”。经与经学，是我国古代的思想哲学体系，也就是说，经是古代物质文明和精神文明建设的主体思想，不但自身建立了丰富而完整的经学体系，而且也渗透在诸如散文、诗歌和戏剧里，影响社会日常生活的方方面面，体现在诸如伦理道德和官制、礼仪、风俗，以及人际交往方面，甚至商贸活动之中。如果不读经，不了解经学，就不了解整个古代社会的物质文明和精神文明，遑论对散文、诗歌和戏剧的学习，更是找不到路径。《诗经·周颂》里边，有这样一句话“日就月将，学有缉熙于光明”，这是什么意思呢？就是说日积月累勤学习，由浅入深通事理，也就是通晓经学里边所包含的天地、人事的大道理。经，先秦的“六经”也好，以及后边的“十三经”也好，“四书五经”也好，涉及各科学问和社会生活诸方面的伦理道德规范和要求，也涉及个人品德修养和精神提升，强调“仁”和“礼”，注重中庸与和为贵的观念，这些都是我国古代最具有价值的思想观念。《论语·述而》篇讲，“志于道，据于德，依于仁，游于艺”，如果能做到这些，就算学习经学没有成效，但是，无论是做事还是写文章，都有了规范，也有了标准。我国古代的散文，特别是主流散文，其写作者大都是依据这个规范和标准来写文章，这是基本的规范和思想标准。

古代的散文写作，主要有三大流派，史传散文、政论散文和抒情散文。前两个流派自然与经密切相关，而抒情散文，特别是山水散文呢？同样，抒情散文包括山水散文，表面看起来似乎超然世外，追求比较纯粹的美学意境，其实不然，经仍然是其思想血脉与骨架——这是因为，抒情散文也好，山水散文也罢，都是要表达一定的理念或者情绪的，而这要表达的理念或者情绪是不能脱离“道”的。韩愈提出来“文以载道”，是指整个古代的散文体裁，这个“道”就是经的思想与理念。

散文的写作，在古代是一件很严肃的事情，并非任何人都可以执笔为文。散文是一种非常高贵的文体。是“载道”的文体。清代著名的学者，也是文艺理论家刘熙载，在《艺概》的卷一“文概”首篇中也指出，“《六经》，文之范围也。圣人之旨，于经观其大备，其深博无涯涘”，为了说明自己的观点，他引刘勰的话来证明，“乃《文心雕龙》所谓‘百家腾跃，终入环内’”——这是什么意思呢？就是说，经，是天下文章的“范围”，一切文章都在经的统率之下，都不能脱离经的轨道。由此来看，经与古代散文写作息息相关，经左右和影响着古代散文的发展，是散文这种文体着力表现的主题思想和哲学理念。古代的散文家，大都是经学家或者接受过正规儒家思想教育的读书人。而离开了经，既不能读明白古代的哲学、伦理学、政治学、经济学和文学艺术，也不能写出很好的文章。所以，我国历史上的散文大家，无一例外，莫不是经学大家。就以儒家的主要奠基者孔夫子而言，其重要著作《论语》，在阐述自己的“仁”学以外，也是文采斐然的散文作品。《左传》是散文艺术上的典范之作，刘熙载说，“左氏叙事，纷者整之，孤者辅之，板者活之，直者婉之，俗者雅之，枯者腴之，剪裁运化之方，斯为大备”，达到了非常高的艺术境界。孟子呢？更不消说，他的文章富于论辩精神，文章波澜壮阔，气势磅礴。汉代的经学大师，把儒学推向我国主流思想位置的一代学者董仲舒，他的《春秋繁露》也是绝好的散文集。他的学生司马迁的《史记》，被鲁迅先生称赞为“史家之绝唱，无韵之离骚”。唐宋八大家韩愈、柳宗元、欧阳修、苏洵、苏轼、苏辙、王安石和曾巩，基本上都是经学学者，尤其是韩愈，按照苏轼的说法，“文起八代之衰”，是我国散文史上开辟新局面的一代艺术大师，他提出了“文以载道”这个具有重大意义的散文观点，直接说明了散文写作，关键是彰显“孔孟之道”，也就是经学思想。这样，才能使散文永远具有不衰朽的思想力量。这个观点，影响了我国散文写作一千多年，直到现在仍然有其价值。好的经学家，一般文章都是非常优秀的，如汉代的董仲舒、刘向、贾谊，唐代的韩愈，宋代的周敦颐、张载、朱熹，明代的王阳明、顾炎武、黄宗羲等。

散文，不需要尽是风花雪月，不需要使用过多的文字技巧，而是要有益于世道人心，敢于探究人类思想尚未达到的新的精神极地，这就需要认真从我国古代经学里边获取应该继承的优秀文化汁液，搭建起自己灵魂的骨架。毋庸讳言，当代一些散文缺少精神的“底气”，难以产生撞击人心的力量，关键问题是写作者的思想苍白无力，没有扎根在我国传统文化特别是经学的深处。因此，读经，这是获取散文精神动力的重要资源。

鲁迅先生不主张“读经”，那是当时特殊时代的特殊论见，并非鲁迅先生要“割断”与我国传统文化特别是主流思想的脉系。就文学创作而言，他在《三闲集·怎么写》里指出，“写什么是一个问题，怎么写又是一个问题”——这确实是一个问题，先不说写什么，就说怎么写，而这怎么写，如果没有经这传统思想文化的“底子”，还真成了问题，因为，正如前面提到的没有识见，尤其是识，这文章自然写不成，所以，要写，还是得先有几部经装在肚子里，这是写文章、写散文的思想“硬货”。今天的读经，不仅仅是为了写散文，更重要的是学习优秀的传统文化，这对我们建设新时代社会主义先进文化确实非常有益。写散文，重要的是思想，具有思想含量的散文，这是散文的珍品，而只讲究技巧玩弄词藻的散文，必然缺少振奋精神的力量，所以，要写出既有思想含量又十分讲究技巧和词藻“文质兼美”的散文，这才是当代散文的写作要求和努力方向。

# 第二章　中国古典散文

# 中国散文精神

我国古代长期处于较为稳定的封建社会，不但表现在社会性质和社会结构方面，也表现在哲学思想与文化方面，所谓“道不变，天亦不变”，儒家学说始终占据着主导思想地位，体系博大、内容精深，几乎深入社会的各个层次和各个角落，甚至积淀为社会成员共同的心理现象，很少能够被异质思想摧毁，成为维护国家长治久安和社会制度稳定的命脉和纲纪。文学艺术是意识形态的主要组成部分，必然要反映当时社会核心价值体系。散文属于文学艺术的形式之一，具有直接表现社会思想文化和社会现实的功能，因此，就要深入地剖析其蕴含的社会核心价值体系到底是什么，是具有光明进步的意义，还是幽暗落后的观念——儒家学说延续了两千多年，按照历史唯物主义的观点来看，既有封建主义的糟粕，也有积极先进的思想精华。那么贯穿古典散文创作所表现出来的思想是什么，是属于儒家学说的糟粕，还是合理的先进的思想精华。

在长期的研究过程中逐渐发现：我国古典散文发扬光大了儒家学说中合理的先进的思想精华，其最基本的思想情感是：坚持始终不渝的爱国主义精神，坚持以人为本，反对以神为本，肯定人的价值、人的尊严，强调“天人合一”；尊重天、尊重大自然；积极追求进步和文明；看重积极向上，光明健康的人生态度；崇尚不畏强敌、敢于杀身成仁的英雄主义；君子爱财取之有道的财富观；乐于助人、成人之美，向往人际和谐、社会和谐及人与自然和谐的人类理想境界；慎独的个人操行；以天下为念、以社稷苍生为重的博大情怀；领土完整、河山统一的永久信念；

威武不能屈、富贵不能淫的情操；己所不欲，勿施于人；敢于自我牺牲的大无畏精神；忠诚坦荡的胸怀；热爱真理、修正错误的不断进取的激情；悲天悯人、义薄云天的超然精神……这些构成了我国散文的主题思想，简言之，在散文创作中要求“文以载道”的“道”，也就是上述思想观点，注重高尚的人格情操和圆润的道德修养，向往和谐理想的社会和精神境界。这些思想不但体现在议论散文、史传散文的思想内容上，也体现在自然山水抒情散文的思想内容上。虽然东汉以后佛学流行，唐宋达到兴盛，然而，在散文创作中，保持儒家学说的纯正性成为历代重要作家的共识，也保证了散文始终坚持进步的、合理的思想理念。南宋的朱熹仍然坚持儒家学说的主体地位，引进佛、道，融合统一，形成理学思想，对后世影响巨大，但是，还是进入不了散文这一思想高地。可见，我国古代散文高举着前后贯通、首尾一致的思想旗帜，其鲜明特征就是：以爱国主义为前提和以儒家学说优秀的思想精华为主体的人文主义精神！

散文还要追求比较高的艺术精神。在散文艺术方面，历代优秀的散文作家进行了卓有成效的艺术探索，积累了不少珍贵的艺术经验。我国第一部系统的文学艺术理论巨著《文心雕龙》，其所达到的艺术审美层次，尤其对散文艺术的论述，都达到了前所未有的高度。其后，不断有人进行专门的研究与论述，韩愈、柳宗元、欧阳修、苏轼、李贽、刘熙载等，都做出了不朽的贡献。韩愈倡导的“文以载道”观点，一直影响到宋元明清，且历代奉为文章的正宗美学思想；李贽的“童心”说，丰富了古代散文艺术理论，拓宽了研究视角，做出了积极有益的探索；刘熙载的《艺概》，系统地总结了散文的艺术规律，其美学体系博大精深，意蕴丰富；桐城派归纳出我国古典散文的“义理、考据、辞章”简明扼要、含义深刻的写作方法和衡文标准。对于这些散文理论宝库里的珍贵资源，必须坚持马克思主义，特别是在社会主义核心价值体系的指导下，以科学的态度，去伪存真、去粗取精地进行研究，可以看出，我国古典散文艺术有这样相对集中的美学风格：不求清空，崇尚质朴；反对繁文缛节，提倡通脱明畅；讲究气韵充沛，风骨卓立，反对绮丽萎靡，无病呻吟；追求语言典雅秀丽，反对生涩隐晦；要求达到意境深邃，内容充实；形象生动，文字简练；人物典型，场景宏阔；借景生情，情景交融；虚中有实，虚实相间的艺术高度。总而言之，在散文艺术方面，提倡现实主义的创作方法，力图达到树立正义，移风易俗，匡救时弊，挽救人心，激发情感，培养情趣，天下为公，急公好义的社会教化目的，这也为古典散文涂上了政治与功利性强的浓厚色彩。

在传统古典美学里，把真善美作为散文的至高的思想和艺术境界，其实，这也正是散文必然的艺术要求：所谓真，就是真实。真实地反映社会生活，真实地模山范水，真实地记载事物，真实地抒发情感，真实地忠诚祖国，真实地刻画人生，真实地描绘风土人情，真实地记录人间真情。所谓善，就是好。世界上人与人的美好和谐，人与自然的美好和谐，人与社会的美好和谐，人与自我心理的美好和谐，人与历史的美好和谐，人与文化的美好和谐。所谓美，就是达到了真，也达到了善，最后才能达到至高的艺术美。换句话说，也就是真与善是达到美的前提条件，真是善的前提，善是美的前提，美是善的完成，美也是真的完成。这是互为条件、互为结果、互相转化的辩证的美学规律。在散文艺术上，首先要求反映的事物、情感是客观的、真实的，因为散文要求审美物必须是客观真实的存在，不能虚拟，不能编造，更不能合理地想象，真实是散文的生命；其次，散文所反映出来的情感必须是美好的，必须是健康向上并充满人生进取精神的；最后，真实的审美物，真实的事物，真实的心理，好人，好感，好的人生，好的自然景物，好的一切，有了这真、这好，那么，真与好就一起达到了美，美就是真与好的体现和外化，真的好的，统一在散文作品里，就是事物真、情感好，再通过意境美、形象美、语言美、音韵美、色彩美、情节美等散文的外在形式表现出来，就完成了卓越的审美过程，达到了散文的内容美和形式美的美学境界。

古典散文的思想特质与艺术特质，以及散文的美学至高的境界，这美丽的三维就像雕刻着宇宙星辰、天地万物的三根顶天立地的大理石柱，支撑起流光溢彩的散文美学宫殿，也支撑起永远芳香、永远不朽的中国散文精神。

# 中国古典散文的根脉

我国最早出现的文体是散文。远在战国以前的殷商时代，中国就有了文字，而文字的产生，也促进了古典散文的产生。

一

章学诚说："后世之文，其体皆备于战国。"（《文史通义·诗教上》）这就是说，在战国时代，散文文体已经相当完备了。考察散文的文体流变，章学诚的论断应该说是正确的。春秋战国是社会大变革的时代，各种学术流派纷纷著书立说，争论不休，形成百家争鸣的局面。代表不同阶级或阶层的思想家的著作，促进了议论散文的发展。这些思想家有儒家、墨家、道家、法家、阴阳家等。《论语》记录孔丘及其弟子的言行，是我国古代思想哲学发展的奠基之作；孟轲长于辩论，因此书中语言明快，富于鼓动性——应该说，《论语》与《孟子》建立了我国古代社会思想哲学和伦理道德体系，成为古典散文贯穿几千年的重要主题和理念。

二

汉初，政论散文有所发展。贾谊是西汉初年杰出的文学家，他的文章《过秦论》总结了秦代灭亡的原因，汲取了秦末农民起义的教训，发展了先秦的民本思想。其散文善用比喻，语言富于形象性。除贾谊外，汉初还有不少散文家，以晁错和邹阳成就较高。晁错以主张募民备塞的《守边劝农疏》《论贵粟疏》两篇散文最为著名。汉武帝时，董仲舒提出"罢黜百家，独尊儒术"来统一思想意识形态，汉王朝也迫切需要总结古代文化，给予大一统的统治局面以哲学和历史的解释——司马迁的《史记》应运而生。《史记》不但是伟大的历史著作，也是古典史传散文的典范之作。鲁迅先生称《史记》为"无韵之离骚"。

《史记》和《汉书》是两座散文的高山。

为什么司马迁和班固能写出散文巨著《史记》和《汉书》呢？章学诚认为："文非情不深，而情贵于正"（《文史通义》），什么意思呢？就是说，散文是要有情感的，而这种情感是关乎天地的大情感，是没有个人私欲的情感。有了这种情感，作者的笔下就有了感动人心的力量，而"正"呢？就是符合儒家的伦理道德思想，故而"夫《骚》与《史》，千古之至文也"。汉代散文以儒家学说为根基，恢宏而昌盛。

## 三

魏晋时代是文学自觉的时代。

代表作家是曹操，战争年代，没有过多的时间去雕琢文字，他的文章，一般比较简短，直抒胸臆，颇有风骨，比如其《让县自明本志令》。等到天下大致平定，讲求文章艺术之风渐渐兴盛，如曹丕和曹植，前者伤于琐细，然而文笔活泼，情真意切；后者曹植则华丽凌虚。这个时候，散文的代表人物有阮籍、嵇康等。嵇康敢于"非汤武而薄周孔"——与汉代散文气象不同——由于佛教的传入，散文转入"平和"的思想境界，陶渊明也是最为重要的散文作家。

## 四

南北朝时期，南朝散文多有佛的思想，北朝则多少还有经术的色彩。南朝梁武帝的散文，耐人寻味，文字天然。而北朝的庾信，杜甫说："庾信文章老更成。"山水散文作家吴均的《与朱元思书》，清丽简洁，引人入胜。杨衒之的《洛阳伽蓝记》在叙事、抒情、写景方面堪称妙手。

魏晋南北朝时期，儒家思想逐渐淡薄。

## 五

韩愈和柳宗元把我国古典散文推向了一个新高峰。

韩愈提倡"复古"，强调回到先秦散文的原创时代。苏轼在《潮州韩文公庙碑》中说韩愈"文起八代之衰，而道济天下之溺"——意思是韩愈继承了先秦诸子的散文精神，这里的"道"，是尽力恢复儒家学说的正统地位，而所谓的"溺"，是指自扫荡六朝以来柔靡骈俪的文风，以及在唐代日渐兴盛的佛学。范文澜先生在《中国通史简编》"近体文与古文"里说："在唐朝文苑里，诗的成就是巨大的，但也不可忽视古文运动更巨大的成就"，他进一步分析道："古文更大的作用，是在建立新儒学，使士人摆脱佛教思想的束缚，宋明理学的广阔境界，由唐古文运动的主要推动者韩愈率先启行，这在诗人中是无与伦比的"——韩愈大力弘"道"的结果是建立了新儒学，开辟了后世宋明理学的道路。

柳宗元与韩愈相比肩，但在散文理论上似乎比他更进步，柳宗元也强调"文"与"道"的关系，在《报崔黯秀才论为文书》中指出："圣人之言，期以明道，学者务求诸道而遗其辞。辞之传于世者，必由于书。道假辞而明，辞假书而传，要之，之道而已耳。"意思就是说，写文章的目的是"明道"，读文章的目的是"之道"，文辞只是传达"道"的手段与工具。在《答韦中立论师道书》中，更明确提出"文者以明道"的原则。

唐代的散文，是复古旗帜下重“道”的散文。

## 六

欧阳修是宋代散文的开山人物，他的文学成就以散文最高，影响也最大，继承了韩愈古文运动的精神，在散文理论上，提出了“文以明道”的主张。

苏轼的才华主要体现在史论和政论文上，如《贾谊论》等。他在散文创作上有引禅入文的现象，到底跳不出散文的儒家思想的“正”路，临到生命的终端，维琳在其旁大声曰：

“端明勿忘西方。”

“西方不无，但个里着力不得。”苏轼回答。

钱世雄近其耳畔喊：“至此更须着力。”又说，“端明平生学佛，此日如何？”

苏轼：“此语亦不受。”

在他的心底里，“正”道依然屹立。

朱熹虽然不是文学家，也无意在这方面下功夫，但是，他的一些文章，也是上好的散文，在思想内容上主要表达儒学精神，他的《张魏公行状》洋洋洒洒 4 万余字，内容充实，真正是诠释“道”的散文创作。

## 七

宋濂是明初的“开国文臣之首”。他的传记散文具有现实意义，纪传如《秦士录》《王冕传》《李疑传》等作品，很有社会认识价值。以李梦阳、何景明为首的“前七子”“复古运动”，倡导“文必秦汉”，一扫文坛萎靡之气；以李攀龙、王世贞为代表的“后七子”复古运动，再扫文坛，引起世人关注。归有光的散文成就在明代后期，是承前启后的散文大家，著有《震川文集》。他的散文被誉为“明文第一”。“公安派”以袁宗道、袁宏道、袁中道为代表，时称“三袁”，提出了“性灵说”。张岱的散文造诣极高，提倡文章先要有“冰雪之气”。明代散文，虽然派别多，主张各异，但是其散文的基本思想脉络，还是以“儒家是非为是非”，不曾逾越这条底线。

## 八

桐城派是清中叶最著名的散文流派，主要作家有方苞、刘大櫆、姚鼐等。他们继承了归有光的传统，提出了“义法”主张，文章简洁自然，其根蒂仍然是“道”。

## 九

古典散文的根源是春秋战国时代的诸子，后世或继承，或反对，都在不断地兴盛着、发展壮大着，其共同的美学特征是：一是正气磅礴，无论是诸子散文还是汉代散文，以及唐宋以来的散文，莫不如此，立足点是为天下苍生，其忧其愁，息息相关；二是抒发经纬天下的政治抱负，大力弘扬其学说，文字激扬，思想深刻；三是经世致用的儒学始终是贯穿整个古典散文的主导思想，即“道”，或者由于个人际遇，遁入道家或释家，表现出世的情绪，却能及时返祖归根，不失本色；四是强烈的家国情怀，尤其是爱国主义精神代代传递，经久不息，感情真挚，动人心弦；五是散文文体虽然固化，但其表达的思想感情却随着时代进步，成为时代的真实记录与优美画卷；六是无止境地追求语言表现艺术，为我国语言发展提供了珍贵的“语源”，丰富了汉语词汇和修辞手法——综观中国古典散文的发展，每一个历史时期，都达到了那个时代的文学巅峰，都属于中国古典散文的正典。

# 中国古典经学家散文艺术

经学，是指诠释和阐明义理的我国古典文化里的儒家经典的学问，也指古典主流学术研究。西汉时期，经学已经开始发展，主要的途径有两条：一条是“置《五经》博士”，专门从事经学研究；另一条是把经学放置在其他学问之上，“罢黜百家，表彰《六经》”，同时，“兴太学”设立了经学研究机构。这些举措，是汉武帝在政治上要求高度专制和为了建立与其相适应的意识形态有关。

经学这门学问，固然是古代社会不断强化国家意识形态的需要，也是树立主流文化和建设日常伦理道德的需要。不过，在经学的长期发展过程中，逐渐形成了我国特色的研究诠释和光扬经学思想的散文体系——这就是经学家的散文。

经学家的散文概念的提出，应该属于古典散文史学者陈柱先生，他在《中国散文史》里专门论述“经学家之散文”。他认为，“汉自武帝崇尚儒术，通经之士日众，汉之能文者几无不通经”，而最杰出的代表是董仲舒和刘向。确实如此，董仲舒的散文精华不在他的《春秋繁露》，而是《汉书》收录的《举贤良对策》。这“三策”围绕着“推明孔氏，抑黜百家”和“立学校”、“举茂才、孝廉”等问题，语言端庄委婉而又词意坚决，酣畅淋漓却又不失节度，从“天人合一”和讲求“阴阳”“灾异”等角度论述了自己的观点，文气上下贯通，简明扼要，称得上是非常优美的散文之作。他在《举贤良对策一》中论述道：

> 臣谨案：《春秋》谓一元之意。一者，万物之所从始也，元者，辞之所谓大也。谓一为元者，视大始而欲正本也。《春秋》深探其本，而反自贵者始。故为人君者，正心以正朝廷，正朝廷以正百官，正百官以正万民，正万民以正四方。四方正，远近莫敢不壹于正，而亡有邪气奸其间者。是以阴阳调而风雨时，群生和而万民殖，五谷熟而草木茂，天地之间，被润泽而大丰美，四海之内，闻盛德而皆徕臣，诸福之物，可致之祥，莫不毕至，而王道终矣。

董仲舒一气呵成，旗帜鲜明，推理和论证都具有不可辩驳的逻辑力量，充满了思想的阳刚之气和浩然之气，读来淋漓尽致，畅人胸臆。他的"三策"开经学家散文之端，启后世散文别成一体，其功不可没。

而刘向呢？其《谏起昌陵疏》则从历史和现实几个方面论述不宜"厚葬"的道理，文章词美而情感浓厚，读过令人赞叹不已。其中论述：

> 昔高皇帝既灭秦，将都洛阳，感寤刘敬之言，自以为德不及周，而贤于秦，遂徙都关中，依周之德，因秦之阻。世之短长，以德为效，故常战栗，不敢讳亡。

刘向在这节论述里说明了德在治理国家中的重要作用，讲求德治是保证社会长治久安的根本策略。他的散文以历史事实为论据来说明要阐述的理由，文章排山倒海，很有气势。

经学家散文，除去以上两位，还有贾谊，贾谊的散文代表作有《过秦论》《论积贮疏》《陈政事疏》等作品，鲁迅曾经称之为"西汉鸿文"，可惜，贾谊很早就过世了，不然，其散文艺术成就会更高。有人说，汉代散文"贾茂董醇"，这是什么意思呢？除去董仲舒不说，就贾谊而言，其散文"根本盛大，枝叶扶疏"，才华纵横，气韵盈满，犹如江河奔涌，呼啸而来。还有一位，因为在史传散文方面独领风骚，很少把他归入经学散文家，然而，这也挡不住他经学散文的光芒，这就是伟大的司马迁。据说他曾经跟随董仲舒学习，而董仲舒特别精研《春秋公羊传》，长期受其濡染，其思想与文风受以主要阐发《春秋》“微言大义”的这部经籍的影响，司马迁的《报任安书》就闪耀着《春秋公羊传》善于把议论与情感水乳交融一般结合起来，在这篇文章里边，他把身世际遇及忧心天下的悲苦伤恨交织在一起，潮汐涌浪，横空而来，给人强大的艺术感染力。

西汉时期，国力强大，文化也呈现出一派兴盛气象，散文也得到了相当程度的发展，主要表现在史传散文与经学家散文的成就异常显著。其后者，还有桓宽整理的《盐铁论》和班固整理的《白虎通义》等典籍。《盐铁论》虽然记载的是桑弘羊与民间的“贤良”与“文学”关于盐铁是继续由国家统一经营还是交付民间经营的问题，也就是实行国家主义经济还是实行自由主义经济思想的交锋，而实际上，这是一场张扬儒学观念的激烈辩论，这些“贤良”与“文学”秉持经学思想，针对当时社会存在的政治经济矛盾和民生问题，提出了一整套的治理方案，其中有迂腐不切现实的社会构想，但是，却描绘出以儒学思想为指导的关注老百姓的生活愿景，比如，当大夫借用管仲与陶朱公在经商方面的成功来贬低儒生百无一用时，“文学”先引用颜回、孔子苦寒和不容于世，说明贫穷不是衡量人的标准，继而反驳道：“公卿积亿万，大夫积千金，士积百金，利己并财以聚。百姓寒苦，流离于路，儒独何以完其衣冠也？”这些对答非常精彩，也可以视为经学家微型散文。而《白虎通义》继承了董仲舒《春秋繁露》“天人合一”“天人感应”的学说，并加以发挥，把自然秩序和封建社会秩序紧密地结合起来，提出了完整的儒学世界观，很好地表述了儒家学说特别是儒家学说面临新的社会实践和理论发展情况下如何选择前进路径的理论探索，文笔优美，论述有力，达到了经学家散文的一个巅峰。

经学家散文的发展并非一帆风顺，而是经历了挫折和徘徊，这与当时的时代和社会境况有关，虽然有起有伏，但是并未中断，反而逐渐辉煌光大。佛学自东汉末年传入东土以来，逐渐兴盛起来，不仅逐渐与道家学说靠近也逐渐与儒家学说交会，成为显学，为我国的魏晋时期和南北朝以及隋唐的哲学思想注入了新鲜的血液，激发了我国古典文化的自我更新。尽管如此，由于儒家学说固有的以“仁”为精神内核的强大生命力，经学始终是主流的占主导地位的学术与思想。唐代的韩愈，应该是我国 7 世纪经学散文的又一位巅峰作家。他与同时代的柳宗元等人名列“唐宋八大家”。

韩愈开一代文风，努力提倡“古文运动”，强调散文写作应该回到“百家争鸣”的春秋战国时期，主张“文以载道”。不过，值得注意的是，他的散文写作的思想理念并没有超出儒家学说的樊篱，所谓“复古”，实际上是排斥当时唐代社会日渐兴盛的佛学和道家学说，恢复经学的精神血脉，所以，他的散文比较纯正——《原道》《原性》《原毁》《原人》等篇自不必说，更为人知的散文名篇《论佛骨表》《送孟东野序》《师说》等也都洋溢着淳厚的儒家思想。而柳宗元的散文却与此不同，虽然其深层思想构架还是经学，可是，在他的散文写作中，不乏佛学和道家的思想色彩，即就“永州八记”而言，便可窥其端倪。韩愈的经学家散文影响了我国后世的散文写作，苏轼曾经这样评价：“文起八代之衰，而道济天下之溺”——这是说，韩愈的散文挽救其自东汉和魏、晋、宋、齐、梁、陈和隋以来，经学受到玄学、道家学说和佛学的冲击，风光有所减弱的局面，企图恢复儒家学说的新气象，不能再走脱离实际讲究辞章早就被汉代扬雄讥讽为“雕虫小技”的赋的写作道路，提倡散文写作要关心人间疾苦和揭示当时重大的社会矛盾和反映现实生活。

经学家的散文，很显著的艺术特征是在倡扬儒家学说的同时，特别讲究文章的端庄和雍容之气，很少使用华丽的辞藻，语言平和而内容深邃，不太追求事实与景物的叙述和文势的曲折，尽力内敛，始终保持着思想的艺术张力。这是宋代经学家散文区别于非经学家散文质的分野。范仲淹是北宋初期最为著名的经学家散文写作者，他重视文章的政治教化作用，关心社会风俗的淳厚浇薄和国家的兴衰成败，反对宋初文坛的柔靡文风，提出了宗经复古、文质相救、厚其风化的文学思想。在散文创作上，凸显了儒家的经世济民观念，其《上政事书》一经问世，则"天下传颂"。他的《奏上时务书》里，说到"请救文弊"：

> 臣闻国之文章，应于风化；风化厚薄，见乎文章。是故观虞夏之书，足以明帝王之道；览南朝之文，足以知衰靡之化。故圣人之理天下也，文弊则救之以质，质弊则救之以文。质弊而不救，则晦而不彰；文弊而不救，则华而将落。前代之季，不能自救，以至于大乱，乃有来者，起而救之。故文章之薄，则为君子之忧；风化其坏，则为来者之资。惟圣帝明王，文质相救，在乎己，不在乎人。

这里称赞"虞夏之书"而不看好"南朝之文"，其实质是提倡复古，要求文章革新，这是进步的散文观点。特别是他的《岳阳楼记》中"不以物喜，不以己悲"和"先天下之忧而忧，后天下之乐而乐"，表达了升华儒家的"家国天下"意识和崇高的精神境界。欧阳修也是一位彻底的儒家，他继承了韩愈的古文理论，促进了北宋诗文革新运动，他认为儒家之道与现实生活紧密相连，主张文道并重的散文观。特别是欧阳修一改有些经学散文家的正统笔法，大胆对前代的骈赋进行了革新，去掉排偶和限韵的僵硬规定，解放了文体，并率先写出了脍炙人口的《秋声赋》，他的《醉翁亭记》也达到了非常高的艺术境界。

我国的10世纪中后期至11世纪中后期，是一个人才辈出的时代，不但出现了许多优秀的文学家，还出现了许多优秀的经学家，遑论前者，就后者来说，周敦颐、张载以及二程等，都出现在这一时期。周敦颐的哲学思想以及后来者的哲学思想，和之前的儒学有了一个鲜明的区别，多少掺和了佛学和道家学派的东西，开启了我国哲学思想的一个新的时代，这是他们对我国精神文明的巨大贡献。传统的经学到此也出现了大的转折，也就是说，经学不但继续文字训诂、文化价值衡量和典章制度的考辩等学术研究，还大量地引进新的思想哲学资源来诠释儒家经典——道学（理学与心学）时代降临了。

任何学说的发展都要吸收新鲜的思想哲学养料才能与时俱进，否则，就会逐渐枯萎而失掉创新进步的活力。同样地，儒学发展的宋代，要与当时的社会政治经济文化和现实生活相适应，就要革新，而这些学者自然肩负着革新的历史使命。经学散文的风格也发生了新的变化。周敦颐的《爱莲说》和两汉和唐代的经学家散文相比，无论是从内容上还是思想的内质上都要轻灵得多，把固有的凝重与纯粹的精神击破之后，显示出前所未有的风貌——在思想与哲学理念的表达上有了佛学的意蕴不再是单纯的儒家学说底色了，莲的“出淤泥而不染”精神，必定与儒家的积极入世思想有了一定的距离，从此，这些新的经学家走上了比较纯粹的理性的或者精神的学术道路……这些道学家的散文已经没有以前经学家散文关注社会重大矛盾和现实生活的态度了，而是极力追求个人精神的完美无缺和人格的高尚。

与此同时，开创了与濂、洛、闽学派并肩的关学流派的张载，他的散文气象与周敦颐甚至二程有着明显的不同，他的理想是“为天地立心，为生民立命，为往圣继绝学，为万世开太平”——这是非常宏伟的个人抱负。究竟怎样能达到这样的理想境界呢？张载苦苦研究之后，写出了震惊学界的《西铭》，他很好地阐发了儒家思想，以孝为出发点，用孝道来建立家庭秩序，乃至社会秩序和宇宙秩序，三者是一体化的，这篇文章不长：

乾称父，坤称母；予兹藐焉，乃混然中处。故天地之塞，吾其体；天地之帅，吾其性。民，吾同胞；物，吾与也。大君者，吾父母宗子；其大臣，宗子之家相也。尊高年，所以长其长；慈孤弱，所以幼其幼；圣，其合德；贤，其秀也。凡天下疲癃、残疾、惸独、鳏寡，皆吾兄弟之颠连而无告者也。于时保之，子之翼也；乐且不忧，纯乎孝者也。违曰悖德，害仁曰贼，济恶者不才，其践形惟肖者也。知化则善述其事，穷神则善继其志。不愧屋漏为无忝，存心养性为匪懈。恶旨酒，崇伯子之顾养；育英才，颍封人之锡类。不弛劳而厎豫，舜其功也；无所逃而待烹，申生其恭也。体其受而归全者，参乎！勇于从而顺令者，伯奇也。富贵福泽，将厚吾之生也；贫贱忧戚，庸玉汝于成也。存，吾顺事；没，吾宁也。

这是令人甚是喜欢的文章，深刻地阐明了宇宙、社会和家庭的关系，也揭示了人生的意义与价值，特别是文末的“存，吾顺事；没，吾宁也”这两句，真正达到了知天顺命的自由而高远的精神境界！程颐读后，感叹道：“自孟子后，盖未见此书。”这确实是很高的评价。这也是经学家散文杰出的巨作。关学流派经过元明清一直绵延不绝，最近出版的《关学文库》收录了29位关学学者的文集，除去其思想哲学意义不提，就文学艺术而言，文章风格追随张载，不事雕琢，文风朴实而情感浓烈，以天下为己任的精神令人感动不已。

朱熹既是道学家的集大成者，也是理学的主要开创者之一。他的“理”，以儒家伦理思想为核心，吸取了道家有关宇宙生成、万物化生和佛教的思辨哲学，认为“理”是宇宙间的最高本体和万物产生的本源，其治经多以诠释义理兼谈性命为主，特别是对二程从儒学经典里提炼出来的“四书”进行学术诠释，并在诠释的过程中不断阐发自己的学术思想和意见，把经学推向了一个新的高峰。他的散文写作也很优美，深受韩愈、曾巩的影响，强调文质兼顾，是宋代经学家散文大家之一。他的《壬午应诏封事》《送郭拱辰序》《江陵府曲江楼记》《楚辞集注序》等都是很好的散文。在《百丈山记》里，朱熹写道："日薄西山，余光横照，紫翠重迭，不可殚数。旦起下视，白云满川，如海波起伏。而远近诸山出其中者，皆若飞浮来往。或涌或没，顷刻万变"——状山水之景，如在眼前，且语言出神入化如同柳子之笔法。《诗集传序》里谈到"诗"时，有这样的话：

> 诗者，人心之感物而形于言之余也。心之所感有邪正、故言之所形有是非。惟圣人在上，则其所感者无不正，而其言皆足以为教。其或感之之杂，而所发不能无可择者，则上之人必思所以自反，而因有以劝惩之，是亦所以为教也。

把"诗"的产生与教化的作用透彻地表达出来，具有强大的内在逻辑力量和高度辐射的思想能量。朱熹的著作既是哲学论著也可以视为经学家散文作品，阅读之后收获巨大。

与朱熹的经学学术观点与治学方法不同的哲学家陆九渊，则是"心学"的代表人物。他与朱熹曾经有过"鹅湖论战"，互相辩难，各不相让。到了明代，"心学"为一代伟大的思想哲学家王阳明所传承。王阳明坚持"知行合一"学说，后来发展至"致良知"，这是他对"龙场悟道"所得"心外无理，心外无事"和"知行合一"的高度概括。其根本仍然是加强儒家学说的"孝""悌"等伦理道德，这并无出新之处。但是，由于王阳明强调了"心自然能知"的观点，认为"心""自然"地作出反应、选择就是"良知"的体现，而这种反应和选择应该去追求和崇尚，社会应该予以宽容而不应该阻碍，这是他的思想哲学独特的地方。因此，王阳明的文章几乎都围绕着他的“心学”观点进行阐述，一层深过一层。他的著作多是语录体，而且其中常常是对话体裁，生动活泼，收放自如，增强了阅读兴趣，例如，他谈到“六经皆史”的论说：

> 爱曰：“先儒论《六经》，以《春秋》为史。史专记事，恐与五经事体终或稍异？”
>
> 先生曰：“以事言谓之史，以道言谓之经。事即道，道即事。《春秋》亦经，五经亦史。《易》是包牺氏之史，《书》是尧舜以下史，《礼》《乐》是三代史。其事同，其道同，安有所谓异？”

这段对话非常简练，三言两语就说清楚了为什么“六经皆史”的道理和缘由，其语言口气塑造了鲜明的人物形象，没有长篇的引经据典，也没有烦琐的诠释，寥寥数语就把道理讲明白了——这在散文上可谓白描艺术。王阳明不愧是语言大师。他的《瘗旅文》和《象祠记》被收入《古文观止》。

从两汉到明代漫长的历史过程中，经学也随着时代发生了变化和革新，董仲舒、韩愈、范仲淹和欧阳修等至北宋这一批道学家的兴起为止，这应该是比较纯正的经学研究时期。这一时期，经学家努力倡扬儒家学说，更重要的是以儒家思想的哲学理念来面对国家和社会的重大矛盾，以及企图解决现实生活中老百姓的民生问题，是为天下谋取利益，具有强烈的担当精神，胸怀宽阔，视野辽远，其散文作品多反映其治理社会的经略，黄钟大吕，旋律昂扬，令人神往。而从北宋道学家开始一直到王阳明，其中无论是朱熹还是其他人物，都逐渐退到个人内心，不再具有前代经学家的气魄和现实主义精神，格局越来越偏狭，缺少了积极拥抱现实生活的昂扬奋发精神，转入个人的品行道德修养。无论是理学还是心学，都给我国的思想哲学涂抹上了黄昏的色彩。

这一局面，直到清代初期，由于顾炎武、黄宗羲和王夫之等经学家的出现，才有了新的转机，似乎经学研究可以接续上北宋之前的历史阶段了。顾炎武是清初继往开来的一代宗师，其学问渊博，涉猎面很广，于国家典制、郡邑掌故、天文仪象、河漕、兵农及经史百家、音韵训诂之学，研究甚深，治经重视考证，开清代朴学之风。其主要著作有《日知录》《天下郡国利病书》《肇域志》《音学五书》《亭林诗文集》等。他的散文，以谈论学问为多，如《与友人书》里，有这样一段话就很典型：

> 人之为学，不日进则日退。独学无友，则孤陋而难成。久处一方，则习染而不自觉。不幸而在穷僻之域，无车马之资，犹当博学审问，古人与稽，以求其是非之所在，庶几可得十之五六。若既不出户，又不读书，则是面墙之士，虽有子羔、原宪之贤，终无济于天下。子曰："十室之邑，必有忠信如丘者焉，不如丘之好学也。"夫以孔子之圣，犹须好学，今人可不勉乎？

在这封书信里，顾炎武谈到了做学问的态度与方法，提出了"博学审问，古人与稽，以求其是非之所在"的学习路径，语言质朴，辩证论述，对人很有启发。又如，另一则《与友人书》：

> 君诗之病在于有杜，君文之病在于有欧韩，有此蹊径于胸中，便终身不脱"依傍"二字，断不能登峰造极。

顾炎武直指友人的诗作与文章存在的弊病在于"有杜""有欧韩"，摆脱不了模仿杜甫及韩愈、欧阳修，唯独缺少自己，这是为诗为文的大忌，大树底下不长苗。要有区别于任何人的独立的艺术品格才是真正的创作。顾炎武的散文文体，书信最多，其次还有一些序跋之类。不过，他的散文，书信也好，序跋也好，甚至写的"记"，如《五台山记》《裴村记》《复庵记》等，也写得很是朴实，毫无一点摇曳之处。这也许是学者散文的特点吧，然而，这个特点却丧失了散文虚实相间的艺术要求，读来甚是费力。

黄宗羲由经学出发成为政治思想家和哲学家。他提出了“天下为主，君为客”的观点，认为“天下之治乱，不在一姓之兴亡，而在万民之忧乐”，主张以“天下之法”取代皇帝的“一家之法”，从而限制君权，保证人民的基本权利，具有民主的意义。他的著作很多，主要是《明儒学案》《宋元学案》《明夷待访录》等著作。非常喜欢读黄宗羲的《明儒学案》《明夷待访录》，一直把这两部书当作散文来读。前者创我国学术史的一种新文体“学案体”，他把本来枯燥的学术思想和观点，写得风生水起，其笔下的学者栩栩如生，其学术精粹也摘要存录。后者猛烈抨击封建专制，悉心描绘未来新的世界，闪耀着民主主义的思想光辉，读来令人满心光明。黄宗羲治学，重视史学，他说：

> 明人讲学，袭语录之糟粕，不以《六经》为根柢，束书而从事于游谈。故授业者必先穷经，经术所以经世，方不为迂腐之学，故兼令读史。

这是黄宗羲的治学门径，极力纠正明代的“束书而从事于游谈”不认真读书的缺陷，以读史为基础，特别是在国破家亡的重要时期，读史可以激发起强烈的民族意识。

王夫之与顾炎武、黄宗羲并称明清之际三大思想家。其有《周易外传》《尚书引义》《读通鉴论》《宋论》等著作。这三大思想家，以儒家学说为仪轨，并能结合社会现实生活提出新的学术主张，这也是我国经学发展生生不息的内在原因。最先阅读王夫之的《宋论》，这部书是他的历史散文，共 15 卷。与顾炎武和黄宗羲一样，王夫之也非常重视历史著作的阅读，以史为鉴，对汉民族思想文化以及政治制度进行深刻反思。文笔凝重，叙事层次分明，条理清晰。如卷一的“太祖”中有这么一段话：

> 三、太祖勒石，锁置殿中，使嗣君即位，入而跪读。其戒有三：一、保全柴氏子孙；二、不杀士大夫；三、不加农田之赋。呜呼！若此三者，不谓之盛德也不能。德之盛者，求诸己而已。舍己而求诸人，名愈正，义愈伸，令愈繁，刑将愈起；如彼者，不谓之凉德也不能。求民之利而兴之，求民之害而除之，取所谓善而督民从之，取所谓不善而禁民蹈之，皆求诸人也；驳儒之所务，申、韩之敝帚也。

这段话追述了宋太祖给后世君王的“戒”，接着王夫之紧扣这一主题进行了议论，波澜横起，深刻有力。与顾炎武、黄宗羲相比较，王夫之的历史散文讲究章法，语言饱含激情，文气十足，胜顾、黄两人一筹。

明代的王阳明心学，到了清代早已经丧失了初创时期的精锐劲头，流弊也逐渐出现，引起学者们的抵抗，不断进行反思与批判，顾炎武振臂而起建立朴学，企图挽救我国的经学事业——也就是思想学术事业，犹如中流砥柱，伟岸壁立。此后，宋学虽然不绝如缕，但是崇尚经世致用之学成为主流，经学也在不断发展。不过，与文学特别是散文艺术渐行渐远，很少需要这样的文体来表达经学的思想哲学观念，以及诠释经典和纯粹学术性的训诂、考据、金石等学问，经学家散文也不免式微。不过，经学家散文曾经在我国散文史中是一个美丽的客观存在，“重重帘幕密遮灯”，不管是注意还是不注意，经学家散文仍然在散发着属于自己的光辉，值得我们予以关注和研究。

# 中国古典抒情散文七大家

如果我们仔细地考察，中国文化和中国人文精神的主要载体是散文，而散文的产生是当时社会政治和经济发展的艺术反映，以《尚书》为例，这是我国目前最早的散文结集，它客观地记叙了虞、夏、商、周四代的社会发展状况，上起原始社会末期的唐尧，下至春秋时期的秦穆公。《尚书》既是我国最早的一部史书，也是古代世界著名的历史典籍之一。《尚书》也就是上古史的意思。从文学的角度来看，《尚书》已经是很成熟的散文著作了。此后的儒家经典“十三经”，除了其中的《诗经》和《尔雅》两部著作，其余均是非常优秀的散文著作。所以，有理由认为，中国文化和中国人文精神是在散文这种文体里得到传承和发展的，这是其他文体所不能胜任的。

中国文化和中国人文精神高地的守护，文学与现实的联系，散文功不可没。即使在今天，在流行的大众文化借重影视、网络，甚至于小说等，通过媒介渠道，高唱着享乐至上、欲望人生，消解现实的严酷性与人文的理想主义精神之时，散文依然固守着比较高洁的人文精神情操。散文担负着时代文化和人文精神建设的重要责任。我们现在要做的工作是，发掘古典优秀散文的艺术特质，为当代散文的发展提供有益的美学借鉴，抵抗现代工业化进程中虚浮的泡沫，并且不负责任地消解、颠覆高尚的文化和人文精神中低俗的东西，重新建构社会文明，这是研究古典散文的意义所在。

从甲骨文、青铜器上的铭文开始，到先秦战国时代及以后的各个历史时期，散文是我国正统的文学主流，具体来说，中国古典散文的发展，沿着两条线索前进，第一条是“文以载道”的散文线索；第二条是张扬个性的抒情散文的线索。比较起来，前者是中国古典散文的主流。从先秦诸子到明清散文，产生了不少杰出的散文家，孔子、孟子、荀子、韩非子、墨子等，到韩愈、欧阳修及王安石等所谓的“唐宋八大家”，再到明代的诸位散文家，都是始终贯彻着“文以载道”的散文思想。而张扬个性的抒情散文，则在中国散文的发展过程中不是十分发达，但也不能说没有发展，本书着重论述的是第二条发展线索。

先秦的诸子中，最讲究散文抒情艺术的是庄子。庄子的散文如汪洋大海一般，想象的张力很大，比喻十分新鲜。鲁迅先生在《汉文学史纲要》中指出，庄子属于“文辞之美富者”。而著名学者闻一多则认为庄子堪称先秦诸子中唯一的文学家：“如果你要的是纯粹的文学，在庄子那素净的说理文的背景上，也有着你看不完的花团锦簇的点缀——断素，零纨，珠光，剑气，鸟语，花香——诗，赋，传奇，小说，种种的原料，尽够你欣赏的，采撷的。这可以证明如果庄子高兴做一个文学家，他不是不能。”同时，闻一多认为，庄子具备了一个杰出文学家和诗人的基本素质：“他那婴儿哭着要捉月亮似的天真，那神秘的惆怅，圣睿的憧憬，无边无际的企慕，无崖际的艳羡，便使他成为最真实的诗人。”又说，“南华的文辞是千真万确的文学，人人都承认。可是《庄子》的文学价值还不只是在文辞上。实在连他的哲学都不像寻常那一种矜严的、峻刻的、料峭的一味皱眉头，绞脑子的东西；他的思想本身便是一首绝妙的诗”。庄子的散文主要结集在《庄子》中，共约 33 篇。《庄子》的意义在于它是先秦散文成熟的标志，也是先秦散文的最高成就，鲁迅说：“晚周诸子之作，莫能先也。”《庄子》开辟了古典抒情散文的道路，其艺术特色是：用鲜明的艺术形象来阐明哲学道理，想象奇特瑰丽，富有强烈的抒情色彩，形之于语言上，则是气势磅礴，句式变化无常，长短参差，词汇丰富，有很强的艺术表现力。庄子是中国抒情散文的第一大家。

伟大的史学家司马迁是中国古典抒情散文的第二大家。司马迁在史学上的贡献，具有开创性，而在散文艺术上的贡献也具有开创性。司马迁是一个极富情感的散文家，读他的《报任安书》，你会感到他的文章“操纵起落，俱挟浩气流行，如怒马奔驰，不可羁勒”，“直写胸臆，发挥又发挥，惟恐倾吐不尽，读之使人慷慨激烈，唏嘘欲绝，真是大有力量文字”。司马迁写史，以雅洁称世，班氏父子因此称其为有“良史”之才，但是读司马迁的史传散文，感觉其文并未因雅洁而丧失了情感的力量，有人这样评价司马迁，“他的文辞，笔力劲拔。在他发痛愤的地方，文情如火如荼，悲哀之处又非常凄绝，极尽文章的能事”。他的爱憎情感，往往在叙述的语言中可见。于他所敬爱的人，他常以无限深情的敬语娓娓叙其事迹，如对战国四君子，司马迁独爱信陵君，故其他三君子之传记分别为《孟尝君列传》《平原君列传》《春申君列传》，而信陵君传独称《魏公子列传》，只此一称呼，就已见司马迁对信陵君的爱赏亲昵之情。文中叙写信陵君屈交贫贱、仗义救赵、低节赵客，处处彰显魏公子的高尚情操和慧眼识才，彰显他的虚心待客、真心爱才，字里行间都是对信陵君的爱重之意。再如《李将军列传》，对于汉朝“飞将军”李广，司马迁异常欣赏。在他看来，李广身上有无数值得叹赏之处：骁勇善战，勇武无双；轻财爱士，怜惜士卒；沉着冷静，遇事不慌；带兵有素，指挥有方；威名远震，声播四方，但就是这样一个令匈奴人闻风丧胆的英雄将领，却终生不得封侯，最终因不愿复对刀笔吏而自杀身亡。司马迁同情李广的遭遇，又不能解释或不敢解释其中真实的原因，于是只好以“数奇”概括李广的一生，其所传达的，是对李广命运的不平之慨。司马迁的叙述语言就是这样，语语传情，字字达意，喜欢也罢，尊重也罢，厌恶也罢，憎恨也罢，情感倾向极其明朗，绝少掩饰和隐藏，因而，读司马迁的散文，极容易为他散文叙述语言的情感力量所驱动，跟他一起喜，随他一起忧，而这正是司马迁散文的动人之处。鲁迅说司马迁的《史记》是“史家之绝唱，无韵之离骚”。这里的韵，应该是指《史记》中散发出来的浓厚的感情色彩。

在中国古典抒情散文的发展过程中，第三个人物是南北朝的陶渊明。陶渊明留存下来的散文、辞赋总共只有十多篇，但几乎每一篇都很出色。其主要的艺术特点，与诗歌一致，也有个别几篇，风格不尽相同。散文中以《桃花源记》最为著名。这篇散文实际近于小说，所以又被收录在据传是陶渊明著的志怪小说集《搜神后记》中。文中虚构的“世外桃源”，既有儒家幻想的上古之世的淳朴，也有老子宣扬的“小国寡民”社会模式的影子，其中关于乡村景象的描绘，又同作者的田园诗意境相似。可以说，它既是作者依据他的社会理想所作的美好想象，也代表了那个动乱时代广大民众对太平社会的向往。文章的语言优美而朴素。如写武陵渔人初入桃花源的一节：“忽逢桃花林，夹岸数百步，中无杂树。芳草鲜美，落英缤纷。”写桃花源中风光：“土地平旷，屋舍俨然，有良田、美池、桑竹之属。阡陌交通，鸡犬相闻。”这种文笔，使语言、意境、主题达到了高度的统一。《五柳先生传》是作者自况，也是一篇奇文。全篇只有百余字，以一“不”字贯穿始终。开头便是“先生不知何许人也，亦不详其姓字”。既而又是“闲静少言，不慕荣利；好读书，不求甚解”。结束“忘怀得失，以此自终”，意义还是一个“不”。大量使用这个否定词，意蕴在于表示自己对世间的一切无所措意、无所执着，只是任性率真地生活。不但世俗的荣名毫无价值，就连一个人的姓名也是外加的东西，可有可无。这就是所谓“自然”的人生哲学。用语浅而含蕴深，是这篇短文的显著特点。辞赋以《归去来辞》最为著名。此篇作于陶渊明在彭泽令任上决心辞官归隐之际。文中关于归途景象和还乡以后生活的描写，均出于想象。在古代各种文体中，辞赋的基本特点就是华美，而陶渊明这篇赋却写得相当朴素，语言清新流利。它的抒情色彩浓厚，富有诗意，同时充满了哲理内涵。“舟超遥以轻飏，风飘飘而吹衣”，想象归途中的自由无羁、轻松愉悦，令人心旷神怡。“云无心以出岫，鸟倦飞而知还”，“木欣欣以向荣，泉涓涓而始流”等写景之笔，非常形象地体现了自然界自生自化、充足自由的灵韵。正因为这些描绘所反映的不仅仅是客观对象，也包括作者自身的人生情趣，所以才特别美好动人。上述几篇，情调都比较平和。而《感士不遇赋》着重抒发怀才不遇、政治理想无法实现的苦闷，就显得比较激烈；《祭程氏妹文》悼念胞妹，则真情流泻，凄恻感人。

第四位是唐代大诗人柳宗元。柳宗元名列“唐宋八大家”，其散文艺术成就在于山水散文，其实也是很漂亮的抒情散文，很少有学究气，是从心灵里自然流泻出来的真感情。柳宗元山水游记的著名代表作是“永州八记”。这“八记”并非单纯的景物描摹，而是在景物中托意遥远，抒写胸中种种不平，使得山水也带有了人的性格。他的散文语言简练生动，常运用虚实结合、夹叙夹议的方法谋篇布局，使得文章逸趣横生。此外，柳宗元在文中多用短句，节奏明快而富于变化，这是他汲取骈文之长所形成的。抒情散文最关键的是张扬作者的个性，通过对自然景色的描写，反映出自己内心的情感，或者幽怨，或者乐观，使自然景色投射出浓厚的思想感情，具有了人的性格特征。

第五位是宋代伟大的文学家苏东坡。苏东坡的散文种类很多，其论史议政的论文，包括奏议、进策、史论等，大都是同苏轼政治生活有密切联系的作品。其中除有一部分大而无当带有浓厚的制科气外，确也有不少有的放矢、颇具识见的优秀篇章。如《进策》《思治论》《留侯论》等，见解新颖，不落窠臼，雄辩滔滔，笔势纵横，善于腾挪变化，体现出《孟子》《战国策》等散文的影响。而叙事纪游的散文在苏文中的艺术价值最高，有不少广为传诵的名作。记人物的碑传文，如《潮州韩文公庙碑》，记楼台亭榭的散文，如《喜雨亭记》。其写景的游记，更以捕捉景物特色和寄寓理趣见长，如《石钟山记》、前后《赤壁赋》，即地兴感，借景寓理，达到诗情画意和理趣的和谐统一。苏轼的记叙体散文，常常熔议论、描写和抒情于一炉，在文体上，不拘常格，勇于创新；在风格上，因物赋形，汪洋恣肆；更能体现出《庄子》和禅宗文字的影响。书札、题记、序跋等杂文，在东坡集中也占有重要地位，所写书札尺牍如《上梅直讲书》《与李公择书》等，大都随笔挥洒，不假雕饰，使人洞见肺腑，最能显现出作者坦率、开朗、风趣的个性。苏轼写了不少题记、序跋、杂著，品诗评画，谈论书法，总结创作经验。如《南行前集叙》《书吴道子画后》《文与可画筼筜谷偃竹记》等。此外，苏轼还有一些记述治学心得的杂文，如《日喻》《稼说》等，写法上能就近取譬，深入浅出，内容上也有不少独得之见。苏轼还有流传较广的笔记文《东坡志林》，此书东坡生前已提及，但未完成，今传本实为后人编辑。《稗海》所收《志林》，内容较多，除史论外，还有不少随笔、杂感、琐记，写人记事，言简而明，信笔挥洒，颇饶情致，随手拈来，极有意境和性情。苏东坡自论道："某平生无快意事，唯做文章，意之所到，则笔力曲折，无不尽意"，"作文大略如行云流水，初无定质，但常行于所当行，常止于不可不止，文理自然姿态映生"。这说明，苏东坡的胸中经常翻卷着一股浩荡的"气"，这种"气"就是浓烈的情感。情感就像秋水那样浩渺，不论平原高山，遇之则横溢，横溢则有充满主观情感色彩的大文章。所以，苏东坡的散文，眼界宽阔，骨骼高尚，情感真切，是至情文章，张扬着个体生命意识，是中国古典抒情散文的高峰！

第六位是明代的袁宏道。袁宏道的散文以游记和尺牍为主。游记写的与柳宗元不同，只注重游玩的趣味，而不涉及人生感悟。写景是个好手，算得上清新细腻。如"时方春仲，晚梅未尽谢，花片沾衣，香雾霏霏，弥漫十余里，一望皓白，若残雪在枝。奇石艳卉，间一点缀，青篁翠柏，参差而出"。(《天池》)颇为可读。写飞来峰"渴虎奔猊，不足为其怒也；神呼鬼立，不足为其怪也；秋水暮烟，不足为其色也；颠书吴画，不足为其变幻诘曲也”更是飞来神笔。尺牍中以牢骚为上品。牢骚多是“吴令甚苦我”。“苦瘦、苦忙、苦膝欲穿，腰欲断，项欲落”；“钱谷多如牛毛，人情茫如风影，过客积如蚊虫，官长尊如阁老”；“令所对者，鹑衣百结之粮长，簧口利舌之刁民，及虱虮满身之囚徒耳”。以上不过是说自己的勤苦，至于描摹自己的丑态，更是刻薄得近于毒辣——“遇上官则奴，候过客则妓，制钱谷则仓老人，谕百姓则保山婆”，热衷人冷眼自嘲，竟然鞭鞭见血。总的来说，袁中郎的文字善于抒发情感，很少方巾习气。只是游不过西湖、虎丘；牢骚不过苦令。使人觉得他的散文题材很是狭窄。但是，袁中郎的散文，是对“文以载道”散文传统的反动，在整个明代散文园地里，吹来一股清新的风，令人耳目一新，抒发的情感也平淡天然，原来散文还有贴近人的性灵的特性，这也是袁中郎在古典抒情散文上的贡献。

第七位是明末的张岱。张岱在自己的诗文集《一卷冰雪文》中说：“至于余所选文，独取冰雪。”认为“文之冰雪，在骨在神”。也就是说，张岱的散文是有自己的精神追求的。

表现在张岱散文上，这种精神便具有了鲜活灵动的艺术气韵。他的《湖心亭看雪》是描写西湖雪景的绝唱，最为人称道的是下面一段：“雾凇沆砀，天与云与山与水，上下一白。湖上影子，惟长堤一痕、湖心亭一点，与余舟一芥、舟中人两三粒而已。”在天地一片苍茫之际转写湖上影子，以传神生动的量词为西湖雪景传神的写照，触摸到山水的生命脉搏。张岱还善于运用洗练而传神的白描。写人物，以凝练整饬的诗化语言直入人的性情之中，如写鲁云谷的洁癖：“性极好洁，负米颠之癖，恨烟恨酒，恨人擷花，尤恨人唾洟秽地。闻喀痰声，索之不得，几学倪迂，欲将梧桐斫尽。故非解人韵士，不得与之久交。”这样寥寥几笔，人物性情毫发毕现，其中作者自己的爱与憎也和盘托出。张岱的山水散文或者记事写人的散文，都有着强烈的抒情色彩，是中国古典抒情散文作家的殿军。

以上七位古典抒情散文家，他们的共同特征是：他们的散文在一定意义上摆脱了社会附加在散文上的现实政治色彩，大都从个体的情感体验出发，具有强烈的抒情性；创作了具有语言美、意境美、情感美的气韵生动的艺术散文；创造或者保持了优秀的传统文化和人文精神；对后世的散文发展特别是对中国的现代文学和当代文学起到了积极的建设作用；经历了千百年严酷的历史的淘汰仍然焕发出旺盛的艺术生命。这就是评判他们是中国古典抒情散文家的原因和理由。更重要的是，在他们的散文中，还具有新异的散文艺术思想。因为，中国古典散文从它诞生之日起，非常显著的特征是“文以载道”，是紧密地和现实政治相联系，和道德说教相联系，而张扬个性的抒发个人情感的散文则并不发达，以上七位散文大家，在背叛正统的古典散文道路上，走向抒情的审美散文不同程度地做出了巨大的贡献，所以，他们是中国古典抒情散文的旗帜。当然，也不排除其他的古典散文大家，例如南北朝时期的吴均，他的散文数量不多，但仅仅三篇书信，就足以成就他的抒情散文大家的地位，可是，和这七位抒情散文家相比，在开创性和艺术贡献上就稍微弱一点，但这并不影响他们在整个中国散文历史发展中的地位和作用。

## 中国古典散文三大主流

古典散文概念的界定：文，《说文解字》："错画也。象交文。"这句话的意思是，文，通"纹"，指各色交错的纹理，有文饰、文章之义。刘勰在《文心雕龙·总术》篇里写道："今之常言，有'文'有'笔'，以为无韵者'笔'也，有韵者'文'也。"所谓"笔"，就是指韵文以外的一切记叙性和议论性的文体，这些文体就是散文。

散文，按照《现代汉语词典》的解释是指不讲究韵律的文章。指除诗歌、戏剧、小说以外的文学作品，包括杂文、随笔、特写等。这种解释，实际上是认为散文具有广义和狭义之分。古代的散文是广义的散文概念，是指一切"不押韵"的文章。也就是刘勰所谓的"笔"。

散文这一文体概念是"五四"时期才出现的，借用了西方文体划分的方法予以界定。现代广义的散文包括了除去诗歌、小说、戏剧、影视文学的一切叙事性、议论性、抒情性的文体。狭义的散文则专指抒情散文。这是因为随着文体的发展，叙事散文中的通讯特写、传记文学、报告文学等，已经发展成为独立的文体，各成一类；议论散文则有了专门的名称——杂文，也从散文中分了出来，剩下的只有抒情散文，这就是狭义的散文。

如果沿用现代狭义的散文概念来衡量我国古代的散文作品，得出的结论与我国古代客观存在的非常丰富的散文实际有着异常遥远的距离。德国汉学家顾彬主编的《中国古典散文》，认为我国的古典散文到了唐代才正式产生，所以，他们的论述，也只是从韩愈、柳宗元开始。这是错误的。之所以产生这样的错误，无他，是顾彬等学者机械地按照西方的散文文体来认定的，这样就把我国古代属于世界文学的主要组成部分——大量的文学散文实际排除在外了，这是不正确的。

任何事物都具有特殊性。我国古代的散文，除了具有浓郁的叙事抒情色彩，还具有极其强烈的实用性，特别是早期的散文，是和哲学、历史、伦理和政治密切联系在一起的，产生了文史哲浑然一体的文体现象，这是很值得认真研究的。在我看来，广义的散文概念是适合我国古代散文实际情况的。除此，利用其他的方法来划分，只能陷入迷途。

使用广义的散文概念来定义我国古代的散文，可以看出，我国古代散文最为繁荣发达的历史阶段是先秦时期——对此，有论者把它称为我国古代散文的黄金时期。这个时期，不但出现了负载着中国社会道德伦理走向的思想家的散文，也出现了不倦探索宇宙、自然及人生终极的理性飞扬的哲学家的散文，还出现了还原以往生活细节人物呼之欲出的历史传记家的散文，这些丰富多彩、绚丽鲜艳的充满原始生命力、焕发着前所未有的审美观照力的散文，不但是我国古代散文艺术的高峰，也是世界散文艺术的高峰。

在漫长的历史岁月中，很少再出现散文如此兴盛的局面——就是每一次散文运动在挣脱了种种外在和内在因素的严重束缚，出现令人欣喜的勃勃生机的时候，其前导者无不是打着复古的旗号，而这个古，就是指先秦散文的黄金时期——其原创性、先导性、审美性和艺术性，至今仍然影响着我国当代散文的发展。

也就是说，先秦时代，我国古典散文基本上确定了散文艺术的发展格局，特别是散文不同的文体也得到了充分的发育。具体来说，以《论语》《孟子》和《荀子》为核心的议论文散文，以《春秋》《左传》为核心的史传散文和以《老子》《庄子》为核心的抒情散文，成为我国古典散文的三大主流，构成了三千多年波澜壮阔又绚烂多彩的散文文学景象。

# 议论散文

何谓议论？求之于《现代汉语词典》来解释，议：①意见，言论；②商议；③议论，评说。论：①分析和说明事理；②分析和说明事理的话或文章；③学说；④说；⑤衡量；⑥按照某种单位或类别说。议论：①对人或事物等的好坏、是非等表示意见；②对人或事物等的好坏、是非等所表示的意见。议论散文一般有两种文体形式：一是立论，提出论点，用论据来证明论点的文章；二是驳论，用论据推翻论点的文章。这里的议论散文是指：建立系统的哲学思想学说，阐明观点，衡量是非，互相商议，驳斥辩难等文章，均属于议论散文的范畴。

孔子的《论语》和柏拉图的《理想国》一样，采用了对话体散文体裁，而对话体散文具有灵活风趣和幽默的艺术特点，在轻松的氛围里，完成了主题思想的表达，避免了较长的篇幅带来的沉闷、呆板和烦琐的弊病，易于读者接受作者的思想观点，而思想观点又是散文最主要的构成因素，没有鲜明思想观点的散文，仅仅是语言文字的凌乱组合，根本没有艺术价值。《论语》采用对话体的形式来表现孔子博大精深的儒家思想，并不像有的论者认为这仅仅体现了孔子的述而不作的态度，只是他的门徒在他身后记录整理出来的类似言行录的书籍而已。这种看法是极其片面的。儒家流派的学者们之所以采取对话体，关键是他们认为这样确实有利于传布孔子的思想，特别是对话体的语言接近口语，便于读者理解、接受和传播。就是现在我们读《论语》，也无不被《论语》征服，直接接受的是《论语》所表达的主要观点，而这些观点往往浓缩在非常精彩的格言中，例如“己所不欲，勿施于人”“学而时习之”“温故而知新”等，进而对其进行深深的思索。此时，还有谁去关心《论语》是采用什么散文体裁写成的，对《论语》的估量，完全集中于其思想观点，这是《论语》最为成功的地方，以看似毫无章法的写法，表现了思想体系严密、理论推导步步深入的学说内容——柏拉图的《理想国》也具有这样的特点。

不能用现代的思维去衡量处在古典文化繁荣时期的先哲，他们的智慧早已经达到了人类智慧所能达到的高度，并且给后代进行了原创性甚至是典范性的思维示范，这是需要我们认真研究、体会的。从这个角度看《论语》，只能说《论语》达到了古典散文艺术的上乘境界，倒真用上“羚羊挂角，无迹可寻”了。

《孟子》比较《论语》，在文字的篇幅上有了较大的增多，仍然采用的是语录体。《孟子》各篇章大都围绕一个中心点进行论事说理，充满强烈的爱憎感情，多用比喻和寓言来增强文章的生动性、形象性。但是，无论在思想的深度上还是在语言艺术上，均不能和《论语》相提并论。《孟子》主要阐释了孔子的儒家学说，并且有力地推进了这一学说。《孟子》滔滔不绝的辩论语言，讲究说理的欲擒故纵的写作方法，为以后的议论文提供了很有价值的借鉴。

真正集儒家之大成者，是荀子。他的著作是《荀子》。《荀子》已经接近现代的议论文的规范了。荀子是很会写文章的人，一些议论的技巧是相当高明的。在我国形式逻辑还不发达的先秦时代，荀子已经在写作中使用形式逻辑了，读过他的《劝学篇》，仔细分析其文本结构，可以看出在他使用大量比喻修辞的背后，支撑他论证过程内在联系的就是概念判断和推理，使得整个文章气势雄浑，说理透彻，再加上他富丽的语言词汇，把议论文的艺术提升到了新的阶段——以后发生的几次较大的散文复古运动，议论文这一流派，实质上是以《荀子》为榜样，由于荀子提倡“性恶论”而惹恼了不少纯正的儒家后学，因此学习其文章而很少正面谈到他。这是一个奇怪的现象。

议论散文是古典散文中的主流，其功用主要是丰富和发展儒家思想。儒家思想作为主导思想的我国的古典哲学、古典政治学和古典法制的文体形式，就是古典议论散文。这类散文主要是表达和反映统治者的思想和政治观点。我国封建社会拥有悠久的历史和超稳定的结构，议论散文也就一直比较发达。到了汉代，掌管国家思想与舆论的官员董仲舒提出了“罢黜百家，独尊儒术”的主张，迎合了当时国家趋向统一的天下大势，得到了汉王朝的积极支持。董仲舒的《春秋繁露》文采相对较差，对人的艺术冲击力弱了些，却在篇章和语言的运用方面稳练了许多。在魏晋之前，我国尚未出现专业的文学家，也没有出现纯粹的表达情感和人物命运跌宕起伏的文学作品。就散文来说，主要是作为诸子的思想载体出现的，具有强烈的实用性。通俗的说法是文史哲融为一体，也就是在这样的状态下，我国的古典散文逐渐发展起来并在文体上迅速成熟。那么，以反映董仲舒儒家思想为主体，甚至涉及阴阳五行色彩的《春秋繁露》，自然不大讲究文章的形式美，只要能够表达清楚作者经过严密的理论思考得出的思想观点就可以了。尽管如此，《春秋繁露》仍然注意了语言的修饰和使用质朴而准确的词语来结构句式，使得整个风格显示出平稳而端正的艺术特点。

汉代还有贾谊的议论散文，贾谊是重量级的思想家和作家。贾谊，称贾太傅、贾长沙、贾生。西汉洛阳（今河南洛阳市东）人。西汉初年著名的政治家、文学家。18岁即有才名，年轻时由河南郡守吴公推荐，20余岁被文帝召为博士。不到一年被破格提拔为太中大夫。但是在23岁时，因遭群臣反对，被贬为长沙王太傅。之后被召回长安，为梁怀王太傅。怀王坠马死后，贾谊深感歉疚，直至33岁忧伤而死。其著作主要有散文和辞赋两类。散文如《过秦论》《论积贮疏》《陈政事疏》等都很有名；辞赋以《吊屈原赋》《鹏鸟赋》为代表作。贾谊的议论散文，很有思想分量。他在《过秦论》中论述秦朝之失的原因：

且夫天下非小弱也，雍州之地，崤函之固，自若也。陈涉之位，非尊于齐、楚、燕、赵、韩、魏、宋、卫、中山之君也，锄耰棘矜，非铦于钩戟长铩也；谪戍之众，非抗于九国之师也；深谋远虑，行军用兵之道，非及向时之士也。然而成败异变，功业相反。何也？试使山东之国与陈涉度长絜大，比权量力，则不可同年而语矣。然秦以区区之地，致万乘之势，序八州而朝同列，百有余年矣，然后以六合为家，崤函为宫，一夫作难而七庙隳，身死人手，为天下笑者，何也？仁义不施而攻守之势异也。

语句急促形成磅礴气势，分析道理势如破竹，整个文字前呼后应，层层深入，步步推进，最后卒章显志，主题突出，论述有力。贾谊的议论散文，对后世影响巨大。刘勰的《文心雕龙·奏启》称其奏疏是“理既切至，辞亦通畅，可谓识大体矣”。篇数虽然不多，但几乎篇篇是名篇，足以光照千古。

有的论者认为，魏晋时期是文学进入自觉的时代，也就是说，出现了专门的区别于实用价值大于文学价值的具有鲜明文学特征的作品。这种论断大致是有道理的。不过，议论散文这个主流并没有因此而中断，反而在发展过程中有了比较新的气象——这个时期，专门以儒学（经学）为业的人已经不多了，一般来看，大都参与了实际的工作。这个时期军阀割据，战争不断，现实社会里真正是安放不下一张可以坐而论道的书桌了，正如李密在《陈情表》里形容的：“人命危浅，朝不虑夕。”作为职业读书人——士，这个阶层的人只有纷纷投靠有实力的军阀集团才能在政治和生活上获得出路，否则，生存就会极端的困难。再说，一些敢于在乱世有所作为的读书人，他们胸怀大略，成为逐鹿中原的强劲选手，如大英雄曹操。议论散文到了曹操手里，一改原先论辩式的或者比较空洞的理论说教，而成为言之有物，有话则长、无话则短的简练有力、话语强悍的文体风格，适应了现实政治和生活的需要。议论散文至此面貌发生了变化，被注入了新的活力。这时议论散文的代表是曹操。曹操不屑于书生议论，他需要的是简明扼要指示明确的文章来表达自己的思想和意愿。他的此类散文特点是质朴浑重、率真流畅。例如，《让县自明本志令》，自述大半生的奋斗经历，分析当时的形势，剖析自己的心志，其“设使国家无有孤，不知当几人称帝，几人称王”等语，直抒胸臆，异常坦率，文思显豁，很少在语言上让人产生歧义，明确地说明自己的观点和所持的态度。曹操这种平易自如、质实明练的散文艺术，在当时独树一帜。鲁迅曾称赞他是“改造文章的祖师”（《魏晋风度及文章与药及酒之关系》）。至于嵇康、向秀、阮籍等，成就比较高的算是嵇康了，他的文章清朗通脱、简短有力、观点鲜明，推进了议论散文的艺术性。从此以后，议论散文出现了新的态势：①议论散文从思想家、哲学家和理论家手里解脱出来了，从政治家手里也解脱出来了，逐渐成为文学家操练的文体，成为他们进行创作的语言载体；②议论散文逐渐确立了表达政治思想或者哲学思想，同时十分讲究语言艺术的一种散文文体；③“文以载道”是这种散文直接而明确的艺术要求和衡量标准。把议论散文提高到具有经天纬地的思想与艺术功能地位的时期是唐代中期，这是我国古典议论散文发展的巅峰时期，具有继往开来、承前启后的伟大历史意义。

议论散文的巅峰时代的出现，必定有其伟大的代表人物。这个代表人物就是韩愈。

韩愈，字退之，河南河阳（今河南省焦作孟州市）人。祖籍河北昌黎，世称“韩昌黎”。晚年任吏部侍郎，又称韩吏部。谥号“文”，又称“韩文公”。苏轼称他“文起八代之衰”；明人推他为唐宋八大家之首，有“文章巨公”和“百代文宗”的称誉。

韩愈三岁而孤，受兄嫂抚育，早年流离困顿。20 岁赴长安考进士，三试不第。25 岁，中进士。后任监察御史，因上书论天旱人饥状，请减免赋税，触怒权要，被贬阳山令。宪宗时北归，为国子博士，累官至太子右庶子，但不得志。50岁后，先从裴度征吴元济，后迁刑部侍郎。因《谏迎佛骨》贬潮州刺史，移袁州。不久回朝，任国子监祭酒、兵部侍郎、吏部侍郎、京兆尹等职，57岁卒。政治上较有作为。他的诗是中晚唐另辟蹊径的一派，成就很高，讲求奇险怪僻，雄浑而重气势。

韩愈对我国古典文学最大的贡献是他极力提倡散文改革和散文创作实践，主张"文以载道"，并自己解释道："己之道，乃夫子、孟轲、扬雄所传之道。"《原道》集中阐明了他的观点：

> 斯道也，何道也？曰：斯吾所谓道也，非向所谓老与佛之道也。尧以是传之舜，舜以是传之禹，禹以是传之汤，汤以是传之文、武、周公，文、武、周公传之孔子，孔子传之孟轲，轲之死，不得其传焉。荀与扬也，择焉而不精，语焉而不详。由周公而上，上而为君，故其事行。由周公而下，下而为臣，故其说长。然则如之何而可也？曰：不塞不流，不止不行。人其人，火其书，庐其居。明先王之道以道之。

在这篇文章里，韩愈确立了儒家道统谱系，并扬扬自得又忧心忡忡地以承继者自任，为了捍卫儒家思想的纯正性和正统地位，他坚决反对佛学，没有丝毫犹豫。从这个思想路线出发，韩愈一路披荆斩棘、拨乱反正、正本清源，和柳宗元一起领导了浩浩荡荡的复古主义运动，不但推动了唐代中晚期的文学发展，更重要的是推动了我国议论散文包括其他文体的散文向前迈进，恢复了自东汉以来儒家在文学领域的正统地位，而且努力探索议论散文的审美规律，并且在自己的散文创作中取得了巨大的成就。

在议论散文方面，韩愈著名的篇什除了《原道》，还有《论佛骨表》

《原性》《师说》等，这些文章主题突出，格局严整，层次分明。他还写了不少的抒情散文，如《祭十二郎文》《祭河南张员外文》《祭柳子厚文》等，情深意重，生动感人。另外，韩愈在日常生活中所写的书信以及其他文体，心灵比较自由洒脱，文字也十分真实动人，如《与孟东野书》、赠序《送杨少尹序》等，具有很强的艺术感染力——他的议论散文，从整体来看，气势充沛，纵横捭阖，奇偶交错，巧譬善喻；或诡谲，或严正，艺术特色多样化；扫荡了六朝以来柔靡骈俪的文风，扬先秦乃至西汉时期的散文的刚正清逸、元气淋漓的气度。韩愈的著作以南宋魏怀忠《五百家注音辩昌黎先生文集》《外集》最为善；廖莹中世彩堂本《昌黎先生集》《外集》《遗文》（明徐氏东雅堂翻刻）最为通行。

韩愈在散文领域的巨大成就，赢得了后世的尊崇。苏轼云："匹夫而为百世师，一言而为天下法，是皆有以参天地之化，关盛衰之运。""独韩文公起布衣，谈笑而麾之，天下靡然从公，复归于正，盖三百年于此矣。文起八代之衰，而道济天下之溺；忠犯人主之怒，而勇夺三军之帅。此岂非参天地，关盛衰，浩然而独存者乎？"苏洵称赞韩愈的文章"如长江大河，浑浩流转"。钱仲联评价云："韩愈的散文，气势充沛，纵横捭阖，奇偶交错，巧譬善喻，或诡谲，或严正，具有多样的艺术特色。"对韩愈极力排佛，陈寅恪在《论韩愈》中说道："呵诋释迦，申明夷夏之大防"，给予了积极的正面肯定。

也有学者对韩愈有不同的看法，认为他掀起的散文复古运动窒息了我国散文的多元化发展，特别是强调"文以载道"更是束缚了人们的思想，迎合了封建统治者的文化需要，是对散文正常前进的反动，其负面作用是导致明清八股文的出现，是应该予以彻底清算的。朱熹就不大认可并严厉地指责他"裂道与文以为两物"（《读唐志》），认为他的"道"和"文"并没有融合统一起来，而是互相割裂，呈现出对立状态。顾炎武在书信中评他："韩文公文起八代之衰，若但作《原道》《原毁》《争臣论》《平淮西碑》《张中丞传后序》诸篇，而一切铭状概为谢绝，则诚近代之泰山北斗矣；今犹未敢许也。”在新文化运动中，善于写散文的周作人，对韩退之很不以为然：“讲到韩文我压根儿不能懂得他的好处”，“总是有旧戏似的印象”，“但见其装腔作势，搔首弄姿而已”；他在《秉烛谈谈韩文》中又说：“假如我们不赞成统治思想，不赞成青年写新八股，则韩退之暂时不能不挨骂，盖窃以为韩公实系该运动的祖师，其势力至今尚弥漫于全国上下也”，“如有人愿学滥调古文，韩文自是上选”。

韩愈在哲学思想上属于保守主义，很是适应封建国家思想统一的政治要求，没有提出新的理论观点。这也是和当时的时代背景密切相关的，大唐经过“安史之乱”之后，第二次统一局面的形成来之不易，积极推行儒家思想的正统和主体地位，对于安定局势、稳定社会很有益处。只要对维护国家统一有利，就应该肯定其价值。韩愈提倡复古主义并在自己的创作实践中贯彻自己的主张而且取得了巨大的成就，是具有进步意义的。在这个意义上去研究韩愈，他毕竟是我国古典散文史上璀璨的明星，他以及他周围的认同和支持他的文学主张的朋友，共同创造了我国古典散文的巅峰，其迤逦风光是中国文学崛起的一处最为壮丽的大景观。

提倡文学的复古主义运动的还有柳宗元，他的散文成就甚至超过了韩愈。柳宗元不属于韩愈政治圈子里的朋友，虽然他们具有共同的文学主张，个人私交也十分好，但是，他们的政治观点却不一致。柳宗元属于改革派，追随王叔文进行限制宦官参政、削减藩镇和反对外戚干政等方面的改革，希望大唐改变现状，企图国家强盛。可是，由于王叔文一帮文人善于议事而不善于成事，缺乏实际的行政经验和强硬的军事手段，改革很快就失败了。王叔文改革集团的骨干，全部被赶出京城。柳宗元被流放到湖南永州，后又改迁广西柳州，一直到他去世。柳宗元是具有坚定政治信念的人，同时，又是伟大的诗人和散文家。可以说，没有柳宗元的鼎力支持，特别是在散文实践方面的巨大成就，韩愈率先倡导的文学复古主义（实际上是革新）运动的声色将大为减弱，甚至溃败。柳宗元是和韩愈并驾齐驱的文坛领袖人物。

唐代中期产生的文学复古主义运动，有力地抵制了当时文坛流行四六骈体的萎靡之风，然而，韩愈、柳宗元的文学主张经过了将近一个多世纪的漫长的等待才有了比较丰硕的成果。当历史经过五代纷乱的分裂局面，直到960年大宋王朝的建立，才重新统一了全国。宋朝政府实行了照顾知识分子的政策，在很短的时间内，无论在科技、文化和社会的各个方面都呈现出一派繁荣景象。虽然说外忧未断，但内患相对平息了，处于和谐发展经济的良好时期。同样地，国家需要统一，人民需要安定，文化需要发展，生活需要富庶，就需要有统一的指导思想，毫无例外，宋朝依然选择了儒家思想——儒家思想是我国封建社会比较先进的思想，其顽强的自身更新能力，博大的吸纳能力和强大的融合精神，一直成为占据统治地位的指导思想。即使经过诸子各种思想学说的互相辩难指责，以及自东汉以来佛学的强势侵略，也未能出现丝毫的衰败现象，反而逐渐融合了他们之中合理的部分，牢固地在社会政治和生活里达到独尊的位置，甚至成了集体无意识。

在这种历史状态下，韩愈、柳宗元倡导的文学复古主义有了开花结果的社会条件，得到了社会上层的肯定和社会文化阶层的响应以及社会其他阶层的积极拥护。时代需要文化巨人来引领社会沿着健康的文明道路前进，那么，就一定会产生和社会需要相适应的文化巨人。宋代的文化领袖首先出场的是欧阳修。

欧阳修，字永叔，自号醉翁，晚年号六一居士，谥号“文忠”，世称“欧阳文忠公”。江南西路吉州庐陵永丰（今江西吉安永丰）人。宋仁宗时，累擢知制诰、翰林学士；英宗时，官至枢密副使、参知政事；宋神宗熙宁四年，迁兵部尚书，以太子少师致仕。卒谥“文忠”。

宋初，由于国家注重发展经济和文化，社会和谐安定，可是，那些贵族集团墨守成规、不思进取，力图保护自己既得利益，成为社会进步的障碍；而那些文人则大力提倡西昆体诗赋，虚浮奢靡，无病呻吟之作充斥文坛。面对这样的现实，欧阳修顺应社会潮流，积极推进北宋的政治和文化改革，支持范仲淹的庆历新政，同时，也积极推进当时诗文革新运动蓬勃发展。

特别是散文方面，他继承和发扬了韩愈的观点，主张明道致用，以“道”为内容，以“文”为形式，强调内容决定形式的美学原则。尤重视道统的修养，提出“道胜者，文不难而自至”（《答吴充秀才书》）；“道纯则充于中者实，中充实则发为文者辉光”（《答祖择之书》）；“学者当师经”，“师经”才能用“道”来充实自己。不过，他比韩愈高明的是，在对“道”的解释上，把现实中的“事”，看作“道”的具体内容，认为学道而不能至，是因为“弃百事不关于心”（《答吴充秀才书》）；反对“务高言而鲜事实”的空谈主义（《与张秀才第二书》）。在对待“道”与“文”的关系上，主张两者并重，他说：“言以载事，而文以饰言。事信言文，乃能表见于世”——所谓“事信言文”，就是说内容要真实，语言要有文采，做到内容和形式的统一；坚持韩愈“文从字顺”的精神，提倡简而有法和流畅自然的文风，反对浮靡雕琢和怪僻晦涩。他的这些主张得到了也是散文高手的梅尧臣、苏舜钦等的赞同。后来，知贡举（主管考试进士）时，鼓励考生写作质朴晓畅的古文，凡内容空洞，华而不实，或以奇诡取胜之作，都在摒弃之列；他慧眼识人，大胆提拔培养了王安石、曾巩、苏轼、苏辙等，有了这样强大的文学团队，从根本上保障了他倡导的诗文革新运动能够顺利发展。

欧阳修不但在政治上坚持开明进步和改革，也在散文理论上提出旗帜鲜明的观点，重振韩愈、柳宗元的散文雄风，而且自己也以卓越的散文创作实绩奠定了在北宋文坛的领袖地位——他与宋祁编修了《新唐书》，还独自撰写了《新五代史》，其特点是文字精练、叙事清楚和平易朴实，深得人们的喜爱。他的议论散文，如《本论》《原弊》《与高司谏书》《朋党论》《新五代史·伶官传序》等，恪守自己“明道”“致用”的主张，紧密联系当时的政治斗争，针砭时弊，思想尖锐，语言明快，表现了一种匡时济世的抱负。同时，还写了不少的抒情散文和叙事散文，甚至还开创了宋代笔记散文创作的先例，最著名的是《归田录》，文章不拘一格，写得生动活泼，富有情趣，并常能描摹细节，刻画人物。这些林林总总的散文，均取得了很高的艺术成就。从总体来看，欧阳修的散文特点是：内容充实，气势旺盛，深入浅出，精练流畅，叙事说理，娓娓动听，抒情写景，引人入胜。苏东坡评价他：“论大道似韩愈，论事似陆贽，纪事似司马迁，诗赋似李白”，此言不虚。

欧阳修倡导的诗文改革运动影响了一代文风。苏东坡的出现给我国古典文学增添了无法言说的光彩。不只在议论散文，而且在抒情、叙事、笔记等方面，他都独步一时，傲视千古。本书将在后面论述他的散文成就，因为，在我看来，苏东坡在抒情散文方面的成就更为伟大。

朱熹是伟大的思想家和哲学家，他把儒家学说和佛学、禅学相融合，形成了新的儒家学说——新理学，把我国古代主流哲学思想推上了新的道路。作为表现他的思想观点的载体，毕竟还是议论散文，但是，朱熹从文人手里把议论散文拿过来，赋予了新的文体形式，这就是使用口语，类似白话的语言来进行著作的撰写。在他那儿，议论散文不再是庙堂里庄严的偶像般的正统模样，而是走进生活，走进课堂教学，走进思想观点交锋的大辩论中去，使其具有了鲜活的生命。朱熹的主要著作有《四书章句集注》《四书或问》《太极图说解》《通书解》《西铭解》《周易本义》《易学启蒙》等。

《朱子语类》是朱熹与其弟子问答的语录汇编，黎靖德以类编排，基本代表了朱熹的思想，内容丰富，析理精密。朱熹议论事理，滔滔不绝，气势宏大，不过他说的是日常语言，比喻切近，易于生徒理解讲授要点，例如，他谈到读书方法，是如此口气：

> 大抵观书先须熟读，使其言皆若出于吾之口，继以精思，使其意皆若出于吾之心，然后可以有得尔。至于文义有疑，众说纷错，则亦虚心静虑，勿遽取舍于其间。先使一说自为一说，而随其意之所之，以验其通塞，则其尤无义理者，不待观于他说而先自屈矣。复以众说互相诘难，而求其理之所安，以考其是非，则似是而非者，亦将夺于公论而无以立矣。大率徐行却立，处静观动，如攻坚木，先其易者而后其节目；如解乱绳，有所不通则姑置而徐理之。此观书之法也。

此段话语足可见朱熹使用浅显易懂的语言来说明深刻的道理，把精深的理念包孕于简单的日常对话之中，不像韩愈、欧阳修他们正襟危坐的样子来写议论散文，容易和读者接近，读者能比较轻松地阅读并明白其中的哲理——大凡哲人，都有这样的语言品质，不追求呆板的书面语言，不使用深奥的几乎丧失掉生命力的佶屈聱牙的语言，而是放下身段，采用普通人都能接受的语言来进行自己的哲理和思想宣传，前面所说的孔子就是这样的典范，现在又有朱熹作例证，且不说柏拉图这位伟大的西方哲人。因为，采用浅显的一般人都能接受的语言来阐述思想观点，能起到良好的效果。之所以肯定朱熹的议论散文，就是说文章这样去写，其接受面比较广大，比端着架子写空洞而语言华丽冗长的八股文要好得多。

我国思想史上着实有几位大家，他们的哲学观念和思想至今仍然拥有旺盛的生命力，不去翻检南宋以前的史册了，就是明代这样学术空气比较稀薄而注重世俗生活的社会，也出现了伟大的思想家，而且分属两个不同的阵营：一个是王阳明；一个是李贽。

王阳明，名守仁，字伯安，别号阳明，浙江余姚人。因被贬贵州时曾于阳明洞（今贵阳市修文县）学习，世称阳明先生。明代著名的文学家、哲学家、思想家、政治家和军事家，是二程、朱、陆之后的另一位大儒，“心学”流派的重要代表人物。说句真话，丝毫不喜欢王阳明头戴高冠的那幅画像！给人一种阴郁的、潮湿的感觉。记得开始接触他的著作，是前些年红旗出版社出版的四卷《王阳明全集》，因为封面上是这张画像，几乎束之高阁就不再去翻动了。后来，上海古籍出版社出版了王阳明的《传习录》，竟然读得入迷，也就不计较他的画像了，找出先前购买的全集，开始认真阅读。只能说，王阳明很是讲究文章的语言，粗看似乎直白，却将深刻的哲学观点阐述得清清楚楚。试看下列阳明语录：

问：知识不长进如何？

先生曰：为学须有本原，须从本原上用力，渐渐“盈科而进”。仙家说婴儿，亦善譬。婴儿在母腹时，只是纯气，有何知识？出胎后，方始能啼，既而后能笑，又既而后能识认其父母兄弟，又既而后能立、能行、能持、能负，卒乃天下之事无不可能。皆是精气日足，则筋力日强，聪明日开。不是出胎日便讲求推寻得来，故须有个本原。圣人到“位天地，育万物”，也只从“喜、怒、哀、乐未发之中”上养来。后儒不明格物之说，见圣人无不知、无不能，便欲于初下手时讲求得尽，岂有此理！

又曰：立志用功，如种树然。方其根芽，犹未有干，及其有干，尚未有枝，枝而后叶，叶而后花、实。初种根时，只管栽培灌溉，勿作枝想，勿作叶想，勿作花想，勿作实想。悬想何益？但不忘栽培之功，怕没有枝叶花果？

问：看书不能明如何？

先生曰：此只是在文义上穿求，故不明。如此，又不如为旧时学问。他倒看得多，解得去。只是他为学虽极解得明晓，亦终身无得。须于心体上用功。凡明不得，行不去，须反在自心上体当。即可通。盖四书五经，不过说这心体。这心体即所谓道。心体明即是道明。更无二。此是为学头脑处。

读过王阳明几段语录，便能明了他的语言特征。据说，王阳明临终时，说过“我心光明”的话，王阳明的整个文字无不照耀在“光明”之下，坦坦荡荡，明明白白，却把“心即理”“知行合一”“致良知”的基本哲学观点说透彻了。传布广泛的《古文观止》中，收录了他的三篇散文，可知王阳明也精于传统的议论散文作法，并且有名篇传世。

李贽，初姓林，名载贽，后改姓李，名贽，字宏甫，号卓吾，又号温陵居士，福建晋江（今福建泉州）人，是明朝颇有影响力的思想家、史学家和文学家。他不在意世俗，而专心自己的学说。在《自赞》里，他毫不掩饰自己的个性：

其性褊急，其色矜高，其词鄙俗，其心狂痴，其行率易，其交寡而面见亲热。其与人也，好求其过，而不悦其所长；其恶人也，既绝其人，又终身欲害其人。志在温饱，而自谓伯夷、叔齐；质本齐人，而自谓饱道饫德。分明一介不与，而以有莘藉口；分明毫毛不拔，而谓杨朱贼仁。动与物迕，口与心违。其人如此，乡人皆恶之矣。昔子贡问夫子曰：“乡人皆恶之何如？”子曰：“未可也。”若居士，其可乎哉！

这几句话倒也真符合李贽的特点，且行文流畅自然，确实是从心底流淌出来的，没有丝毫的作秀成分。在文学上，李贽提倡“童心说”，主张创作要“绝假还真”，抒发己见，他旗帜鲜明地宣称自己的著作是“离经叛道之作”，主张“真心”，反对当时风行的摹古文风，自己躬身实践自己所提倡的风格——李贽属于“叛逆”的思想家，他坚决反对理学思想，是17世纪我国思想界敢于闪耀出另类思想光芒的人。他的学说观点属于哲学研究的范围，这里只是探讨他的议论散文的艺术。李贽的议论散文，一针见血地批判理学家的虚伪和虚弱，这是明代社会资本主义萌芽时期要求变革的带有进步观念色彩的思想，归纳起来，有这样几点：①主张个性解放，思想自由。他认为：“士贵为己，务自适。如不自适而适人之适，虽伯夷叔齐同为淫僻。不知为己，惟务为人，虽尧舜同为尘垢秕糠。”（《焚书·续焚书·答周二鲁》）获得个性解放和思想自由之路，就必须推倒儒家思想特别是宋明理学的统治思想地位。他的《藏书》《续藏书》，不以孔子的是非为是非，而是以自己的标准去分析判断人物。②提倡人类平等。李贽认为，“致一之理，庶人非下侯王非高，在庶人可言贵，在侯王可言贱”（《李氏丛书·老子解下篇》）。③反对封建礼教，同情尊重女性。④反对理学家的虚浮空谈。李贽揭露道学家的丑恶面目，指出他们都是伪君子，“名为山人，而心同商贾，口谈道德，而志在穿窬”（《焚书·又与焦弱侯》）。李贽的著作有《藏书》《续藏书》《焚书》等。袁中道曾经几次探望李贽，并以为李贽属于同调，他亲自撰写了李贽的传记，不无崇敬地说：“骨坚金石，气薄云天；言有触而必吐，意无往而不伸。排搨胜己，跌宕王公，孔文举调魏武若稚子，嵇叔夜视钟会如奴隶。鸟巢可复，不改其凤味，鸾翮可铩，不驯其龙性，斯所由焚芝锄蕙，衔刀若卢者也。嗟乎！才太高，气太豪”——去掉修饰抒情的字眼，袁宏道大致所说可见李贽的精神价值。

明代的前七子、后七子以及秦汉派、唐宋派、公安派、竟陵派……大多偏执成见，建树不大。例如，秦汉派、唐宋派也鹦鹉学舌提倡文学复古主义，强调文风恢复秦汉时代，或者唐宋时代，但是，缺少唐代中期和北宋社会在政治上要求革新的时代背景，只是在文人圈子里的自家兄弟间的自慰而已，未能造成社会影响。主张性灵的袁氏弟兄尤其是袁宏道在抒情游记散文方面，倒还有不小的建树。而议论散文未见有超越王阳明、李贽见地及文章的大家出现。方孝孺等，风骨峭峻，却在文章上尚未有新的突破，其余不论。

明末，社会的各种矛盾爆发，李自成领导农民起义迅速摧毁了明王朝的统治，关外清朝武装力量趁着社会动荡之际，挥兵南下，屯守山海关的吴三桂投靠清朝，从此各种政治力量展开了残酷的斗争。在政治和军事失败的大背景下，一些富有爱国主义精神、心怀故国的知识分子，试图通过在文化和思想方面的深刻反思，总结历史的经验教训。明末清初三大思想家顾炎武、黄宗羲和王夫之，就是其中的代表人物。

顾炎武，原名绛，字忠清。明亡后改名炎武，字宁人，亦自署蒋山佣。学者尊称为亭林先生，南直隶昆山（今江苏昆山）人。他是清朝第一位经学大师兼思想家。他和当时关中最有名的学者李二曲、李因笃、李柏及王宏撰均有深厚的友谊，晚年长期借住在风景如画的华山脚下玉泉院附近，读书写作，这是王宏撰为他专事修建的地方。很早时，就知道顾炎武先生，他的那首言明志向抒发情怀题为《精卫》的诗，至今还历历在目：

万事有不平，尔何空自苦；
长将一寸身，衔木到终古？
我愿平东海，身沉心不改；
大海无平期，我心无绝时。
呜呼！君不见，
西山衔木众鸟多，鹊来燕去自成窠。

这首诗表现了顾炎武坚定不移的信念和锲而不舍的精神，也是他治学的真实写照。何也？顾炎武治学，首先，其目的不是稻粱谋，而是着眼天下，志愿是恢复大明故国，退一步讲，也是关怀天下；其次，其治学采取实学的方法，做到了字字有来历；最后，坚持到底永不懈怠的精神，他一生勤于收集资料，考证辨伪，求真务实，而且决不死守书斋，注重把实地考察和书本知识相结合起来，经常奔走在田野上，至死不渝地追求学问是顾亭林学术的最大特色，就像精卫填海那样一点一点地去做，并且就这样做下去，所以有了非常厚重的著作。喜欢读他的《日知录》和《肇域志》，也喜欢他的诗。

顾炎武的价值在于，反对宋明理学的唯心主义的玄学，强调客观的调查研究，开一代之新风，强调："君子为学，以明道也，以救世也"；甚是瞧不起所谓"文人"（虚浮的操弄文字的人）"徒以诗文，所谓雕虫篆刻，亦何益哉？"——提倡经世致用的学术观点，这是很先进的治学观。他的《天下郡国利病书》，且不说内容的核实真确，而其语言字字句句稳妥朴实，表面的水波不兴蕴含着虎虎生气且又深刻的思想，是很难得的议论散文典范之作。顾炎武是坚定的爱国主义者，他提出的"天下兴亡，匹夫有责"激励了多少志士仁人为多难的祖国而流血牺牲。

黄宗羲，字太冲，号南雷，尊称南雷先生，晚年自称梨洲老人，学者称其梨洲先生，浙江余姚人。其素有我国思想界的启蒙大师之称。他的《明夷待访录》是非常著名的具有思想启蒙特色的著作。《明夷待访录》共 13 篇。"明夷"出自《周易》："明夷于飞，垂其翼，君子于行，三日不食。有攸往，主人有言"，为六十四卦中第三十六卦，卦象为"离下坤上"，即地在上，火在下；"明"即是太阳（离），"夷"是损伤之意。从卦象上看，太阳处"坤"即大地之下，是光明消失，黑暗来临的情况，意为光明受到伤害。这暗含作者对当时黑暗社会的愤懑和指责，也是对太阳再度升起照临天下的盼望。指有智慧的人处在患难地位。"待访"是等待贤者来访，让此书成为后人之师的意思——其主要内容是抨击封建君主专制制度，具有民主主义的思想光芒。文章言辞锐利，情感激烈，气势充沛，是议论散文中不可多得的具有批判精神的著作。

黄宗羲的《明儒学案》虽说是学术史，但是，激情四射，议论风生，其后其他人按照他的思路撰写的《宋儒学案》等著作，等而下之，不及黄宗羲的文笔。

王夫之，字而农，号姜斋，又称“船山先生”，湖南衡阳人。船山先生是一位真正的学者，他选择了与世隔绝的方法，在深山里刻苦著述，直到他去世之后，人们才发现他的思想价值，其著作开始流行。著述有100多种，400余卷，有《张子正蒙注》《读四书大全说》《尚书引义》《思问录》《俟解》和《四书训义》，现在出版有《船山全集》。他的议论散文属于纯正的学者文章，却说理透彻，语言清正，思想博大。

17世纪至18世纪，世界各国处于文艺复兴高潮时期，启蒙运动蓬勃兴起，特别是欧洲国家陆续进入资本主义社会，新兴的资产阶级文化成为先进的主流文化，新兴的资产阶级思想也成为先进的主导思想，工业革命给资本主义社会带来了前所未有的财富和繁荣。此时中国仍然处于封建专制社会，统治阶级屡屡大兴文字狱，知识分子噤若寒蝉，躲进书斋、躲进故纸堆里去整理国故，钻研不带人间烟火的古籍校正、音韵学、文字学、碑帖学等学问，丧失了接受世界先进文化的机遇，更谈不上以积极的姿态和国外异质文化进行平等的交流对话，文学艺术呈现出思想薄弱、苍白，而文字浮华繁复的病态局面。此时，以方苞、刘大櫆、姚鼐等为代表的“桐城派”迅速崛起于文坛。

方苞，字灵皋，亦字凤九，晚年号望溪，安徽桐城人，清代散文家，是“桐城派”散文的创始人，官至礼部右侍郎。方苞以儒家经典为基础，尊奉程朱理学。他首创“义法”说，主张“道”“文”相统一。在《史记评语》里解释道：“义即《易》之所谓言有物也，法即《易》之所谓言有序也。以义为经，而法纬之，然后为成体之文。”为“桐城派”散文理论奠定了基础。

和议论散文的先哲一样，方苞不但有理论而且有作品，且双美俱佳。名篇有《汉文帝论》《李穆堂文集序》《书卢象晋传后》《与李刚主书》等。其著述有《周官集注》《左传义法举要》《方望溪先生文集》等。

刘大櫆，字才甫，亦字耕南，号海峰，安徽桐城人（今枞阳县汤沟镇陈洲乡）。他颀长美髯，性格豪放，纵声读古诗文，韵调铿锵，喜饮酒，好吟诗。方苞见到他的文章，极其叹服说："如苞何足算哉！邑子刘生乃国士尔！"他虽然对刘大櫆有知遇之恩，但是，刘大櫆的文风和方苞是有区别的：方苞深于经学，对文章提倡义法，用笔严谨，简明确切；他却注意从《庄子》《离骚》《左传》《史记》里汲取营养，对韩愈、苏轼倍加欣赏，所以其文章大有"日丽春敷，风云变态"的风格。他在《论文偶记》中，提出文章写作技巧的重要性，他说：

> 文之道，神为主，气辅之。曹子桓、苏子由论文，以气为主，是矣。然气随神转，神浑则气灏，神远则气逸，神伟则气高，神变则气奇，神深则气静，故神为气之主。至专以理为主，则未尽其妙。盖人不穷理读书，则出词鄙倍空疏。人无经济，则言虽累牍，不适于用。故义理、书卷、经济者，行文之实。
>
> ……
>
> 文贵奇，所谓"珍爱者必非常物"。然有奇在字句者，有奇在意思者，有奇在笔者，有奇在丘壑者。有奇在气者，有奇在神者。字句之奇，不足为奇；气奇则真奇矣；神奇则古来亦不多见。次第虽如此，然字句亦不可不奇。扬子《太玄》《法言》，昌黎甚好之，故昌黎文奇。奇气最难识，大约忽起忽落，其来无端，其去无迹。读古人文，于起灭转接之间，觉有不可测识处，便是奇气。
>
> ……

文贵简。凡文，笔老则简，意真则简，辞切则简，理当则简。

文贵变。《易》曰："虎变文炳，豹变文蔚。"又曰："物相杂，故曰文。"故文者，变之谓也。一集之中篇篇变，一篇之中段段变，一段之中句句变，神变、气变、境变、音变、节变、字变、句变，惟昌黎能之。

文法有平有奇，须是兼备，乃尽文之能事。上古文字初开，实字多，虚字少。典谟训诰，何等简奥，然文法要是未备。至孔子之时，虚字详备，作者神态毕出。《左氏》情韵并美，文采照耀。至先秦战国，更加疏纵。汉人敛之，稍归劲质，惟子长集其大成。唐人宗汉，多峭硬。宋人宗秦，得其疏纵，而失其厚懋，气味亦少薄矣。文必虚字备而后神态出，何可节损？然枝蔓软弱，少古人厚重之气，自是后人文渐薄处。马迁句法似赘拙，而实古厚可爱。

……

理不可以直指也，故即物以明理；情不可以显言也，故即事以寓情。即物以明理，《庄子》之文也；即事以寓情，《史记》之文也。凡行文字句短长，抑扬高下，无一定之律，而有一定之妙，可以意会，而不可以言传。学者求神气而得之于音节，求音节而得之于字句，思过半矣。其要只在读古人文字时，设以此身代古人说话，一吞一吐，皆由彼而不由我。烂熟后，我之神气即古人之神气。

之所以引用这么长篇幅的文字，一是此段集中表达了刘大櫆关于文章的"神""气""音节"的论述；二是也能典型地表现其议论散文的特色，两者兼具，更能省去笔墨再去解说其文章之美。

姚鼐，字姬传，安庆府桐城（今安徽桐城市）人。亦字梦谷，室名惜抱轩，世称惜抱先生、姚惜抱。正值壮年与戴震等一起参加了《四库全书》的编撰。后主讲扬州梅花书院、南京钟山书院等地，一生致力于教育事业。他是“桐城派”之集大成者。真正的读书人，以儒家学说为安身立命的根基，看重的是自己的学问，不为高官厚禄所动，恪守清寒，而操守不变。姚鼐就是这样的学者。他在方苞和刘大櫆的基础上，系统地提出了“义理”“考证”“辞章”三者相互为用。所谓“义理”就是程朱理学；“考证”就是对古代文献、文义、字句的考据；“辞章”就是写文章要讲求文采。他还进一步继续探讨文章的风格理论，用“阳刚”和“阴柔”来区别文章的豪放与婉约，他说，“天地之道，阴阳刚柔而已。文者，天地之精英，而阴阳刚柔之发也”。更可贵的是，他不是孤立静止地去看待事物，而是采取了辩证的态度，认识到两者在互相转化，因此生成多样的艺术风格，这是对我国古典散文理论的重大创新性发展。

我第一次登泰山，半途中，只见阴云四合，天际飘洒起清亮的细雨。此时，泰山半隐在流云山岚之中，状若仙山。我决定冒雨继续上山，口里吟诵姚鼐的《登泰山记》，其中“今所经中岭及山巅，崖限当道者，世皆谓之天门云。道中迷雾冰滑，磴几不可登。及既上，苍山负雪，明烛天南，望晚日照城廓，汶水、徂徕如画，而半山居雾若带然”，反复在脑海回荡，不知不觉已至南天门上。姚鼐著有《惜抱轩全集》等，编撰有《古文辞类纂》等。

进入19世纪初期，统治阶层早已经丧失了早期尚有的一些积极进取的精神，暴露出衰败的末世现象。知识分子已经敏感地觉察到这个外表庞大而内囊腐朽不堪的统治机器迟早会消亡，他们就像暴风雨前的海燕，嗅到了新鲜的带有咸味的气息。在他们的诗文里，透露出民主进步的思想色彩。龚自珍就是其中的代表人物之一。

龚自珍，字尔玉，号定庵；后更名易简，字伯定；又更名巩祚，号定盦，晚年居住在昆山羽琌山馆，又号羽琌山民。浙江杭州人，是近代著名的思想家、文学家及改良主义的先驱。

他就是一只勇敢的海燕，具有一种对封建末世的特殊的敏感性，“秋气不惊堂内燕，夕阳还恋路旁鸦”（《逆旅题壁，次周伯恬原韵》），是其心理的艺术表现。跟随刘逢禄学习今文经学里《春秋公羊传》之学，他学会了用发展变化的观点去看待社会和事物，敢于对当时腐朽的社会进行揭露与批判。1838 年，林则徐到广州禁烟，他致信坚决支持，中英鸦片战争发生后，江苏巡抚梁章钜驻防上海，他在丹阳书院写信给梁：“论时事，并约即日解馆来访，稍助筹笔”，拳拳爱国之心跃然纸上。龚自珍是近代资产阶级改良主义的启蒙思想家。龚自珍有一首很著名的诗，即《己亥杂诗》之一：

九州生气恃风雷，
万马齐喑究可哀。
我劝天公重抖擞，
不拘一格降人才。

多年前读过这首诗，是一篇文章里转引的。要说最早接触的古典文学，除去《三国演义》《水浒传》等古典小说，就是这首诗了。当时觉得就像电击一样的感觉，太好了，那么一种朦胧的美，一种黄昏时分篱边蓦然看见几枝菊花盛开，对人全新的前所未有的艺术袭击，以至于忘掉了一切。少年不知愁滋味。不知道为什么，此刻却被这首诗完全俘虏了，突然间心头落满了暮色……再后来，读《龚自珍全集》，却没有那时候电击一般的感觉了，转而对他的散文产生了极大的兴趣。他的散文，议论性强，但是行文简单，也有点铺叙夸张，语言特点是散中有骈偶，色彩有点瑰丽，有点古奥，甚至有点偏僻、生硬、晦涩，这才是龚自珍的风格，如同他的人生，是解不开的谜，缠绕着太多的山回路转。但是，从根本上说，他是继承先秦两汉古文的一个异数，开创了古典议论散文的新风气。

此后古典议论散文还有康有为、梁启超、章太炎诸先生。特别是梁启超，开一代新风，风靡整个 19 世纪末期至 20 世纪初，直到新文化运动兴起，其文风逐渐消歇不再风光。是的，新文化运动的历史性发生，使儒家学说遭到了致命的颠覆，伟大的“五四”运动宣告了在我国两千多年的封建社会中一直占据主导地位的儒家思想从此走下历史舞台。马克思主义在我国传播并迅速成为指导无产阶级革命的理论武器，社会主义文学旭日初露的光芒在地平线上冉冉升起……

## 史传散文

读邓之诚先生的《古董琐记》，惊叹前辈读史善于钩玄提要，把史料中牵涉金石、文物、典故、历史人物以及生活器具等择其相对完整的部分摘录下来，集腋成裘，终成皇皇巨著。这种锲而不舍、耐得住寂寞的治学精神真是值得效仿。那么，现在所知道的我国记载历史的书籍最早的著作是什么？毫无疑问是《尚书》和《春秋》。先释义：《尚书》的含义何指？尚者，上也；尚书，也就是上代之书。《尚书》是我国最古老的官方史书，是我国第一部上古历史文件和部分追述古代事迹著作的汇编，它保存了商周特别是西周初期的一些重要史料。春秋是什么意思？《现代汉语词典》云：①春季和秋季，常用来表示整个一年，也指人的年岁；②我国古代编年体史书，相传鲁国的《春秋》经过孔子加以整理修订。后来常当作历史著作的名称；③我国历史上的一个时代（前 722 年—前 481 年），因鲁国编年史《春秋》包括这一段时期而得名。显然，这里的《春秋》是指相传经过孔子修订的鲁国的编年体史书。孔子修订过的这部《春秋》，大约有 16000 字，确实是够简练的了！既然是史书，记载越详细越好，比较容易还原历史场景而获得较多的历史信息，但是，经过孔子的删削之后，字字千金，没有注释则根本不知所云。于是，出现了专门来注释《春秋》的书籍，比较好的是《左传》《公羊传》和《穀梁传》。《尚书》和《春秋》后来成为儒家的经典，其政治价值远大于史传价值。

真正的史传就是《左传》《公羊传》和《穀梁传》。

《左传》的史传价值最高。

《左传》的作者是左丘明。左丘明是春秋末期鲁国人。

《左传》是我国最为优秀的史传散文作品。其一，长于记述重大历史事件和战争，将许多头绪纷杂、变化多端的重大历史事件，处理得有条不紊，繁而不乱；对战争的描写，尤其出色。善于把战役放在大国争霸的背景下展开，对于战争的远因近因，各国关系的组合变化，战前策划，交锋过程，战争影响，以简练而不乏文采的文笔写出，行文精练、严密有力。其二，善于刻画人物，重视记录辞令。其声律兼有诗歌之美，言辞婉转，情理深入，描写入微。有论者说它“情韵并美，文采照耀”，是先秦时期最具文学色彩的历史散文。其文学特点可概括为：

①文学性的剪裁和历史时间的故事情节化。

②刻画人物性格神形毕现，有立体感。

③生动的场面描写和传神的细节描写。

④擅长叙写外交辞令，理富文美。

无论是一个民族还是一个国家，都非常重视自己的历史，善于在历史的发展过程中检讨得失，这是保证这个民族或者国家持续前进的重要条件。采取民族虚无主义态度，忘记或者鄙视自己民族和国家的历史是可悲的。应该认真研究自己民族和国家的历史并以此为骄傲，永远保持高昂的爱国主义精神，这才是正确的态度。在这个前提下，科学客观地开展历史研究，为当代社会的经济文化发展提供有益的参考，是我们知识分子责无旁贷的责任。

古典历史著作，不仅仅是过去的已经消逝的社会情况的真实记载，而且明晰地反映了人类精神在各个历史阶段所能达到的最高水平，反映了历史人物高超的政治智慧和生活智慧，是挖掘不尽的文化思想富矿。单就《左传》的文学价值以及在史传散文方面的开拓性贡献，也是值得研究和肯定的——比较《尚书》《春秋》《公羊传》和《穀梁传》，《左传》属于真正意义上的历史传记，而其他上述的几种著作，其实严格来说史传的特征并不是很鲜明，而是具有高度的政治学、国家管理学、外交学色彩，蕴含其中的哲学思想和思想观念的价值超过了史传价值。孔子修订过《尚书》和《春秋》，贯穿他修订理念的是儒家思想，一切不合于儒家思想的东西，估计都被他无情地删削掉了。那么，《尚书》《春秋》进入儒家经典是必然的，成为儒家传承的教科书。而《公羊传》和《穀梁传》无论是在历史重大事件还是历史人物的刻画上，均不能和《左传》相提并论，但是，《公羊传》所体现的事物的发展变化思想，是《左传》相对薄弱的地方。

《左传》开创了我国史传的先河。同时，《左传》在文学上提供了成功的艺术经验，因此，不只是史传学家要研究，从事文学特别是散文艺术的人更要研究以便进行借鉴。再说，我国传统的史传著作，高度重视作品的史传价值和文学价值，这是有别于其他国家史传的地方。强调史传性与文学性的高度统一，也是《左传》立下的标杆。此后的《史记》《汉书》《三国志》几乎都是沿袭了这条路径。

略过《左传》的史传价值不说，就《左传》的文学价值，特别是在史传散文艺术方面是很值得研究的。在这个领域，有扬之水的《先秦诗文史》，谭家建的《先秦散文艺术新探》《中国散文古代史稿》值得我们参考。

我国的史传散文文体肇始于《左传》。

司马迁是继承父亲从事史传写作的职业历史学家。这就有别于其他因为偶然的人生际遇而踏进史传研究与写作的人，其一，是有明确的目的。有了明确的目的，就有了为实现这一目的的人生设计。首先得有计划、有目的地去读书，以期掌握丰富的资料。司马迁少小时就开始读书，且有机会进出当时国家的图书管理机构，接触到平日外人根本见不到的书籍，这是职业史传写作的前提，不读大量的图书，不了解以前的历史进程，是不能进入研究历史的大门的。另外，还要有充足的时间保证。要读书，就要心无旁骛、专心致志地阅读，没有充足的时间是不行的。司马迁的职位，保证了他拥有充足的时间来阅读、思考和写作。其二，有从事史传写作的条件。至少生活无忧，且安静优游，这是写作者最基本的条件。对司马迁来说，这些都不成问题。但是，《左传》的作者左丘明就没有这样的条件，甚至因为受刑而不能正常行走，硬是凭着一股心劲完成了《左传》。

司马迁有了职业历史学家的基本的工作和生活条件保证，他确实不负父命，也没有尸位素餐，而是着力研究先秦保留下来的各种图书资料，然而，经过秦始皇的焚书和旷日持久的秦汉战争，保存下来的图书资料并不多，司马迁于是走出书斋，四处访求新书，借以丰富自己的历史知识和文化知识，这样，完成了史料的收集和阅读——可以这样假设：当时，值得司马迁借鉴的史学著作，恐怕也就是上述的几部，而值得着重研究的也就只有《左传》一部而已。《左传》浓厚的抒情色彩和饱满的激情以及略带夸张的描写，对司马迁的史传文笔具有直接的影响。也许，为了追求《左传》难以遏制的汹涌的情感激流，追求《左传》奇崛的艺术描写，司马迁决定出游，他几乎走遍了祖国的名川大山，领略了山水的壮丽与雄浑，并把这山水之魂移植于自己的文章中，青出于蓝而胜于蓝，司马迁的《史记》最终成为“史家之绝唱，无韵之离骚”，达到了史传的一个高峰。

《史记》记载了上自中国上古传说中的黄帝时代，下至汉武帝元狩元年（公元前 122 年），共 3000 多年的历史。作者司马迁以其“究天人之际，通古今之变，成一家之言”的卓越史识，使《史记》成为中国历史上第一部纪传体通史。此书包括12本纪（记历代帝王政绩）、30世家（记诸侯国和汉代诸侯、勋贵兴亡）、70列传（记重要人物的言行事迹）、10表（大事年表）、8书（记各种典章制度），共130篇52.65万字。要说的是，《史记》是继《左传》之后最为优秀的史传散文，著名学者梁启超列出了其中的10大名篇，是《项羽本纪》《信陵君列传》《廉颇蔺相如列传》《鲁仲连邹阳列传》《淮阴侯列传》《魏其武安侯列传》《李将军列传》《匈奴列传》《货殖列传》《太史公自序》。梁氏的眼光确实不错，《史记》的精华尽在于此。司马迁在《史记》中的艺术手段特别高妙，极其复杂的历史事实，措置得当，秩序井然，而文字生动、笔力洗练、感情充沛、信手拈来，莫不词气纵横，意象鲜明，使人“惊呼击节，不自知其所以然”（《容斋随笔·史记简妙处》）。

司马迁发展了我国的史传散文。

《汉书》是东汉历史学家班固编撰的，班固是史学家班彪之子，字孟坚，扶风安陵人（今陕西咸阳）。《汉书》是我国第一部纪传体断代史。全书记述了上起西汉的汉高祖元年（公元前206年），下至新朝的王莽地皇四年（公元23年），共230年的史事。包括纪12篇、表8篇、志10篇、传70篇、共100篇，后人划分为120卷，共80万字。很喜欢《汉书》。早先读宋人笔记，得知苏东坡非常熟悉《汉书》，到了随便指一字便能滔滔不绝地背诵下去的程度。但是，那时候，并没有体会到《汉书》的好处。人到中年之后，心思沉淀下来了，不知不觉案头备了本《汉书》，成了时常阅读的经典。曾经在一篇文章里叙述过读《汉书》的经历。《汉书》的语言很美，也很规范、庄严工整、典雅远奥，且前后叙事结构完整、线索清楚、首尾相连。和《史记》的语言相比较，《史记》多用平常的口语，试比较《高祖本纪》里的一节文字：

项羽数侵夺汉甬道，汉军乏食，遂围汉王。汉王请和，割荥阳以西者为汉。项王不听。汉王患之，乃用陈平之计，予陈平金四万斤，以间疏楚君臣。于是项羽乃疑亚父。亚父是时劝项羽遂下荥阳，及其见疑，乃怒，辞老，愿赐骸骨归卒伍，未至彭城而死。

——摘自《高祖本纪》

项羽数侵夺汉甬道，汉军乏食，与郦食其谋桡楚权。食其欲立六国后以树党，汉王刻印，将遣食其立之。以问张良，良发八难。汉王辍饭吐哺，曰："竖儒几败乃公事！"令趋（促）销印。又问陈平，乃从其计，与平黄金四万斤，以间疏楚君臣。夏四月，项羽围汉荥阳，汉王请和，割荥阳以西者为汉。亚父劝项羽急攻荥阳，汉王患之。陈平反间既行，羽果疑亚父。亚父大怒而去，发病死。

——摘自《高帝纪第一》

这两节文字《史记》简而《汉书》详；《史记》语言质朴近于口语，《汉书》语言规范典雅，注意修饰和细节刻画；《史记》生气扑面而来，《汉书》平稳书卷气盛——经过较长时间的休养生息，汉武帝时，国力强大，汉代社会已经进入全盛阶段，无论政治经济还是文化教育，均有了全面的发展。西汉末期，短暂的战乱年代，很快就平复下来。汉明帝时，除为了巩固国防，继续出兵匈奴之外，经济社会正常平稳。班固的父亲班彪也是从事文史研究的专家，班固从小接受了良好的教育，在知识分子家庭的熏陶下，拥有很好的文化根柢，具有渊博的历史知识和出色的文学才华，这些都是他撰写《汉书》的优势，《史记》又为他树立了修撰史书的范例，提供了许多有益的经验，所以，他能比较周全地考虑《汉书》的篇章结构，在语言的运用上，也注意使用书面语言，因而，显得规范、典雅和切当。《汉书》在史传散文艺术上的贡献是描写人物，注意多侧面描写，首尾呼应，使得人物形象鲜明生动，也非常饱满。另外，《汉书》

储备的知识信息较多，这与其注意在文字的叙述中插入历史典故，扩大内容容量有关。

《汉书》是比较规范的断代史，也是规范的史传散文杰作。

范晔，字蔚宗，南朝顺阳郡顺阳县（今河南淅川东）人。范晔很看重自己的才华，他对自己的《后汉书》自诩不错，在《狱中与诸甥侄书》中直言不讳地说："详观古今著述及评论，殆少可意者。班氏最有高名，既任情无例，不可甲乙辩"，也敢于肯定自己的才华：

> 常耻作文士。文患其事尽于形，情急于藻，义牵其旨，韵移其意。虽时有能者，大较多不免此累，政可类工巧图缋，竟无得也。常谓情志所托，故当以意为主，以文传意。以意为主，则其旨必见；以文传意，则其词不流。然后抽其芬芳，振其金石耳。此中情性旨趣，千条百品，屈曲有成理，自谓颇识其数。尝为人言，多不能赏，意或异故也。性别宫商，识清浊，斯自然也。观古今文，人多不全了此处……

范晔确实是一代才子，锋芒毕露的结果是遭遇诬陷下狱，未尽天年。他在《后汉书》里，大胆创新，利用"赞"和"论"来品评人物，往往一语中的，且议论横生，文采飞扬，风骨凛然。他自认为是"精意深旨"，后人更推崇它有"奇情壮采"。

范晔注重人物性格特征的刻画。《后汉书》中传记的人物大多形象鲜明，个性突出，有一定的典型性。如：舍生取义的李膺、范滂，隐逸放达的严光、梁鸿，倜傥不羁的王符、仲长统，还有作威作福的外戚窦宪、梁冀，祸国殃民的宦官单超、张让等。《后汉书》刻画传记人物时，缘于史书性质，基本上还是描写其言行以显其性格，不再赘述；然其中亦大量地运用塑造文学形象的艺术方法，概括起来讲包括有序提要、细节描写、肖像描写和侧面描写等。范晔是文章大家，不只《后汉书》写得生动，而且散文也写得很优秀，感情汹涌、胸襟坦荡。他的《后汉书》被列为“前四史”，成为我国史传经典之作。当代著名作家孙犁后期的短篇小说，往往附有“论”，则是直接借鉴范晔的《后汉书》，对深化主题，挖掘人物性格深度很有好处。

陈寿，字承祚，西晋巴西安汉县（今四川南充市）人。他的《三国志》是魏、蜀、吴的历史记载。文字简练，风格统一，无繁复之处，笔下的人物性格鲜明，栩栩如生，给人留下了非常深刻的印象。长篇历史小说《三国演义》就是根据《三国志》来创作的。陈寿的史学观念不亚于范晔，文字大致和范晔相当。

司马迁、班固、范晔和陈寿，都是一代历史学家，其著作彪炳千秋，可与日月争辉，同时，也是我国古代史传散文的典范。其后的史传，陈陈相因，了无新意，缺少一股回荡在字里行间的充沛之气。而这气，是曲折回旋的文气，是作者怀才不遇的委屈之气，是刚正不阿的浩然之气，也是敢于把握历史与未来的胸襟大气——前四史的作者，论其成就，巍巍高山不足以形容其伟大，论其才华，江河破决不足以比喻其滔天，但是，几乎都身遭不幸，论其原因：其一是封建社会等级制度森严，不能有丝毫的逾越，不允许有新的思想出现，拒绝异议，而他们胸中的典范是尧舜，精神之师是孔子，加之文采斐然，思想深刻，很不受统治者的欢迎，必然遭受迫害，这是古代知识分子（士）的宿命；其二也和他们的性格相关，孤高倔强，充满历史文化的使命感，往往遭受群小的攻讦，致其生命终结，情形悲惨凄凉！然而，他们站在遥远的历史高地，永远闪耀着光芒。

南朝文风萎靡，讲究词语华丽，但是，史学却发达，即以史传散文的文体形式来说，出现了截取生活的横断面，采撷人物最突出性情的片段，寥寥数笔，朴素平易的文字，使人物呼之欲出，其风度神采、音容笑貌宛若眼前。有论者把这种史传散文，归入笔记小说，此不确当。小说是虚构的艺术。而此类记述，俱是真人真事，照实写来，没有夸饰，所以，还是视为史传散文为好，其代表作家是刘义庆。

刘义庆，字季伯，彭城（今江苏省徐州市）人。他喜欢和有才学的人交往，且学识渊博，文笔优美，开我国史传散文新路。主要著作是《世说新语》。《世说新语》分德行、言语、政事、文学、方正、雅量、识鉴、赏誉等36门，记述了晋代士大夫的言谈、行事，较多地反映了当时士族的思想、生活和清谈放诞的风气，人物鲜活，语言凝练生动，描绘传神：

> 郭林宗至汝南造袁奉高，车不停轨，鸾不辍轭。诣黄叔度，乃弥日信宿。人问其故，林宗曰："叔度汪汪如万顷之陂。澄之不清，扰之不浊，其器深广，难测量也。"
>
> 阮光禄在剡，曾有好车，借者无不皆给。有人葬母，意欲借而不敢言。阮后闻之，叹曰："吾有车而使人不敢借，何以车为？"遂焚之。
>
> 郑玄家奴婢皆读书。尝使一婢，不称旨，将挞之。方自陈说，玄怒，使人曳著泥中。须臾，复有一婢来，问曰："胡为乎泥中？"答曰："薄言往诉，逢彼之怒。"

以上选自《德行》和《文学》。人物胸怀澄明，性格超逸，语言简练，比喻新鲜。《世说新语》人物众多，各见风貌，或风致萧然；或器宇轩昂；或才华横溢；或品质高尚。这些人物形象，说明了当时社会的真实情况，是形象的历史，也是文笔优美的史传散文，其艺术魅力定会久远流传。

唐代文学发达，主要体现在诗、散文和传奇等文体上，史传散文则未有大作品出现。韩愈的史传散文，其名篇有《毛颖传》，记述有力，刻画准确：

颖为人，强记而便敏，自结绳之代以及秦事，无不纂录。阴阳、卜筮、占相、医方、族氏、山经、地志、字书、图画、九流百家、天人之书，及至浮图、老子、外国之说，皆所详悉。又通于当代之务，官府簿书、市井货钱注记，惟上所使。自秦皇帝及太子扶苏、胡亥、丞相李斯、中车府令高，下及国人，无不爱重。又善随人意，正直邪曲巧拙，一随其人。虽见废弃，终默不泄。惟不喜武士，然见请，亦时往。

累拜中书令，与上益狎，上尝呼为中书君。上亲决事，以衡石自程，虽宫人不得立左右，独颖与执烛者常侍，上休方罢。颖与绛人陈玄、弘农陶泓及会稽褚先生友善，相推致，其出处必偕。上召颖，三人者不待诏，辄俱往，上未尝怪焉。

韩愈的成就主要在议论散文，史传散文未能突破‘文以载道”的议论散文格局，描写偏于议论而少于刻画，但为文气势雄厚，笔墨湍急，情感动人。他的志向高远，敢于匡救时弊，因《谏迎佛骨》被贬岭南，却使他暴得大名，誉满天下。其实，韩愈善于向别人展示苦楚，性格怯懦。这也许是一种心理学现象，越是怯懦的人，写起文章来越能风云四起、一片狼烟；而强悍的人却垂柳摇金、雾失楼台。这就是所谓的补偿心理，通过完善自我获得身心平衡。

柳宗元的自然山水游记写得凄清空明，情感迂回，语言绝美，真是一代圣手。他继承了《史记》《汉书》的传统，又有所创新，代表作有《段太尉逸事状》《梓人传》《河间传》《种树郭橐驼传》《童区寄传》等。在这些史传散文作品里，柳宗元注意选取表达形象的细节，通过细节来描写人物，并注意选取生活的小截面，来反映社会本质和人物的性格及心理特征，语言简练生动鲜明。韩、柳的散文创作企图恢复先秦时期的散文气象并进行不懈的实践，取得了巨大的艺术成就，但是，历史是不能复制的，无论他们怎样努力，也不会达到先秦散文发展的黄金时代。因为缺少那个时代百家争鸣的社会环境，也缺乏那个时代思想活跃的原创力，这是唐代古文运动不能达到先秦散文高度的主要原因。在散文的艺术形式上，韩、柳发展并进一步确定了文体形制，而在散文内容上却未能站立在时代精神的高度。所以，韩、柳在先秦散文气象几乎油干灯灭的情况下，奋起振兴先秦散文气象，是顺应了唐代社会文化的发展，但是，也有流弊，危害不小！有论者以为明清为祸甚烈的八股文就可以追溯到他们及他们的作品。

宋代的史传散文与唐代相比较，显然有了巨大的进步，表现在史传巨著的出现，欧阳修撰写的《新唐书》《新五代史》，司马光主持编著的《资治通鉴》，都是很好的史传作品，为我国的史传散文提供了丰富的资料以及审美经验。欧阳修是一代文坛领袖，在诗、词和散文领域均为宗师。就其散文实践与推动散文全面恢复先秦气象起到了巨大的作用。当然，这也和他在国家行政部门工作有关，通过主持国家考试，具有权威的导向作用，因此，天下风从，一大批散文青年才俊脱颖而出，并在日后的文坛上成为主流旗手，例如王安石、苏轼等人。在欧阳修和他的学生们的集体努力下，宋朝的文风有了很大的改观，韩、柳的复古运动至此才有了结果。

欧阳修的史传散文，一如既往地贯彻儒家思想，在艺术上强调注意语言的简练准确，试图用极为省俭的文字表现生活现象的最大值，这在他撰写的《新唐书》《新五代史》中淋漓尽致地体现出来。也体现在他的单篇史传散文上。其得意门生苏轼评价他："论大道似韩愈，论事似陆贽，纪事似司马迁，诗赋似李白"——话虽如此，其实，纪事方面他的笔法不"似"司马迁，司马迁的笔端含着强烈的情感，涌动着难以遏制的激情，而欧阳修却平淡冷静得多，司马迁的文章气象恢宏，而欧阳修则显雍容平稳，两者的艺术风格相去甚远。司马迁胸中丘壑纵横，表现在文字上则是奇崛乱云，盎然生气扑面而来；欧阳修闲情逸致，推崇道统，文字干净简明，缺少生命的躁动。

司马光在政治上是彻底的保守派，极力反对王安石变法，自觉地充当了保守派的首领，但其人格却光明磊落，不似那些告密诬陷、踩着别人的肩膀向上爬的软体动物。他之所以反对变法，是出于自己的政治保守理念，和个人私利毫无关系。他和王安石私交甚笃，只是在改革问题上才发生矛盾，势不两立。他的《资治通鉴》，上起周威烈王二十三年（公元前403年），下迄五代后周世宗显德六年（公元959年），共记载了16个朝代1362年的历史。撰写此书的目的很明确，就是为治理国家提供可资借鉴和参考的历史经验。历史是一面镜子。镜子的作用是端正仪容。那么，《资治通鉴》就是端正管理者仪容的镜子。老臣爱国之心赫然，书成之后不久，司马光就去世了。《资治通鉴》语言凝练，清新淡雅，流利顺畅，条理清楚，善于把人物置于矛盾的旋涡中刻画，情节紧张，实在是史传散文的上等之作：

> 河东守王稽坐与诸侯通，弃市。应侯日以不怿。王临朝而叹，应侯请其故。王曰：今武安君死，而郑安平、王稽等皆畔，内无良将而外多敌国，吾是以忧。应侯惧，不知所出。燕客蔡泽闻之，西入秦，先使人宣言于应侯曰：蔡泽，天下雄辩之士。彼见王，必困君而夺君之位。应侯怒，使人召之。蔡泽见应侯，礼又倨。应侯不快，因让之曰：子宣言欲代我相，请闻其说。蔡泽曰：吁，君何见之晚也！夫四时之序，成功者去。君独不见夫秦之商君、楚之吴起、越之大夫种，何足愿与？应侯谬曰：何为不可？此三子者，义之至也，忠之尽也。君子有杀身以成名，死无所恨！蔡泽曰：夫人立功

岂不期于成全邪？身名俱全者，上也；名可法而身死者，次也；名僇辱而身全者，下也。夫商君、吴起、大夫种，其为人臣尽忠致功，则可愿矣。闳夭、周公，岂不亦忠且圣乎？！三子之可愿，孰与闳夭、周公哉？应侯曰：善。蔡泽曰：然则君之主惇厚旧故，不倍功臣，孰与孝公、楚王、越王？曰：未知何如。蔡泽曰：君之功能孰与三子？曰：不若。蔡泽曰：然则君身不退，患恐甚于三子矣。语曰：日中则移，月满则亏。进退赢缩，与时变化，圣人之道也。今君之怨已雠而德已报，意欲至矣而无变计，窃为君危之。应侯遂延以为上客，因荐于王。王召与语，大悦，拜为客卿。

这是记述秦昭襄王的一段文字，行文干净利落，通过对话描写，使人物形象跃然纸上。司马光一生业绩以《资治通鉴》付出的心血最多，所获巨大。清代学者王鸣盛说："此天地间必不可无之书，亦学者必不可不读之书"——古代学者着眼远大，胸怀天下，并非以笔墨来做文章，而是以全部的生命和心血来叙写对社稷苍生有益的经天纬地的大书，这种奉献精神真为后世楷模。

南宋迁都江南，一片残山剩水，几点黄昏黑鸦，风雨飘摇。

李清照在南宋是光彩照人的史传散文大家，仅仅一篇《金石录序》，就雄踞在巅峰之上熠熠生辉。叙写她与夫婿赵明诚收集整理金石的动人生活，其情也真，其景也真：

后屏居乡里十年，仰取俯拾，衣食有余。连守两郡，竭其俸入以事铅椠。每获一书，即同共勘校，整集签题；得书、画、彝、鼎，亦摩玩舒卷，指摘疵病，夜尽一烛为率。故能纸札精致，字画完整，冠诸收书家。余性偶强记，每饭罢，坐归来堂烹茶，指堆积书史，言某事在某书某卷第几叶第几行，以中否角胜负，为饮茶先后。中，即举杯大笑，至茶倾覆怀中，反不得饮而起。甘心老是乡矣。故虽处忧患困穷，而志不屈。收书既成，归来堂起书库大橱，簿甲乙，置书册。如要讲读，即请钥上簿关出。卷帙或少损污，必惩责揩完涂改，不复向时之坦夷也。是欲求适意而反取憀栗。余性不耐，始谋食去重肉，衣去重采，首无明珠翠羽之饰，室无涂金刺绣之具。遇书史百家字不刓缺、本不讹谬者，辄市之，储作副本。自来家传《周易》《左氏传》，故两家者流，文字最备。于是几案罗列，枕席枕藉，意会心谋，目往神授，乐在声色狗马之上。

李清照写这篇文章时，故国已成梦里，兼之家破人亡，流落江南，凄风苦雨，遥望旧时明月，一腔伤情无限，字里行间流露出深深的哀痛万千心酸！形容于文字哀愁遮掩了清丽，思念故国故人似乎都成一潭泪滴的深潭。

明代，当首都迁居北京，巍巍燕山，地接广袤而辽阔的大草原，强悍之风不只在居庸关外呼啸。修筑着皇宫，修筑着万里青色的砖墙，也修筑着规模宏大的文化皇皇巨著《永乐大典》，这是一部大型类书，全书目录60卷，正文22877卷，装成11095册，汇集图书七八千种——这是空前的文化壮举！可惜的是……以永乐帝的雄才大略和开放胸襟推度，《永乐大典》收录的图书必不至于删削过甚，当会保留许多原本珍贵的图书，不像《四库全书》那样删削取舍，令人遗憾无穷。

一代大儒宋濂，善于史传散文，却显得气度狭小，无复司马迁、班固、范晔的格局安排，辉煌当代，却无力影响后世。方孝孺一介书生，颇有气节，文章冠绝一时，不知建文帝流落奔走时分，可曾携带着铁骨铮铮的方孝孺的文集？

明代史传散文当数袁中道，他为李贽写的传记，因为赞同其学说，崇尚其精神，所以情感浓厚一曲三折，传主当含笑九泉。其余大都类似描红前代，虽说文从字顺，语气贯通，也读得音韵铿然，但无旷世杰作，故就此省略。

明末清初，最难将息，一代文人顿失天地。张岱记述历史人物，云烟渐消，只留下薄暮色彩淡淡人影，站立在西湖边，望着西湖，无限忧愁都融入浩渺湖水……

石头城外山色好，随园著述月当窗。
闲来锄药散情愁，酒好评诗兴味长。

袁枚的生活比较潇洒，编著的书籍畅销各地，请求学问不只是挥舞敲门砖欲图进入仕途的官僚后备军，而且还有文学修养高的文学女青年一族，红粉佳人环绕，但是，袁枚诗文创作却极其旺盛。他的史传散文名篇是《黄生借书说》。此篇几成经典，直至现在语文教科书里仍然选编，其介绍的读书方法自然是有道理的，更看重的是袁枚的散文艺术，语言清通朴实，语气委婉情长，所刻画的自我形象与黄生形象栩栩如生，真实的读书人。

《左传》所开创的史传散文，经过《史记》《汉书》《后汉书》《三国志》的发扬光大，已经臻于真善美的艺术境界。认真研究《左传》以来的史传散文，对我国当代散文的发展是很有价值的，也是很有必要的——曾经这样思考：史传是国家、地区、民族文明发展的真实记载，是时代真实的记录，其中蕴含着丰富的社会历史、时代精神以及自然运动、天体宇宙的原生态状况的全息信息，是一座座被历史的尘埃遮掩的博物馆，一旦走进去，将会获得许多意外的思想收获、艺术收获、历史收获和科学收获，而其物质载体——文字艺术的排列组合会更加彰显其丰富多彩的内容，换句话说，文字艺术的排列组合在某种意义上剪裁着历史的内容，而高明的剪裁者尽可能地“随物赋形”，让历史还原出其真实而不再重复的场景来。从左丘明开始，司马迁……他们追随着前辈大师始终在不懈地努力，而这种努力将会一直保持下去。

## 抒情散文

先秦，孔子和庄子分别达到了那个时代精神的巅峰，更重要的是其人格精神和思想为我国以后的哲学发展，指明了前进的路线。孔子及孔子的哲学思想构建了我国的人文世界，庄子及庄子的哲学思想构建了我国的艺术世界。孔子的哲学思想的核心是"仁"，而"仁"的内在实质是"孝"，其外在表现是"礼"。庄子的哲学思想的核心是"道"，"道"无迹可求，"听之不闻其声，视之不见其形，充满天地，苞裹六极"。孔子是政治伦理哲学，目的是解决现实问题，达到家庭和谐、社会和谐；庄子是生命哲学，目的是解决精神问题，达到人内心的和谐、人与自然的和谐。孔子强调的是服从，庄子强调的是自然；孔子崇尚尧舜精神，庄子张扬鲲鹏精神；孔子要人做圣人，庄子要人做仙人——从表象上看这处于两级状态的孔子思想和庄子思想，实际是我国哲学思想互相依存的两个方面，也是影响我国古典文学发展的两个不同艺术风格的典范——不过，依据著名学者徐复观的看法，庄子的思想对培育我国的古典艺术作用更重要，他说："中国的纯艺术精神，实际系由此一思想系统所导出"（《中国艺术精神》）——这个看法确实是很有见地的。假如没有庄子瑰丽奇特的想象和飞扬灵动的神采，我国的古典抒情散文无论是思想的深度还是所能达到的审美境界都是需要重新考虑的。

抒情，《现代汉语词典》解释说，抒：表达，发表。情：①感情；②情面；③情欲；④情形；⑤情理。这里选取：①感情。感情是指：①对外界刺激的比较强烈的心理反应；②对人或事物关切、喜爱的心情。抒情：就是指抒发感情——古典抒情散文的定义是：古代抒发对人或事物关切、喜爱的心情的经典散文。一般分为两大类：其一，对山水自然关切、喜爱抒发感情的散文；其二，表达对亲人、朋友等人关切、喜爱抒发感情的散文。

这里所说的是自然山水游记抒情散文。

我国古代很早就把大自然作为审美对象，《庄子》中就有不少的笔墨直接赞颂大自然的壮丽景物，最早把大自然山水引进了文学领域，特别是采用散文的形式来表现其中蕴含的自然山水之美，来表现人在大自然山水里获得情操陶冶和人格升华——庄子的自然，主要是哲学思想范畴中的概念，还不曾具有现代科学意义上的自然，但是，他的文笔却无意识地将现代科学意义上的自然纳入艺术审美里去，肇始了自然山水散文文学。他的鲲鹏，在无边无际的天地间任意“遨游”的自在状态，激发了古代社会人们对自然山水的无限向往。

真正出现自然山水抒情散文，是在魏晋南北朝时期。

魏晋南北朝时期，西汉初期在我国社会占主导价值体系地位的儒家思想开始慢慢衰退，老、庄的道家思想逐渐进入活跃时期，自从东汉就进入我国但一直处于被压抑状态的佛学也逐渐发展起来，人性开始觉醒，重视对生命意义和人生价值的肯定，人的审美领域也得到了较以前更大范围的扩展，文学进入了大变化的时代，散文也从单纯的议论、史传题材扩大到了生活领域，其鲜明标志就是自然山水抒情散文的出现，并成为独立发展的散文文体形式之一。这一时期，自然山水抒情散文家首推王羲之。

王羲之，东晋书法家，字逸少，号澹斋，祖籍琅琊临沂（今山东临沂），后迁会稽山阴（今浙江绍兴），晚年隐居绍兴金庭。今天，暂且不讨论他伟大的书法艺术，而是讨论其表现在散文艺术上的重要意义。最著名的作品是他的《兰亭集序》，全文不长，现引录如下：

永和九年，岁在癸丑，暮春之初，会于会稽山阴之兰亭，修禊事也。群贤毕至，少长咸集。此地有崇山峻岭，茂林修竹，又有清流激湍，映带左右。引以为流觞曲水，列坐其次。虽无丝竹管弦之盛，一觞一咏，亦足以畅叙幽情。

是日也，天朗气清，惠风和畅。仰观宇宙之大，俯察品类之盛，所以游目骋怀，足以极视听之娱，信可乐也。

夫人之相与，俯仰一世。或取诸怀抱，悟言一室之内；或因寄所托，放浪形骸之外。虽趣舍万殊，静躁不同，当其欣于所遇，暂得于己，快然自足，不知老之将至。及其所之既倦，情随事迁，感慨系之矣。向之所欣，俛仰之间，已为陈迹，犹不能不以之兴怀。况修短随化，终期于尽。古人云："死生亦大矣！"岂不痛哉！

每览昔人兴感之由，若合一契，未尝不临文嗟悼，不能喻之于怀。固知一死生为虚诞，齐彭殇为妄作。后之视今，亦犹今之视昔，悲夫！故列叙时人，录其所述。虽世殊事异，所以兴怀，其致一也。后之览者，亦将有感于斯文。

《兰亭集》是王羲之与谢安、孙绰等41人，在兰亭聚会时所写的诗集。在这篇序里，王羲之交代了聚会的概况和主旨，接着，他把笔墨放在了对兰亭周围真实景物的描写上："此地有崇山峻岭，茂林修竹；又有清流激湍，映带左右"，首次有目的地把自然山水引进了文章，将审美观投射到景物上去，增强了文章的空间容量和艺术容量，有力地表达了文章的思想感情。王羲之明确地赋予了自然山水审美情怀，从此自然山水走进了文学领域。

陶渊明是一位把自然山水审美提高到新境界的抒情散文家。他的代表作是《桃花源记》。因为在《中国古典抒情散文七大家》里，已经涉及对庄子、司马迁、陶渊明、柳宗元、苏轼、袁宏道和张岱等人的散文的论述，也编写了篇幅较长的七大家的作品选。因此，此处，不再重复论述上述七大家。

南朝包括宋、齐、梁、陈四个朝代。政权更迭很快，可是文学却相对发达，尤其是骈体文在文人圈子普及开来，并应用于许多领域，艺术水准达到了一定的高度。鲍照，按照钱锺书先生的意见，是宋文第一家。

鲍照，字明远。本籍东海（东海治所在今山东省临沂市郯城县），但其家乡在今江苏连云港，还有一说在上党（今山西境内），可能是指祖籍。刘义庆很赏识鲍照，给了他许多扶助。他的文学才能是多方面的，诗、赋、骈文都不乏名篇。他是第一个在书信里记述山水取胜的散文家。其书信《登大雷岸与妹书》主要篇幅是对旅途中自然景色的描写，山水、云霞、草木、鸟兽，无不生机盎然，色彩瑰丽，仪态万方。比如，他笔下的庐山雄姿：

> 西南望庐山，又特惊异。基压江潮，峰与辰汉相接。上常积云霞，雕锦缛。若华夕曜，岩泽气通，传明散彩，赫似绛天。左右青霭，表里紫霄。从岭而上，气尽金光，半山以下，纯为黛色。信可以神居帝郊，镇控湘、汉者也。

鲍照真是高手，将静穆的山写得栩栩如生，活跃飞动，气势逼人！许梿在《六朝文絜》中评价曰："烟云变灭，尽态极妍，即使李思训数月之功，亦恐画所难到。……句句锤炼无渣滓，真是精绝！"他的《石帆铭》也是此类作品的名篇。杜甫说李白的诗"俊逸鲍参军"，足见鲍照对后世的艺术影响之深之大。

梁朝在南朝四代中文学最为繁荣，这与当时提倡读书，作家的文学素养大为提高不无关系。值得注意的是，梁朝的文章讲究用典，一篇之内典故比比皆是，一方面说明文风昌盛，另一方面也说明文章缺少鲜活的内容，易于流向华丽琐碎的形式之美。

吴均是梁朝优秀的山水抒情散文家。吴均，字叔庠，吴兴故鄣（今浙江安吉县）人。《梁书·吴均传》说他“文体清拔有古气”。其山水抒情散文名篇是《与朱元思书》等三封书信：

风烟俱净，天山共色。从流飘荡，任意东西。自富阳至桐庐一百许里，奇山异水，天下独绝。

水皆缥碧，千丈见底。游鱼细石，直视无碍。急湍甚箭，猛浪若奔。

夹岸高山，皆生寒树，负势竞上，互相轩邈，争高直指，千百成峰。泉水激石，泠泠作响；好鸟相鸣，嘤嘤成韵。蝉则千转不穷，猿则百叫无绝。鸢飞戾天者，望峰息心；经纶世务者，窥谷忘反。横柯上蔽，在昼犹昏；疏条交映，有时见日。

还有《与顾章书》：

仆去月谢病，还觅薜萝。梅溪之西，有石门山者，森壁争霞，孤峰限日；幽岫含云，深溪蓄翠；蝉吟鹤唳，水响猿啼，英英相杂，绵绵成韵。既素重幽居，遂葺宇其上。幸富菊花，偏饶竹实。山谷所资，于斯已办。仁智之乐，岂徒语哉！

另外有《与施从事书》：

故鄣县东三十五里，有青山，绝壁千尺，孤峰入汉；绿嶂百重，青川万转。归飞之鸟，千翼竞来；企水之猿，百臂相接。秋露为霜，春萝被径。风雨如晦，鸡鸣不已。信足荡累颐物，悟衷散赏。

吴均的三封书信，生动而简练地描写了富阳、桐庐一带富春江上的优美景色，抒写了向往自然、厌弃尘世的心情。你看：高山，流泉，野藤，老树，宛如一幅水墨素描的山水画，清秀淡雅之中，给人以丰富、具体、形象的感受，透出了一股清新高洁之气。在梁朝浓施粉黛、广敷铅华文章盛行之际，他却以淡雅取胜，高情远致，脍炙人口。

陶弘景也是梁朝优秀的自然山水抒情散文家，还是道家茅山派的创始人，有药物学、医学等多部著作。他人品高洁，胸怀清雅，不染尘埃。梁武帝请他出山，他写了《诏问山中何所有赋诗以答》：

山中何所有，
岭上多白云。
只可自怡悦，
不堪持赠君。

这是一首广为流传的诗，其人格情操跃然纸上。他的《答谢中书书》是其代表作：

山川之美，古来共谈。高峰入云，清流见底。两岸石壁，五色交辉。青林翠竹，四时俱备。晓雾将歇，猿鸟乱鸣。夕日欲颓，沉鳞竞跃。实是欲界之仙都。自康乐以来，未复有能与其奇者。

这篇抒情文章中，抒发了他对山川秀丽景色的酷爱之情。“山川之美，古来共谈”，文章开门见山发出感叹：优美壮丽的山川景色，曾使古来多少文人吟咏赞叹！接着，他绘声绘色地描绘了其隐居之地——句曲山中的秀丽风光：高峰，清流，石壁，翠竹……用动词“乱”字来形容猿猴、飞鸟的啼叫声音；用“竞”字来形容在平静如镜的水面上穿梭的鱼类，把自然界里陶然生存的动植物都写得活灵活现。“康乐”，是指谢灵运，南宋的山水诗人，封康乐公，世称“谢康乐”。道出作者正像谢康乐一样怡乐于大自然这美妙的山水之中。

北朝包括北魏、东魏、北齐、西魏、北周，共约200年的历史。北朝文章以散文体为主，求实，尚质，风格刚健清新，与南朝崇尚骈体，讲求华丽，风格靡丽区别显著。南朝没有出现自然山水抒情散文大家，而北朝则出现了郦道元和他的伟大著作《水经注》，也出现了杨衒之的《洛阳伽蓝记》。

郦道元，字善长，范阳涿县（今河北涿州）人。他一生喜欢游览，把自己置身于大自然的怀抱里，发愿为《水经》作注，终于写成了《水经注》。为了完成这部地理著作，阅读了400多种相关著述，查阅了几乎能到手的地图，不畏艰苦，进行实地考察，《水经》原来所记的大小河流137条，文字1万余字，而郦道元通过考证文献资料和用心勘查，在《水经注》里共计河流1252条，文字增加到30万之多。

我的故乡地处渭北高原，水资源非常宝贵，水井很深很深，绳索硬是把厚厚的青石板磨出了深深的凹槽。母亲和我吃力地扳动着轱辘把，艰难地从地心里打水，曾经想：将来一定要学水利，一定要把距离村庄数里之遥在塬下滔滔流去的洛河水引上来，这样，就不用再扳动这沉重的轱辘把了……千方百计借到一部缺页的《水经注》，如获至宝，就着煤油灯那昏黄的光线，不知疲倦地阅读着，度过了多少不眠的夜晚，想象着那长江三峡浩渺碧青的水流淌着，一路向北，再向北，一直流淌到渭北高原，浇灌着这干渴的龟裂的土地……树青了，花红了，村边的涝池里长出了绿油油的芦苇荡，水面上开满了白洋淀里的荷花……转眼间40年过去了，30年正值伟大的改革开放年代。洛河水早就引上了塬，家家户户都用上了清亮亮的自来水，昔日那焦渴的土地如今一片葱郁，原来村子里老井上的轱辘，如今成了装饰农家风光的道具，带着满身的历史风霜静静地站立着，默默地仰望长天。

依然喜欢读《水经注》:

自三峡七百里中，两岸连山，略无阙处，重岩叠嶂，隐天蔽日，自非亭午夜分，不见曦月。

至于夏水襄陵，沿溯阻绝，或王命急宣，有时朝发白帝，暮到江陵，其间千二百里，虽乘奔御风，不以疾也。

春冬之时，则素湍绿潭，回清倒影，绝巘多生怪柏，悬泉瀑布，飞漱其间，清荣峻茂，良多趣味。

每至晴初霜旦，林寒涧肃，常有高猿长啸，属引凄异，空谷传响，哀转久绝。故渔者歌曰："巴东三峡巫峡长，猿鸣三声泪沾裳！"

陶醉在这优美的文字里，再次卧游了如今已经成为遥远的历史回忆的三峡风光……《水经注》是一部地理巨著，也是一部山水游记。郦道元以饱满的热情、浑厚的文笔、精美的语言，形象生动地描述了祖国的壮丽山川，表现了他对祖国的热爱和赞美。

杨衒之的《洛阳伽蓝记》是记载北魏首都洛阳佛寺的地理著作。伽蓝，是梵文音译的略称，意思是僧院、佛寺。这部书真实地记录了洛阳的几十座大寺庙，按照城内及城外的东、西、南、北为序，以寺院为经，以有关的史实、人物、传说、物产等为纬，描述出一幅北魏时期洛阳的绚丽多彩的历史画卷。他自述写作《洛阳伽蓝记》的动机：

至武定五年，岁在丁卯，余因行役，重览洛阳。城郭崩毁，宫室倾覆，寺观灰烬，庙塔丘墟，墙被蒿艾，巷罗荆棘。野兽穴于荒阶，山鸟巢于庭树。游儿牧竖，踯躅于九逵；农夫耕老，艺黍于双阙。始知麦秀之感，非独殷墟，黍离之悲，信哉周室。京城表里，凡有一千余寺，今日寥阔，钟声罕闻。恐后世无传，故撰斯记。

杨衒之的文笔自然是一流的，有人认为可以和郦道元比肩，这是故意抬高他了。郦道元驾驭文字的功底和讲究文辞色彩的艺术能力，北朝很少有出其右者，《水经注》简直可以作为最优秀的山水抒情散文巨著来读，其中的文学价值和美学价值还尚待深入研究。不过，杨衒之的《洛阳伽蓝记》其中部分内容也确实很有文学意义，至于书中涉及当时社会的民俗文化也未得到很好的挖掘，这未尝不是研究北魏的一个角度。

唐代是我国封建社会发展的巅峰，也是封建文化发展的巅峰，无论是在诗、绘画、书法、舞蹈还是散文、传奇、瓷器等方面，大家层出不穷，聚集形成灿烂的星光闪烁的艺术天空。这个历史时期，儒、道、释融合在一起，还有日益增多的西域文化和东南亚、南亚以及更加遥远的外来文化与中原文化的交流，构成了唐代社会恢宏开放的文明气象，对张扬个性和敢于复活人性的社会乃至思想观念的大度宽容，造成了整个经济社会精神文明和物质文明蓬勃发展的态势，自然山水抒情散文得以大幅度地进步是必然的事情。其中比较独树一帜的有元结、柳宗元、白居易等大家。

元结，字次山，号漫郎、漫叟，曾避难入猗玗洞，因号猗玗子。河南（今河南洛阳）人。他很有军事才干，“安史之乱”，独能保全城池，坚决抗击乱军。他在思想上并不看重孔子学说，而强调文学应该为当时的政治服务。元结的山水抒情散文不多，但很精到，例如《右溪记》：

道州城西百余步，有小溪。南流数十步，合营溪。水抵两岸，悉皆怪石，欹嵌盘曲，不可名状。清流触石，洄悬激注；佳木异竹，垂阴相荫。此溪若在山野，则宜逸民退士之所游；处在人间，则可为都邑之胜境，静者之林亭。而置州以来，无人赏爱；徘徊溪上，为之怅然。乃疏凿芜秽，俾为亭宇；植松与桂，兼之香草，以裨形胜。为溪在州右，遂命之曰右溪。刻铭石上，彰示来者。

《右溪记》叙述清晰，语言凝练，且用词准确生动；元气充沛，古风盎然。此篇一出，为天下师范。有人认为唐代古文运动，其实元结才是真正的倡导者，也发起于此。不过，他为柳宗元后来写作山水游记提供了有益的借鉴。

柳宗元是自然山水抒情散文的大家。他的“永州八记”推动了我国的自然山水抒情散文的成熟，并把这种文体提升到很高的审美层次，成为一代宗师。

白居易是唐代最著名的诗人之一，他和元稹是中唐时期诗创作的“双子星座”，其诗风影响甚大，称“元白体”。同时，白居易也是重量级的自然山水抒情散文作家，而且名篇迭出，例如《江州司马厅记》《草堂记》《冷泉记》《三游洞序》《钱塘湖石记》等——需要说明的是：自然山水抒情散文里，除山水游记之外，还有到唐宋才发展起来的一种文体是亭阁记。所谓亭阁记，就是作者以亭阁为主题，描写亭阁和其周围的自然山水名胜，借以抒发自己情怀的散文。白居易的自然山水抒情散文，大多是这样的文体。且来欣赏他的《草堂记》中一节文字：

乐天既来为主，仰观山，俯听泉，傍睨竹树云石，自辰至酉，应接不暇。俄而物诱气随，外适内和。一宿体宁，再宿心恬，三宿后颓然嗒然，不知其然而然。自问其故，答曰：是居也，前有平地，轮广十丈；中有平台，半平地；台南有方池，倍平台。环池多山竹野卉，池中生白莲、白鱼。又南抵石涧，夹涧有古松老杉，大仅十人围，高不知几百尺。修柯戛云，低枝拂潭，如幢竖，如盖张，如龙蛇走。松下多灌丛，萝茑叶蔓，骈织承翳，日月光不到地。盛夏风气如八、九月时。下铺白石，为出入道。堂北五步，据层崖积石，嵌空垤堄，杂木异草，盖覆其上。绿阴蒙蒙，朱实离离，不识其名，四时一色。又有飞泉、植茗，就以烹燀，好事者见，可以销永日。堂东有瀑布，水悬三尺，泻阶隅，落石渠，昏晓如练色，夜中如环佩琴筑声。堂西倚北崖右趾，以剖竹架空，引崖上泉，脉分线悬，自檐注砌，累累如贯珠，霏微如雨露，滴沥飘洒，随风远去。其四傍耳目杖屦可及者，春有锦绣谷花，夏有石门涧云，秋有虎溪月，冬有炉峰雪。阴晴显晦，昏旦含吐，千变万状，不可殚纪。覼缕而言，故云甲庐山者。

这是元和十年，白居易被贬江州后所写。草堂周边的奇异景色在他的笔下，如在眼前，且语言以四言为主，文气贯通，色彩灿然，全景式反映了草堂内外，表现了白居易乐天知命、随遇而安的旷达心态。和他在杭州所写的《冷泉记》风格一致，只是《冷泉记》较之《草堂记》语言更为精粹，意境更为幽深。《钱塘湖石记》则彰显了作者关注民生的思想，也是很有艺术个性的自然山水游记抒情散文。白居易性格平和，不大关心官僚集团的是非恩怨，故能超然物外，体察自然山水之美，有时修筑亭阁借以明志，远离尘世喧嚣，安静自己的心魂。不意，所作诗文传之于后世，却也是自然山水赐予他的不朽。

中晚唐还有李商隐、杜牧等人，也写了很多情感真挚，哀婉动人的骈体亭阁游记，例如《阿房宫赋》等，亦为著名篇章，同列大家。唐代各种散文文体均备，且也不乏大家的名篇，而真正繁荣起来，乃是宋代的事情了。

宋代的文人走向学者化，大多“术业有专攻”，各擅其长，例如，欧阳修是历史学家，苏轼书画也十分了得，沈括是科学家，朱熹是教育家，辛弃疾是军事家……这与宋代的教育普及和发展有很大的关系。宋代重视文化教育，尊重知识，尊重知识分子，并有规定不得轻易杀害。因而，宋代的科技文化教育事业出现了欣欣向荣大幅发展的局面，这是前所未有的气象，所以，宋代能在各个领域取得震惊世界的成就。同样地，自然山水抒情散文在宋代也是异常发达，表现在作家众多，作品数量急剧增加，而且，艺术质量普遍较高。其中杰出的有：王禹偁、范仲淹、欧阳修、梅尧臣、苏舜钦、曾巩、王安石、沈括、苏轼、晁补之、陆游、范成大、朱熹、辛弃疾等，他们的自然山水抒情散文，成为宋代文学光彩夺目的篇章，这个时期也是我国古代自然山水抒情散文成就最高的时期。

王禹偁，字元之，济州巨野（今山东省巨野县）人。他的文学观点师承韩愈、柳宗元，提出“远师六经，近师吏部（指韩愈）”，是宋代欧阳修提倡复古主义的先锋。《黄冈竹楼记》是其代表作：

黄冈之地多竹，大者如椽。竹工破之，刳去其节，用代陶瓦。比屋皆然，以其价廉而工省也。

子城西北隅，雉堞圮毁，蓁莽荒秽，因作小楼二间，与月波楼通。远吞山光，平挹江濑，幽阒辽夐，不可具状。夏宜急雨，有瀑布声；冬宜密雪，有碎玉声。宜鼓琴，琴调虚畅；宜咏诗，诗韵清绝；宜围棋，子声丁丁然；宜投壶，矢声铮铮然；皆竹楼之所助也。

公退之暇，被鹤氅衣，戴华阳巾，手执《周易》一卷，焚香默坐，消遣世虑。江山之外，第见风帆沙鸟，烟云竹树而已。待其酒力醒，茶烟歇，送夕阳，迎素月，亦谪居之胜概也。彼齐云、落星，高则高矣；井干、丽谯，华则华矣；止于贮妓女，藏歌舞，非骚人之事，吾所不取。

吾闻竹工云：“竹之为瓦，仅十稔；若重覆之，得二十稔。”噫！

吾以至道乙未岁，自翰林出滁上，丙申，移广陵；丁酉又入西掖；戊戌岁除日，有齐安之命；己亥闰三月到郡。四年之间，奔走不暇；未知明年又在何处，岂惧竹楼之易朽乎！幸后之人与我同志，嗣而葺之，庶斯楼之不朽也！

这是王禹偁被贬黄州自己所建筑的竹楼。本文以竹楼为结构中心，对竹楼之内外展开描写，情景交融，塑造了一个心胸坦荡光风霁月的自我形象。此篇构思巧妙，结构严谨，层次分明，含蓄蕴藉。王安石称赞“《竹楼记》胜欧阳修《醉翁亭记》”（《苕溪渔隐丛话后集》）。这分明是抑欧嘛！

范仲淹是北宋著名的政治改革家，他主持的“庆历新政”得到了具有进步意识的知识分子的支持，并成为他们的精神领袖。他曾经在陕北黄土高原上戍边多年，对发展当地的经济社会做出了积极的贡献。他的《岳阳楼记》是彪炳千秋的散文，“先天下之忧而忧，后天下之乐而乐”成为永不凋色的爱国主义者的精神宣言。这两句话，是爱国赤诚的袒露，是高尚人格的写照，是高贵精神的升华，是圣洁情怀的反映！是做一个纯粹的人，一个大公无私的人，一个品德高尚的人的一生所为高度凝练而成的结晶。

范仲淹有此句，千秋若有生气矣。

梅尧臣，字圣俞，宣州宣城（今属安徽）人。宣城古称宛陵，世称宛陵先生。欧阳修很是赏识梅尧臣的文章，引为同道，他们的友谊没有任何利益牵扯。梅尧臣做官能替老百姓办实事，深得老百姓的爱戴，给他修梅公亭以为纪念。《览翠亭记》是他的名作。此文，合乎文章尺度，文气连贯，写出了满目的“翠”色，抒发了其发自内心的情感，“心意快而笑歌发，峰岭明而气象归”——达到了欧阳修说的“状难写之景，如在目前，含不尽之意，见于言外”的艺术境界（《六一诗话》）。

欧阳修自然是宋代自然山水抒情散文的一座高峰。

他的《醉翁亭记》《丰乐亭记》不但在当时文坛而且在我国文学史上也闪烁着不会衰减的艺术光芒!《丰乐亭记》把写景与抒情紧密地结合起来，相得益彰，既表现了欧阳修政治家的宽广胸怀，也表现了一个文学家高超的审美层次，还表现了一个历史学家简练生动的文字能力，他在文中这样抒发情怀：

> 修之来此，乐其地僻而事简，又爱其俗之安闲。既得斯泉于山谷之间，乃日与滁人仰而望山，俯而听泉。掇幽芳而荫乔木，风霜冰雪，刻露清秀，四时之景，无不可爱。又幸其民乐其岁物之丰成，而喜与予游也。因为本其山川，道其风俗之美，使民知所以安此丰年之乐者，幸生无事之时也。
>
> 夫宣上恩德，以与民共乐，刺史之事也。

此段文字高度凝练地把欧阳修关切老百姓的情怀一览无余地表现出来，也适时地宣扬了明君思想，符合作者的政治和社会身份，和梅尧臣的文章一样，“度”把握得很好，而且文章波澜起伏婉转曲折，这是欧阳修文章的绝妙之处。

宋代自然山水抒情散文，大家众多，苏舜钦等，都是深得此类散文三昧的艺术高手，特别是苏轼更是行云流水般就臻于绝唱的伟大散文家！前文已述，此处不再赘述。王安石，我国11世纪伟大的改革家，同时，他又是伟大的文学家，在诗、词和散文方面，都取得了卓越的艺术成就。

曾巩，字子固，世称南丰先生，建昌军南丰（今江西南丰县）人。他的思想比较保守，主张“仁”和“至诚”。和欧阳修的文学观点一致，讲究“道”与“文”的结合。曾巩的文章强调“道”而忽视文章的外在表现，所以，有些严肃庄重。不过，曾巩在学术上舍得花费气力，学术文章写得神完气足，深刻精湛。至于他的自然山水抒情散文，也就很难为曾巩先生了，不过倒也条理通顺，层次分明，如在眼前，比如《墨池记》《齐州北门记》《醒心亭记》等作品，只是一味议论，阐发自己的思想，很少把笔墨分给山水景物。但曾巩毕竟是大家，其文章自有吸引人处，以《醒心亭记》为例：

滁州之西南，泉水之涯，欧阳公作州之二年，构亭曰“丰乐”，自为记，以见其名之意。既又直丰乐之东几百步，得山之高，构亭曰“醒心”，使巩记之。

凡公与州宾客者游焉，则必即丰乐以饮。或醉且劳矣，则必即醒心而望，以见夫群山相环，云烟之相滋，旷野之无穷，草树众而泉石嘉，使目新乎其所睹，耳新乎其所闻，则其心洒然而醒，更欲久而忘归也。故即其事之所以然而为名，取韩子退之《北湖》之诗云。噫！其可谓善取乐于山泉之间，而名之以见其实，又善者矣。

虽然，公之乐，吾能言之。吾君优游而无为于上，吾民给足而无憾于下，天下之学者，皆为材且良，夷狄鸟兽草木之生者，皆得其宜，公乐也。一山之隅，一泉之旁，岂公乐哉？乃公所以寄意于此也。

若公之贤，韩子殁数百年而始有之。今同游之宾客，尚未知公之难遇也。后百千年，有慕公之为人，而览公之迹，思欲见之，有不可及之叹，然后知公之难遇也。则凡同游于此者，其可不喜且幸欤！而巩也，又得以文词托名于公文之次，其又不喜且幸欤！

作此篇时，曾巩还在京城开封的太学里读书，而欧阳修却已在政坛与文坛久负盛名。此时，欧阳修在滁州做知州，专门写信给曾巩，请他写一篇记述文章，以便在醒心亭刻石纪念，曾巩应邀写了这篇文章。这篇文章通晓明畅，状景抒情还算上乘，议论切合主题，且也摇摇曳曳，实在是一篇好的抒情散文。曾巩善于整理古籍并编书刻印，终身乐此不疲。他的文章平实中有情感激荡，属于学者型自然山水游记抒情散文。

王安石也是文章大家。

因为个性原因和公务的繁忙，他写文章有话则长，无话则短，文章简练峻急，思想饱满，充满哲理色彩，很少情感流露。但却清正明白，讲究义理。王安石，字介甫，号半山，封荆国公，世人又称王荆公。江西临川人（今江西省东乡县上池村人）。在我国历史上，遭到最恶毒污蔑的大概就是他了，在变法失败后遭到了那些视改革为异端的保守派的围攻。

王安石是最伟大的政治家，具有旷世治国之才，他胸怀坦荡，没有私欲，胸怀天下，他的诗文就是真实的思想与情感记录。在自然山水游记散文方面，王安石翘楚于当时，光耀于后世。其著名的篇章是《游褒禅山记》。其艺术特点是，游记与议论相结合，情感与哲理相结合；结构严谨，前后呼应，丝丝入扣。语言精练、生动、雄健、奇崛。其名言，令人深思："世之奇伟瑰怪非常之观，常在于险远"，不是吗？

沈括，字存中，号梦溪丈人，北宋杭州钱塘县（今浙江杭州）人。他是科学家，在天文、地理学和数学等学科领域，都是当时世界第一流的。沈括人品有点欠缺，在欲置苏轼于死地的"乌台诗案"里，扮演了一个告密者的角色。不过，他具有多方面的才华，这是不能否认的。其自然山水游记也写得很漂亮，例如《雁荡山》也属于名篇，他记述道：

此山南有芙蓉峰，峰下芙蓉驿，前瞰大海，然未知雁荡、龙湫所在。后因伐木，始见此山。山顶有大池，相传为雁荡，下有二潭水，以为龙湫。又有经行峡、宴坐峰，皆后人以贯休诗名之也。谢灵运为永嘉守，凡永嘉山水游历殆遍，独不言此山，盖当时未有雁荡之名。

科学家写山水，要言不烦，条理通脱，文字准确，字字扎实，情感流淌于字里行间，其实，沈括此文既是散文杰作，也属于科学小品。其著作《梦溪笔谈》甚好，也可作散文欣赏。

我国古代散文史上，唐宋八大家是风光迤逦的崇山峻岭，是一片生长着鲜艳花草的原野，是美不胜收的散文园地。就在八大家的队伍里，还出现了一枝三花的奇异景象：四川眉山的苏氏家族里，苏洵、苏轼、苏辙父子三人集体加入，且各有千秋，文章流传百代。

苏辙为人低调，在文学上追随乃兄苏轼，而且兄弟感情很好。苏辙没有野心，只想做个循吏而已，生活上安逸舒适即可。他的自然山水游记抒情散文，名篇有《武昌九曲亭记》《黄州快哉亭记》等。选《武昌九曲亭记》:

然将适西山，行于松柏之间，羊肠九曲，而获少平。游者至此必息，倚怪石，荫茂木，俯视大江，仰瞻陵阜，旁瞩溪谷，风云变化，林麓向背，皆效于左右。有废亭焉，其遗址甚狭，不足以席众客。其旁古木数十，其大皆百围千尺，不可加以斤斧。子瞻每至其下，辄睥睨终日。一旦大风雷雨，拔去其一，斥其所据，亭得以广。子瞻与客入山视之，笑曰："兹欲以成吾亭邪？"遂相与营之。亭成而西山之胜始具。子瞻于是最乐。

苏辙这篇山水游记，风格和其兄《超然台记》相似，但不及苏轼的灵动轻盈，却也把人、事、情、景交织在一起，构成美丽如画的意境，表达了"适意者即可为乐"的感怀，澹远高洁。

南宋国力不如北宋，半壁江山无限凄凉。

举国上下，或坚持北伐收复失土，或要议和苟且偷生。

江南秀色，春山秋水，碧荷红莲，肥藕莲子，呢喃吴语，窈窕淑女，笼罩在哀伤的去国情绪里。此种氛围，正适合“杨柳岸晓风残月”，长长短短，低吟浅唱。也有不忘家国的英雄，如陆游、岳飞、辛弃疾诸人。他们不但是民族的脊梁，在文学艺术方面也颇有建树，即使在自然山水游记抒情散文创作方面，也堪称典范。

陆游，字务观，号放翁，越州山阴（今浙江绍兴）人。记得读初中时，那是20世纪70年代初期，没有正式的语文课本，使用的是本地教育部门编写的临时教材，课文印刷在粗黑的纸张上，却也厚重中透出一股文化气息。忘记是几年级的课本了，选编了陆游的一首诗，题目是《示儿》：“死去元知万事空，但悲不见九州同。王师北定中原日，家祭无忘告乃翁”——至今仍然确凿地记忆着，时常情不自禁地吟诵出口。那时，就知道陆游是伟大的爱国主义者，一生创作了将近万余首诗。那时，读小学，正值“文化大革命”，我有一册红色书皮的《毛泽东诗词选》，其中有一首《咏梅》，附录了陆游的一阕《卜算子》：

驿外断桥边，寂寞开无主。
已是黄昏独自愁，更着风和雨。
无意苦争春，一任群芳妒。
零落成泥碾作尘，只有香如故。

这首曲词也是至今牢牢地刻印在脑海里，不知道什么时候，心思就进入了词里，觉得朦胧中透出一种凄楚的美，一种说不出来的淡淡的哀伤与忧愁，正适合少年时代常常在心头泛起的丝丝缕缕的无以名状的闲愁——陆游就这样走进了我的心灵。那年暮春，偶尔读《宋诗一百首》，薄薄的，其中也选了陆游的几首诗，那首《临安春雨初霁》里有这样的诗句：“小楼一夜听春雨，深巷明朝卖杏花”——说也奇怪，正读着，无意间抬头一看：墙角的几枝杏花真的开了，在阳光下，粉嫩如雪的花瓣开得正艳丽——巧合也好，天意也好，陆游成了“春神”了！深入研究陆游，被他和唐琬（又名婉）的爱情故事感动得夜半坐起唏嘘叹息，更被他气吞万里如虎的抗敌精神感染，与他的《渭南文集》《剑南诗稿》朝夕相伴——不说这个了，总之，陆游是我最喜爱的一位诗人。他的文章也写得很出色，《过小孤山大孤山》《过巫山》《书巢记》确实让人流连忘返，陆游笔下的小孤山：“自数十里外望之，碧峰巉然孤起，上干云霄，已非他山可拟，愈近愈秀，冬夏晴雨，姿态万变，信造化之尤物也”；大孤山：“大孤状类西梁，虽不可拟小孤之秀丽，然小孤之旁，颇有沙洲葭苇，大孤则四际渺弥皆大江，望之如浮水面，亦一奇也”——他的自然山水游记《入蜀记》，我得到的本子是中华书局出版的，附录在《老学庵笔记》里，闲暇翻读，收获良多也。

南宋的范成大、王质的自然山水游记可以和陆游的相媲美。范成大的名篇是《峨眉佛光》，把佛光“小现”“大现”依次写来，显示了作者娴熟的文字技巧和善于剪裁，给人许多艺术启迪。王质的《游东林山水记》，美妙如画：“既竟，其顶隐而青者，或远在一舍外，锐者如簪，缺者如玦，隆者如髻，圆者如璧；长林远树，出没烟霏，聚者如悦，散者如别，整者如戟，乱者如发，于冥蒙中以意命之”；再看：“一色荷花，风自两岸来，红披绿偃，摇荡葳蕤，香气勃郁，冲怀罥袖，掩苒不脱。小驻古柳根，得酒两罂，菱芡数种”——如此景致，非得如此文笔模拟出之，否则，神采全失矣。

朱熹并不是整天关在书斋里面壁思索，也并不是整天端着个脸面讲授他的学说，夫子也有心旷神怡的时候，到自然山水里放松放松自己，吟诗抒情，偶尔写几笔游记，却也文采焕发，文义盎然，他的《百丈山记》根本不见一丝的道学家气息："日薄西山，余光横照，紫翠重叠，不可殚数。旦起下视，白云满川，如海波起伏。而远近诸山出其中者，皆若飞浮来往。或涌或没，顷刻万变。"真难为夫子了，胸中有如此沟壑，何不也像苏轼一样，行云流水，去做一个文豪呢？却苦苦地钻研儒、道、释的精髓，极力打通三家努力开创出理学，生前几乎遭遇禁毁的厄运。"半亩方塘一鉴开，天光云影共徘徊"——夫子天性极高，存心经天纬地，看不起文人，却时不时过一把文人瘾，客串一下，竟然写出了天然去雕饰的好文章，真乃天纵之才。

金元时期，精于自然山水游记散文的也不在少数，元好问、张养浩、虞集、萨都剌是其中的佼佼者。萨都剌的《龙门记》，是一篇以议论见长的游记散文，收入《古今图书集成·山川典》，足见此篇内容的真确和艺术的高超。

当朱棣出兵北平，渡过长江攻打京师，隆隆的火炮声和刀剑、长矛的殊死刺杀，鲜血四溅的战场慢慢扩展到整个江南故都，南京城里火光冲天而起的时刻，以意大利为起点的伟大的文艺复兴运动逐渐席卷欧洲大陆，被誉为"人文主义之父"的著名诗人但丁的《神曲》，在问世将近80年之后，成为震撼欧洲文化思想界的光辉巨著，人们跟随着《神曲》的作者在地狱、炼狱和天堂的道路上一路东张西望，带着一种莫名的兴奋情绪踮起脚尖窥探着遥远的闪现着异彩的地方，这个地方，就是愚昧的中世纪的终结和现代资本主义那充满朝气的社会的到来，它的身影已经坚定地踏进了包括意大利在内的欧洲……可是，朱棣此时却在阴暗潮湿的木制牢房里，和当时大儒方孝孺紧张地谈话，不久，南京的街头又一次缓慢地流淌着鲜血……其实，朱棣是不屑于把在遥远的欧洲大陆发生的一切放在眼里的，郑和率领的浩大的航海团队扬帆横跨大西洋，穿行在风云变幻的碧色海面上……假如，这支庞大的探险船队能够到达英吉利海峡的话，世界历史必定是要重写的。现在，大明王朝依然在封建主义的轨道上运行，不过，在这堆腐朽的土壤里，竟然萌生出新的社会形态（资本主义）的嫩苗……文艺复兴苏醒了欧洲社会的理性，也苏醒了隐藏在人性深处的艺术的不可遏止的创造力，一个需要巨人将会出现巨人的时代来临了！而大明王朝的顶尖级文艺大师们，依然被儒家思想牢固地束缚着，依然用已经远去的先秦两汉、唐宋社会的文学形制表达着自己的情感与情怀。这个时期，在描写自然山水游记散文方面，最先上场的是宋濂。

宋濂，字景濂，号潜溪，别号玄真子、玄真道士、玄真遁叟。谥号文宪。浦江（今浙江浦江）人。他是明朝开国元勋，也是明朝文章第一人。其著名的篇章是《游钟山记》。记述了他和刘基等人悠游钟山的情景，文字精练，写景状物一如眼前，况且，善于把人事、山水风景油画般地立体描绘，仿佛看得见钟山寺院、峭岩、深潭，看得见人的神态和听得见人的语气声音：

> 还抵永春园，见肴核满地，一髻童立花下。问二客何在，童云："迟公不来，出壶中酒饮，且赋诗大噱，酒尽，径去矣。"予遂回广慈，二君出迎。夏君曰："子颜色有异，得无有虎恐乎？"予笑而不答。刘君曰："是矣！子幸不葬虎腹，当呼斗酒，涤去子惊可也。"遂同饮。饮半酣，刘君澄坐至二更，或撼之，至舞笑钓之，出异响畏胁之，皆不动。予与夏君方困，睫交不可擘，乃就寝。

品味此段，三人语气声口尽出，三人性格尽出，并在笑谈中写钟山，比如，人物的对话，便透露出当时的钟山有虎，可知钟山苍茫之态。宋濂此篇，有人谓之似《水经注》，其实不然，他在一动一静中描述了钟山的全貌，把人与景巧妙结合，需细细体味才能知晓它的曲折美妙之处。

明初还有刘基、高启等人的自然山水游记值得重视，也都写得清秀隽雅。此后，流派不少，鲜有韩愈、柳宗元、欧阳修和苏轼般的大家，但是，应该提到的还有归有光、唐顺之等人，文章也可算一时之秀，流传后世。不过，公安派的领袖袁氏三兄弟，主张性灵，多体现在自然山水游记方面，成就比较大。

袁宗道，字伯修，号玉蟠，又号石浦，湖北公安（今属湖北）人。他是“公安派”的发起者。其名篇是《极乐寺纪游》。其中有这样的优美语句：“极乐寺去桥可三里，路径亦佳，马行绿荫中，若张盖。殿前剔牙松数株，松身鲜翠嫩黄，斑驳若大鱼鳞，大可七八围许”——清新淡雅，词语色彩鲜艳夺目。

袁宏道关于此类游记甚多，名篇亦多。

袁中道的名篇有《游西山记》《楮亭记》等。

赏明人文集，最先得之者是《谭元春集》，上海古籍出版社出版的精装本。谭元春显然不能代表明代的大作家，他和钟惺发起竟陵流派，也十分注意创作自然山水游记，他的名篇是《游玄岳记》，钟惺的是《浣花溪记》。

明代伟大的自然山水游记作家是徐霞客。

徐霞客，名弘祖，字振之，号霞客，南直隶江阴（江苏江阴）人。他是我国以山水旅游为终身事业的第一家。记得我的一位老师，非常喜欢徐霞客，一次偶然说起过去的理想，他立即精神振奋，大声说：是怀揣一部《徐霞客游记》，走遍祖国的山山水水——志向确实不小！这话提醒了我去认真阅读《徐霞客游记》，须知，那时候读书没有现在方便，费尽周折，才借来一部字迹漫漶印刷粗制滥造的书，也就是这部让人现在都感到头疼的书，将我带入了奇妙的山水世界，欲罢不能，直到几乎把这本装帧本来就很差的书读到了凌乱不堪，凌乱的书页，在我眼里却是优美的名山大川。

《徐霞客游记》是一部伟大的地理著作，也是一部伟大的游记散文作品。有人说是“世间真文字，大文字，奇文字”。读他的游记，使人感到如同自己也在大自然里旅游：山、水、树、岩奔涌眼底，雨、雾、晴、晦如在目前，各地不同的民俗、传说、风俗习惯似乎身临其境，特别是对于西岳华山的描写，使人倍感亲切。最美的文字，当是《游天台山日记》《游黄山日记》。摘录前者其中一节，可见一斑：

> 初七日，自坪头潭行曲路中三十余里，渡溪入山。又四五里山口渐夹，有馆曰桃花坞。循深潭而行，潭水澄碧，飞泉自上来注，为鸣玉涧。涧随山转，人随涧行。两旁山皆石骨，攒簇拥峦夹翠，涉目成赏，大抵胜在寒、明两岩间。涧穷路绝，一瀑从山坳泻下，势甚纵横。出饭馆中，循坞东南行，越两岭，寻所谓“琼台”、“双阙”，竟无知者。去数里，访知在山顶。与云峰循路攀援，始达其巅。下视峭削环转，一如桃源，而翠壁万丈过之。峰头中断，即为双阙；双阙所夹而环者，即为琼台。台三面绝壁，后转即连双阙。余在对阙，日暮不及复登，然胜已一日尽矣。遂下山，从赤城后还国清，凡三十里。

《徐霞客游记》没有道学气，没有利欲熏心的庸俗说教，有的是清新的山水之魂魄，有的是草木花树之芳香，有的是碧潭小溪之灵动，有的是飞禽走兽之天籁。《徐霞客游记》不仅是我国文学史上山水游记的杰作，也是世界文学史上山水游记的杰作。

明代晚期，内忧外患纷至沓来，1644年，农民起义军攻占北京，不久，清军入关，明朝灭亡，清朝建立。故国已成昨日的遗梦，新朝正在积极地立国。这是一个新旧交替的历史时期。前朝遗老，留恋那逝去的繁华，只能寄情笔墨，做悠久的回忆了。挥泪对宫娥，此刻的心情复杂万端，恐怕不是轻轻一句“问君能有几多愁，恰如一江春水向东流”便能打发得了的。

张岱，走避深山，在茅草庵里静静地追忆前朝的繁华生活，陆续写出了《西湖梦寻》《陶庵梦忆》等充满黍离之感的山水文字，极冷静、极哀伤，都化作梦里青山梦里湖水了。

人世间最难堪的是“贰臣”生涯，前朝的遗老遗少，因为种种原因不得不依附新朝，心情总是处在极端的矛盾状态：对故国的深深眷恋和对新朝的观望游移，以及心灵里深藏的不能以死报国的内疚和新朝那狐疑不信任的态度，还要承受来自社会巨大的精神压力，这些矛盾纠结在一起，在啮咬着他们的心，在折磨着他们的灵魂……钱谦益、吴梅村等始终沉陷于这黑洞一般巨大的矛盾中。

不知道钱谦益后悔过没有，假如柳如是当初劝他投水以身殉国，他硬是一咬牙，克服了惧怕冰凉湖水的话，那么，至少现在就没有如此的难堪而遭受心灵的折磨了——遗憾的是，他终于胆怯了，灰溜溜地爬上湖岸……而吴梅村更是把后半生全部用来忏悔、解说那久窝在胸腔里的悔恨。

不过，历史仍然把他们划入了新朝。

他们成为新朝最早的文人。

钱谦益著有《初学集》《有学集》和《投笔集》等，山水游记名篇有《游黄山记》等。前不久,《钱牧斋全集》(8卷)，由上海古籍出版社出版，是目前收集最全的版本。

清代前期和中期，著名的自然山水游记作家还有朱彝尊、王士祯、戴名世等。朱彝尊，字锡鬯，号竹垞，晚号小长芦钓师，又号金风亭长。浙江秀水（今浙江嘉兴市）人。他是著名的学者，其编撰的《词综》具有很高的学术价值。创作的山水游记名篇有《游晋祠记》，很有特点，将学识、经历和才情结合起来，独具一格。王士祯（号渔洋山人）的《红桥游记》写得非常优美：

出镇淮门，循小秦淮折而北，陂岸起伏多态，竹木蓊郁，清流映带。人家多因水为园，亭榭，溪塘，幽窃而明瑟，颇尽四时之美。拿小艇，循河西北行。林木尽处，有桥宛然，如垂虹下饮于涧，又如丽人靓妆袨服，流照明镜中，所谓红桥也。

游人登平山堂，率至法海寺舍舟而陆，径必出红桥下。桥四面皆人家。荷塘六七月间，菡萏作花，香闻数里，青帘白舫，络绎如织，良谓胜游矣。予数往来北郭，必过红桥，顾而乐之。

登桥四望，忽复徘徊感叹。当哀乐之交乘于中，往往不能自喻其故。王谢冶城之语，景晏牛山之悲，今之视昔，亦有然耶！壬寅季夏之望，与箨庵、茶村、伯玑诸子……倚而和之。箨庵继成一章，予亦属和。

嗟乎！丝竹陶写，何必中年；山人清音，自成佳话。予与诸子聚散不恒，良会未易遘，而红桥之名，或反因诸子而得传于后世，增怀古凭吊者之徘徊感叹如予今日，未可知者。

王士祯与关中学者来往密切，特别是和王宏撰私交不错，探讨学问，琢磨诗文，互相唱和，他的《渔洋精华录集释》便收录有他们交往的记载。他是学问家也是文章大家。

戴名世，字田有，一字褐夫，晚年号南山先生，别号忧庵，江西桐城（今安徽桐城）人。他是“桐城派”的奠基人。著有《南山集》，以山水游记见长，著名篇章有《游天台山记》《龙鼻泉记》《雁荡记》《游大龙湫记》等，文字清丽优雅。沈德潜，字确士，号归愚，江苏长洲（今江苏苏州）人。他精于编选之学，所编的《古诗源》《唐诗别裁集》《明诗别裁集》《清诗别裁集》等，颇有水平，至今仍然是重要的学习参考著作。其早年科举不顺，直到 67 岁才中了进士。《游虞山记》是其代表作。

全祖望，字绍衣，号谢山。鄞县（今浙江宁波）人。他最大的贡献是整理校注《水经注》，一共七校，其治学刻苦认真的精神令人感动。续写了《宋元学案》。文笔简明扼要，善于抓住事物的特征落笔，因而形象鲜明，印象深刻，名篇有《梅花岭记》等。

晚清时期，自然山水游记散文，比较突出的是桐城派领袖姚鼐，他的《登泰山记》《游灵岩记》《岘亭记》《泰山道里记》等作品，大多具有“义理、考据、辞章”的特点，文字清新流利，状物写景真实生动，包含比较深刻的哲理思想。姚鼐是晚清最为著名的自然山水游记作家。

清朝实行闭关锁国的时间，几乎和明朝定都北京之后的历史一样长，清朝中晚期的时候，欧洲的工业革命浪潮推动了历史前进的步伐，以启蒙主义思想为主流的资产阶级文化成为世界的先进文化，显示出推动历史进步的强大的力量，而清朝时期的社会依然故步自封，墨守已经僵化了的封建社会统治思想，突破不了经学的樊篱，而散文也仍然是承续秦汉唐宋形式，没有新的发展——“九州生气恃风雷，万马齐喑究可哀”，龚自珍强烈盼望的“风雷”已经在天边隐隐滚动，谁也挡不住中国革命的时代大潮，山水散文还在继续发展。

# 第三章　中国现代散文

# 中国现代散文

中国最早的现代散文是1918年《新青年》所发表的“随感录”，而成熟与繁荣，是在此后的20余年间（20世纪20年代至30年代）。对此，朱自清在《背影·序》里指出：“但就散文论散文，这三四年的发展，确是绚烂极了：有种种的样式，种种的流派，表现着，批评着，解释着人生的各面，迁流曼衍，日新月异；有中国名士风，有外国绅士风，有隐士，有叛徒，在思想上是如此。或描写，或讽刺，或委屈，或缜密，或劲健，或绮丽，或洗炼，或流动，或含蓄，在表现上是如此。”这段话，从内容与表现形式上大致勾勒出20世纪20年代至30年代散文的艺术风貌。

20世纪20年代至30年代散文兴盛的原因是什么呢？周作人认为：“小品文是文学发达的极致，他的兴盛必须在王纲解纽的时代。”（《中国新文学大系·散文一集·导言》）在这里，可以看出：散文的发展与繁荣，不仅是散文艺术发展的规律所致，还要有比较宽松的时代背景，即在所谓的“处士横议，百家争鸣”的情形下，才可以产生“言志”的散文。20世纪20年代至30年代的社会实际，在某种程度上，恰合了这一论断：“五四”运动的兴起及其余波的影响，特别是在知识分子思想解放的时期，他们沉潜于学术的研讨，又热切地关注着社会民生，也在尽力地倡扬“自我”。因而，20世纪20年代至30年代的散文达到了一个高峰，影响着以后的散文。

在这一历史时期，出现了不少散文大家，如鲁迅、周作人、朱自清、郁达夫、徐志摩、梁遇春、冰心、叶绍钧等，便是天际间灿烂的星辰。周作人编选的《中国新文学大系 · 散文一集》收录了17位散文家的作品共计71篇，郁达夫编选的《散文二集》收录了16位散文家的131篇作品。据司马长风在《中国新文学史 · 上卷》统计：从1923年至1929年，散文个人专集有31部之多；到了20世纪40年代初，竟达到257部之多。除此之外，据朱自清的说法，“三四年来风起云涌的种种刊物，都有意或无意地发表了许多散文……小品散文，于是乎极一时之盛”。(《背影·序》)由此来看，散文确实形成了中国现代文学史上的第一个兴盛期。

## 鲁迅的散文

鲁迅（1881—1936），浙江绍兴人。中国现代文学的奠基人之一，伟大的思想家、文学家。他在20世纪20年代至30年代的散文作品主要有《野草》与《朝花夕拾》两个集子。《野草》共收入了24篇散文作品。这24篇散文作品，鲁迅认为是“散文诗”。确实如此，他惜墨如金，绝不肯有丝毫的浪费，例如《腊叶》只有400字，《狗的驳诘》仅200字，最长的《过客》也不过2000余字，简直是字字珠玑，篇篇至文。其中的《秋夜》《雪》《风筝》诸篇，更是脍炙人口，久诵不衰。《朝花夕拾》共收入了回忆散文10篇，完成于1927年7月11日。这10篇散文，偏重于叙事记人，文字较《野草》明白舒畅。此后，鲁迅再未执笔写过艺术散文，而这《野草》和《朝花夕拾》便成了绝唱。

鲁迅的散文艺术，简峭凝练，晶莹精深。他的笔法，得益于魏晋，语势湍急，文字干练，无论是抒情写意，还是叙事写人，都是如此。

鲁迅的散文，是中国文学史上最璀璨的明珠！

《从百草园到三味书屋》与《藤野先生》，一是写他童年时代的学习生活，二是写他青年时代的学习生活，这两本书刻画了他的两位老师，内容写得动人传神。

美国著名作家海明威把表现得少而含蕴深刻的创作方法，称之为“冰山”理论，而鲁迅的散文就是最好的典范。

## 周作人的散文

周作人（1885—1967），浙江绍兴人。是鲁迅的二弟，但是他在散文创作中呈现出来的风貌和鲁迅是截然不同的。20 世纪 20 年代至 30 年代，周作人出版了《自己的园地》《雨天的书》《泽泻集》《谈龙集》《谈虎集》《永日集》《看云集》《夜读抄》《苦茶随笔》《苦竹杂记》《风雨谈》《瓜豆集》等散文集子，奠定了他在现代散文史上的地位。

周作人的散文的总体特征是平和冲淡而又圆熟苦涩。

周作人的散文是学者型的散文。这首先表现在他丰富的学识修养方面：在他的笔下，东西方文化与古今文化交融一体，据周作人自己说：“不佞读书甚杂。”（《书房一角 · 原序》）这里的“杂”，无他意，只是读书很多的谦词。据舒芜在《知堂小品 · 序》里介绍：“周作人的学贯中西，知兼雅俗，是举世无双的。”以《日记与尺牍》为例，全文只 1300 字，文中引用文章的书目如下：

《全晋文》中王羲之杂帖二首

日本诗人芭蕉的短简

汪辉祖：《病榻梦痕录》

小林一茶：《一茶旅日记》

夏目漱石日记

契诃夫与妹书

又如《买墨小记》，引用文章的书目如下：

闲人：《谈用墨》

凌宴池：《清墨说略》

赵之谦：《谪麟堂遗集》

范寅：《事言日记》

甘实庵：《白下琐言》

周作人的学识极丰，但读他的散文，却并不感到他“掉书袋”，因为，他把各种知识熔于一炉，而不是“食古不化”。周作人 1944 年在《我的杂学》中，比较详细地谈过他的知识观。

周作人的散文还拓宽了散文的题材。他的散文涉及的东西相当多：既有社会人生，又有风俗乡景，无不写得深刻有力而又情趣盎然。在《两个鬼的文章》中，他曾谈到散文的题材问题，说：“其实材料原是遍地皆是，牛溲马勃只要使用得好，无不是极妙文料。”因而，他笔下的“乌篷船”，故乡的麻花摊、羊肉粥、炸薄荷叶……真是色香味形如在眼前。周作人还“由草木虫鱼，窥知人类之事”。在《故乡的野菜》里，记述了紫云英，云：“取嫩茎瀹食，味颇鲜美，似豌豆苗。”

周作人的散文还充分体现了他对妇女问题的关注。

郁达夫认为，周作人的散文“舒徐自在，信笔所至，初看似乎散漫支离，过于繁琐！但仔细一读，却觉得他的漫谈，句句含有分量，一篇之中，少一句就不对，一句之中，易一字也不可，读完之后，还想翻转来从头再读的。当然这是指他从前的散文而说，近几年来，一变而为枯涩苍老，炉火纯青，归入古雅遒劲的一途了”。（《中国新文学大系·散文二集导言》）他这是知深之评，也符合周作人散文的美的特征。

周作人的散文达到了极高的艺术境界。

## 郭沫若的散文

郭沫若（1892—1978），四川乐山人。他的散文集子甚多：《橄榄》《水平线下》《山中杂记》《我的幼年》《创造十年》《反正前后》《北伐途次》等。

郭沫若以诗人著称，《女神》开一代诗风。

郭沫若是杰出的戏剧家，《蔡文姬》等使人久读弥新。

郭沫若又是卓越的考古学家、历史学家。

郭沫若还是优秀的散文家。他的散文，是他文学创作的重要组成部分。其内容相当广泛：有抒情，有议论，有写人，有记事；体裁有自传，有游记，有小品，有杂文，有寓言，有政论。

这里主要论述郭沫若的传记散文和小品。

郭沫若的传记散文，其价值在于它“历史”的真实与丰富。郭沫若在《〈少年时代〉序》中，说明了他写传记的目的是：“通过自己看出一个时代。”如《脱离蒋介石以后》《北伐旅次》《徐家埠》《南昌一夜》等，生动地记述了从北伐到南昌起义的战斗经历及革命的中途挫折。在历史的可信度上，毛泽东曾说过：

> 最近看了《反正前后》，和我那时在湖南经历的几乎一模一样，不成熟的资产阶级革命，那样的结局是不可避免的。（《毛泽东书信选·致郭沫若》）

这是对郭沫若传记散文的高度评价。文学史家王哲甫在《中国新文学运动史》里也曾经谈到郭沫若的《我的幼年》：“那样坦白的详细的写个人的幼年时代，在中国还算是特创。”王锦厚在《郭沫若散文选集·序言》里介绍说，就连西方现在的读者也承认这一点，他们说：“令人吃惊地坦率”“西方读者将通过这种坦率……结识一个陌生的世界”。由此可见，郭沫若的传记散文以其真实和坦率而为第一个特点。第二个特点是情感的真挚与强烈。情感是散文的生命。傅正乾说：“感情因素甚至是比形象性更为重要的东西。因为它不仅是作家写一篇散文的推动力，而且它本身就是一篇散文的重要组成部分，是流贯在作品中的一部分血液。”郭沫若的散文具有“强烈的感情色彩”，可以用“真实而不虚假”来概括（《郭沫若创作论稿》)。这种评价正确地反映了郭沫若传记散文的创作特色。他的《创造十年》《创造十年续篇》等均可以说明。他以个人来写时代历史，因而更具有强烈的情感渗透在字里行间，更能感染人。

郭沫若的小品（抒情散文），文字清丽流畅，想象丰富，知识广博。是中国现代散文史上的大家之作。他的这类作品，计有30篇。今收入《郭沫若全集》第10卷。阿英是这样评价的：

> 我想，这“牧歌的情绪”五字是最足以说明郭沫若的小品的特色的，无论是《小品六章》也好，《卖书》等篇也好。所以富于这种情趣的原因，当然是由于郭沫若是诗人的原故。在他的作品之中，无论是属于文学的那一部门，但这种特色是流贯的，是显明的。他在作为主要的地位的诗人而外，要说他也是一个创作家，不如说他是一个散文小品的作者，来得是更为恰切的。(《阿英文集·郭沫若》)

这个评价是深刻而富于见地的。这在《小品六章》里体现得更明显，例如《路畔的蔷薇》里的一节：

> ——蔷薇哟，我虽然不能供养你以春酒，但我要供养你以清洁

的流泉，清洁的素心。你在这破土瓶中虽然不免要凄凄寂寂地飘零，但比遗弃在路旁被人践踏了的好罢？

又如《水墨画》：

天空一片灰暗，没有丝毫的日光。

海水的蓝色浓得惊人，舐岸的微波吐出群鱼喋噏的声韵。

这是暴风雨欲来时的先兆。

海中的岛屿和乌木的雕刻一样静凝着了。

我携着中食的饭匣向沙岸上走来，在一只泊系着的渔舟里面坐着。

一种淡白无味的凄凉的情趣——我把饭匣打开，又闭了。

回头望见松原里的一座孤寂的火葬场。红砖砌成的高耸的烟囱口上，冒出了一笔灰白色的飘忽的轻烟……

郭沫若的散文具有“牧歌的情绪”的美学特征。以清新优美、洗练流畅的文字，抒发了青春、孤凄的情绪，而引人深思。郭沫若也是一个为文冲淡的人，他自剖道，“我自己本来是喜欢冲淡的人，比如陶诗颇合我的口味，而在唐诗中我喜欢王维的绝诗”（《我的作诗的经过》），也许这是对“牧歌的情绪”的完美阐释吧。

郭沫若的抒情散文，还有专写草木的篇章，例如，《山茶花》《芭蕉花》《杜鹃》《银杏》《石榴》等作品，这些自然界的生灵，在他的笔下美极了，你看石榴花：

单瓣的花虽没有双瓣者的豪华，但它却更有一段妙幻的演艺，红玛瑙的花瓶儿由希腊式的安普剌变成中国式的金罍，殷、周时古味盎然的一种青铜器。博古家所命名的各种锈彩，它都是具备着的。

写花朵以器皿比喻，既形象逼真而又古雅，是一绝也。

写禽鸟——白鹭：

> 那雪白的蓑毛，那全身的流线型结构，那铁色的长喙，那青色的脚，增之一分则嫌长，减之一分则嫌短，素之一忽则嫌白，黛之一忽则嫌黑。

把形容古代美人的话套用于白鹭，最是恰到好处。

郭沫若的写人叙事之作，也是非常精湛的，如《竹荫读画》里的傅抱石，《叶挺将军的诗》里的叶挺，《鲁迅和我们同在》里的鲁迅先生，莫不如刻如雕，宛然在目。

总之，郭沫若的散文，题材广，视域宽，时代脉搏强，追随着生活的脚步，“从反映旧制度底下个人的苦闷和哀愁，扩展到了描绘革命战争的血与火，记录了伟大时代的声与形，历史的痕迹是表现得分外鲜明的。像他这样广阔地描写社会生活，在现代散文史上恐怕也是没有旁的作者可以比拟的。”（林非《中国现代散文史稿》）

## 茅盾的散文

茅盾（1896—1981），浙江桐乡人。他在20世纪30年代的作品集有《茅盾散文集》《话匣子》《速写与随笔》《印象·感想·回忆》等。20世纪40年代的作品集有《茅盾随笔》《时间的记录》《生活之一页》等。

茅盾文学活动之初是以文艺评论家的姿态出现的，他写的《徐志摩论》，气势磅礴，析理明晰，开创了一种新的批评方法，还有大量的关于文学艺术的理论探讨，都是极其珍贵的。1927年以后，茅盾在《小说月报》上连载的三部曲《幻灭》《动摇》《追求》，一炮而红，被公认为中国当代最杰出的长篇小说家。他的《子夜》更是现代文学史上的经典之作。

茅盾不但是重要的小说家，而且还写了很多的散文，在现代散文的园地里不应该疏忽他的存在。郁达夫在《中国现代散文导论》里指出，“茅盾是早就在从事写作的人，唯其阅世深了，所以行文每不忘社会。他的观察的周到，分析的清楚，是现代散文中最有实用的一种写法”，同时，又指出茅盾散文的弱点是“抒情炼句，妙语谈玄，不是他之所长”，但是，“中国若要社会进步，若要使文章和现实生活发生关系，则像茅盾那样的散文作家，多一个好一个，否则清谈误国，辞章极盛，国势未免要趋于衰颓”——郁达夫的话是极中肯的。茅盾的散文创作体现了他主张的“为人生，为社会”的特征。

茅盾的散文，阿英也同样认为，“在中国的小品文活动中，为了社会的巨大目标的作家，在努力地探索着这条路的，除茅盾，鲁迅而外，似乎还没有第三个人”（《现代十六家小品·茅盾小品序》）。茅盾散文的内容的积极性，是非常鲜明的、强烈的，茅盾在《我的回顾》中坦率地说：“未尝为要创作而创作——换言之，未尝敢忘记了文学的社会的意义，这是我一贯的态度。”

阿英把茅盾的散文分为两期来研究。茅盾早期的散文，如《雾》《虹》《自杀》《卖豆腐的哨子》，使人想起那“闷在瓮中，像是透过了重压而挣扎出来的地下的声音，作为他们的生活的象征”。沉闷，悲观，这虽说是同时代知识分子的共同心态，但“正象征了一个时代的苦闷”。（阿英）到了第二期的散文，即20世纪30年代的散文，茅盾是以“另外的一种小品文家的姿态呈现了”（阿英）。在《故乡杂景》里，他真实地描绘了一幅社会生活历史图画。在《香市》里，则从故乡传统“香市”的盛衰变化，深入地开掘，具体细致地展现了当时江南农村破落凋敝的景象。《陌生人》则反映了乡村的金钱“从这一个裂口流入了都市，流入到了外洋”，而乡村的蚕业及土地收成难怪要破败，全是这个“陌生人”（一是“洋蚕种”，二是“肥田粉”）带来的，好像是为了促进农村生产力，实际却是给农民带来了沉重的经济负担，使农村经济濒临崩溃。

茅盾的散文也有使人振奋的篇章，例如《雷雨前》，他写雷电：

> 然而猛可地电光一闪，照得屋角里都雪亮。幔外边的巨人一下子把那灰色的幔扯得粉碎了！轰隆隆，轰隆隆，他胜利地叫着。胡——胡——挡在幔外边整整两天的风开足了超高速度扑来了！蝉儿噤声，苍蝇逃走，蚊子躲起来，人身上像剥落了一层壳那么一爽。
>
> 霍！霍！霍！巨人的刀光在长空飞舞。
>
> 轰隆隆，轰隆隆，再急些，再响些罢！
>
> 让大雷雨冲洗出个干净清凉的世界！

这段描写好像和高尔基的《海燕》的基调一样，在欢唱雷电，欢唱新天地的来临，这无疑使当时的青年读后产生向上的精神动力，充满乐观自信，树立起战斗的信念。在艺术上，抒情与哲理融合无间，特别是湍急跳跃的语言，真的好像惊雷滚过长天，使人为之一振。更重要的是，茅盾的散文与社会、时代同步，勾勒出现实生活，不屑于沉湎在“拈花惹草”的虚浮的回观里，不屑于把散文变成手里堆砌的辞藻，无病呻吟的消遣的文字游戏，也不屑于拾取旧文学的余唾，而是大胆地介入现实社会，大手笔地反映时代的风貌，揭示了封建的资本主义统治下劳动者的贫困，因此，从这个意义上讲，正如阿英所言，除了他与鲁迅，鲜有能为之者。

到了20世纪40年代，是茅盾散文的飞扬与成熟时期，特别是他的《白杨礼赞》《风景谈》等作品，是现代散文的珍品。还有他的一些苏联见闻，内容描写得也非常优美。

# 瞿秋白的散文

瞿秋白（1899—1935），江苏常熟人。中国共产党早期主要领导人之一，伟大的马克思主义者，卓越的无产阶级革命家、理论家、文学家和宣传家，中国革命文学事业的重要奠基者之一。

1922年，上海商务印书馆出版了瞿秋白的《新俄国游记》；1926年，又出版了《赤都心史》。

这两部散文集，全都是写他在苏联的生活见闻。在这“红艳艳光明鲜丽的所在”，瞿秋白精神愉悦地调动笔墨，给人们介绍了异域的一切，也剖白着自己的心迹，因为，“二十年来盲求摸索不知所措，凭空舞乱我的长袖，愈增眩晕。如今幸而见着心海的灯塔，虽然只赤光一线，依微隐约，总算能勉强辨得出茫无涯际的前程”（《新俄国游记·跋》）。在这种情况和心境下，他的散文绽开了美丽的花朵。

《新俄国游记》以真实记叙的笔触，写出了作者从北京到莫斯科的见闻。瞿秋白写在济南与老父揖别时的情形是：

> 山东济南大明湖畔，黯黯的灯光，草棚底下，一张小圆桌旁，坐着三个人，残肴剩酒还觑着他们，似乎可惜他们已经兴致索然，不再动箸光顾光顾……其时新月初上，照着湖水上水云相映，萧萧的芦柳，和着草棚边乱藤蔓葛，都飕飕作响。三人都已走过来，沿着湖边，随意散步，秋凉夜深时，未免有些寒意。对着这种凄凉的境界，又是远别在即，叫人何以为情呢？

读这节文字，使人仿佛在读柳永的词，让人有一种“杨柳岸，晓风残月”

的意味。瞿秋白是一个政治家和思想家，也是一个富有才华的散文家。也不知道为什么，读他的这些散文，总给人某种悲凉之感，传达着古典文学的伤感情愫，具有一种哀婉的美。

他的《赤都心史》第一节《黎明》，简直可以作骈文华章来看待，语句短，意境美，使人咀英嚼华："高烧的银烛，光灺影昏，羞涩的姮娥，晚妆已卸；酒阑兴尽，倦舞的腰肢，已经颓唐散漫，睡态惺松，渴涩的歌喉，早就澜漫沉吟，醉呓依微。"倘若瞿秋白生在中国的唐代或宋代，其必是文人墨客无疑。而在此书的其余章节，他善于撷取生活中反映事物内质的场面加以描写，如《社会生活》《赤色的十月》等篇，用简洁明快的语言描写，文字流畅似石上清泉。

《新俄国游记》与《赤都心史》是20世纪20年代至30年代优秀的散文作品。

## 朱自清的散文

朱自清（1898—1948），原籍浙江绍兴，出生于江苏东海。他的散文集有《背影》《踪迹》《欧游杂记》等。其散文的艺术待征，有人认为是"工笔画"，给人一种做作的感觉。但我不这样认为，朱自清的散文是神完意美，是精致温润而朴素的美文；是山涧的流水，松上的风，自然而然。叶圣陶的评价曰：

> 每回重读佩弦兄的散文，我就回想起倾听他的闲谈的乐趣，古今中外，海阔天空，不故做高深而情趣盎然。

叶圣陶还说：

> 只有极早几篇，如《桨声灯影里的秦淮河》《温州的踪迹》，不免有点儿着意为文，并非不好，略嫌文胜于质；稍后的《背影》《给亡妇》，就做到了文质并茂，全凭真感受、真性情取胜。到了后期，如《飞》，套一句老话，可以说达到“炉火纯青”的境界了。（《中国现代作家选集·朱自清·序》）

朱自清的散文以写景状物与叙事记人为主，《荷塘月色》融情入景，营造出了一个静谧幽美的境界；《给亡妇》记平淡之事，却愈显感情真挚，悲婉伤怀。其散文语言功夫很深，颇具匠心，在《〈欧游杂记〉序》里，朱自清道：“记叙时可也费了一些心在文字上：觉得‘是’字句，‘有’字句，‘在’字句安排最难。显示景物间的关系，短不了这三样句法；可是老用这一套，谁耐烦！再说这三种句子老显示静态，也够沉闷的。”——由此可见，在语言运用的细微处，朱自清都不肯轻易放过，其雕琢态度正和贾岛的“苦吟”态度如出一辙。他的散文，意境富于诗意，读过他的《绿》等，甚为惊叹！也许，这和他早年创作诗有关，以诗人笔墨写散文。郁达夫在编选《中国新文学大系·散文二集·导言》里指出：“朱自清虽然是一个诗人，可是他的散文，仍能贮着那一种诗意。”诗意，就是意境幽美。

朱自清的散文堪称美文。

## 叶圣陶的散文

叶圣陶（1894—1988），出生于江苏苏州，原名叶绍钧。20 世纪 30 年代，出版有散文集《未厌居习作》《脚步集》等。

叶圣陶写散文是为了“修炼”自己，他在《未厌居习作·自序》里讲：“我常常想，有志绘画的人无论爱好什么派头，或者预备开创什么派头，他总得从木炭习作入手。有志文艺的人也一样，自由自在写他的经验和意想，就是他的木炭习作……即使没有大的野心，不预备写什么传世的大作，这样修炼也是有益的。能把自己的经验和意想畅畅快快地写出来，在日常生活中就有不少的便利。我是存着这种想头写这些散文的。”

叶圣陶的散文，偏重于写景物和叙事，例如《没有秋虫的地方》《藕与莼菜》《牵牛花》《天井里的种植》等。他的散文语言合乎尺度，平稳流畅，朴实生动。在《没有秋虫的地方》中写秋虫给人的感受：

> 虽然这些虫声会引起劳人的感叹，秋士的伤怀，独客的微喟，思妇的低泣，但是这正是无上的美的境界，绝好的自然诗篇，不独是旁人最喜欢吟味的，就是当境者也感受一种酸酸的麻麻的味道，这种味道在另一方面是非常隽永的。

这段引文，毫无造作之处，而是月光白似水，又余味无穷。叶圣陶的写作，甚是讲究词语的安排，也无一处不合语法，各处都妥妥当当。这在同时代的作家中实在是难能可贵。

他的写景描写逼真，想象瑰丽，如《看月》中写夜月：

> 某夜，靠着楼栏直望。闽江正在上潮，受着月光，成为水银的洪流。江岸诸山略微笼罩着雾气，好像不是平日看惯的那几座山了。月亮高高停在天空，非常舒泰的样子。从江岸直到我的楼下是一大片沙坪，月光照着，茫然一白，但带一点青的意味。不知什么地方送来晚香玉的香气。也许是月亮的香气吧……

叶圣陶的语势徐缓而不温不火，清清亮亮，不多一字，不少一字，恰到好处。写景物时，有的人有“溢海”“满山”的情感抒发，而叶圣陶则内敛，着力于文字之内，因而具有较高的艺术品位和美学价值。

叶圣陶的散文之中，还有一类记人之作，更是现代散文的上乘之作。如《白采》《两法师》《与佩弦》等。在《两法师》中，叶圣陶记述了弘一法师和印光法师的一次会见，将两位法师相对比而写，各有其神：他笔下的弘一法师“带笑的容颜，细小的眼里眸子放出晶莹的光”，不善言语，“悠然地数着手里的念珠”，“沉入近乎催眠状态的凝思”里，而他的行走，“穿一双布缕缠成的行脚鞋”，用了“拔脚便走”，说明弘一法师的动作轻捷敏健，其神态是“水样的秀美，飘逸”。而印光法师则是“皮肤呈褐色，肌理颇粗，”“头顶几乎全秃，发着亮光；脑额很阔，浓眉底下一双眼睛这时虽不戴眼镜，却同戴了眼镜，从眼镜上面射出眼光来的样子看人；嘴唇略微皱瘪；大概六十左右了”，“山样的浑朴，凝重”——这些人物的肖像描写，确实是入木三分，把两个人物的气质、神态、精神全都展示出来，殊为不易。《与佩弦》这篇文章虽说是写人，但主要是叙说友谊，采用的是独白的方法，如写他与佩弦的交谈情景：

> 或在斗室，或在将别以前的旅舍，或在久别初逢的码头，各无存心，随意倾吐，不觉枝蔓，实已繁多。忽焉念起：这不已沉入了晤谈的深永的境界里么？于是一缕愉悦的心情同时涌起，其滋味如初泡的碧螺春，回味适才所说，一一隽永可喜，这尤其与茶味的比喻相类。

从这节文字看，叶圣陶和朱自清两人的性格都不是激烈的外向之人，而是平和执着的人，且看朱自清对他的描写，在《我所见到的叶圣陶》中有这样一段话：

我看出圣陶始终是个寡言的人。大家聚谈的时候，他总是坐在那里听着。他却并不是喜欢孤独，他似乎老是那么有味地听着……他的和易出于天性，并非阅历世故，矫揉造作而成。

寥寥数语，就写出了叶圣陶的谦和为人。这样的人写出的文章，便是出现沉静、易悦、平稳的文格，是不奇怪的。正因为叶圣陶与朱自清相交笃深，才各有知己的描写，再三品味，感人至深，涵泳深长。叶圣陶在《弘一法师的书法》里曾说："就全幅看，好比一位温良谦恭的君子，不卑不亢，和颜悦色，在那里从容论道。"这段话也正是自己的真实写照，从容是叶圣陶为人为文的本色。郁达夫对叶圣陶的散文的评价是："叶绍钧风格谨严，思想每把握得住现实，所以他所写的……都令人有脚踏实地，造次不苟的感触。所作的散文虽则不多，而他所特有的风致，却早在短短的几篇文字里具备了：我以为一般的高中学生，要取作散文的模范，当以叶绍钧氏的作品最为适当。"（《中国新文学大系·散文二集·序》）这个评价是符合实际的，叶圣陶的不少散文，例如《藕与莼菜》等，后来被选入大学和中学的教材中去，影响了一代代的学子的文风。叶圣陶的散文，没有晚清的作文痕迹，也没有外来的"硬掺和"的所谓新潮风气，而是保持了清正规范的散文质的美感。

## 夏丏尊的散文

夏丏尊（1886—1946），浙江上虞人。他的散文集有 1935 年开明出版社出版的《平屋杂文》。

夏丏尊在《平屋杂文·自序》里说平屋的来历："自从祖宅出卖以后，我就没有自己的屋住。白马湖几间小平屋的造成，在我要算是一生值得纪念的大事。集中所收的文字，大多数并不是在平屋里写的，却差不多都是平屋造成以后的东西。”平屋，即白马湖上自家所筑的小平屋。《平屋杂文》中共有 34 篇散文。

夏丏尊的散文很杂，如自叙：“就文字的性质看，有评论，有小说，有随笔，每种分量既少，而且都不三不四得可以，评论不像评论，小说不像小说，随笔不像随笔。”（《平屋杂文·自序》）这是自谦的话，但是也可见他涉笔泛围之广，各种文体都操练得起来。

我喜欢夏丏尊的《白马湖之冬》这篇散文。这是他为数不多的抒情散文之一。他写白马湖上小平屋冬天的夜风：

> 那里的风，差不多日日有的，呼呼作响，好像虎吼，屋宇虽系新建，构造却极粗率，风从门窗隙缝中来，分外尖削。把门缝窗隙厚厚地用纸糊了，椽缝中却仍有透入。风刮得厉害的时候，天未夜就把大门关上，全家吃毕夜饭即睡入被窝里，静听寒风的怒号，湖水的澎湃……松涛如吼，霜月当窗，饥鼠吱吱在承尘上奔窜，我于这种时候深感到萧瑟的诗趣，常独自拨划着炉灰，不肯就睡。把自己拟诸山水画中的人物，作种种幽邈的遐想。

——这真是一幅寒天风霜夜读图，夏丏尊的文字和叶圣陶有相似的神韵，有共同的审美倾向，朱自清的散文也包括在内，还有丰子恺、俞平伯等人，他们交往甚笃，又都受弘一法师的影响，风格大致相近，且又和白马湖有关，或居住，或任教。因此，是否可以认为这是“白马湖”派呢？诗歌多有流派，而散文的流派更是源远流长，“唐宋八大家”“桐城派”等不一而足。而在中国现代散文史上，“白马湖”自成一派，而朱自清、叶圣陶当为其中坚力量。

夏丏尊的散文中，记人叙事的作品重视细节的刻画，以表现传记人物的特点。例如《鲁迅翁杂忆》，选择了鲁迅爱抽烟的细节来表现他的治学的勤苦："强盗牌香烟，条头糕，这两件是他每夜必须的粮。""周先生每夜看书，是同事中最会熬夜的一个。"写鲁迅的俭朴："衣服是向不讲究的，一件廉价的羽纱——当时叫洋官纱——长衫，从端午前就着起，一直要到重阳""我对了这二十年不见的老朋友，握手以后，不禁提出'洋官纱'的话来。'依旧是洋官纱吗？'我笑说。'呃，还是洋官纱！'他苦笑着回答我。"还有《白采》，选取白采的遗箧中"还有恋人们送给他为表记的赭色黑色或直或卷的各种头发"来刻画白采的情感热烈而赤诚。《我的畏友弘一和尚》和《弘一法师之出家》从侧面描写了弘一法师的为人及性情，音容笑貌宛若当前。

他的"杂感"也相当精妙。例如《谈吃》一文：

> 中国人于世界普通的食物之外，还吃着他国人所不吃的珍馐：吃西瓜的实，吃鲨鱼的鳍，吃燕子的窠，吃狗，吃乌龟，吃蛇，吃狸猫，吃癞虾蟆，吃癞头鼋，吃小老鼠。有的或竟至吃到小孩的胞衣以及直接从人身上取得的东西……
>
> 至于吃的方法，更是五花八门，有烤、有炖、有蒸、有卤、有炸、有烩、有熏、有醉、有炙、有熘、有炒、有拌，真真一言难尽，古来尽有许多做菜的名厨司，其名字都和名卿相一样煊赫地留在青史上。

最后，全文是这样来结尾的：

> 佛家说六道轮回，把众生分为天、人、修罗、畜生、地狱、饿鬼六道，如果我们相信这话，那末中国民族是否都从饿鬼道投胎而来，真是一个疑问。

夏丏尊的散文，其友姜丹书说：“义理务合逻辑，修辞不尚浮华，其为语体文也，简当明畅，绝无一股疵累之习，善于描写及表情……读之令人心神豁然，饶有余味，如见其人，如见其事也。”（《夏丏尊先生传略》）

## 徐志摩的散文

徐志摩（1897—1931），浙江海宁人。中国现代文学中杰出的抒情诗人。他的散文集有《巴黎的鳞爪》《自剖》《落叶》《秋》等。仅从散文的书题看，其诗人的气质便暴露无遗了。

周作人评价徐志摩的散文，认为：“志摩可以与冰心女士归在一派，仿佛是鸭儿梨的样子，流丽轻脆，在白话的基本上加入古文方言欧化种种成分，使引车卖浆之徒的话进而为一种富有表现力的文章，这就是单从文体变迁上讲也是很大的一个贡献了。”（《志摩纪念》）

徐志摩的散文在现代散文园地里是至情至性之文。阿英在《现代十六家小品·徐志摩小品序》中指出，他的散文应该“作为一个独立的体系论”。这话是比较准确的。

徐志摩年仅36岁便“悄悄地走了”，但是，他留下的散文遗产却是非常丰实的。他的散文，情感真挚，毫不吝啬地向世人坦露自己的心怀，读他的《翡冷翠山居闲话》和《我所知道的康桥》，使人们陶醉于翡冷翠和康桥超脱、闲适的生活情趣中。这种情趣，是一种文化的契合和精神的契合：“带一卷书，走十里路，选一块清静地，看天、听鸟、读书，倦了时，和身在草绵绵处寻梦去……”真是一幅世外桃源图。他给陆小曼的信（后来收编入《徐志摩爱眉书简》出版），倾吐滚烫的爱恋，赤裸裸地不事包装，纯情率真：“岂止，你早已成为我灵魂的一部分，我的影子里有你的影子，我的声音里有你的声音，我的心里有你的心；鱼不能没有水，人不能没有氧气，我不能没有你的爱。”所谓“不精不诚，不能感人”（《庄子·渔父》），徐志摩便是最好的印证。

他的散文想象瑰丽，令人神往。在《泰山日出》一篇中，他并不实写太阳喷薄而出的实景，而是放荡笔墨，大胆地写自己想象中的日出奇景，仿佛他的身躯无限长大起来，脚下的山峦却成了块拳头大的石块，巨人的“长发在风里像一面黑色的大旗，飒飒地在飘扬”，巨人站在山巅之上，“仰面向着东方，平拓着一双长臂，在盼望，在迎接，在催促，在默默地叫唤”着太阳的降落。他用平淡流利的文笔，刻画了一个妖艳的黑女，特别是人物的肖像描写：“乌黑的惺松的是她的发，红的是一边鬓角上的插花，蜜色是她灵巧的披肩，朱古律是姑娘的肌肤的鲜艳，得儿朗打打，得儿铃丁丁……廉枫停步在楼梯边的欣赏不期然的流成了新韵。”这段文字描写，既有视觉描写，又有听觉描写；既有正面描写，又有侧面描写。话语鲜艳，文字色彩搭配和谐，给人以美的享受。

徐志摩的散文是诗情画意的散文。

## 郁达夫的散文

郁达夫（1896—1945），浙江富阳人。他的散文共计 129 篇，出版的集子有《茑萝集》《过去集》《在寒风里》《忏余集》《履痕处处》《达夫游记》《达夫散文集》《闲书》等。

郁达夫是现代优秀的散文家。1935 年，良友图书公司出版《中国新文学大系》（1917—1927），其中有两集散文，分别约请周作人和他编选并作序。郁达夫与周作人都是散文风骚的“开拓者”。

郁达夫的散文可以说是他的生活的真实写照，他认为：“现代的散文，却更是带有自叙传的色彩。”（《中国新文学大系·散文一集·序》）因为有着强烈的“自叙传”的特色，郁达夫的散文写作，一是记叙个人的经历及与朋友的往来，二是游记随笔。

郁达夫的散文坦诚直率地表现“自我”，甚至在“自传”中无所顾忌地暴露他去妓院的心理变化。《迟桂花》这篇文章一般认为是小说，但我始终认为是散文。他写了应朋友翁则生之邀去翁家山的一段经历，真实地道出了他和莲的情感，那样纯洁美好，真如一树芳香的“迟桂花”。郁达夫为文的坦诚可见一斑。他的好友郭沫若说：“郁达夫的为人坦率到可以惊人……自我暴露，在达夫仿佛是成了一种病态了。”（《论郁达夫》）郑伯奇在评论郁达夫的小说时亦认为：“他的大胆地描写，在当时作者当中，是一个惊异。”（《中国新文学大系·小说三集·导言》）其在散文写景状物上最具艺术功力。他的游记，如《杭江小历纪程》《浙东景物纪略》《临平登山记》《雁荡山的秋月》等，以优美的文字描绘了河山景物，令人读来如在眼前。如：

> 方岩附近的山，都是绝壁陡起，高二三百丈，面积周围三五里至六七里不等。而峰顶与峰脚，面积无大差异，形状或方或圆，绝似硕大的撑天圆柱。峰岩顶上，又都是平地，林木丛丛，簇生如发。峰的腰际，只是一层一层的沙石岩壁，可望而不可登。间有瀑布奔流，奇树突现，自朝至暮，因日光风雨之移易，形状景象，也千变万化，捉摸不定。山之伟观，到此大约是可以说得已臻极顶了罢？

寥寥数语，把山的外形特征，描绘得十分具体，其中有宏观，有微观，有全景，有近景，真正把“山之伟观”写得“已臻极顶”。郁达夫游山玩水，决不是只图耳目愉悦，而是从大自然里寻求社会人生的道理，他认为：“自然景物以及山水，对于人生，对于艺术，都有绝大的影响，绝大的威力。”又说，“山水、自然，是可以使人性发现，使名利心减淡，使人格净化的陶冶工具。”（《山水及自然景物的欣赏》）而他的范山模水，莫不是给人以心灵的憩息与净化吗？

值得注意的是，郁达夫还写了一组9篇的自传性散文。这些篇目是《悲剧的出生》（自传之一），《我的梦，我的青春》（自传之二），《书塾与学堂》（自传之三），《水样的春愁》（自传之四），《远一程，再远一程》（自传之五），《孤独者》（自传之六），《大风圈外》（自传之七），《海上》（自传之八）及《雪夜》（自传之九）。这些散文，记叙真实，情感真挚，不但对研究郁达夫有史料价值，而且具有很高的文学欣赏价值。

郁达夫的散文，正如《郁达夫散文全编》中的评价文字："这些散文和他的小说、诗词一样，自然畅达，热情坦荡，通过一幅幅忧悒、感伤、秀美而又隽永的画面，毫无掩饰地倾吐着他的苦闷、愤懑和对苦难深重的祖国的赤子之情……"诚哉斯言！

## 梁遇春的散文

梁遇春（1906—1932），福建福州人。其散文有《春醪集》和《泪与笑》（去世后，其友人收集其遗作结集出版）等集子。他的散文有3篇，收入周作人编选的《中国新文学大系·散文一集》中，这说明当时他的散文具有一定的影响力。梁遇春的散文篇数不多，《春醪集》和《泪与笑》共计36篇。

但是，梁遇春的散文却有独特的美学价值，唐弢认为，他是一位文体家，说："我喜欢遇春的文章，认为文苑里难得有像他那样的才气，像他那样的绝顶聪明，像他那样顾盼多姿的风格。"（《晦庵书话·两本散文》）废名说他："文思如星珠串天，处处闪眼，然而没有一个线索，稍纵即逝。"（同前）梁遇春读书多，且通外国文学，才气横溢，郁达夫赞许梁遇春是"中国的爱利亚"（又译"伊利亚"，英国著名散文家兰姆的化名）。

梁遇春的散文的总体特点是“快谈、纵谈、放谈”（唐弢）。他在《春醪集》序里，有这样一段话：

> 惭愧得很。我没有“醉里挑灯看剑”的豪情，醉中只是说几句梦话。这本集子就是我这四年来醉梦的生涯所留下惟一的影子。我知道这十几篇东西是还没有成熟的作品，不过有些同醉的人们看着或者会为之莞尔，我最大的希望也只是如此。

他写得既随意又自信，如同与友人围炉夜话，快人快语，不假思索，水银泻地，满地月华。梁遇春的散文，实际上是读书笔记或者社会人生的随笔。吴福辉认为他的散文是“议论性美文”（《梁遇春散文全编》前言），如《寄给一个失恋人的信》《醉中梦话》《文学与人生》《论智识贩卖所的伙计》等。他把小品文分为两种：“一种是体物浏亮，一种是精微朗畅。前者偏于情调，多半是描写叙事的笔墨；后者偏于思想，多半是高谈阔论的文字。”（《〈小品文续选〉序》）梁遇春的文章以后者居多。

梁遇春的散文，文中多引外国文学，又处处流露出中国古典诗词的色彩，他致力于中西文学的“打通”工作，因而文章汪洋恣肆，海阔天空：既有峻丽流彩的风骨，又有英国小品的轻松幽默，二者和谐统一，相得益彰。他在废名眼中，本来“将有一树好花开”（《泪与笑》序），可惜，天不假年，竟然早逝。

## 孙伏园的散文

孙伏园（1894—1966），浙江绍兴人，著名的编辑家、出版家。他编辑过《晨报副刊》《京报副刊》，最有名的是经他的手刊发了鲁迅的《阿Q正传》。后又主编了《语丝》，形成了“语丝派”。

孙伏园的个性及为人，当时老向写有《孙伏园先生》，令人忍俊不禁（收入《文人剪影》）。

孙伏园的散文集有《伏园游记》，计有《南行杂记》《从北京到北京》《长安道上》《朝山琐记》4篇；还有《鲁迅先生二三事》集子问世。

孙伏园的游记，据他自己在《伏园游记》自序中说是“信手写来，信手发出去，原不想再看第二回”的，可是李小峰替他集为一辑，并请蔡元培题签，由北新书局出版了。

孙伏园的游记的特点是善于记述当地的民风民俗。例如，1924年7月，他随鲁迅等人赴陕讲学，将沿途的所见所闻写给他的老师周作人——名篇《长安道上》，记述了西安的大小雁塔、曲江、灞桥、碑林及到古董铺买石刻、拓片、造像、陶瓶、土偶人、弩机等古物的情形。特别写了陕西人爱好秦腔：

> 易俗社的所以独立得住，原因还在于陕西人爱为戏剧的习性。西安城内，除易俗社而外，尚有较为旧式的秦腔戏园三，皮黄戏园一，票价也并不如何便宜，但总是满座的。楼上单售女座，也竟没有一间空厢，这是很奇特的。也许是陕西连年兵乱，人民不能安枕，自然养成了一种“子有酒食，何不日鼓瑟，且以喜乐，且以永日”的人生观。不然，就是陕西人真正爱好戏剧了。

孙伏园笔下的华山，他用一个“瘦”字来形容：

> 华山最感人的地方，在于他的一个“瘦”字；他的瘦真是没有法子形容，勉强谈谈，好像是绸缎铺子里的玻璃柜里，瘦骨零丁的铁架子上，披着一匹光亮的绸缎。他如果是人，一定是耿介自守的，但也许是鸦片大瘾的。

他还饶有兴味地写了陕西人阻止康有为的“资经”及对圣人厚着脸皮把人家的“家藏古玩请圣人品评”，而“圣人全以‘谢谢’二字答之，就此收下带走者为数亦甚不少”的行径予以嘲笑，入木三分。

赞美渭河里船夫的健美身体，“他们的形体真与希腊的雕像毫无二致，令我们钦佩到极点了”。写渭南农人的祈雨活动：“一到渭南，更好玩了：我们在车上，见街中走着大队衣衫整洁的人，头上戴着柳叶扎成的帽圈，前面导以各种刺耳的音乐。这群‘桂冠诗人’似的人物，就是为了苦旱向老天爷游街示威的。”这种庄严的、幼稚的行为，使人觉得有“一种美的诗趣”。

而在《朝山记琐》里，他写了“朝山”“星霜，星霜！”“香客”“带福还家”等活动场面，把妙峰山的朝山写得繁复细致，又处处渗透着一种风俗民情的文化特色，又介绍了不少的知识，文字潇洒，轻松幽默，令人不忍释手。

孙伏园的散文朴实平缓，庄谐互有，兼以自己对事物的品评，形成了自己的文体风格。例如，《从北京到北京》里拜谒孔夫子的一节描写：

> 人谁不读过孔子的书。故入孔子庙，谒孔子墓，而腰骨不酥酥的往软者，想来是很少的罢。但自己要软，一个人软也就算了，却偏要叫别人也跟着他们去软，我几乎要笑出来了。幸而周建侯君用极圆到的语调答复他们：“大家不妨自由行礼！你们行完以后，我们再来行”……

文如其人。此语实在不错，孙伏园的形象是相当俭仆的：“大布鞋，大蓝布袍，布袍上还打着补丁，顶多像乡下的一个土财主。可是他的布袜子之内，大有秘密……布袜之中，又有洋袜。”（老向语）——人是够幽默的——文也是如此！

1929年，孙伏园赴法国留学，有了“比较整段的功夫”，“游历的时间与空间愈加扩大”，他写了《在法国的乡村》《自巴黎西行》，其中《丽芒湖》最受人们喜爱。

《丽芒湖》与曾仲鸣、孙福熙写的游记一并被收入《三湖游记》中出版。这是一部规模大且内容相当丰富的游记。

孙伏园在《丽芒湖》中的想象有令人耳目一新的感觉，他写喷泉：

> 丽芒湖一到了日内瓦，已经渐渐成河，所以日内瓦两岸相望，已有如在苏黎士那般的风味了，两岸各筑出一条堤来，拱抱着湖水，这大喷泉便是从右岸堤尖上喷出的，如果远看，就觉着整个丽芒的小湖，是一个大喷水池。喷泉旁边是什么建筑物或雕刻品也没有，好像是原有一园竹，可惜全园砍去了，却剩着这一棵当风摇曳着。或者更像些，是一支大鹅毛笔，整日插在碧蓝的大墨水壶里，却等不到一个巨人，来握着它写出能使普天下人讴歌的文字。

又如，他写贝格杭木屋：

> 在鉴赏贝格杭木屋时，这绿树、绿草以及绿色的一切，便是衬托这象牙雕刻品的桌毯，但是一旦像微尘般的三粒钻向这桌毯的绿绒深处去，却见里面依然有枯黄的树叶，有平坦的道路，有野生的红果，有嘤嘤的鸟语，似与绿绒的织成完全无关的，又似与绿绒的织成完全无妨的。绿绒之所以为绿绒，就是枯叶，道路，红果，鸟语等等的总和吗？还是绿绒之所以为绿绒，就因为它能容纳这枯叶，道路，红果，鸟语等等似无关又似有妨的东西，才成其为绿绒的纯绿呢？

他的这些文字，无论是写景还是状物，比喻新鲜，想象灵动，因此，夏艺圃说《丽芒湖》是“游记体文章的范本”。著名学者及散文家苏雪林在《孙福熙一派的散文》中说：“伏园纯文艺长篇述作以《三湖游记》之《丽芒湖》为著。其文字风格沉着，用笔精练，措词雅饬，不愧‘醇正’‘纯粹’二语的批评。”且“用笔至为细致”，但不“疏宕散漫”，又“稳重之中仍含流利，修饰之中尚有自然”，再者“伏园又有一种诙谐风趣”。这种评价，是知己之谈。孙伏园的游记《自巴黎西行》，充满了异域情调，受人喜爱。

除此之外，孙伏园还有大量杂文，也相当出色，曹聚仁在《文坛五十年续编·小品散文的新气息》中指出：“依草附木，借鲁迅以自重的那一群人之中，黄芦白苇，一望无垠，比较有成就，倒还是孙伏园和许寿裳。”此一语中的，确是如是。

## 俞平伯的散文

俞平伯（1900—1990），浙江湖州人。散文有《剑鞘》（与叶绍钧合著），《杂拌儿》《燕知草》《杂拌儿之二》《燕郊集》等。周作人曾分别给《杂拌儿》和《燕知草》写过跋，给《杂拌儿之二》写过序。这不仅说明了他们的友情，更重要的是说明了周作人对俞平伯散文的推崇与欣赏。

俞平伯的散文特征是古典清新，而又温熙秾郁，其骨子里是明清名士的气质。除去小说、诗歌等文学形式不说，中国的现代散文基本保持了传统的美学特质，正如周作人所言：“现代散文好像是一条湮没在沙土下的河水，多少年后又在下流被掘了出来；这是一条古河，却又是新的。”（《〈杂拌儿〉跋》）俞平伯就是这条河里的佼佼者之一。以《湖楼小撷》为例，第二则《绯桃花下的轻阴》里的一段文字写“绯桃”与

"轻阴"：

轻阴和绯桃直是湖上春来时的双美。桃花仿佛茜红色的嫁衣裳，轻阴仿佛碾珠作尘的柔幂。它们固各有可独立之美，但是合拢来却另见一种新生的韶秀。桃花的粉霞妆被薄阴梳拢上了，无论浓也罢，淡也罢，总像无有不恰好的。

如此笔触，温雅秾郁，或者说繁缛雅致，充满了古典的水墨画意。又如《坚匏别墅的碧桃与枫叶》里的"桃花"：

山桃妖娆，杏花娇怯，海棠柔媚，樱花韶秀，千叶桃秾丽，这些深深浅浅都是红的，千叶桃独近于绛……更伫立徘徊于碧桃树下，漫天匝地，堆绮翦琼，委地盈枝，上下一赤。其时天色微阴，于乳色的面纱里饱着搽浓脂抹艳粉的春天姑娘。

再如《阳台山大觉寺》里的一段写"观潭"：

登石坡，入龙王祠。殿在石级上，佩昔曾登之，云无可观览，徒费脚力。遂从侧门入，观潭。潭以圆廊绕之，循廊而行，从窗牖间遥看平畴，近瞩流水，即潭之一脉也。下临潭，不广而清，如绿琉璃，府有砾石。

以上文字，使人若读张岱的散文，而《阳台山大觉寺》却好像是宗子的泰山游记，而实在是俞平伯的手笔。这个看法，周作人早就默许于心了："平伯的文章便多有这些雅致，这又就是他近于明朝人的地方。"又说："平伯的这部小集是现今散文一派的代表，可以与张宗之的《文秕》

（刻本改名《琅嬛文集》）相比，各占一个时代的地位。”（《燕知草》跋）

俞平伯与朱自清同题写过《桨声灯影里的秦淮河》。各有千秋，亦是文坛佳话。据孙玉蓉在《俞平伯散文选集》序里说，顾颉刚认为俞平伯有文学天才，曾劝他“只要率性而行，做文学家的生活，不必做学问工夫”。深怕他“因为弄学问而思想受了学问的限制，不能一任天机”地去发展他的文学天才。可是，俞平伯最终放弃了老朋友的建议，而去专心致志地做学问了。

## 林语堂的散文

林语堂（1895—1976），福建龙溪人。他的散文创作颇丰，20世纪20年代初，他就参加了以鲁迅为发起人之一的语丝社，是《语丝》的主要撰稿人，这期间所写的文章，集为《剪拂集》出版；20世纪30年代后，林语堂先后创办了《论语》《人世间》《宇宙风》3种小品文半月刊，提倡“以自我为中心，以闲适为格调”（《〈人世间〉发刊词》），以“闲适之笔调语出性灵”（《论小品文笔调》）。移居美国后，他继续散文写作，有《无所不谈合集》出版；1966年，林语堂返台定居，又写了不少抒情散文。

林语堂是个个性鲜明的散文家，他认为理想的散文是：“乃得语言自然节奏之散文，如在风雨之夕围炉谈天，善拉扯，带情感，亦庄亦谐，深入浅出，如与高僧谈禅，如与名士谈心，似连贯而未尝有痕迹，似散漫而未尝无伏线。欲罢不能，欲删不得，读其文如闻其声，听其语如见其人。”（《小品文之遗绪》）——这其实也是林语堂的散文艺术风格。与人谈是林语堂的散文特色之一。谈，就是不拘不碍，语出自然，流泻胸臆，亲切和蔼，把对社会对人生的看法娓娓道出，这是散文艺术的一种大气度的表现。如在《享受大自然》中，谈读书：

善读书者，无之而非书；山水亦书也，棋酒亦书也，花月亦书也。善游山水者，无之而非山水：书史亦山水也，诗酒亦山水也，花月亦山水也。

又如《论一般生活》其中一节文字：

一恨书囊易蛀；二恨夏夜有蚊；三恨月台易漏；四恨菊叶多焦；五恨松多大蚁；六恨竹多落叶；七恨桂荷易谢；八恨薜萝藏虺；九恨架花生刺；十恨河豚多毒。

窗内人于窗纸上作字，吾于窗外观之，极佳。

幽默是林语堂散文的特色之二。在《辜鸿铭》中，他非常风趣地以典型细节来刻画这位著名人物：

他解妾字为立女，妾者靠手也（elbow-rest），所以供男人倦时作手靠也。辜曾向二位美国女子作此说。女子驳曰："岂有此理？如此说，女子倦时，又何尝不可将男人作手靠？男人既可多妾多手靠，女子何以不可多夫乎？"言下甚为得意，以为辜辞穷理屈矣。不意辜回答曰："否否。汝曾见一个茶壶配四只茶杯，但世上岂有一个茶杯配四个茶壶者乎？"

这真是幽默诙谐。林语堂的幽默，一是与他的思想和审美观有关，二是受英国幽默小品的影响，形成了他亦庄亦谐、亦藏亦露的幽默散文艺术。语言美是林语堂散文特色之三。他的散文语言表现力强，含情带韵，有的甚至可以作古典散文来欣赏，例如《诗人·名妓·高僧》里，写苏东坡游西湖，而湖上的景色是：

在船的四周，湖水一碧如染，约有十里之遥，往远处看，白云依偎于山巅，使山峦半隐半显。白云飘忽出没，山客随之而改变；山峦供白云以家乡，使之倦游而归息。有时天阴欲雪，阴霾低垂，丘阜便隐而难见。阴霾之后，游客尚可望见楼塔闪动，东鳞西爪，远山轮廓，依稀在望。晴朗之日，水清见底，游鱼可数。

他的一些写生活情趣的散文，更是飘逸出尘，如诗如画，美不胜收，例如《论何者为宜》中一段文字如是：

赏花宜对佳人，醉月宜对韵人，映雪宜对高人。

艺花可以邀蝶，累石可以邀云，栽松可以邀风，贮水可以邀萍，筑台可以邀月，种蕉可以邀雨，植柳可以邀蝉。

文中的动词用得多么精彩啊，寥寥数语，情境俱出，令人叹服！

林语堂的散文艺术有明清才子派散文的余韵，不难看出在抒情文字上继承了张岱的笔法；而议论社会时事的文章，则严密有度，语势参差，骨力楚楚——总之，我以为他的散文没有道貌岸然的说教，也难入“文以载道”的模式之中。林语堂崇尚的散文家是苏东坡、袁中郎、徐文长、李笠翁、袁子才、金圣叹……他认为这些人是“文章气质之如出一脉”（《还是讲小品文之遗绪》），他直言道：“苟能人人各抒性灵，复出以闲散自在之笔，则行文甚易，而文章之奇变正无穷，何至如今日之沉寂空泛。至若等吃冷猪肉之辈，必欲吮毫濡墨，寻章摘句，‘吟成五个字，捻断数茎须’，以自文其陋者，此又是载道派勾当，与吾辈无涉。”（同上）挥洒无涯，逸马田野，流露性情，可以说是林语堂散文艺术的概观。

## 梁实秋的散文

梁实秋（1903—1987），浙江杭州人。他的散文创作，始于1940年在《星期评论》上陆续发表的《雅舍小品》，并以这个题目结集出版，深受人们的喜爱，创出现代散文发行的最高纪录，后又继续创作了大量散文。

梁实秋的散文特色，也如他所言："散文的美妙多端，然而最高的理想也不过是'简单'二字而已。"（《论散文》）陈漱渝指出：梁实秋创作散文，以胡适的白话文为榜样，追求"绚烂之极趋于平淡"的境界。为此，他在篇幅上力求浓缩，删繁就简；在语言上，摅词摛藻，期于至当。由于梁实秋深谙"割爱"的艺术原则，所以他的散文清楚而有姿态，简单而有力量，美在简洁，美在适当。(《〈雅舍小品〉现象——我观梁实秋的散文》)。他在《论散文》里曾说："仄声字容易表示悲苦的情绪，响亮的声音容易显出欢乐的神情，长的句子表示温和迟缓，短的句子代表强硬急迫的态度"——读他的散文，确实感觉到他在努力地追求声韵音节的效果，这是对现代散文艺术美的重要探索。

梁实秋的散文，平淡而富有节奏，读起来朗朗上口。例如，《雅舍》中的雅舍在他的笔下是这样的：

"雅舍"最宜月夜——地势较高，得月较先。看山头吐月，红盘乍涌，一霎间，清光四射，天空皎洁，四野无声，微闻犬吠，坐客无不悄然！舍前有两株梨树，等到月升中天，清光从树间筛洒而下，地上阴影斑斓，此时尤为幽绝。直到兴阑人散，归房就寝，月光仍然逼进窗来，助我凄凉。细雨蒙蒙之际，"雅舍"亦复有趣。推窗展望，俨然米氏章法，若云若雾，一片弥漫。

梁实秋认为，散文不押韵，但是平仄还是不能完全不顾的，虽然没有一定的规律可循。“精致的散文永远是读起来铿锵有致。”（《散文的朗诵》)——试读上述文字，果真有此特色。纵观散文发展史，古文八大家，没有一篇结构不是朗朗上口的。大抵好的文章，其文字必定简练。他的散文，在选材上，包罗万象，大凡天下事物都可以入文细致描写，仅看文题，可略知一二。《音乐》《信》《女人》《客》《讲价》《理发》《晒书记》《山杜鹃》《洗澡》《牙签》《胡须》《麻将》《水晶虾饼》……可谓牛溲马勃皆文章。和林语堂的散文相比，他不及语堂的散文苦涩有味耐读，却比语堂简练畅快，合人口味。

梁实秋的散文诙谐幽默，和林语堂具有相似的风格，例如，在《萝卜汤的启示》中，谈到为文之道：

> ……宴罢，我回到上清寺朋友家。他问我方才席上所宣布的排骨萝卜汤秘决是否可信，我说：“不妨一试。多放排骨，少加萝卜，少加水。”当然，排骨也有成色可分，需要捡上好的，切萝卜的刀法也有讲究，大小厚薄要适度，火候不能忽略，要慢火久煨。试验结果，大成功……
>
> 从这一桩小事，我联想到做文章的道理。文字而掷地作金石声，固非易事，但是要做到言中有物，不令人觉得淡而无味，却是不难办到的。少说废话，这便是秘诀，和汤里少加萝卜少加水是一个道理。

又如，《偏方》里的一段话：

一位熟识的朋友，膀大腰圆，一棒子打不倒，自称是偏方专家，可以活到一百二十岁（结果打了六折），听说我患糖尿病，便苦口婆心地劝我煎玉蜀黍须，代茶饮，七七四十九天，就会霍然而愈。看我迟迟没有照办，便自己弄来一大包玉蜀黍须送上门来，逼我立刻煎汤。看着我咕嘟咕嘟地喝下一大碗，他才扬长而去。玉蜀黍须作汤，甜滋滋的，喝下去真真是有益无损，但是与糖尿似乎是风马牛不相及。

梁实秋的《雅舍小品》之后的散文集，大多创作于台湾，出版于港台。《槐园梦忆》是为悼念亡妻程季淑而写的系列散文，凄清细腻、缠绵动人；还有《雅舍谈吃》，专门写饮食方面，寄托了他的思乡之情。在《雅舍小品三集》中，集生活中的寻常小事来写，饶有情味；《实秋杂文》里一组怀念故人的篇什，如《忆老舍》《忆冰心》《胡适先生二三事》《忆沈从文》《忆周作人先生》，无不写得深情缱绻，令人感慨。其散文如白云出岫，江渚秀鹤，得其自然，情韵无限，宛如江南丽园，令人神往赞叹。

## 丰子恺的散文

丰子恺（1898—1975），浙江崇德人。他是中国现代著名的书画家、文学家和散文家。他的散文集主要有《子恺小品集》《随笔二十篇》《缘缘堂随笔》《缘缘堂再笔》《率真集》等。丰子恺的散文，在中国现代散文园地里的地位举足轻重。郁达夫在《中国新文学大系·散文二集·序》里说："人家只晓得他的漫画入神，殊不知他的散文，清幽玄妙，灵达处反远出在他的画笔之上。"这"清幽玄妙灵达"，正是丰子恺散文的品格。以《山中避雨》为例，其中有这样一段文字：

茶越冲越淡，雨越落越大。最初因游山遇雨，觉得扫兴；这时候山中阻雨的一种寂寥而深沉的趣味牵引了我的感兴，反觉得比晴天游山趣味更好。所谓“山色空蒙雨亦奇”，我于此体会了这种境界的好处。

又如《半篇莫干山游记》中写观赏樱桃一节：

我和二先生就走过去观赏她家门前的樱桃树。看见青色的小粒子果然已经累累满枝了，大家赞叹起来。我只吃过红了的樱桃。不曾见过枝头上青青的樱桃。只知道“红了樱桃，绿了芭蕉”的颜色对照的鲜美，不知道樱桃是怎样红起来的。一个月后，都市里绮窗下洋瓷盆里盛着的鲜丽的果品，想不到就是在这种荒村里茅屋前的枝头上由青青的小粒子守红来的。

再如《野外理发处》的首段：

我的船所泊的岸上，小杂货店旁边的草地上，停着一副剃头担。我躺在船榻上休息的时候，恰好从船窗中望见这副剃头担的全部。起初剃头司务独自坐在凳上吸烟，后来把凳让给另一个人坐了，就剃这个人的头。我手倦抛书，而昼梦不来。凝神纵目，眼前的船窗便化为画框，框中显出一幅现实的画图来。这图中的人物位置时时在变动，有时会变出极好的构图来，疏密匀称，姿势集中，宛如一幅写实派的西洋画。

窥一斑而知全豹。丰子恺的散文，郁达夫评价得甚为中肯，字里行间透露出许多恬静安淡来，又因为他是画家，注意意境的渲染和形象的描绘，使平凡生活中的琐微事物有了艺术情趣。在他看来，作画与作文并不矛盾，而是相互作用的，手中的笔“在得到一个主题之后，宜于用文字表达的就写成随笔，宜于用形象表达的就作漫画”（《我的漫画》）。事实上，在丰子恺的散文中，有的就是散文与画相配合来表达某种主题的，如《看灯》《邻人》等篇什就是如此。丰子恺为文，超脱出尘，澄明清纯，也许受弘一法师皈依佛门的影响，难怪日本吉川幸郎将《缘缘堂随笔》译成日文出版，在“译者的话”中说：“我所喜欢的，乃是他的像艺术家的真率，对万物的丰富的爱，和他的气品，气骨。如果在现代要想找寻陶渊明、王维那样的人物，那么，就是他了罢。”（《中国现代散文一百二十家札记》）此话颇有见地。陶渊明为人洒脱旷达，故有“采菊东篱下，悠然见南山”这种恬然自适的诗，而丰子恺亦是如此，他的散文，真的好像“谛听清风飘来的洞箫独吹，袅袅乡愁，挥之不去。”（司马长风《中国新文学史》）在20世纪20年代至30年代的散文收获期，丰子恺的散文是“一朵金黄的谷穗”。

## 何其芳的散文

何其芳（1912—1977），四川万县人。初登文坛时，他与李广田、卞之琳合称为“汉园三诗人”。他是先写新诗，然后写散文的，其著作有《画梦录》和《还乡杂记》。

何其芳的散文，特别是《画梦录》，以精美的文笔获1936年《大公报》的散文文艺奖。他的散文主张是：“我是芦苇，不知那时是一阵何等奇异的风吹着我，竟发出了声音。风过去了我便沉默。”（《刻意集·燕泥集·后话》）忧郁伤愁，其文体却是秾丽纤巧。《画梦录》里的《墓》便是代表之作，其中一段是这样的：

……黄昏如晚汐一样淹没了草虫的鸣声，野蜂的翅。快下山的夕阳如柔和的目光，如爱抚的手指从平畴伸过来，从林叶探进来，落在溪边一个小墓碑上，摩着那白色的碑石，仿佛读出上面镌着的朱字：柳氏小女铃铃之墓。

这儿睡着的是一个美丽的灵魂。

这儿睡着的是一个农家的女孩和她十六载静静的光阴，从那茅檐下过逝的，从那有泥蜂做巢的木窗里过逝的，从俯嚼着地草的羊儿的角尖和那濯过她的手，回应过她寂寞的捣衣声的池塘里过逝的……

在《黄昏》里，他写道：

马蹄声，孤独又忧郁地自远至近，洒落在沉默的街上如白色的小花朵。我立住。一乘古旧的黑色马车，空无乘人，纡徐地从我身侧走过。疑惑是载着黄昏，沿途撒下它阴暗的影子，遂又自近至远地消失了。

以上两节文字，凄迷低婉，渗透着苍凉的无奈。何其芳是艺术描写的高手，他善于运用通感手法，把听觉与视觉转化为具体的音响与形象，调动读者用全部的感官去体味，去阅读，达到全身心的投入，这是他散文的成功之处。在《梦后》里，他依然用惆怅的笔触，写下如下的文字：

知是夜，又景物清晰如昼，由于园子里一角白色的花所照耀吗？还是我留心的倒是面前的女伴凝睇不语，在她远嫁的前夕。是远远的如古代异域的远嫁啊！长长的赤栏桥高跨白水，去处有丛林茂草，蜜蜂熠耀的翅，圆坟丰碑，历历酋长之墓，水从青青的浅草根暗流着寒冷……

何其芳散文的寂寞哀伤情绪源于他对语言的刻意求美，例如，对描写颜色形容词的精心选择，繁复出现的意象，都能说明他具有鲜明的个人审美倾向。我认为，何其芳的散文是某种思绪来临后的形象描绘，多是心里之情景，正如他所说的"一阵何等奇异的风"吹着，使他散文写作的灵感闪现，记载下他美丽而又渺远的内心的造影。这种表达思绪的文字，使中国现代散文的"美文"臻于成熟与独立，符合他的散文写作动机："我的工作是在为抒情的散文找出一个新的方向。我正图以很少的文字制造一种情调……"（《还乡日记·代序》）有人评价道："何其芳把抒情文当作完整独立的艺术，确定和提高了抒情文的地位和格调。因此他的散文有统一的旨趣，决不漫然无归。他使散文进入一个新时代。"（司马长风《中国新文学史》）

## 沈从文的散文

沈从文（1902—1988），湖南湘西人。他的散文是中国现代散文园地"风景这边独好"的一家。沈从文的小说与散文同步誉满文坛。沈从文的散文集有《记胡也频》《从文自传》《记丁玲》《湘行散记》《湘西》等。以《从文自传》和《湘西散记》、《湘西》为代表作。

《湘西散记》是根据他1934年返回故乡湘西时的所见所闻而写的，共13篇；《湘西》是沈从文1938年取道湘西去云南时，在沅陵住了几个月，因感"社会新陈代谢人事今昔情形不同已很多。然而另外又似乎有些情形还是一成不变"所写，共收入散文8篇。《从文自传》共18篇，叙写了他生长的地方及他的生活经历，感情真挚，细腻动人。从这几本散文集来看，沈从文的散文一是偏重于写“自叙传”；二是偏重于写乡土散文。“自叙传”部分的散文，沈从文恪守真实的原则，十分注意传记的文学性。他笔下的人物，如《一个老战兵》中对滕师傅的描写。通过他翻筋斗、爬树、拿顶、泅水、摸鱼、医术等技艺及特殊的带兵方法的种种情景，把人物刻画得活灵活现，触手可及；还有湘西的土匪、兵士、妇人也都栩栩如生，鲜明动人。同时，沈从文还写了《记胡也频》《记丁玲》两本文学人物传记集子。据说，当《记丁玲》在天津《国闻周报》上连载时，不少读者焦急地等待每一周的报纸出来。这两本散文集，是作者与胡也频、丁玲交往十年的纪实经历，“两篇作品记叙重点虽不相同，但涉及的事件相互交叉，互为补充，勾划出三个向外发展的不同性格的小知识分子在大时代中的一段人生轨迹。”（凌宇《从边城走向世界》）

沈从文的《湘西散记》《湘西》，逼真地描写了20世纪30年代故土湘西真实的生活风貌，处处渗透着沅陵的风土乡情及地域文化，以优美的语言描绘了湘西的自然山水景物，塑造了众多的下层人物形象。周文彬在《沈从文散文选集·序言》里将他的文笔介绍得具体而艺术：

> 他抒写了苗寨怡人的景色：群峰罗列，如屏如障；烟云变幻，积翠堆蓝；河水碧透，清幽迷人。他描写了苗乡水边的人们：船主、舵手、关吏、士兵、烟贩、苗妇、土妓、女巫、蛊婆。展示出湘西特有的风物：碉堡、营汛、河街、码头、木筏、船只、吊脚楼。记叙了当地日常生活以及乡风习俗：漂滩、溯江、催橹、呼号、筛锣、放蛊以及春秋两季给社稷神唱木傀儡戏，端午节赛龙舟，岁暮年末供傩神等……

是的，在《湘西散记》和《湘西》里，沈从文营造了一个和文明隔绝的山地世界，他用灵动飘逸的画笔，描绘出一幅美丽而又贫穷落后的湘西风俗民情的山水长卷。表现在艺术上，便好像笼罩着一层水汽，显得清逸、秀美、轻柔，如徐缓的山妹子的情曲儿。他的文字纯粹，语言达到了炉火纯青的地步。如《白河流域几个码头》中写小镇上的小饭店：

小饭店门前，常有煎得焦黄的鲤鱼豆腐，身上装饰了红辣椒丝，卧在浅口钵头里，钵旁大竹筒中插着大把红筷子，不拘谁个愿意花点钱，这人就可以傍了门前长案坐下来。抽出一双筷子到手上，那边一个眉毛扯得极细脸上擦了白粉的妇人，就走来问："要甜酒？要烧酒？"男子火焰高一点的，谐趣的，对内掌柜有点意思的，必装成生气似的说："吃甜酒？又不是小孩，还问人吃甜酒！"那么，酽冽的烧酒，从大桶里用木滤子舀出，倒进土碗里，即刻就来到身边案桌上了。

真把小镇上的小饭店及食客写活了、写神了。写人物，虽没有大段的心理描写，但三言两语却甚是贴合人物的心绪，即使是下意识的性冲动也纤介不遗。沈从文笔下的乡土山水，更是令人入迷，如白河中王村的景物描写：

夹河高山，壁立拔峰，竹木青翠，岩石黛黑。水深而清，鱼大如人，河岸两旁黛色庞大石头上，在晴朗冬天里，尚有野莺画眉鸟，从山谷中竹篁里飞出来，休息在石头上晒太阳，悠然自得，转唱悦耳的曲子，直到有船近身时，方从从容容一齐向林中飞去。水边还有许多不知名的水鸟，身小轻捷，活泼快乐，或颈脖极红，如缚上一条彩色带子，或尾如扇子，花纹奇丽，鸣声都异常清脆。

又如：

遇晴明天气，白日西落，天上薄云由银红转成灰紫。停泊崖下的小渔船，烧湿柴煮饭，炊烟受湿，平贴水面，如平摊一块白幕。绿头水凫三只五只，排阵掠水飞去，消失在微茫烟波里。一切光景静美而略带忧郁。随意割切一段勾勒纸上，就可以成一绝好宋人画本。

这里写的是箱子崖下一条江河的景象，写云彩，写青烟，写水鸟，无不像“宋人画本”。宋代的文人画，讲究构思的巧妙，语境制造的优美，而沈从文笔下的山水单从气韵上讲，似乎是一致的。马拉梅说：“世界万物的存在是为了落脚在一本书里（诗人用语言建造的世界里）。”（转引自叶维廉《中国诗学》）而湘西的一切，“落脚在”他的“书里”——《湘西散记》与《湘西》两本集子中。

沈从文的散文，笔法毫不拘谨，而是“行云流水，初无定质，但常行于所当行，常止于不可不止，文理自然，姿态横生”。《经进东坡集事略》第46卷）

## 李广田的散文

李广田（1906—1968），山东邹平人。在20世纪30年代中期，有3个散文集子出版：《画廊集》《银狐集》《雀蓑记》。何其芳在《还乡杂记》中说李广田的散文特征是：“以此对于北方人的那种大陆性的朴质与真诚不能不感到十分可亲，十分依恋了。”“质朴”与“真诚”，确实是他散文的美学品格。

李广田的散文，多反映的是他的家乡齐东（今邹平）一带的人事景物，其典型篇目有《投荒者》《柳叶桃》《悲哀的玩具》《野店》等。《柳叶桃》写的是一个女戏子悲惨凄愁的一生。她“不过二十四五岁年纪，娇柔，安详，衣服并不华丽，只是一身水青”，“一身上下很调匀，而处处都与她那并不十分白晰的面孔极相称”。这位女戏子生在一个贫寒的农家，从小学戏，后在 × 城的一个大戏院里以头等花衫而知名，被秦家少爷用两千元赎回家做三姨太；其目的是传宗接代续香火。在秦家，她被二姨太百般侮辱折磨……她疯了……她终于“安睡在自己床上，而且永久不再醒来了，还是满面脂粉，一头柳叶桃的红花”。他以朴素的文笔，赤诚的情感，描写了下层风尘人物，寄意了自己十二分的同情，具有积极的进步意义。在描写山水景物方面，李广田的文字功力也相当简练老到。如《扇子崖》里的山村风景：

> ……走到两户人家的对面，则见豆柳瓜架，鸡鸣狗吠。男灌园，女织麻，小孩都脱得赤条条的，拿了破葫芦，旧铲刀，在松树荫下弄泥土玩儿。虽然两边茅舍都不怎么整齐，但上有松柏桃李覆荫，下有红白杂花点衬，茅舍南面又有一片青翠姗姗的竹林……

有人有景有物，刻画既逼真又疏朗井然，甚能代表他的散文写作风格。如果说何其芳的散文善于写“梦”里的种种，而李广田的散文则善于写“真实”生活里的一切。写梦，尽极铺张错杂的精心结撰；写实，笔端实在沉稳，如诉胸怀。

李广田的散文当然也不乏盈盈诗意。这种诗意来自对故乡的萦怀和经过历史澄清过的思恋，正如他所坦认的：“我对于故乡的事情最不能忘怀，那里的风景人物，风俗人情，固然使我时怀恋念，就是一草一木，也仿佛都系住了我的灵魂。”（《雀蓑记》）这种对故乡生活的热爱，流露于文字，便蕴含了无限美好的情绪，于是散文便有了山水画卷的韵律。

## 丽尼的散文

丽尼（1909—1968），湖北孝感人。他出版有《黄昏之献》《鹰之歌》《白夜》等散文集。丽尼，原名郭安仁。他在幼年的时候，深恋着一个外国小女孩，可惜女孩不幸早逝。为了纪念这位女友，他以丽尼为笔名。他的散文的意象是“秋风、冷雨、黄昏和黑夜”，反映在艺术形式上是“飘流曲、悲风曲、无言之曲、生死之曲”，蕴藏着无限的“烦恼、感伤、沉默”。如《圣者——献给已故的先生和友人许》的一段：

> 读着别人对于旧友的追忆，我就会记起你来，深陷的眼睛，瘦削的脸，强韧的骨格，然而，病弱的身体。而且，那是一世的折磨，永恒的受难。虽然在你底肩上你能担起无限的重负，然而，你不是被压抑得永远也不曾吐出一口轻松的气息来么？要说死是残酷的，但是，对于你，一死，也许是得到解脱的吧？但是，你是不愿意死的，而且，在苦难侵蚀着你底身体的时候，你并不曾知道你会像这样来得到你底解脱。

这段文字，很能代表丽尼的文体特征，缠绵深情，文气曲折。情感越真挚，表达越艰难，也越能打动读者的心弦。

丽尼的散文苦愁之意多，爽朗疏阔者少。在人生失意时所著作品，文字之间便有衰飒之象。

从心灵的疼处挖掘出来的东西，最使人感动。

## 许地山的散文

许地山（1893—1941），广东揭阳人。以小说《命命鸟》（1921年第1期）而饮誉文坛。他的散文集《空山灵丽》共收集散文44篇。后又有《危巢坠简》《窥园书香》《杂感编》等集子出版。落花生是他的笔名。

许地山的散文交织着出世的思想，受佛教影响很深。陈平原指出："借用佛学意象，使许地山的作品光怪陆离，充满神迷与异域情调；而化用佛家思想，则大大加强了许地山作品的哲理成分，显得丰富深邃。"（《许地山散文全编·前言》）这话极是。在《空山灵丽·弁言》里，许地山说明了他的散文写作态度是："自入世以来，屡遭变难，四方流离，未尝宽怀就枕。在睡不着时，将心中似忆似想的事，随感随记；在睡着时，偶得趾离过爱，引领我到回忆之乡，过那游离的日子，更不得不随醒随记。"也就是说，他的散文是思绪的片段、生活的鳞爪，在经过他思想的加工处理后而成为精美的散文艺术品了。

许地山的散文意象，美得甚为奇特，如《梨花》中写落花：

> 落下来底花瓣，有些被她们底鞋印入泥中；有些粘在妹妹身上，被她带走；有些浮在池面，被鱼儿衔入水里。那多情的燕子不歇把鞋印上底残瓣和软泥一同衔在口中，到梁间去，构成它们底香巢。

他把落花的归处写得太美了，那"妹妹""鱼儿""燕子"的意象，给人一种婉约柔美的感觉，又是一种纯净的境界。许地山的散文蕴藏着深刻的人生哲理。例如，《落花生》中写道：

爹爹说“花生底用处固然很多，但有一样是很可贵的。这小小的豆不像那好看的苹果、桃子、石榴，把它们底果实悬在枝上，鲜红嫩绿的颜色，令人一望而发生羡慕底心。它只把果子埋在地底，等到成熟，才容把它挖出来。你们偶然看见一棵花生瑟缩地长在地上，不能立刻辨出它有没有果实，非得等到你接触它才能知道。”

……爹爹接下去说：“所以你们要象花生，因为它是有用的，不是伟大，好看的东西”……

通过落花生的生物特征，道出了做人的哲理：做人要实实在在，不要哗众取宠。这种剖析落花生的品质来隐喻人的品质的写法，比赤裸裸的道德说教要强多了。他的散文语言软似苏州锦绣，而又清空美妙。如《春的林野》里写岩间春光：

春光在万山环抱里，更是泄漏得迟。那里的桃花还是开着；漫游底薄云从这峰飞过那峰，有时稍停一会，为底是挡住太阳，教地面底花草在它底荫下避避光焰的威吓。

岩下的荫处和山溪底旁边满长了薇蕨和其他凤尾草。红、黄、蓝、紫的小草花点缀在绿茵上头。

天中底云雀，林中的金莺，都鼓起它们底舌簧。轻风把它们底声音挤成一片，分送给山中各样有耳无耳底生物。桃花听得入神，禁不住落了几点粉泪，一片一片凝在地上。小草花听得大醉，也和着声音底节拍一会儿倒，一会儿起，没有镇定底时候。

眼前简直是五彩缤纷齐陈，花草树木都带着灵性，把山岩涧边的春意写得神采飞扬，好像闺中略带忧愁的少女。许地山的散文还有不少谈论佛法的篇什，如《七宝池上底乡思》《暾将出兮东方》《香》等。《七宝池上底乡思》是散文诗。全文是由弥陀、迦陵频迦及坐在宝莲上的少妇的问答写成，虽说这是他对前妻的缅怀之篇，但是介绍了佛家“世界不尽，有情不尽；有情不尽，轮回不尽；轮回不尽，济度不尽；济度不尽，乐士乃能显现不尽”的思想。而对前妻的思念化成他笔下优美的意象：“话说完，莲瓣渐把少妇裹起来，再合成一朵菡萏低垂着。微风一吹，他荏弱得支持不住，便堕入池里。”在《香》中，作者借妻子之口说佛法是这样的：“——色，——声，——香，——味，——触，——思维，都是佛法，惟有爱闻香的爱不是佛法。”为什么呢？妻子又说：“不明白么？因为你一爱，便成为你的嗜好；那香在你闻觉中，便不是本然的香了”——全篇文章不过二三百字，却道明了佛法的真谛，亦见许地山的功力深厚了。他常采用对话的形式，所以又有浓厚的小说色彩。沈从文的《落花生论》很有见地地论述道：

> 在中国，以异教特殊民族生活作为创作基本，以佛经中邃智明辨笔墨，显示散文的美与光，色香中不缺少诗，落花生为最本质的使散文发展到一个和谐的境界的作者之一。这调和，所指的是把基督教的爱欲，佛教的明慧，近代文明与古旧情绪，糅合在一处，毫不牵强的融成一片。作者的风格是由此显示特异而存在的。

沈从文的意见，看来还是准确的。

## 王统照的散文

王统照（1897—1957），山东诸城人。共有《片云集》《欧游散记》《青纱帐》《夜行集》《北国之春》等散文集。司马长风认为：在早期“文学研究会”的几个作家中，“王统照的文才实优于茅盾、叶绍钧、郑振铎诸人，但是文名则不及他们。他写的诗及散文都清丽不俗，又有北方人独具有的亢爽……他的散文有意境但缺乏结构，富想象但缺乏剪裁，词藻艳丽但新旧驳杂，总括的印象是琢磨不足的一块璞玉。”（《中国新文学史》）

在我看来，王统照的散文并不是这样，他的散文自有其卓著的地方。可以把他的散文分为两类：一类是追求一种美而又空幻的理想，厌恶黑暗社会，却不时流露出惆怅的情绪，正如沈从文所说的，“用繁丽的文字，写幻梦的心情，同时却结束在失望里……王统照的作品，是同他那诗一样，被人认为是神秘的朦胧的。”（《论中国创作小说》）例如《初恋》等（《片云集》中的一些作品）。一类是从1930年以后，他的散文逐渐转到现实中来，如《北国之春》中的作品，以朴素的笔，记述了他在东北的见闻与感受，勾勒出社会各层面的活生生的人物形象；而《欧游散记》是他旅欧的实录，把他对社会的见解坦露出来，如《荷兰鸿爪》便是。不过，我欣赏的是王统照的抒情散文，这里的他毫不拘束，放肆文思，驰骋想象，文字典丽，意象鲜明。如《回声》中用拟人手法写的山头：

> 山头像奇伟的巨人，丛树便是他的垂发，把有力的拳头抱在胸前，静默中低头注视着这倦卧的少女。要待她的气力恢复时，醒过来，张开臂膊，缓缓地起立，到时候，巨人与她便有了接吻的机会。

又如《青岛素描》中写海边的天空：

> 空中呢？在这海边的天空是最可爱的，尤其是春秋的时候，晴天的日子那么多，高高的空中，明丽的蔚蓝色，像一片彩色的蓝宝石将这个海边的都市全罩住，云是常有的，然而是轻松的，片断的，流动的，彩云在空中时时作翩翩的摆舞，似乎是微笑，又似乎是微

醉的神志……在海边看云，能够平添一个人的许多思感，与难于捉摸的幻想。映着初出海面的太阳，淡褐色的微绛色的云片轻轻点缀于太空中。

再如《林语》中写秋夜：

夜，在秋之开始的黑暗中，清冷的风由海滩上掠过，轻忽地振动他们的弱体。初觉到肃杀与凄凉的传布，虽然还是穿着他们盛年的绿衣，而警告的清音却已在山麓，郊原，海岸上到处散布着消息。

王统照的这种散文“无论在哪一篇里，都反映了作为诗人的王统照的精神，飞跃着，驰骋着，那非常丰富缜密的想象”。（阿英）——又说，“这一类的小品文，除鲁迅的《野草》而外，我想是没有谁可以和王统照比拟的”。（《现代十六家小品·王统照小品序》）这是指王统照的抒情散文艰涩隐晦，从以上的引文中也可以看出来。为什么呢？王锦泉分析道：“因为抒的是内心蕴蓄的情绪，微细的感触，表现上又有意无意地求其深沉，所以意义不大容易把握，不大容易领会到它的含意，需要读者反复琢磨。”（《王统照散文选集·序言》）这样的分析很有道理，但我认为，王统照的散文代表了他的最高成就，而这种不易解释的艰涩隐晦反过来又影响了他的作品。

## 郑振铎的散文

郑振铎（1898—1958），出生于浙江温州。有《山中杂记》《海燕》《西行书简》《佝偻集》等散文著作。他是著名的文学理论家、文学史学家、藏书家。作为散文家的郑振铎似乎还不受人们的重视。其实，郑振铎的散文如秋空的星。《山中杂记》共收录散文9篇，前记1篇。其散文充满了智者的情趣，如《蝉与纺织娘》写秋虫的鸣叫：

> 秋虫的鸣声最复杂。但无论纺织娘的咭嘎，蟋蟀的唧唧，金铃子之叮令，还有无数无数不可名状的秋虫之鸣声，其音调之凄抑却都是一样的：他们唱的是秋之歌，是暮年之歌，是薤露之曲。他们的歌声，是如秋风之扫叶，怨妇之奏琵琶，孤峭而幽奇，清远而凄迷，低徊而愁肠百结。

关于秋虫的描写，最早的是《诗经·豳风·七月》："五月斯螽动股，六月莎鸡振羽。七月在野，八月在宇，九月在户，十月蟋蟀入我床下。"状其形，状其声，状其生活习性，可谓开写秋虫的先河，后来的文人雅士代有写者，以言志抒情。曹植的《蝉赋》云："唯夫蝉之清素兮，潜厥类乎太阴。在盛阳之仲夏兮，始游豫乎芳林。实澹泊而寡欲兮，独怡乐而长吟。声皦皦而弥厉兮，似贞士之介心。内含和而弗食兮，与众物而无求。栖高枝而仰首兮，漱朝露之清流。"欧阳修的"引清风以长啸，抱纤柯而永叹。嘒嘒非管，泠泠若弦。裂方号而复咽，凄欲断而还连。吐孤韵以难律，含五音之自然。"（《鸣蝉赋》）苏轼："蜕形汗浊中，羽翼便翾好。"（《蝉》）还有，颜之推："听秋蝉，蝉悲非一处"（《和阳纳言听鸣蝉篇》）；卢思道："听鸣蝉，此听悲无极"（《听鸣蝉篇》）；李百药："清心自饮露，哀响乍吟风"（《咏蝉》）；姚合："秋来吟更苦，半咽半随风"（《闻蝉寄贾岛》）；雍陶："高树蝉声入晚云，不唯愁我亦愁君。何时各得身无事，每到闻时似不闻"（《蝉》）；白居易："乍闻愁百客，静听忆东京。我有竹林宅，别来蝉再鸣。"（《六月初三日夜闻蝉》）"一闻愁意结，再听乡心起。渭上新蝉声，先听浑相似。衡门有谁听，日暮槐花里。"（《客中闻早蝉》）；陆游："断角斜阳触处愁，长亭搔首晚悠悠。

世间最是蝉堪恨，送尽行人又送秋。”（《秋日闻蝉》）——这些都说明，蝉是中国文人的审美对象之一，或说明自己的情操，或表达胸怀的某种情绪。而郑振铎呢？也许是抒发自己的却离都市，滤清尘世的一种静穆出脱的心境吧。

在《苦鸦子》中，郑振铎由讨厌苦鸦子，到晓得了苦鸦子是受尽婆婆折磨的嫂嫂死后变的，而现实里的刘妈又如同那冤死的嫂嫂过的日子一样，他的情感发生了变化，唉，“想不到刘妈是这样的一个人……谁晓得她原来是这样的一个‘苦鸦子’！”于是，他同情起苦鸦子，并祈愿她们“栖定在巢中”。这写物喻人的笔法也值得我们称道。郑振铎的写景文字老练清楚，如《月夜之话》里写月夜星空：

> 月如银的圆盘般大，静定地挂在晚天中，星没有几颗，疏朗朗的间缀于蓝天中，如美人身上披的蓝天鹅绒的晚衣，缀了几颗不规则的宝石。

文字很美、很静、很柔，也很亲近。他的散文名篇之一《海燕》，写于1932年，曾收入中学语文教材中。描写的是海上的小燕子，你瞧，它们来了：

> ……小燕子，二只，三只，四只，在海上出现了。它们仍然是隽逸的从容的在海面上斜掠着，如在小湖面上一样，海水被它的似剪的尾与翼尖一打，也仍是连漾了好几圈圆晕。

再看，再看，这些小燕子又憩在海面上了：

> 它们展开了双翼，身子一落，落在海面上了，双翼如浮圈似的

支持着体重，活是一只乌黑的小水禽，在随波上下的浮着，又安闲，又舒适。

作者把小燕子写神了，写活了，真的好像在观看小燕子的优美电视片：动态连格的飞翔休歇图。细致地观察，入微地描写，使人叹服。我醉心于郑振铎的随笔《蝴蝶的文学》。在这篇文章里，他充分显示了学者广博的知识，引用了古典文学中许多和蝴蝶有关的诗文，如梁朝刘孝绰的《咏素蝶》，谢逸的蝶诗（据说有300多首），还有李商隐、苏轼、陆游的写蝶名句；除此，还引用了日本俳句里关于蝴蝶的描写，提到的作者就有小宗人云，护物，芭蕉，守武，春海，丁涛，可都里，子规及杉长等，甚至连无名氏的也采纳了进来。在此文的第三节里，郑振铎着重写了庄生梦蝶的故事，考证出宋金院本有《庄周梦蝶》的戏剧。第四节至第六节，又引证了古代日本关于蝴蝶的许多典故和传说，读来令人兴趣盎然。学者写散文，多在知识的采撷安排，但假如没有才情调度，终不能成文，而郑振铎善于此道矣。

## 钟敬文的散文

钟敬文（1903—2002），广东海丰人。他在20世纪20年代就在散文界崭露头角，赵景深说："他的歌谣研究，倒还稍有人注意；但他这方面的成就并不大。倒是他的小品文，近来逐渐地被选家所承认了。阿英编《现代十六家小品》，选择极严，他的作品也被列入进去；郁达夫《散文二集》（《中国新文学大系》）也收了他不少的作品。"（《海上集·记钟敬文》）——他的散文，有《荔枝小品》《西湖漫拾》《湖上散记》等集子。对这几本散文的选材，赵景深有这样的总结："他的《荔枝小品》《西湖漫拾》《湖上散记》我都读过，后两种都写的是湖上风光，最后一种还有好多篇提到他与秋女士的恋爱生活。”

钟敬文在回忆自己的散文创作时，解释了为什么要注情于山水：“一九二八年秋天……我一方面，正陷于一种青年人最感到困惑的境况中，而另一方面，又是初次接触着有魅力的西湖的山水——那时候的我，脑里正充满着由于旧文学所养成的山林趣味。”因此，“回到写小品文的世界去了”，“那些文章，有的是对于故人的牵怀，有的是对于山水的品赏，有的是爱的哀诉，有的是梦的追寻。总之那里有幽情也有热泪”。（《写作小品文的经历》）——他的这些文章，收入了《西湖漫拾》。此书写出来后，钟敬文没有停笔，他说：“在杭州第二年的暑假我住在湖上偏僻处的一个小庄中。那里藕花和清莲的香气交绕着，使我搁不下抒情的笔杆。在一个多月中，便写成了一部小品集——那就是《湖上散记》。”钟敬文的散文写作背景基本上如此。那么，他的抒情散文具有怎样的艺术风貌呢？

这在钟敬文 1988 年写的《我与散文》中说得很清楚：“我那些散文，在风格上大都比较幽静、清淡。这种风格到底是怎么来的呢？在《荔枝小品》付印时期，朋友们的看法和后来一些评论家的意见，大都认为是受了新文学运动初期一些作家的影响，或者属于他们一个文派。这种意见我自己也是相当承认的。因为在那些时期，我的确诵读过周启明、叶绍钧、谢冰心以及俞平伯等人的文章或专集（如《自己的园地》《剑鞘》等），有的还使我一时非常倾心。”他又说：“在我前期散文中有一个特点，就是从内容到风格上都呈现着受过古典文学（特别是宋、明才子三派的散文小品）熏陶的痕迹。”“这种特点的形成，跟我当时的世界观和写过的题材，当然都有相当关系；但是，同样不容忽视的是我文学上的爱好和修养。我从小就喜欢古代文学。《古文释义》《唐诗三百首》等古典文学初级读本，不消说，早就念得烂熟了。我特别爱读苏东坡的小品文字，见了就爱不释手。他的那部从日本版本翻印过来的《苏轼小品》，现在还经常放在我睡床前头的书柜上。我偶尔翻翻它，总觉得有些会心（当然是在新的思想基础上了），同时也真是一种精神享受。它对我早期散文的影响是不能否认的。”（《我与散文》）——他的这些话是事实。明确地告诉我们他散文风格的特点和形成原因。

钟敬文的《荔枝小品》中的散文，多是对物和对事的叙述、抒情文字。例如《荔枝》《茶》《游山》，“能将娓娓的谈风与独特的感受相融会，将历史掌故与当时景色相交织，有一种品尝、体味的吟咏风致”。（《中国现代散文一百二十家札记》）但总体来看，“内容不很充实。这话十分使我心服。我觉得自己的思力太寒俭，不能使每一句话都有力量，都能使人震撼”。（钟敬文《试读小品文》）虽是自谦，却也有一定的道理。在《西湖漫拾》中，最吸引读者的是钟敬文笔下的游记，精巧别致，幽深渺远，如《游龙井》里写庭园：

> 西边一带的丛竹，是这样苗条、娟秀而茂密！四周或高或低的果树花丛，多姿而又调匀地簇成这小园地的整体的谐美。园外是一块小小的葱翠的秧海；沉静而秀美的玉皇山，以它的背影朝对着我们的门户，这一切更添益了我们以幽冷深邃的感觉。在渐次地悠然的神会中，我们是一致地只能以沉默作最高的赞美。

又如《重阳节游灵隐》里写山景：

> 行行重行行，终于抵达庵境。放眼一望，高渺清虚的蓝空底下，茫漠的湖水，突兀的峰峦，疏落的林木……一切大自然的景况，洗浴了我们的神志，而使它顿然入于苏醒爽朗之境。

这种文字甚是注意意象图画，语言精确，因而，使整个文章具有静幽、肃远的美——钟敬文的散文，特别是写湖光山水、荷花春林的抒情文字，绝少人间烟火，清淡到家。钟敬文在散文上，甚是推崇周作人，在《试谈小品》中，认为小品文“似乎是一条荆棘丛生的野径，肯去开辟的人尚不太多。但在这寥寥的几个走荒径的人中，却有一位已获得了很好的成绩，那就是周作人先生。他的文体是幽隽淡远的，情思是明妙深刻的，在这类创作家中，他不但在现在是第一个，就过去两三千年的才士群里，似乎尚找不到相当的配侣呢”。他把周作人的散文说成是空前绝后的，而自己在紧紧地追随周作人，正如赵景深的评价：“他的小品写得很精细，用力甚多，句法上颇受岂明老人的影响。”（《海上集·记钟敬文》）其实，这种在散文艺术上的认同实则是心灵的认同，否则，其笔意简直是模仿不来的。

## 陈西滢的散文

陈西滢（1896—1970），江苏无锡人，原名陈源。他的散文集是 1928 年上海新月书店出版的《西滢闲话》。这主要收录了他在《现代评论》“闲话”栏上发表的杂文、随笔、散文及书评共 78 篇文章。这是西滢一生的散文了。

先释“闲话”：据吴福辉说，“闲话，本源于英国文学传统中的絮语散文体”。例如，“斯梯尔和艾迪生办的报刊，取名《闲话报》(一译《闲谈者》)，哈兹里特的小品集称为《席间闲谈》”等就是这样的。

他在《理由》里曾说：“行严先生说‘书不必深，不用为宜’，可是文字却必须‘字斟句酌’，排比四六，我觉得意思不妨深些，文字不妨浅些。”这“意思不妨深些，文字不妨浅些”，正是陈西滢“闲话”散文的特点。在这个写作宗旨下，陈西滢的笔触伸向整体的社会生活，他“闲话”时评、戏评、影评、书评和作家评，很是风行一时。

他的时评，具有批判的锋芒，如《捞油水》，指责政府当局腐败。关税会议在居仁堂吃一席饭，某部竟报销了三万多；《粉饰》，揭露了在外国开会委员到京前，花了五万元去洗掉前门、南池子一带“取消不平等条约”的字句；《五卅惨案》，他支持上海的工人罢工，虽不赞同盲目地向英宣战，但说：“可是如果英国人与我们宣战，或是逼我们到不得不作战的一步，那么我们也只好作战”，不能“只看了物质方面，把一切气节、人格、名誉都丢掉了”；在《行路难》里，他讥讽“镇威上将军”（张作霖）管津浦路的“德政”是抢夺座位，而且“不论天雨赤日，如经叫住，都得把行李一件件地在露天解开受查”，真是如虎如狼。他的戏评，如《小戏院的试验》《“观音”与国剧》等写得颇有一定的艺术见地。在书评方面，《新文学运动以来的十部著作》（上）这篇文章，他断言：“阿Q不仅是个type（典型），而且是一个活泼泼的人。他是与李逵、鲁智深、刘姥姥同样生动，同样有趣的人物，将来大约会同样的不朽的。”当然，这是很好的评价。在《新文学运动以来的十部著作》（下）里，陈西滢剖白他对新文学运动命运的看法：

> 我对于中国新文艺的前途还是怀着很大的希望的。我相信，这希望不至于落空的。据Jastrow的统计，四十七岁至四十八岁是著名作家出产最伟大的杰作的年龄。这话我们固然不用相信，可是我们的新作家，无论我已经说到的或没有说到的，除了极少数的几个人，大都是三十左右的人。他们每人总得有二三十年的创作或著述在前面。何况他们后面，已经带了一群更年轻的人。这是留心有几个刊物的人，少不得能够觉察的。

他的这种看法也被后来的文学实践证明。陈西滢的“闲话”散文，阿英在《现代十六家小品》中，特辑了《陈西滢小品》，收入了《创作的动机与态度》《“管闲事”》《知识阶级》《听琴》《南京》《菊子》6篇作品，从某种意义上讲，这也是对他的散文在思想与艺术上的肯定。

总体来看，陈西滢的“闲话”散文冷静隽雅，简洁流利，谈古说今，中外合璧，知识性、可读性都很强。虽说他曾在1925年的女师大风潮中和鲁迅发生过笔战，但随着历史的流逝，我们应正确评价陈西滢，给他的“闲话”散文一席之地。

## 叶灵凤的散文

叶灵凤（1905—1975），江苏南京人。他的散文创作始于20世纪20年代至30年代，终于20世纪70年代，时间长达半个世纪，作品非常丰富，仅以读书随笔而言，几达百余万字，1988年由三联书店出版的《读书随笔》（共三集）就收录了他64万言，计有《读书随笔》《文艺随笔》《北窗读书录》《霜红室随笔》《晚晴杂记》《香港书录》《书鱼闲话》等分辑，约有356篇。

叶灵凤的散文，特别是后期的散文，正如姜德明指出的：“叶灵凤后期的散文创作，从艺术上看，可以说已经达到炉火纯青的地步。这时他主要是写随笔，不论是抒情小品和风物知识、读书札记，每在极小的篇幅里包含着丰富扎实的内容，不少独得之见。”（《书叶小集璧·叶灵凤的后期散文》）这话是不错的。

他的《秋末晚菘》，先是考证“秋末晚菘”典故的出处，源自六朝，《周颙传》云：“颙清贫寡欲，终日长蔬食。惠文太子问颙，菜食何味最胜？颙曰：春初早韭，秋末晚菘。”然后，笔锋触着这“菘”肆意而写。菘者，俗称大白菜，它的品种及各种吃法，叶灵凤是表现得饶有趣味，名为“黄芽白”的“菘”，是人工在“地窖里用马粪壅焙出来的”，因为

“不见天日，菜梗特别白嫩，菜叶浅黄”，得其形色而称之。这篇文章虽说篇幅不长，但晶莹可爱，堪可把玩。

叶灵凤的散文，多写书斋情趣，却能细节表达，充满生活气息，形象生动，《书痴》介绍一幅原版的铜刻：“画面是一间藏书室，四壁都是直达天花板的书架，在一架高高梯凳顶上，站着一位白发老人，也许就是这间藏书室的主人，他胁下夹着一本书，两腿之间夹着一本书，左手持着一本书在读，右手正从架上又抽出一本。天花板上有天窗，一缕阳光正斜斜地射在他的书上，射在他的身上”——也许，这幅画也正是叶灵凤的自我画像呢！

叶灵凤也是一位著名的藏书家，他的散文写作题材常来自书中。在《我的书斋生活》中说道：“书斋的生命，是依赖书的本身来维持的。”“我的书斋生命，就经常用新书来维持。这是书斋的生命，也就是我的写作生命了。”叶灵凤的散文多是读书随笔，古今中外，无不经眼阅读，因而，以书为题的文章便源源而来……

当然，仅仅藏书和读书是不行的，还得有见识，才能执笔为文，否则便被人讥为“两脚书厨”了。叶灵凤是“慧眼识书”的，善于从书中汲取精华，来启迪人们的生活，给人以教益，在《记〈莫娜丽沙〉》中，他以优美的文笔写达文西的《莫娜丽沙》，有这样一段话：

> 佛洛伊德说达文西的这张画，是对于他母亲的追念，他从莫娜丽沙夫人的微笑中看出了他母亲的微笑，所以才有这样的成功。如果佛洛伊德的精神分析论可靠，那么，早年丧母的我，也许从这幅画上寻出同样可宝贵的记忆了。

这段话把书里的人物与书外的自我进行情感的交流，达到默契的境界，给人无限美的思念，这是叶灵凤的过人之处，也是他的散文夺人心魂之处。

叶灵凤的散文，还善于融合书本与生活，这在他的风物小品里集中表现出来，前述的《秋末晚菘》就具有此种特征，再如《江南的野菜》，写江南清明时节人们“挑野菜”，而诸种野菜中，以马兰头的滋味最好。叶灵凤从生活写到书本中，寻找马兰头的记载，引出《本草纲目》的话：“湖泽卑湿处甚多，二月生苗，赤茎白根，长叶有刻齿状，南人多采淘晒干，为蔬及馒馅。入夏高二三尺，开紫花。”又从书本回到生活：听说颇似马兰头，但说它高二三尺，则又有点不似。不知我们在春天所摘的是嫩苗，到了夏天会长得那么高，还是另一种植物——既痴于书，又不囿于书，从生活到书本，又从书本回到生活，这样，就显得文章颇有活鲜之气，不着枯燥干瘪之意，是散文的上品了。

叶灵凤的散文以书为题材，多是主题单一，不枝不蔓，虽然有清新之美，但也稍显单薄，没有浑厚之感，是不能和知堂的书话相比的，也许山花清溪和大丽菊牡丹各具美质吧。

## 结语

中国现代散文家及作品，这里不能一一赘述做艺术分析了，但应提到的还有胡适之、废名、孙福熙、王鲁彦、老舍、黎烈文等大家。还有文笔凄丽、情深意重的章衣萍的情书散文，如《情书一束》《情书二束》《秋风集》《古庙集》等。他们都以各自的散文创作丰富了中国现代散文第一次的繁荣，获得了永久的丰收。

纵观20世纪20年代至30年代的散文，具有这样的特点：

1. 吸收了传统的古典散文，特别是晚明至清朝的散文主流的精华，在这条河里遨游，并给这条河添进了新的泉水，溅起了新的浪花，凝结了美丽、晶莹的露珠，熠熠发光。

2. 由于大量的中国留学生学成归国（如鲁迅、周作人、郭沫若、郁达夫等从日本回国；胡适、梁实秋等人从美国回国；徐志摩、陈西滢从英国回国），带进了异域的新思潮，与古老的中国文化相撞击相融合，推动了中国现代散文的繁荣与发展。

3. 散文自身的发展规律，无论是“言志”还是“言情”，在冲破文言文“语言的牢宠”后，必然要释放出新的活力，展示新的风貌。

4. 散文虽然形成了第一次兴盛，但是还隐伏着危机：这就是散文的操练，基本上属于精英知识分子，而大众的散文尚未发育起来。这种危机在以后的散文发展历程中就暴露了出来，影响散文持续地繁荣与发展。

但是，无论怎样说，这一时代的散文是大家迭出，星光灿烂，照亮了中国散文发展的历程，并为当代散文的繁荣与发展奠定了坚实的基础。

# 中国现代女性散文

在中国现代散文的发展史上，女性散文群芳争艳，毫不逊色地和同时代的散文作家一起，开创和繁荣了中国的现代散文，创造了辉煌的成绩。她们或玉树临风，或山涧清溪，或枫叶秋红，或月下竹影，呈现出异彩纷呈的散文风格，留下了探寻美的闪光的足迹……

## 冰心的散文

冰心（1900—1999），福建福州人。她是以诗歌名扬文坛的。她的《繁星》《春水》，曾促使中国新诗出现了一个“小诗流行的年代”，然而，冰心说：“散文是我所最喜爱的文学形式。”（《关于散文》）时隔不久，在《谈散文》中又重申：“我很喜欢读散文，也很喜欢写散文。”冰心的散文，郁达夫评价很高，他说：

> 冰心女士散文的倩丽，文字的典雅，思想的纯洁，在中国女子算是独一无二的作家了。记得雪莱的咏云雀的诗里，仿佛曾说过云雀是初生的欢喜的化身，是光天化日之下的晨辰，是同月光一样来把歌声散溢于宇宙之中的使者，是霓虹的彩滴要自愧不如的妙音的雨师，是……这一首千古的杰作，我现在记又记不清了，总而言之，把这一首诗全部拿来，以诗人赞美云雀的清词妙句，一字不易地用在冰心女士的散文批评上，我想是最适当也没有的事情。（《中国新

文学大系·散文二集·导言》）

冰心的散文无愧这个评价。1921年，她在《小说月报》第1期上发表了散文《笑》后，出版了散文集《寄小读者》《冰心散文集》《冰心游记》等作品；中华人民共和国成立后她又出版了《小桔灯》《再寄小读者》《三寄小读者》等作品。

冰心的散文温柔、蕴藉、轻淡，好像春天田野含露欲吐的桃花。如《笑》里的一节：

> 雨声渐渐地住了，窗帘后隐隐地透进清光来。推开窗户一看，呀！凉云散了，树叶上的残滴，映着月儿，好似萤光千点，闪闪烁烁地动着——真没想到苦雨孤灯之后，会有这么一幅清美的图画！
>
> 凭窗站了一会儿，微微地觉得凉意侵人。转过身来，忽然眼花缭乱，屋子里的别的东西，都隐在光云里，一片幽辉，只浸着墙上画中的安琪儿——这白衣的安琪儿，抱着花儿，扬着翅儿，向着我微微地笑。

文字画面凝静，飘逸，是一幅少女凭窗远眺的场景。语言像是涧里的清溪，轻轻地溅着悄悄地流去，又像林间清晨的鸟啼，透着新鲜的水气，又含着甜的婉转，美啊！

再看，《往事》（二）：

> 今夜林中月下的青山，无可比拟！仿佛万一，只能说是似娟娟的静女，虽是照人的明艳，却不飞扬妖冶，是低眉垂袖，璎珞矜严。
>
> 流动的光辉之中，一切都失了正色；松林是一片浓黑的，天空

是莹白的，无边的雪地，竟是浅蓝色的了。这三色衬成的宇宙，充满了凝静，超逸与庄严，中间流溢着满空幽哀的神意，一切言词文字都丧失了，几乎不容凝视，不容把握……

冰心的散文获得更大声誉的是她的《寄小读者》。这是她在美国留学期间（1923—1926）写的系列散文，在《晨报副镌》上刊出，打动了无数读者的心，也抚慰了无数读者的心。在《寄小读者》中，她用抒情的充满了爱意的笔触，把自身纯洁的有着玫瑰色彩的心计掬掏出来，化为清风微雨，杏花桃瓣似的文字，倾吐着对慈母、对童心，对自然美的感念。如《通讯七》写海的柔美空渺：

我自小住在海滨，却没有看见过海平如镜，这次出了吴淞口，一天的航程，一望无际尽是粼粼的微波。凉风习习，舟如在冰上行。过了高丽界，海水竟似湖光，蓝极绿极，凝成一片。斜阳的金光，长蛇般自天边直接到栏旁人立处。上自穹苍，下至船前的水，自浅红至于深翠，幻成几十色，一层层，一片片地漾开了来……小朋友，恨我不能画，文字竟是世界上最无用的东西，写不出这空灵的妙景！

冰心写伟大的母爱：

小朋友！当你寻见了世界上有一个人，认识你，知道你，爱你，都千百倍的胜过你自己的时候，你怎能不感激，不流泪，不死心塌地的爱她，而且死心塌地的容她爱你？

有一次幼小的我，忽然走到母亲面前，仰着脸问："妈妈，你到底为什么爱我？"母亲放下针线，用她的面颊，抵住我的前额，温柔地，不迟疑地说："不为什么，——只因你是我的女儿！"……总之，她的爱，是摒除一切，拂拭一切，层层的麾开我前后左右所蒙罩的，使我成为"今我"的原素，而直接的来爱我的自身！（《寄小读者通讯十》）

母爱是世界上最无私、最完整的爱，我们中有谁没有享用过呢？然而，冰心娓娓道来，把母爱升华到绝美的境界，是现代作家的第一人。冰心用她的诗来表达母爱，在《纸船——寄母亲》中，她写道：

母亲，倘若你梦中看见一只很小的白船儿，
不要惊讶它无端入梦。
这是你至爱的女儿含着泪叠的，
万水千山，求它载着她的爱和悲哀归去。

母爱——女儿对母亲的爱，是双向的亲密——然而，这就是冰心散文的主题。冰心在《寄小读者·四版自序》中说："这书中的对象，是我挚爱恩慈的母亲。"她的这些散文，有着永不磨灭的温情与魅力。

冰心的散文受到大家的赏识：其一，冰心善于撷取生活中的片段，编织在自己的情感波澜之中，凭借敏锐的眼力和细密的情思，把内在的深情和外物的触发融在一起，寓情于景，情景交融，给读者以崇高的美的享受。冰心十分注重散文内涵的美。她的散文立意新颖，构思灵巧。在看似平凡的题材中，创意出奇，构局善变。这是由她的思想造诣和生活环境凝聚而成的美的情思。其二，冰心在散文创作的过程中，特别注意感情的文字表达。冰心往往将自身的审美心理和审美理想，借助自然景物表现出来。其三，冰心的散文不仅清词丽句随处可摘，而且全文都写得非常精粹。冰心善于采撷文学语言中的精华，将那些精练、生动、准确、新鲜的语言编织到作品中，使她的散文具有诗一样美的意境。而且兼具内在的节奏和韵律，像《往事（其二）》的第三篇和第十篇，从情绪的高低抑扬，到节奏的快慢，句式的长短，都很讲究。冰心的散文，不但能看，而且能诵，读来音韵自然，让读者在吟读中感受到音乐美。

## 庐隐的散文

庐隐（1898—1934），福建闽侯人。她的散文与冰心齐名。其散文著作有《海滨故人》（小说散文合集）《灵海潮汐》《曼丽》《云鸥情书集》《玫瑰的刺》《东京小品》等。

庐隐散文的特色，陆晶清说：“文如其人，庐隐的作品展现出她的豪爽、朴实、倔强和她独特的温柔。”（《中国现代作家选集·庐隐·序》）茅盾在《庐隐论》里早就指出：“她只是老老实实写下来，从不在形式上炫奇斗巧。”这些都是公正而准确的评价。

庐隐的散文带有浓厚的自叙传的性质，如果依次排序的话，她的《海滨故人》《灵海潮汐》《曼丽》《云鸥情书集》《玫瑰的刺》和《东京小品》，基本上是对她的生活经历和情感生活做了大致的概括。她一生的坎坷苦难太多了，起先爱上了郭梦良，而郭早有家室，她不顾人言可畏，在24岁（1923）那年与之结合，不幸的是郭梦良不久（1925）却死于肺病。从此，庐隐和孤女沦落天涯。在这种境遇中，她开始了文学创作生涯，而散文则成了她倾吐情感，淡化忧愁的对象。因之，她的散文“很天真地把她的‘心’给我们看。比我们在她的小说中看她更觉明白”。（茅盾《庐隐论》）在《雷锋塔下》中，她对着白净的稿纸，写着给无法邮寄的已在另一个世界的亲人的如泣如诉的表白：

唉！涵！就在那夜，你对我表明白你的心曲，我本是怯弱的人，我虽然恐惧着可怕的命运，但我无力拒绝你的爱意！

从雷锋塔下归来，一直四年间，我们是度着悲惨的恋念的生活。四年后，我们胜利了！一切的障碍，都在我们手里粉碎了。我们又在四月间来到这里，而且我们还是住在那所旅馆，还是在黄昏的时候，到雷锋塔下，涵！我们那时是毫无所拘束了。我们任情的拥抱，任意的握手，我们多么骄傲……

但是涵！又过了一年，雷锋塔倒了，我们不是很凄然地惋惜吗？不过我绝不曾想到，就在这一年十月里你抛下一切走了，永远的走了！再不想回来了！呵！涵！我从前惋惜雷锋塔的倒塌，现在，呵！现在，我感谢雷锋塔的倒塌，因为它的倒塌，可以扑灭我们的残痕。

面对这坦露心迹的文字，我们不能不动情：短促的语气，深切的呼唤，痛极的诉说，使人掩卷长叹。其《灵海潮汐致梅姊》里，写了“鸡声茅店月”“动人无限愁如织”“斜阳正在彻柳断肠处”“寒灰寂寞凭谁暖，落叶飘扬何处归”等文字，莫不凄丽哀婉，剖白了一颗纯洁的心，像秋天里的小黄花，忍着如雪的霜在路旁独自吟唱……

1928 年，庐隐和小她十岁的清华大学西洋文学系学生李唯建结识，她又一次经受了无端的流言和社会的压迫。1930 年，她与李唯建东渡日本结婚。她把与李唯建的书信合辑起来，以《云鸥情书集》出版。内收录情书 68 封。这些书信是庐隐当时真情的记录，但是，哀伤的情绪里透出了春风，不只是卿卿我我的情话，因此，“拿出来重看一遍，觉得写得很美，不像一般的情书，在这里面，有我们真正的做人态度，也有真正的热情，也有丰富的想象”（庐隐《自传》），所以就把它公开了。例如，《云鸥情书集·十九》里，她写道：

世界上认识我的人现在都张着惊奇的眼在注视着我，以为我总有不可思议的变化，各种浪漫的谣言常常加在我的身上，真够热闹了。可是我呢还是我！并且永远还是我，因此我更感觉我在世界上太孤独了。

在《云鸥情书集·二十二》里，她坚强地说：

我本是抱定决心在人间扮演，不论悲欢离合甜酸苦辛的味儿，我都想尝。人说这世界太复杂了，然而我嫌它太单调，我愿用我全生命的力去创造一个复音谐和的世界；我愿意我是为了这个愿望而牺牲的人；我愿意我永远是一出悲剧的主人；我愿我是一首又哀婉又绮丽的诗歌，总之，我不愿平凡！——纵使平凡能获得女王的花冠，我亦将弃之如敝履。呵，异云，你不必替我找幸福，不用说幸福是不容易找到，即使找到，我也不见得会收受。你要知道，有了绝大的不幸，才有冷鸥，冷鸥便是一切不幸的根蒂。唉，异云，我怨吗？我恨吗？不，不，绝不，我早知道我的生是为呕吐心血而生的，我是为点缀没有生气的世界而来的，因之荆棘越多，我的血越鲜红，我的智慧也越高深。

在这段话里，她塑造了一个叛逆的形象，她坦露了自己的内心世界，她深切地知道，这种性格是不会容于这个冷酷的世界的。因此，她也预感到她“永远是一出悲剧的主人”。是的，庐隐的一生确实是一场悲剧，一场爱的悲剧，一场和黑暗封建礼教的抗争，追求个性自由，追求人生大幸福的悲剧——正因为她的情感如春天泛滥的江水，横无际涯，反映到文字上，就产生了畅流的感觉，没有什么修饰，也没有什么遮掩，用她滚烫的心去温暖读者，至今使人钦佩她那真诚的激情，至于不讲究文体的结构，倒是其次的了。

庐隐才35岁就死了。这是爱的壮烈的牺牲。倘若假以天年，她的作品，当会像她说的："我愿将我的全生命供献于文艺。我愿我六十岁作自传的时候，我已经有一二本成功的杰作，那么我就在众人的赞叹声中，含笑长逝吧！"（《著作生活》）

## 石评梅的散文

石评梅（1902—1928），山西平定人。她就像一颗晶莹洁白的流星划过宝蓝色的天幕，其进行散文创作虽然时间不长，可是却在现代文学史上留下了耀眼的光芒。石评梅的散文生前未来得及收集，去世后由庐隐、陆晶清等朋友编辑出版了《涛语》《偶然草》两个集子，把她的绝大多数散文收录进去。和庐隐相仿的是，她是在爱的痛苦中度过的。她和高君宇至死不渝的爱恋使人永远掬一把同情的眼泪。除去她的时评及杂文不说，她的抒情散文塑造了一个凄苦哀绝而又情感专注的女性形象，好像在碧云天、黄叶地时分，一只孤独的、美丽的大雁在低回……读她的《涛语》《缄情寄向黄泉》《狂风暴雨之夜》《我只合独葬荒丘》《肠断心碎泪成冰》《梦回寂寂残灯后》《墓畔哀歌》等作品，纵使铁石心肠的人也都会被她赤炽的情意感动，潸然泪下。在《缄情寄向黄泉》里，她把自己的一切向"辛（君宇）"倾诉：

> 辛！你的生命虽不幸被腐蚀而夭逝，不过我也不过分地再悼感你在宇宙间曾存留的幻体。我相信只要我自己的生命闪耀存在于宇宙一天，你是和我同在的。辛！你要求于人间的，你希望于我自己的，或许便是这些罢！

一个忠贞的、美丽的女性形象跃然纸上，在歌唱一曲深婉的、动情的永不衰竭的恋歌。这恋歌是血和泪凝聚起来的音符，而在这独语低诉中的景物描写，也带着哀伤的孤凄的心绪：

> 我那时住在寄宿舍里院的一间破书斋，房门口有株大槐树，还有一个长满茅草荒废倾斜的古亭。有月亮的时候，这里另有一种描画不出的幽景。（《狂风暴雨之夜》）

还有：

> 我真不能描绘这个世界的冷静，如何的幽美？这是一幅不能画的画，这是一首不能写的诗，我这样想。一切轻笼着白纱，浅浅的雪遮着一堆一堆凸起的孤坟；遮着多少当年红颜皎美的少女和英姿豪爽的英雄；遮着往日富丽的光荣；遮着千秋遗迹的情爱；遮着苍松白杨；遮着古庙芦塘；遮着残碑断碣；遮着人们悼亡时遗留在这里的悲哀。（《我只合独葬荒丘》）

又：

> 暗淡的天幕下，没有明月也无星光，这宇宙像数千年的古墓；皑皑白骨上，飞动闪映着惨绿的磷花。我匍匐哀泣于此残锈的铁栏之旁，愿烘我愤怒的心火，烧毁这黑暗丑恶的地狱之网。（《深夜絮语》）

石评梅散文的文字，较庐隐来说，偏于典雅秀丽，文章的章法结构完整，但心潮的狂涨和春水般的情感却是一致的，读来凄苦深挚，动人心怀。

## 苏雪林的散文

苏雪林（1897—1999），安徽太平人。属于“五四”时期成长起来的女性作家，以自传体小说《棘心》而成名。曾于1921年至1925年留学法国，归国后从事中国古典文学教学和研究。她的散文风格典雅丰赡，意味隽永，著有散文集《绿天》等。

苏雪林的散文，流露着浓厚的书卷气，她的古典文学的造诣很深（著有《唐诗概论》《屈赋新探》等），是学者型散文作家。有人说，她是善于写秋天的，有几分道理。也许，秋天的景物给了她艺术的灵感，使她的笔下写尽秋之韵，例如，她写秋夜的星星：

> ……那夜没有月光，天空是暗蓝的。无数星星与树梢零乱的风灯，上下辉映。黄浦江在夜色中变成黑沉沉的一片巨浸。天和水，水和岸边的树，都分辨不清，不过远远水面上映着星光，泛着浅浅一痕银辉，才使人知道那是水天的分界。
>
> 永远没有看见旷野里深夜的秋星是这样明亮，这样近人的。她闪烁的明眸似向我注盼。江涛声，风吹树叶的萧萧声，又似自然神秘的语言，透入我心灵深处。在这寂寞的境界中，我的心像一缕游丝似的袅袅地飞扬起来了，我好像要想一件事，但又引不起头绪，好像在忆念一个人，但又不知忆谁？（《秋夜的星星》）

再如《画》（《我们的秋天之二》）里的秋景：

……极目一望，一轮金色的太阳，正在晚霞中渐渐下降，但他的光辉，还像一座烘炉，喷出熊熊烈焰，将鸭卵青的天，煅成深红。几叠褐色的厚云，似炉边堆积的铜片，一时尚未销熔，然而云的边缘，已被火燃着，透明如水银的溶液了，我拿起笔来想画，呵，云儿的变化真速，天上没有一丝风，——树叶儿一点不动，连最爱发抖的白杨，也静心了，可知天上确没有一丝风——然而他们像被风卷飐着推移着的，形态瞬息百变氤氲蓊郁地从地平线袅袅上升，似乎是海上涌起的几朵奇峰，一会儿又平铺开来，又似几座缥缈的仙岛，岛畔还有金色的船，张帆在光海里行驶。转眼间仙岛也不见了，却化成满天灿烂的鱼鳞，倔强的云儿呵，哪怕你会变化，到底经不了烈焰的热度，你也销熔了！

善于运用动态与静态的描写，善于抓住秋天北国天气的变化瞬间，运用色彩的感觉来写秋天，可谓神来之笔。苏雪林的艺术修养还来自绘画和音乐，得其独乐之道。她的《山窗读画记》写得文情并茂，而状其图画中景，犹如在前：

第五号宋徽宗摹唐张萱《捣练图》，第六七八诸号则为这幅画每段的放大。图之左端共有四妇，三妇持杵捣、练，一妇右顾，以手自挼其腕似用力久而腕酸。中间两妇，其一坐地毡上理线，其一坐矮足凳缝纫。右端六人，其二展所捣之练，一妇持熨斗熨之，一小女以手承熨处。一婢以扇扇铜盆中兽炭，一女孩嬉练下。人物大小十二，所事不一，姿态各异；捣者纸上如闻杵声，纫者纤手引针，若舍所纫物处，不知天地间更有何事；展练者挺腰努腕，力张练使平以受熨；熨者下斗至轻且慎，若恐火候太过灼练焦。各人全心贯注所为事，似不相谋，而其动作，又互相呼应，所以这样的画仍有一气呵成之妙。

传图画之神妙，文字简练有力，特别是人物的心态表现得纤毫毕现。充分说明了作者中国古典文学艺术功底的深厚，得散文三昧。苏雪林的散文，绝少铅粉气，而笔力雄健，这是一般女性作家所达不到的文学造诣。加之，她曾就读于法国里昂艺术研究院，善于绘画，所以，她描写景物，记叙人事，仿佛在空间安排上，合乎艺术规律，使人赏心悦目。

苏雪林和她同时代的文化人交往较多感情笃深，所以，她写的悼亡怀友的文字又是一番景象，真挚而坦诚，几如山溪漫过青石，载许多秋天的枫叶，真是思无限，情无限，天地悠悠！如果读她的《北风——纪念诗人徐志摩》《我所见于诗人朱湘者》《关于庐隐的回忆》，难道忍心不为他们掬一把清泪奠洒墓前吗？唯有相知深，才能写出自己眼中的故人。她笔下的朱湘，说是诗神“教他的诗篇先在这荒凉枯寂的世界开了几百朵的奇葩，又把他的灵魂带到美丽、光明的永恒里去！”徐志摩的诗，她深情地评说道：“他的辞藻真繁富，真复杂，真多变化，好像青春大泽，万卉初葩，好像海市蜃楼，瞬息起灭，但难得他把它们安排得那样和谐，柔和有力，浓厚中有淡泊，鲜明中有素雅。”而徐志摩讲话，给她带来了震颤，心灵的震颤：

> 一个半钟头坐在空洞洞的大礼堂里，衣服过单的我，手脚都发僵了，全身更在索索地打颤了，但是，当那银钟般的声音在我耳边响着时，我的灵魂便像躺上一张梦的网，摇摆在野花香气里，和筛着金阳光的绿叶影中，轻柔，飘忽，恬静，我简直像喝了醇酒般醉了。这才理会得“温如挟纩”的一句古话。

这是一个女性对自己倾心的艺术家的爱慕及全身心地投入产生的心

理现象，而在文章中真实地坦露出来，则显示了作者的纯真，更使文章具有了强烈的情感力量。

苏雪林的散文，还有人生随笔，也堪称一绝。例如，她的《中年》写尽了中年人生存的种种，从生理到心理，从家庭到社会，从职业到事业，无不曲尽其妙，深得人心。她说中年人交朋友：

> 人生至乐是朋友，然而中年人却不易交到真正的朋友，由于世故的深沉，人情的历练，相对之际，谁也不能披肝沥胆，掬出性灵深处那片真纯。

说中年的心态：

> 在他看来，美的梦想，不如享受一顿精馔之实在；理想的王国，不如一座安适家园之合乎他的要求；整顿乾坤，安民济世，自有周公孔圣人在那里忙，用不着我去插手。带领着妻儿，安稳住自己手创的小天地里，或从事名山胜业，以博身后之虚声，或丝竹陶情，以写中年之怀抱，或着意安排一个向平事了，五岳毕游以后的娱老之场。管他世外风云变幻。潮流撞击，我在我的小天地里还一样优哉游哉，聊以卒岁。你笑我太颓唐，骂我太庸俗，批评我太自私，我都承认，算了，你不必再寻着我缠了。

而中年步入了人生的秋天，是结出硕果的时期，在文末，苏雪林以抒情的笔调，写道：

> 踏进秋天园林，只见枝头累累，都是鲜红，深紫，或黄金色的果实，在秋阳里闪着异样的光。丰硕，圆满，清芬扑鼻，蜜汁欲流，

让你尽情去采撷。

是呵，人生的中年确实是少了许多虚妄，而面对实在的生存了。苏雪林的笔锋解剖得精准，也许这种感受来自她的人生体味罢。

## 陈衡哲的散文

陈衡哲（1890—1976），湖南衡山人。按照胡适的话说，她是中国用白话文写作的先驱之一，“当我们还在讨论新文学问题的时候，莎菲却已开始用白话文做文学了。”（《小雨点·序》）莎菲，是陈衡哲的笔名。她的著作有《小雨点》（小说与散文合集）和《衡哲散文集》（二册）。

陈衡哲的散文，没有冰心的蕴藉清秀，没有苏雪林的才气横溢，而显得有些拙实，或许这拙实的文体，正是作者真情流泻的最好的艺术形式。这一点，她本人也明白，在《小雨点·自序》里，她说：“我既不是文学家，更不是小说家，我的小说不过是一种内心冲动的产品。他们既没有师承，也没有派别，他们是不受中文学家的规矩绳墨的。他们存在的唯一理由，是真诚，是人类感情的共同与至诚。”用在散文创作上，也是符合实际的。她的散文所选取的写作对象，都具有自己真实的人生经历和艺术体验，这才写出文章来的，如《加拿大露营记》《回到母校去》《从北平飞到太原》等作品，均是这样的。

不过，陈衡哲散文的一个显著特征是运用了象征的艺术手法，从而使她的散文能够卓然拔出，不被历史湮灭。例如，《运河与扬子江》《老柏与野蔷薇》《小雨点》等作品。在《老柏与野蔷薇》中，她用拟人的手法描写了“腰大十围，枝叶蔽天”的老柏树与“美丽”“柔媚”的野蔷薇的对话，饶有趣意：

蔷薇：唉，水泡似的生命！烈日来了，他将炙我成灰。老柏，老柏，珍重吧，再见了！

野蔷薇一面说着，一面把头倒下去；待老柏再看她时，她已经萎死了。

老柏（慨叹地唱着）

虽然仅仅三日的光荣，

终究完成了生命的意义！

圆满，彻底，和尽量的陶醉，

我哪有福气到这个境地？

除去其他的象征意义不去讨论，仅就“美是短暂的”“生命是瞬间”的论题，就可以使人们深长思之。是啊，展示出全部的美，开绽出鲜丽的花瓣，即使立刻灭亡，也不白“潇洒走一回”了。象征的艺术手法主要通过意象来完成，而意象的设置安排成了作家终身追求的艺术目标。陈衡哲的散文却不经意地创造出了一个艺术天地，如《再游北戴河》里描写海上生明月的景象：

……在东方水天相接处，忽然显出一条红光了。那光渐渐的肥大，成为一个大红火球，徘徊摇荡在水天相连处。不到一刻钟，便见沧波万里，银光如泻，一丸冷月，傲视天空……到联峰山去，在莲花石上，松林之下，卧看天上海面的光辉。那晚的云是特别的可爱，疏散的是那样的潇洒轻盈，浓厚的是那样的整齐，那样的有层次，它们使得那圆月时时交换形态与光辉，使得它更分外可爱。不过若从水面上看，却又愿天空净碧，方能见到万里银波的伟大与清丽。

充满意象的文字，表达了作者当时安谧空旷而又畅达的心境，制造了一个既疏朗而又神秘的世界——这个世界，是陈衡哲的。在这个世界里徜徉，使人身心俱适，心游海上明月间，不为尘世所系累，灵魂也轻松了。陈衡哲的这种散文风格，陈敬之评价说："以其卓越的意境，华丽的辞藻，运用她的类似象征派的手法与几乎接近理想主义的作风，借以表现她在文艺创作上的独特风格。"（《现代文学早期的女作家》）陈衡哲还著有《西洋史》和《文艺复兴小史》等作品。

## 谢冰莹的散文

谢冰莹（1906—2000），湖南新化人。她是一个带有传奇色彩的女性。谢冰莹的散文创作十分丰富，《从军日记》《麓山记》《军中随笔》《爱晚亭》《绿窗寄语》《故乡》《作家印象记》是其主要作品集；传记有《一个女兵的自传》《一个女性的奋斗》等六部；游记有《冰莹游记》《菲岛记游》《海天漫游》等。在现代女性作家中，她的散文著述是较多的。

谢冰莹参加过北伐军，组织过"湖南妇女战地服务团"为抗日战争服务，此后在西安、武汉、北京等地办文艺刊物和教书。1948 年，去台湾大学任教授，晚年皈依佛教，定居美国旧金山。

谢冰莹的散文创作态度是："我要百分之百地忠实，一句假话也不写，完全根据事实，不渲染，不夸张，只有绝对忠实，才有价值，才不骗取读者的热情。"（《关于〈女兵自传〉》）事实上也是这样的。她的《女兵自传》出版后，除了几个知己的朋友，谢冰莹一本也不敢拿来送人，更不敢让父母和哥哥他们看到，其真实性是毋庸置疑的。《从军日记》结集出版时，林语堂在序里满腔热情地评价道：

我们读这些文章时，只看见一位年青女子，身穿军装，足着草鞋，在晨光熹微的沙场上，拿着一根自来水笔靠着膝上振笔直书，不暇改窜，戎马倥偬，束装待发的情景。或是听见在洞庭湖上，笑声与河流相和应，在远地军歌及近旁鼾睡声中，一位蓬头垢面的女兵，手不停笔，锋发韵流地写叙她的感触。这种少不更事，气概轩昂，抱着一手改造宇宙决心的女子所写的，自然也值得一读……

诚然如此。读谢冰莹的散文，好似站在崖岸边，看滔滔的春江一路奔泻而去，那激情，那积极、奋发向上的精神，扑面而来，使人触摸到一颗活泼泼的真诚的心。她的散文主题是：①对封建礼教的叛逆。谢冰莹还在少年的时候，家里就把她许配给一个旧式的人家，为了逃婚，在二哥的支持下，她投奔了北伐军。用她的话说：这是解放冰莹唯一的路，"只有参加革命，婚姻问题和你未来的出路问题，才有办法。"（《当兵去！》）然而，好景不长，女兵队解散后，她只好又回家去，被迫与萧明结婚，这些过程谢冰莹都如实地写在《被母亲关起来了》《第四次逃奔》等篇章中。她终于说服了萧家，利用一个机会，成功地逃离了虎口，彻底背叛了封建礼教。②揭露封建军阀的罪恶，同情劳苦人民。在《从军日记》中，她以笔为武器，揭露封建军阀的种种丑恶，例如，她描写了这样一件事情："董海云的哥哥是农协会的常务委员，有位 S 城的土匪想强奸他的妻子，她两手紧抱着她的儿子，那万恶的土匪就把孩子撕做两块，好伤心呵！好残忍呵！我相信知道这个消息的人，一定会切齿痛恨军阀的横蛮！"在她的散文中有许多这样愤慨的描写。③对抗日战争的几近全景式的描写，如《在日本狱中》，揭露了日本帝国主义对中国人的侮辱，她横眉怒诉："不到完全把这般失掉人性的野兽杀尽，中华民族得到完全的解放与独立，真正实现人类的自由平等的时候，我心头的愤恨，是永远不会消除的。"《地狱中的天堂》记叙了美丽的苏州，被日机狂轰滥炸后造成的地狱般的惨状，她大声疾呼："整个的中国，多少锦绣山河，多少像天堂般的城市都变成了一堆堆的瓦砾，都变成了一片片的焦土，都变成血肉横飞的战场，鬼哭神号的地狱！有侵略就有抵抗，有压迫就有斗争”,《重上征途》写了中国妇女穿上军装，奔赴前线的飒爽英姿;《战士的手》写一位战士被敌人的机关枪打掉了手，说：“回到后方去休息几天，只等右手不痛，左腿上的弹伤好了，就要上前线去！右手虽然没有了，不能拿枪，但左手仍然可以丢手榴弹的。”这种豪迈的爱国主义精神，不正是我们今天要发扬光大的东西吗？

散文的风格是她自己所说的：“我为人处世只有三个字：‘直’‘真’‘诚’，写文章也是如此。”（《平凡的半生》）她的话是正确的，真正是“文如其人”。她又说：“别人都说敝帚自珍，文章是自己的好，我从来没有这种观念。我从心坎里佩服别的作家，总觉得自己写的不成文章，只是一堆未曾经过琢磨的粗硬的石头，或者是一束长在深山里的青青的野草，看来很自然，其实太缺乏艺术的剪裁了。”虽说她自己感到是“未曾经过琢磨的粗硬的石头，或是一束长在深山里的青青的野草”。其实，谢冰莹是很善于做文章的，正是她勇于冲进时代大潮的旋涡中去搏斗、拼杀、冲锋、呐喊，所感受最为深切，所以她来不及讲究修饰剪裁，向人们捧出原汁原味的生活，来回应这个世界。但读她的游记，也许又是一个静柔的世界了，她在《独秀峰》中写独秀峰：

> 独秀峰在城内中山公园中，孤峭独立，奇秀森严。虽然只有五十余丈高，但看来好像是耸入云霄一般。峰的东面，岩石重叠，刻有“紫袍金带”“戛然独立”“南天一柱”等字，草木不生，望之危险！峰顶上的小亭，隐约可见。靠着右边走去，峰北有一深池，名叫“月牙”，旁有小亭曰“砺俗”。

寥寥数语，状尽独秀峰，语句长短相间，正如山势岩崖勾连相牵，给人以视觉美的效果。她的抒情散文，除了激情汹涌，也颇有脱俗之气：

> 我爱秋天，更爱秋月，因为秋夜的清冷之气，配以皎洁的明月，那温柔的光辉，静静地普照大地，格外富于美感，格外显得幽静；这时候，最容易引起文人的沉思冥想。我爱在秋夜写作，秋虫唧唧，伴我寂寞；秋月皎皎，慰我精神；有时候，一缕清光从窗外树隙里射进书房，我连忙关了电灯，静静地欣赏那宁静、幽闲、清雅、美洁的光辉。我的灵魂美化了，她也像月光一样圣洁清雅，轻飘飘地飞入云霄。(《秋恋》)

谢冰莹的写景和主观情感相融合，使一切景语皆成情语。她的心地，她的灵魂，不是一弯洁月吗？不是一缕清风吗？只有用纯洁的心灵去拥抱生活，才会折射出伟大时代多姿多彩的艺术之光，才会使自己的作品永远熠熠闪亮。

## 袁昌英的散文

袁昌英（1894—1973），湖南醴陵人。她和苏雪林、凌叔华的散文具有相同的风格。散文有《山居散墨》和《行年四十》等著作，属于学者型散文。她说："不是发于我性灵深处的见地，即是经过切实的考虑与研究后下笔的，可谓没有一句苟且的言论，一行不负责任的字句。"（《山居散墨·引言》）她的散文，大多是文学论文，例如，收入《山居散墨》里的篇章有：《论戏剧创作》《莎士比亚的幽默》《文学的使命》《默特林的静默论》《法国近十年来的戏剧新运动》《读王独清君〈诗人谬塞之爱的生活〉》等，余者均为随笔：《巴夜的一夜》《琳梦湖上》等。把做学问的认真移作散文创作的认真，确是她的特色。其《模朗吟教授》中写一位出身英国博士的模朗吟教授，她的三个儿子都为国家英勇捐躯了，坐在暗淡阴森的课堂里的学生们以为她今天是不会来上课了，可是，当“上课钟终于发出暮鼓晨钟的音节”，讲台左侧的门开了，“一个五十来岁，头戴黑色方角博士帽，身披黑色宽大博士袍的女教授憔悴容颜，惨淡面目，从容不迫地走上讲台”——模朗吟教授把失子的巨大悲痛隐埋在心底，沉毅一如既往地履行教师的职责，而同学们“不约而同地，如触电般同时站起，向她整整低头五分钟。”——呵！这种伟大的爱国精神是多么地感人啊！袁昌英通过塑造这个形象，表明自己坚强的信念，揭示出精神境界中最崇高的东西，不也是给人以教育吗？

《游新都后的感想》《再游新都的感想》，袁昌英借景寄情，把自己关心社会、热爱祖国的一腔热情倾洒在字里行间，炙人心怀。作者站立于台城上，视通千载，兴会于前：

> 走上伟大雄壮的台城，我们的视野却顿然变更了形象。这里有的是寂静！是荒凉！是壮观！人们许是畏忌梁武帝的幽魂来缠绕的缘故吧，都不肯来与这夺魄惊心的古城相接近。然而我们民族精神的伟大更在何处这样决然流露在宇宙之间呢？喔！我们的脚踏着的是什么？岂不是千千万万,万万千千，无数量的砖石所砌成的城墙吗？试问这砖石哪一块不是人的血汗造成的？试问这绵延不断，横亘于天地间的大城，哪一寸哪一步，不是人的精血堆成的？脚，轻点放步吧，我们祖宗的血汗，你应当尊敬爱惜些。心，你只管震颤，将你激昂慷慨的节奏，来鼓醒，来追和千百年中，曾在这里剧烈动颤过的心的节奏。性灵，至少在这一瞬之中，你应当与你以往的千万同胞共祝一觞不朽的生命。

这段精彩的畅想曲是对中华民族所创造出来的文明而赞叹，意气风发，如春风挟芳，使人迷醉。在《成都·灌县·青城山记游》里，袁昌英写青城山：

> 青城山远不及峨眉之大之高之峻拔之雄奇。然而秀色如长虹般泛滥于半空，清幽迎面而来，大有引人直入琼瑶胜境之概。至于寺宇的经营，林园之布置，其清雅则又非一般寺院可比。小小亭榭，以剥去粗皮的小树造成，四角系以短木，象征灯笼，顶上插以树根象征鸟止，完全表现东方艺术的特色。我们在这里觉得造物主已经画好一条生机蓬勃的龙，有趣的诗人恰好点上了睛，就是一条蜿蜒活跃的龙，飞入游人的性灵深处，使他浑然与之同乐了。东方的园林艺术是与自然界合作的，是用种种极简单而又极相称的方法，来烘托出宇宙的美，山林的诗意，水泽的微情的。西方的山水常有令人感觉天然与人意格格不相入，人意硬夺天工的毛病。

袁昌英的景物描写，不单局限于绘设景物，而是把欣赏景物和文化联系起来，进行历史的、审美的、潜意识的开发，还自然地把东西方园林艺术作比较，显得内蕴深厚，视野辽阔，好像一位冷静睿智的学者在向人们娓娓叙谈，把人们引入山光水色书卷气的艺术氛围中去作美的旅游。她倾心于流畅、和谐、幽雅的美，其实，这种审美的心理积淀反映到散文创作上，就自然而然地形成了她的散文的美学风格：和谐，畅达，智慧，形象，激情。只是袁昌英的散文作品不丰，精品不少。

## 凌叔华的散文

凌叔华（1900—1990），广东番禺人。因在《现代评论》杂志发表小说而成名。她的短篇小说《绣枕》收入鲁迅先生选编的《中国新文学大系·小说二集》中，在《导言》里，鲁迅先生说她的小说虽说“描写了旧家庭中的婉顺的女性”，但“间有出轨之作”。1947年，凌叔华随夫陈源出国，在国外出版了她的散文集《爱山庐梦影》。集子里的大部分作品是模山范水的游记，但因为她是画家，所以她的这类作品有着独特的艺术风格。凌叔华善于把画艺重视的色彩运用到描写中来，例如，《登富士山》里的云彩，在她的笔下：

吃饭时坐在松林底的板凳上，正看东面层层的群山，含着凌晨的烟雾，露出染墨施黛静寂的颜色，忽然群山上一抹腥血色红光，渐渐散起来成一片橙黄，一片金黑的云彩，天上的紫云远远地散开，渐渐地与天中的青灰云混合。

关于云的精彩的描写，如果没有画家对颜色美的特殊感知，没有较高的文学修养和精湛的运用文字的能力，也是不能状其形、形其色的：

岚山仍是那样温柔甜静，它似乎用一双像蒙娜丽莎那样的妙目对着我！它的晨妆是翠绿轻纱的袍子，头上披了白的薄绡，微风吹着，远远飘来晨鸟歌唱。(《重游日本记》)

凌叔华以内行的审美目光观赏敦煌壁画：

敦煌壁画里的人物，体格和衣着，表现“曹衣出水”的艺术，不计其数。换句话说，那即是希腊艺术注重人体美的精华，至于“吴带迎风”，可在壁画上的飞仙、伎乐、舞蹈等衣着及五代乐会或报恩经变等大场面看到。画人的设计并用传统艺术手法，表现出旋律美、动作美。敦煌的人像（应用“吴带迎风”的画艺），全是在飞腾的舞姿中，人像的着重点不在体积而在那克服了地心引力的飞动旋律。所以飘荡临风缠绕的带纹，调和着佛头上的圆光，足下的莲座，以及飞禽走兽，都和那些飘飘的带纹，组成一幅广大的旋律，这也许可以说是宇宙的节奏——交响曲。(《敦煌礼赞》)

把敦煌艺术的真谛作了可贵的揭示，也是对祖国文化遗产的高度赞美，文字又潇洒飘逸，耐人品读。在山水的写法上，凌叔华不只是单纯地描写眼前的景物，而是着意于它的历史文化遗迹，把两者有机地结合起来，既有新鲜的现代感又有沉重的历史感，使人不仅游览山水，也领略了中国的传统文化与历史物质文明。例如，她写万佛山：

武大教授临时住宅筑在万佛寺山上，面临岷江，正对着苏东坡读书居所的凌云寺。这一带江声山色，就是乐山人所自豪的“桂林山水甲天下，嘉州山水甲桂林”的根据。据传说，这就是古来所称的“小三峡”，也是“思君不见下渝州”的地方。不少大诗人（黄山谷手迹甚多）到过峨眉与嘉州。在对面的山里，还有两三个汉墓，由那里面浮雕的山川人物，我们还可窥见当年《华阳国志》所描写的盛况。

凌叔华的散文有点王维“诗中有画，画中有诗”的艺术特点。

## 萧红的散文

萧红（1911—1942），黑龙江呼兰人。其散文大体没有脱离自叙传的格局，但因写得细腻真实、饱含情感，使人仿佛看见了一位女性在生活的重压下痛苦地挣扎。萧红的灵魂是洁白美丽的，但她的身世却是悲惨的，最后以 31 岁的年华归葬于碧水长天处……

萧红郁伤而又机灵的眼神，清澈而又坦率的心地，没有安定的住所，总是伏在一张破损的书桌上，就着一盏半明不暗的电灯用纤细的手指写下一行行清秀的文字……读她的《破落之街》《过夜》《欧罗巴旅馆》《饿》《搬家》《他的上唇挂霜了》《当铺》《借》等散文作品，仅从题目上看，就能知道她要写的必是自己的生活最困苦的一个章节了，总的主题是写“饥饿的煎熬”。然而，就在这饥饿难当的时候，她和爱人却互相隐瞒，不愿意让对方的心里更加痛苦不安：他们刚才在一个苍蝇满集的饭馆里要来这样的饭菜，来打发一天的生活：

“伙计，我来一分钱的辣椒白菜。”

“我来二分钱的豆芽菜。”

……

走出饭馆门时，我很痛苦，好像快要哭出来，可是我什么人都不能抱怨。平他每次吃完饭都要问我：

“吃饱了没有？”

我说：“饱了！”其实仍有些不饱。

今天他让我自己上楼：

“你进屋去吧，我到外面有点事情。”

好像他不是我的爱人似的，转身下楼离我而去了。

……他回来，只是自己回来，不带馒头或是别的充饥的东西回来。

肚子越响了，怕给他听着这肚子的呼唤，我把肚子翻向床，压住这呼唤。

“你肚疼吗？”我说不是，他又问我：

“你有病吗？”

我仍说不是。

“天快黑了，那么我们去吃饭吧！”

他是借到钱了吗?

“五角钱哩!”(《破落之街》)

这是真实的令人心酸的生活。尽管生活的困苦,反映到萧红的散文中,却没有丝毫寒酸的乞怜像,而是一个挺拔端正的文化人的动人形象。当萧红的生活稍为稳定以后,鲁迅先生帮助她出版了长篇小说《生死场》并撰写序言予以推荐,使她成为当时中国文坛的又一颗闪亮的星。1936年10月19日,鲁迅先生逝世了,萧红的心情非常悲痛,不,她要写,她要写下这人间最好的老人,一个温情常在的老人,她未能来得及从日本赶回上海为先生哭送守灵,只能长歌当哭以奠先生了。在《海外的悲悼》中她祭拜道:

昨夜,我是不能不哭了,我看到一张中国报上清清楚楚登着他的照片,而且是那么痛苦的一刻。可惜我的哭声不能和你们的哭声混在一道。

时隔先生逝世两年,萧红还写了《鲁迅先生记》(一)《鲁迅先生记》(二)《回忆鲁迅先生》等大量纪念散文:

鲁迅先生家里的花瓶,好像画上所见的西洋女子用以取水的瓶子,灰蓝色,有点从瓷釉而自然堆起的纹痕,瓶口的两边,还有两个瓶耳,瓶里种的是几棵万年青。

……

鲁迅先生的纸烟,当它离开嘴边而停在桌角的地方,那烟纹的卷痕一直升腾到他有一些白丝的发梢那么高。而且再升腾就看不见了。(《鲁迅先生记》(一))

鲁迅先生走路很轻捷，尤其使人记得清楚的，是他刚抓起帽子来往头上一扣，同时左腿就伸出去了。仿佛不顾一切的走去。

……

鲁迅先生不戴手套，不围围巾，冬天穿着黑石蓝的棉布袍子，头上戴着灰色毡帽，脚穿黑帆布胶皮底鞋。

……

鲁迅先生的书桌整整齐齐的，写好的文章压在书下边，毛笔在烧瓷的小龟背上站着。一双拖鞋停在床下，鲁迅先生在枕头上边睡着了。

……

鲁迅先生喜欢吃一点酒，但是不多吃，吃半小碗或一碗，鲁迅先生吃的是中国酒，多半是花雕。

……

那张画，鲁迅先生未生病时和许多画一道拿给大家看过的，小的和纸烟包里抽出来的那画片差不多。那上边画着一个穿大长裙子飞散着头发的女人在大风里边跑，在她旁边的地面上还有小小的红玫瑰花的花朵。

记得是一张苏联某画家着色的木刻。

鲁迅先生有很多画，为什么只选了这张放在枕边？

（《回忆鲁迅先生》）

萧红以女性特有的细腻、敏锐的艺术目光，饱蘸着对先生的无限崇敬与爱意，织绣出这情感诚挚的散文，既是珍贵的历史资料，又是散文的珍品。其散文的总体风貌是：清新、自然、细腻，善于抓取生活中典型的细节来反映人与事。

## 张爱玲的散文

张爱玲（1920—1995），出生于上海市。她是一位才华横溢的作家。她的散文集《流言》出版于1944年。她崛起于抗日战争的“孤岛”文学中，她的散文写作取材于沪港的中上层社会的日常世俗生活，渗透着传统文化与现代文化的文明及困惑。她的散文好像是一堆堆闪耀着光亮的细碎的花绸布，很女性但又蕴含着一定的人生的道理。例如，《私语》的一节：

> 房屋里有我家太多的回忆，像重重叠叠复印的照片，整个空气有点模糊，有太阳的地方使人瞌睡，阴暗的地方有古墓的清凉。房屋的青黑的心子里是清醒的，有它自己一个怪异的世界。而在阴阳交界的边缘，看得见阳光，听得见电车的铃与大减价的布店里一遍又一遍吹打着《苏三不要哭》，在那阳光里只有昏睡。

张爱玲的散文所表现的是大都市的日常生活，例如，她笔下街市上的橱窗风景是：

> 深夜的橱窗上，铁栅栏枝枝交影，底下又现出防空的纸条，黄的、白的、透明的，在玻璃上糊成方格子、斜格子，重重叠叠，幽深如古代的窗槅与帘栊。

而夜里的模特儿更为有趣：

熄了灯，木制模特儿身上的皮大衣给剥去了，她光着脊梁，旋身朝里，其实大可以不必如此守礼谨严，因为即使面朝外也不至于勾起夜行人的绮思……上海西装店的模特儿也不见佳，贵重的呢帽下永远是笑嘻嘻的似人非人的脸。那是对于人类的一种侮辱，比“沐猴而冠”更为严重的嘲讽。(《道路以目》)

这其实就是都市生活虚假的剥露，是对都市人的一种嘲讽，什么不是在人前装得神圣呢？实际上，到了私处，不都是夜里的橱窗和模特儿吗？

张爱玲的散文写作，往往有调侃的、调皮的味道，她在《必也正名乎》里谈取名字，写得形神俱备，令人忍俊不禁：

为人取名字是一种轻便的，小规模的创造。旧时代的祖父，冬天两脚搁在脚炉上，吸着水烟，为新添的孙儿取名字，叫他什么他就是什么。叫他光楣，他就得努力光大门楣；叫他祖荫，叫他承祖，他就得常常记起祖父；叫他荷生，他的命里就多了一点六月的池塘的颜色……但是无论如何，名字是一个人的外貌品性打成一片，造成整个印象的。因此取名是一种创造。

张爱玲谈女人，也很有见地：

女人纵有千般不是，女人的精神里面却有一点“地田”的根芽。可爱的女人实在真是可爱。

女人取悦于人的方法有许多种。单单看中她身体的人，失去许多可珍贵的生活情趣。(《谈女人》)

家庭妇女有些只知道打扮的，跟妓女其实也没有什么不同。

常常听见人家说要嫁怎样的一个人，可是后来嫁到的，从来没有一个是像她的理想或是与理想相近的。《(苏青张爱玲对谈记》)

她的散文确实很散，题材广泛，写尽了都市的种种，特别是闺中待字的姑娘和少妇，写出了她们的真实生活，风韵标致，也尽把内瓤儿暴露在大家的面前。不过，张爱玲的文笔华丽，色彩鲜艳，时有精彩的语言，例如：

生命是一袭华美的袍，爬满了虱子。(《我的天才梦》)

看看这披霞，使人觉得生命没有意义。(《姑姑语录》)

而《童言无忌·穿》里的关于日本花布的绘写，令人眼花缭乱：

日本花布，一件就是一幅图画。买回家来，没交给裁缝之前我常常几次三番拿出来赏鉴：棕榈树和叶子半掩着缅甸的小庙，雨纷纷的，在红棕色的热带；初夏的池塘，水上结了一层绿膜，飘着浮萍和断梗的紫的白的丁香，仿佛应当填入《哀江南》的小令里；还有一件，题材是“雨中花”，白底子上，阴戚的紫色的大花，水滴滴的。

……有一种橄榄绿的暗色绸，上面掠过大的黑影，满蓄着风雷。还有一种丝质的日本料子，淡湖色，闪着木纹、水纹，每隔一段路，水上飘着两朵茶碗大的梅花，铁画银钩，像中世纪礼拜堂里的五彩玻璃窗画，红玻璃上嵌着沉重的铁质沿边。

同凌叔华一样，张爱玲也擅长绘画，她的首部散文集《流言》的许多插页，都是她亲自画的。因此，她的散文描写注意了色彩的运用，使得散文语言图像鲜明生动。女性在视觉艺术上有其擅长的地方，所以在刻画人物的服饰方面往往是精细准确的，张爱玲更是此中圣手。著名散文家柯灵先生，在《遥致张爱玲》中对她推崇备至。

## 丁玲的散文

丁玲（1904—1986），湖南临澧人。1927年以《莎菲女士的日记》称誉文坛，1951年又以长篇小说《太阳照在桑乾河上》获斯大林文学奖。丁玲的散文有《丁玲散文集》等作品。丁玲的散文，陈明认为：“作者的这些文章，无论叙事、写景、抒情，都比较突出地写了各种各样的人物，同她自己的小说一样，而散文则显得诗意更浓，情意更深。”（《丁玲散文集·校后记》）这并非溢美之辞。这里指出了丁玲散文的写作特点：写人物，呈现在艺术风貌上是诗情画意及强烈的情感。

值得肯定的是，丁玲是我国现代文学史上，首次以散文艺术的形式反映陕甘宁边区风貌的作家。例如，1936年11月，她初到陕甘宁边区在定边洛河岸边所写的《彭德怀速写》，逼真而形象地描写了当时转战在西北的彭德怀将军的光辉形象：

> 他的脸色是看不清的，因为常常有许多被寒风所吹裂的小口布满着，但在这不算漂亮的脸上有两个黑的、活泼的眼珠转动，看得见在他那成人脸上找不到的天真的顽皮……昂奋的心都会在他那种最自然诚恳的握手里显得温柔起来。他有时也同这些人开玩笑，说着一些粗鲁无伤的笑话。有些时候他的确使人害怕，因为他对工作是严格的，虽然在生活是马马虎虎的，不过这些受了严格批评的同

志，却会更爱他。

她对彭德怀将军观察得那样细致，将军的一言一行、一举一动，她都看在眼里，她在随军南下途中的日记里这样写道：“沿途都没有休息，只要一休息下来，便又拟着电稿或指示的彭德怀同志又已坐在人来人往的门边写着什么了。”“忽然从门外传来一个有力的声音，使大家都肃静地听着，这正是那坐在门槛上写东西的前敌总指挥。”“说话总是很幽默的彭德怀，也是一个喜欢说一句两句的，并且有时还是做出一点胡闹的举动，我以为只有小孩子才会感兴趣的举动。不过，在那极其天真的脸上，还没有完全消失顽皮的时候，他已经又在严肃地说着一些横梗在心头、没有一时放松的我们目前的任务。”“我同着指挥部一块儿行军，有三天了，我还没有看见他有一分钟是想着别的。”“11点了，我还坐在火边，借火光写着日记，炕上已响起鼾声……只有机要科不时送来一些电报给总指挥和政委，而这些电报，也是我每晚要看的。”在丁玲的笔下，彭德怀将军的形象栩栩如生，个性鲜明。丁玲的《到前线去》，她描写当时在洛河岸边的行军：

> 开始两天全跟着洛川河走，一时又爬到两边的悬岸上，这些路都非常险峻，牲口不能上去，得远远绕着河的对面岩底下的小路走，大半时候还有许多烂泥，一些被太阳晒溶了的地方。后来的行程，便转到山上了，越过了一岭，又有一岭，几十里，几十里看不到一个村庄。这些山都无树木，枯黄的荒草，或是连草也看不到的那么无际的起伏着，一直延展到天尽头，但这天是无尽头的，因为等你一走到尽头的山上，你又看见依旧是那一幅单纯的图画铺在你脚下了。这些地方有着一些奇怪的地名，但随即就会忘去的。

这里靠近沙漠，寒风刺骨，满目荒凉，生活极端艰苦，丁玲写作散文的兴趣高涨，陆续写出了大量的作品。在《怀念成仿吾同志》里，丁玲笔下的白于山脉和定边风物却是那样的优美而令人愉悦：

> 这天，太阳从东边地平线冒出来的时候，我在新集合起来的一伙人中间，策马东行。空气很冷，很新鲜，路很平，塬上极少棵树，偶尔看几棵长不大的杨树，满天红霞，不是灿烂如锦似火，倒似从冰霜中冷冻过的那样浮着一层既淡又薄的雾似的轻纱，笼罩大地，含着一种并不强烈的淡淡的温柔，却很能稳定我容易激动的心情，我极目寰宇，悠然自得，脑子里浮现出古代的诗歌，那些印证着此情此景的诗句，是多么豪迈和使人舒坦！这里是冬日，又似霜晨；是征程，又似遨游；是战士，又似游子……蹄声得得，风沙扑面，我如在梦中，如在画中，只是从同志们那里传来的欢声笑语，才使我想到我是在哪里，正向哪里去！

这段饱含诗意的语言，表达出丁玲舒畅的心情，也描写出洛河流域白于山脉冬天独特的优美景致——真是应了一句话，“一切景语皆情语”。人的心情喜悦了，眼里尽是好风景，丁玲此时就是这样的心情，所以其散文作品也充满着激动不已的情绪和一切美好的景致。

丁玲的散文，描写了社会生活中各种各样的人物，他们带着自己的个性，带着自己独特的气息，带着自己的欢容与愁苦向读者走来。她还创作了《保安行》《记左权同志话山城堡之战》《一颗没有出膛的枪弹》等散文，整理成《北上》《南下》散文集，可惜由于战时艰苦，未能出版。丁玲的散文注重描写平凡的人物，又如《马辉》，写了一个“穿旧中山装的青年，戴一顶旧呢帽”的“表面虽然有一点吊儿郎当，但使人感觉的却正相反”的牺盟会巡视员——马辉同志，他善于默默地做具体的工作：操持同志们的饮食住宿，演戏时又前台后台地忙着，然后又默默地离去了……丁玲写着写着，忍不住高声赞美道："马辉！你虽说死了，死得很冤，死得太早，可是你不是孤独的，我们和你永远同在，未来的幸福的社会的产生，是少不了你，也少不了我们的。"反映为祖国利益而战斗，为民族利益而战斗，为无产阶级的利益而战斗的英雄人物，这是她整个散文创作的主旋律，还有《十八个》《二十把板斧》《三日杂记》……这些作品在当时乃至今日仍然灼灼感人。还有不少散文写了对故友的深切怀念，如《风雨中忆萧红》《一个真实人的一生》《鲁迅先生于我》《怀念仿吾同志》《悼雪峰》《回忆潘汉年同志》等篇什，莫不写得情深义重、感人至深。当她得知她亲爱的战友和爱人胡也频被敌人在上海龙华杀害后，她悲愤至极，然而，她并没有因此而消沉下去，她站起来了：

> 我该怎样呢，是的，悲痛有什么用！我要复仇！为了可怜的也频，为了和他一道死难的烈士。我擦干了泪，立了起来，不知做什么事好，就走到窗前去望天。天上是蓝粉粉的，有白云在飞逝。

丁玲没有被悲痛压倒，她执笔为文，控诉、呐喊、希望，写下了挟雷裹电的文字，会合在时代奔腾向前的巨大轰鸣中去……

在特殊的年代，丁玲蒙受了许多的冤屈，在边远的北大荒受尽了种种折磨，不得不放下手中的笔。可是，进入新的历史阶段以后，丁玲又以一个战士的形象出现了！1979年，她写下了《"牛棚"小品》(三章)，记载了那段岁月里他们夫妇相濡以沫的艰辛与深情，她把说给陈明的话写在烟盒、枯叶上，把她的字句交织在文章里，也正是这些热情的话语给了丁玲生活下去的巨大力量：

他们能夺去你身体的健康，却不能抢走你健康的胸怀。你是海洋上远去的白帆，希望在与波涛搏斗。我注视着你啊！人们也同我在一起祈求。

……

忘记那些迫害你的人的名字，握紧那些在你困难时伸过来的手。不要把豺狼当人，也不必为人类有了他们而失望。要看到远远的朝霞，总有一天会灿烂光明。

而丁玲的内心是坚强的，她在燃烧，她昂然不屈地独白：

……我决不能投降，不能沉沦下去。死是比较容易的，而生却很难；死是比较舒服的，而生却是多么痛苦啊！但我是一个共产党员（尽管我已于一九五七年底被开除了党籍，十一年多了。我一直是这样认识，这样要求自己对待一切的），我只能继续走这条没有尽头的艰险的道路，我总得从死里求生啊！

这些闪耀着革命激情与哲理光辉的散文，让我们看到了一个永远追求革命的女作家的博大胸怀和坚强的意志。丁玲是以一个真正的、大写的人的身份来书写她的作品，她的散文。丁玲还写下了一组欧行的散文随笔，计有《欧行散记》《访美散记》两个集子。在这些散文中，她以生动的笔触真实地描绘了异域丰富多彩而又陌生的生活图像，给人以美的享受。丁玲认为，散文应当“写各种各样的人、事、心灵、感情，写尘世的纠纷，人间的情意，历史的变革，社会的兴衰；写壮烈的、哀婉的、动人心弦的，使人哭，使人笑，使人奋起，令人叹息，安慰人或鼓舞人的文章。”（《我的自传》）

# 结语

从中国女性散文作家来看，现代散文若没有她们自己独特的散发着清香，或春兰，或秋菊，或箭荷，或海棠似的作品，那将是多么黯然失色。这些作家散文创作的共同特征是：以抒写自叙传及自己内心情感世界为长，充分发挥了女性作家对生活深刻的体验，对社会对人生感触细腻的优势，创作了流光溢彩而又柔情温婉的艺术散文。她们接受了“新文化”运动的新思想，在叛逆的道路上更是义无反顾，表现出了极大的坚定性，这是一些男性作家望尘莫及的。一般来看，现代散文史上著名的女散文家，她们都具备较高的文化素质，并且都在积极地参与创造新文化，因此她们的作品既有浓厚的古典文学色彩，又充分表现出了现代思想，使思想内蕴更为深厚，且具有长久的美学意义。她们的散文，不仅影响了当时的社会，而且对后来的女性散文创作都产生了巨大的艺术影响，是历经岁月洗礼后永远开放不败的散文芳草地。

# 第四章　中国当代散文

# 中国当代散文

中华人民共和国成立后，我国进入了社会主义革命和建设的新阶段，在中国共产党的领导下，无论在政治、经济、文化及社会生活诸方面，都呈现出几千年未曾有过的新气象、新面貌，这就为文学艺术的发展提供了很好的现实基础，散文大家迭出，影响深远。

## 杨朔的散文

杨朔（1913—1968），山东蓬莱人。他是中华人民共和国初春时期最杰出的散文作家之一。

杨朔的散文创作，主要是在1949年至1966年这17年间，他的散文创作如同同时代的小说、戏曲、诗歌一样，展示了社会主义制度确立之后巨大的文学艺术成就——诸如长篇小说《保卫延安》《创业史》《红日》等，还有戏曲《龙须沟》《谢瑶环》等，这些都是那个时代条件下开出的文学艺术绚丽之花。自从20世纪初期新文化运动带来散文空前繁荣之后，散文这一文体的创作逐渐消沉，其中的主要原因是如火如荼的抗日战争和民族解放战争上升为社会的主要矛盾，在这“五洲震荡风雷激”的年代绝然不是生产散文的年代。散文艺术的繁荣，需要一个相对平稳、和谐、安宁的社会，需要一个注重文化建设的社会。假如说，我国古典散文的第一次繁荣期是春秋战国时代，这一时代也被称为轴心时代，虽然诸侯之间征战不息，但是，和平仍然是主要的社会主题，尤其是在诸侯国家内部，十分注意调节社会矛盾，关注民生，延揽人才，企图以此达到富国强兵和抵御外来侵略的社会目的。比较安定的社会环境和相对自由的生活以及开放的文化，为散文的长足发展提供了许多有利的外部条件，这样，就出现了此后再也未曾出现的“百花齐放，百家争鸣”的古典散文繁荣时代；而第二次散文繁荣期是在唐宋时代，其中以宋代为主——唐宋是我国封建社会物质文明、精神文明和社会文明的高度发展时期，这更是散文艺术蓬勃发展的黄金时期，出现了以“唐宋八大家”为标志的散文繁荣；第三次是明清时期，特别是明代，由于资本主义萌芽的出现，整个社会的思想观念较前朝有了进一步的解放和社会经济的快速发展，都为散文的生产提供了良好的土壤。但是，明、清处于我国封建社会末期，整个社会充满了颓废腐朽的气息，散文艺术也不可避免地带上了这些社会特征，丧失了第一、第二次繁荣期的健康、昌明气象，散文艺术的真正振兴只好寄托于将来。

这个将来——正如前面所说，新文化运动推动了我国异常古老的文体——散文又一次繁荣。这次散文的繁荣，散文文体明显出现了过去不曾见过的新元素，主要表现在：其一，西方先进的思想不断冲击着固有的以儒家学说为主体伦理道德并成为以后着力表现的东西，而儒家学说为主体的伦理道德正是古典散文数千年不易之主体思想；其二，散文的文体也产生了变异，用白话文代替了古典散文的文言文，扩大了散文的题材和艺术表现范围，使散文走出庭院深深的殿堂直接进入急切变革的时代生活，接通了“地脉”，面貌焕然一新；其三，把外国的“速写”“随笔”等文体因素引入了偏重于表现当下生存状态的散文文体之中，扩大了散文的艺术容量。

社会主义制度的确立，给新中国带来了无限烂漫的春天，从此历史进入了一个新的发展时期——这就为文学艺术家带来了前所未有的新天地，激发了他们巨大的艺术创作热情。可以说，这一时期，是当代文学的繁荣期，散文也呈现出一派生机——杨朔也不例外，可贵的是，他不但是才华横溢的作家，也亲身参加了共和国的缔造和建设，这更使他非常自觉地把自己的命运和祖国的命运紧紧联系在一起，自觉地用手中的笔去歌颂新时代、新生活，竭力反映发生在这个土地上的带有进步力量的人和事物，力图给这个世界留下“最新最美的图画”——这也许就是杨朔的艺术创作宿命吧！

杨朔和其他作家一样，经历了抗日战争和民族解放战争，在血与火的考验中发展了自己的思想和散文创作艺术观，这就是永远站立在人民群众的立场，深切地关注祖国的前途命运，满怀春天的希望和理想，力图反映出人民群众在改造天地的过程中涌现出来的创造精神和光辉实践，反映他们高贵的道德情操和质朴纯洁的心灵世界，成为共和国初春时期的抒情歌手。为此，杨朔陆续创作了不少脍炙人口的散文作品，例如，《海市》《荔枝蜜》《雪浪花》《香山红叶》等成了当代散文史上的经典著作，作为范文被长期选入中学语文课本。这些作品，至少有这样几个特征：语言美、意境美、人物美、景物美，整体带有美丽的诗意。在重新阅读杨朔的这些散文作品的时候，唐代著名山水诗人王维的“空山新雨后，天气晚来秋。明月松间照，清泉石上流”这几句优美的诗句一直盘绕在心头，而且盘绕得越来越紧密。是的，杨朔的散文和王维的诗歌都是那样的清新、淡雅、悠远和优美——这是一种审美的境界，也是一种独特的认知，或者说，一种类似的艺术心理结构所表现出来的文字图景……

极力追求诗意的散文艺术品格，这是杨朔自觉的美学选择。他曾说：

我素来喜欢读散文，常觉得，好的散文就是一首诗……于是我也学着写散文。学着运用这种形式来描写人民的斗争，劳动，以及人民的思想感情。

——《〈海市〉·小序》

不久之后，杨朔在其散文集《〈东风第一枝〉·小跋》中进一步阐述了自己散文创作的审美追求，他说：

有一位热心肠的批评家看了我的文章，写信鼓励督促我，同时问道："我总觉得你的散文有个共同的特点。究竟在哪里，一时还捉不住，你能把你自己写作散文的想法告诉我么？"这倒是个难题，我并没有这么多想法，一定要问，那就告诉你：我在写每篇文章时，总是拿着当诗一样写。

这些话语深刻完整地道出了杨朔诗意的散文创作思想。追求诗意的散文艺术品格，这是一条十分艰难的创作道路，不但要求作者本身具有较高的美学造诣和文化素质以及简洁优雅的语言使用能力，还需要善于对现实生活进行深刻细致的艺术观察和艺术想象能力。这并不是一件轻易就能在散文实际操作过程中实现的事情——另外开辟一处新的艺术领域，不知道要经过怎样艰苦的艺术劳动和付出怎样大的心血。然而，杨朔终于寻找到属于自己的散文创作艺术方法了——有人分析杨朔的自觉追求散文的"诗意"，认为有"两层含义：一是在内容上表现'斗争中，劳动中，生活中'的诗意，主题思想必须明确；二是在形式上追求'选词用字的精炼'和剪裁布局的精美"。——他接着分析道："这样的散文作品既具有明确的主题意义，又具有优美的像诗一样的意境。深刻鲜明的思想和优美充沛的感情；丰富美丽的想象和耐人寻味的境界，精炼而富于美感的语言和清新而含蓄的意象天衣无缝地融为一体。"我认为，这位评论家的意见是有道理的。其道理在于，他抓住了杨朔散文

"诗意"的实质。

杨朔的散文艺术，严格地说，并没有接续新文化运动以来的散文创作余绪，也就是说，没有沿着胡适、鲁迅、周作人，甚至包括梁遇春、梁实秋等人开辟的散文路径走，而是"折回去"在古典散文里寻求一种散文"诗意"的表达方法。宋代学者陈善在《扪虱新话》里说："文中要自有诗，诗中要自有文"，举例云："韩以文为诗，杜以诗为文"——他的意见并不见得是在论述散文的"诗意"，但至少可以提供一个散文艺术要追求"诗意"的参考，况且，在范仲淹、欧阳修、苏东坡等人的散文里，到处都飘逸着诗意，而诗意确乎可以提升散文的艺术品格。明代散文家袁宏道、张岱等人的作品里，诗意盎然，灵动飞扬，无论是状物还是写人都达到了很高的艺术境界——杨朔自然不会对这些古典散文生疏，而且一定下了一番苦功夫，这种把散文"当诗一样写"的艺术主张，就很好地说明了他自觉地吮吸着古典散文的艺术精华，并努力应用在自己的散文艺术创作中。

杨朔受过延安文艺精神的熏陶，曾经在延安学习、生活和战斗过一段难忘的岁月。自然，他自觉地接受了马克思主义文艺思想和我国实际相结合的中国化马克思主义文艺思想——这就是以毛泽东同志《在延安文艺座谈会上的讲话》为主要文献的指导新民主主义革命的文艺观——坚持文艺为人民的创作导向，坚持文艺要客观地反映现实生活——这是杨朔他们这一代作家永远坚持的文艺创作原则——这或许就是他们艺术创作不可变更的信念吧！而且，这个创作信念持续影响了他们一生的文艺实践活动。从杨朔所有的文艺创作历程来观察，他确实终生信奉这个创作信念，始终把自己的全部笔墨倾泻在正面描写人民群众上，同时满腔热情地歌颂他们在开创新生活的过程中所表现出来的首创精神，塑造具有社会主义道德品质的新人形象——这是社会主义文艺工作者神圣的历史使命，也是杨朔散文艺术创作的主体思想和主要内容。

我们在评判作家的时候，一定不要忘记当下历史给他们提供的思想资源和社会条件，脱离了这些具体的时代语境，是绝然得不出任何正确答案的。时代、社会和现实，这是作家赖以生存的生活基础，也是进行艺术创作十分重要的外在条件。杨朔处在这样的时代和社会中，况且，他是十分清醒地并且愿意遵循从生活到艺术的创作道路，愿意让自己的散文作品带有美丽的诗意和里外都充满灼热的明亮的光芒！

杨朔的散文风格是什么呢？综合杨朔散文研究者的意见，具体来说，主要是：

1. 题材广泛，内容丰富，具有深刻的社会意义。他作品的基调是歌颂新时代、新生活和普通的劳动者。

2. 创造性地继承了中国传统散文的长处，在托物寄情、物我交融之中达到诗的境界。

3. 写人状物时诗意浓厚。善于选取感情色彩丰富的片段刻画人物的神貌、内心；景物描写，在写出自然美的同时，也是创造意境，深化主题的重要手段。

4. 散文结构精巧，初看常有云遮雾罩的迷惑，但峰回路转之后，曲径通幽，豁然展现一片崭新天地，而且结尾多寓意，耐人寻味。

5. 语言像诗一般精确、凝练、含义丰富又富有音乐感，具有清新俊朗、婉转蕴藉的风格。

“杨朔散文模式”对我国当代散文艺术发展究竟起到了什么作用呢？这需要科学地去研究和分析——有人总结“杨朔散文模式”的特点是：首先讲究“起笔”，先声夺人，起势不凡；接着通过往复三折的叙述方式，讲求“转弯”，让读者感到“曲径通幽”之妙，最后，“卒章显志”，升华主题思想，重视“画龙点睛”，含蓄止笔。还有人认为，在杨朔的笔下，往往是先写一人一物一景，再引出情与理，而情与理是事先设计好的，而人物和故事不过是作者思想的注释而已。上文说过，杨朔散文未曾继承新文化运动时期的散文余绪，而是靠近古典散文艺术，直接从古典散文里吸取艺术精华，形成了自己独特的风格和鲜明的艺术特色。这样的好处是：沿袭了古典散文的文体结构，易于广大人民群众阅读接受，也易于营造出富有诗意的散文艺术意境，文章结构严谨，层次清晰，气脉流畅。不好的地方是：文体结构单一，没有变化，容易雷同，缺少厚重的历史背景和广阔的艺术视野，人为地拔高人物形象和主题思想。从前者来看，“杨朔散文模式”易于模仿，很快在当时的散文写作者中流行起来，出现了那一时期的散文繁荣现象；而从后者来看，也确实流弊不少，缺少散文艺术创新，阻碍了散文艺术的深层次发展。

## 刘白羽的散文

刘白羽（1916—2005），北京人。刘白羽属于具有崇高革命理想和坚定共产主义信仰的激情燃烧型作家——在他的心中，始终有这样一团熊熊燃烧的理想和信念的“圣火”。他认为：“要创造一个红玛瑙一样鲜红、通明的新世界，那就先努力把自己锻炼成为永远鲜红、通明的红玛瑙一样的人吧！”他又说：“如果作者不把血、感情流注到文章里，文章又怎能有燃烧的热情，有光彩呢？”在他看来，作家要想把读者点燃，必须先把自己点燃，必须自己先做个彻底的革命战士，拥有共产主义理想和信念这一不熄的“圣火”，必须把这种圣火和激情灌注到自己的创作中。

刘白羽的《日出》就是这样的优秀散文作品。你看：

> 当飞机起飞时，下面还是黑沉沉的浓夜，上空却已游动着一线微明，它如同一条狭窄的暗红色长带，带子的上面露出一片清冷的

淡蓝色晨曦，晨曦上面高悬着一颗明亮的启明星……这时间，那条红带，却慢慢在扩大，像一片红云了，像一片红海了。暗红色的光发亮了，它向天穹上展开，把夜空愈抬愈远，而且把它们映红了。下面呢？却还像苍莽的大陆一样，黑色无边。这是晨光与黑夜交替的时刻，这是即将过去的世界与即将到来的世界交替的时刻。你乍看上去，黑夜还似乎强大无边，可是一转眼，清冷的晨曦变为磁蓝色的光芒。原来的红海上簇拥出一堆堆墨蓝色云霞。一个奇迹就在这时诞生了。突然间从墨蓝色云霞里矗起一道细细的抛物线，这线红得透亮闪着金光，如同沸腾的溶液一下抛溅上去，然后像一支箭一直向上冲，这时我才恍然大悟，原来这就是光明的白昼由夜空中迸射出来的一刹那。然后在几条墨蓝色云霞的隙缝里闪出几个更红更亮的小片。开始我很惊奇，不知这是什么？再一看，几个小片冲破云霞，密接起来，融合起来，飞跃而出，原来是太阳出来了。它晶光耀眼，火一般鲜红，火一般强烈，不知不觉，所有暗影立刻都被它照明了，一眨眼工夫，我看见飞机的翅膀红了，窗玻璃红了，机舱座里第一个酣睡者的面孔红了。这时一切一切都宁静极了，宁静极了。整个宇宙就像刚诞生过婴儿的母亲一样温柔、安静，充满清新、幸福之感。再向下看，云层像灰色急流，在滚滚流开，好让光线投到大地上去，使整个世界大放光明……黎明时刻的种种红色、灰色、黛色、蓝色，都不见了，只有上下天空，一碧万顷，空中的一些云朵，闪着银光，像小孩子的笑脸。这时，我深切感到这个光彩夺目的黎明，正是新中国瑰丽的景象；我忘掉了为这一次看到日出奇景而高兴，而喜悦，我却进入一种庄严的思索，我在体会着“我们是早上六点钟的太阳”这一句诗那最优美、最深刻的含义。

这段日出的语言描写真美！美得几乎让人眩晕——清代桐城派文章

大家姚鼐的《登泰山记》里关于日出的描写以及海涅、屠格涅夫对日出的描写，都没有刘白羽写得美，写得灵动，写得那么富有诗意，写得那么大气磅礴。

有人把刘白羽的散文艺术风格总结为以下三点：

1. 在题材选取上，钟情于激越、壮美、宏大的题材，从中要能听到时代的涛声，反映出时代的光影。作家全身心投入我们这个充满了新与旧、美与丑、光明与黑暗、新生与垂死的尖锐斗争的“革命大时代”，认为只有“勇敢，搏斗，激流勇进才是我们的生活”。因此，他在选择创作题材时喜欢剪取能振奋人心、鼓舞斗志的“大时代”的一角，首先选择炽热的战斗，勇猛的进军，沸腾的工地，雄壮的欢歌，大量描写红日、大海、长江、黎明、破晓、晨光、朝霞、凯歌、光芒、火炬、火焰、日出、战争……他用这些物像以及相伴的修饰词语如：灿烂、磅礴、奔腾、壮烈、胜利、庄严、闪耀、崇高……构成其形象世界的主要元素，来抒发对祖国和人民的热爱，表达自己满腔的激情与豪情，表现革命的艰苦卓绝、胜利的万分珍贵和时代的雄浑厚重。

2. 主题表现上，侧重于对时代精神的张扬，基调是歌颂光明，歌颂英雄的人民。有论者把刘白羽誉为“时代的号手”“军旅的歌手”，称他的作品是“军的战鼓”“嘹亮的军号”，可以说是恰当的。刘白羽总是自觉深入时代的实际，深入群众生活的最前线，与时代同行，与人民同行，感同身受，使他有能力把握时代脉搏，抓住时代最强音，及时传达出人民的心声。他的影响深远的散文《长江三日》《日出》等，正是由于很好地把握了“激流勇进”、昂扬向上的时代精神而引起了读者普遍的共鸣。刘白羽认为：“时代精神不是通过抽象的说理，而是通过形象来表达的，主要的也就是通过人物形象，人的内心生活、精神状态表现出来。”他在创作实践中始终都是这样做的。

3. 艺术追求上，他重视创新和不断突破自己，挖掘新题材，寻找新形式，改变个人风格；十分重视作品的社会效果，讲求政治性，重在以共产主义的信念鼓舞人，用先进的思想武装人；创作富于理想和激情，充满了浪漫主义和英雄主义色彩；在表现手法上，他善于通过一幅幅典型的“形象”展现时代的真实画面，惯于采用粗犷豪迈、激情燃烧的手笔，大开大阖，注重用自己心中的“圣火”点燃手中的笔，用发热的文字去点燃读者；语言风格上，追求激越、刚健、豪放和诗意。

刘白羽的散文，闪烁着时代精神之光，歌颂光明、歌颂英雄的人民，蕴含着深刻思想，他的作品有《红玛瑙集》《秋窗偶记》《冬日草》和《平明小札》《刘白羽散文选》等。

## 秦牧的散文

秦牧（1919—1992），广东澄海人。他的散文作品丰富，计有《星下集》《贝壳集》《花城》《长街灯语》《花蜜和蜂刺》《晴窗晨笔》《秋林红果》《翡翠路》《访龙的故乡》《大洋两岸集》《华族与龙》《哲人的爱》《森林水滴》《艺海拾贝》《语林采英》等集子。他的散文闪烁着智慧的光芒，犹如知识的宝库，到处是琳琅满目的思想结晶。他熔说理、叙事、抒情于一炉，使知识性、思想性、艺术性相结合，使散文似珍珠编就的锦带，光彩夺目。

秦牧的散文叙述，多用夹叙夹议，在生动、流畅的理性叙说中，间以绘声绘色的描写刻画，而着力之处集中强烈，打动人心，例如《社稷坛抒情》《古战场春晓》《欧洲的风雪和阴霾》等都有这样的艺术特色。同时，具有哲理与诗情的艺术境界。他善于选择生活中奇警而富有知识的事物，通过艺术描写来反映他对生活的感受和理解，使散文情理融为一体，读来使人心旷神怡，获益良多。例如，《菱角的喜剧》，秦牧畅写各种各样的“两个角”“三个角”“四个角”的菱角，又涉及生物界的昆虫知识，甚至天气的变化等，最后剖析出蕴含在事物之间的一般规律，得出结论说：“只知道一般道理，不掌握事物的复杂性、多样性，常常是我们做事摔筋斗的原因。”因此，“我们得和绝对化、简单化的认识方法打仗。”再如，《天坛幻想录》，他写北京的天坛，历数天坛的建筑文物知识，特别是对“九”这个数字做了周密的考索，道出了“从一些支配全人类的事物（从‘九’字的威权到社会的发展），倒使人想起，有一种东西是真正伟大的，那就是历史发展的规律”。从秦牧的散文来看，他的艺术叙述方式是“串珍珠”式的，围绕主题线索，使互相关联的科学知识和历史典故辐辏起来，形成了基本的散文创作模式。

秦牧的散文，还有一部分是游记，其特点也是深入一点，旁征博引，把一个地方的历史、名胜、人情、风格，以至传说、趣闻，加以融会贯通，写得丰厚开阔，例如《太湖的云彩波光》《漫步在纽约大街上》等作品。

秦牧的散文风格有两个显著特点：①文笔流畅，亲切平易，好像是与友人在林中散步、灯下谈话；②网络状结构，突出一点，把各分散的材料，依照自己的审美观，构成一个完美的艺术世界。

## 吴伯箫的散文

吴伯箫（1906—1982），山东莱芜人。他的散文创作始于1925年，先在《京报副刊》上发表散文，后结集以《羽书》为题出版；还有他以回忆当年延安生活为题材的散文《北极星》出版。

吴伯箫的散文淡雅舒缓，如秋湖涟漪，又似月夜独箫，余韵袅袅……

吴伯箫曾说过自己的散文是一树无花果。无花果虽然没有绚丽的色彩，但它却丰腴、朴素，正是美的极致呢。他的散文叙事状物最具艺术功力，文字简淡而情感奔放，例如，他写延安窑洞的冬夜：

> 最好是冬天雪夜，三五个邻窑的同志聚在一起，围一个火盆，火盆里烧着自己烧的木炭。新炭发着毕毕剥剥的爆声，红炭透着石榴花一样的颜色，使得整个窑里煦暖如春。有时用搪瓷茶缸在炭火上烹一杯自采自焙的蔷薇花茶，或者煮一缸又肥又大的陕北红枣，大家喝着，吃着，披肝沥胆，道今说古，往往不觉就是深夜。打开窑洞的门，满满地吸一口清凉的空气，喊一声“好大的雪”，不讲“瑞雪兆丰年”吧，那生活的意义是极为丰腴的。捧一捧雪擦擦脸，就是该睡觉的时候神志也会更加清醒。这时候，谁都愿意挑一挑麻油，读书或写作，直到天亮。（《窑洞风景》）

他在《“早”》里，写三味书屋后园里的蜡梅，读来如在眼前，抬手即可触及：

> 迈进后园，腊梅开得正盛，几乎满树都是花，那花白里透黄，黄里透绿，花瓣润泽透明，像琥珀或玉石雕成的，很有点玉洁冰清的韵致。

吴伯箫的散文文风敦厚实在，不卖弄，不伪饰，是心泉里汩汩流出来的活水——春水。他的《忘年》以饱含深情的呼唤开头，使人如沐春风：

老张，让我还像四十年前这样称呼你吧，虽然很多同志已经称你为“张老”了。

这一声呼唤，勾起往事无限，也兴起感慨万端。这种同志间的情谊，似金子般真纯，似岩浆般滚烫，吴伯箫把人世间的真情真爱写透了呵！

吴伯箫的散文素雅、洁静，却光彩照人。他写延安的菜园风景：

说是菜园，其实是果园。那园里桃树杏树很多，还有海棠。每年春二三月，粉红的桃杏花开罢，不久就开绿叶衬托的艳丽的海棠花，很热闹……

……草花里边长得最繁茂最泼辣的是波斯菊，密密丛丛地长满了向阳的山坡。这种花开得稠，有绛紫的，有银白的，一层一层，散发着浓郁的异香；也开得时间长，能装点整个秋天。

然而，最美的还是劳动之后在菜园的小憩：

夏天，晚上，菜地浇完了，三五个同志趁着皎洁的月光，坐在畦头泉边，吸吸烟；或者不吸烟，谈谈话；谈生活，谈社会和自然的改造，一边人声咯咯罗罗，一边在谈话间歇的时候听菜畦里昆虫的鸣声；蒜在抽薹，白菜在卷心，芫荽在散发脉脉的香气，一切都使人感到一种真正的田园乐趣。

在吴伯箫的散文里，涌动着一股温馨的情感，是一种淡然的田园风光，这是当今安妥灵魂的美的去处。他的散文成功之处在于对延安生活的深刻的感受和追忆，而且还可以看出他对乡土文化——生活的认同和陶醉，否则，便没有这么美的篇章存在了。其散文艺术的结构围绕一个题目，从各个角度各个侧面来抒写自己对自然和人生的感受，严密有度，层层递进，直到把文意发挥到极佳极妙处。吴伯箫的散文如红泥炭火小炉，使一室生春，满眼绿意，又似红润健康的农村少女泉边浣衣，欢快活泼，别具韵致。

## 杜鹏程的散文

杜鹏程（1921—1991），陕西韩城人。我国当代著名作家，他的小说创作特别是《保卫延安》具有“英雄史诗”的称誉。杜鹏程的散文一百多万字，有《速写集》《杜鹏程散文特写选》《我与文学》《杜鹏程散文选》等著作。

他在散文里描写了众多动人的人物形象。如王老虎（《王老虎》）、许柏令（《写于阵地上》）、老校长（《致一位青年朋友的信》）、李侃（《战斗生活检验我的心灵》）、将军（《海与火焰》）等，这些人物性格各异，血肉丰满，比如，他笔下的诗人闻捷：

> 虽然灰军衣破旧，衣肘和膝盖上的棉花全露出来了，但仪表堂堂：高个头，宽肩膀，潇洒漂亮；有一对多情的水汪汪的大眼睛。

写闻捷的热恋：

> 深情地若有所思地凝望着溪流，遐想着什么。过了一会儿，又从口袋里掏出一个小本子，上面抄写了普希金的几十首十四行情诗。

他躺下去，头枕一块石头，高声念了起来。念了几首诗，又坐起来，用下巴指着对面的一条大沟讲，隐隐忽忽听什么人说：他的未婚妻工作的机关，可能转移到这条山沟里。他说，他很想去看她……

这段真是把正处在热恋中的闻捷给写活了，他想念着未婚妻，开始不便暴露这种情感，便大声念诗，借以驱散心中的那种情思，但是不行，热情的渴望终于抑制不住了，他要去见爱人了，尽管在这战事关头……杜鹏程把闻捷此时的神态描写得活灵活现，完全表达出了闻捷那种内心的情绪，如似《诗经》中“爱而不见，搔首踟蹰”的描写，文字非常优美。

杜鹏程的散文语言优美且富于激情。他说：“我写的散文，总是保持着一股热情。我觉得这是不可少的气质。我写东西，如果不是感情汹涌，就根本写不下去。”（杜鹏程致潘旭澜的信）。他是从自己“感情汹涌”的心灵深处，一锹一锹挖掘而来的，在《写于阵地上》写到毛主席的好警卫员许柏令同志的牺牲：

许柏令同志！你才二十九岁，从一九三七年到如今，你为党为人民持武器战斗了整整十年。你一九三八年五月入党，在艰苦的斗争中成了顶天立地的英雄好汉。

这段话把对战友的哀痛蕴隐在平淡的叙述文字之中，一个“才”字真切地表现出作者无限哀婉深痛的情感，虽然没有写眼泪，却正是真情的流露。在《海与火焰》里，尽情地抒发了他对海防官兵天然强烈而又深厚的感情：

你看，五彩缤纷的光亮，照彻天空，无数火的花朵，怒放于天空；无数长虹，横亘于天空。这一切火星、火的花朵，各种颜色的光亮和长虹，都映照在海水里，整个海洋，顿时变作透明的，顿时被染成彩色的。而且，这一切颜色、光亮、花朵、长虹，在飞舞、在跳动、在奔腾、在变幻，好像这里突然从海底迸发出来的万道霞光，不，这是从我们的土地上、生活中、城镇和乡村里迸发出万道霞光。

著名文艺评论家胡采同志在谈到杜鹏程的创作特色时说："常常是像冒烟的柴堆一样，在紧要关头，作者站起来，讲那么几句最扼要、最激情、最富有意义的话，一下子就发出火光，把整个意思都给点燃起来了。"散文是离不开议论的，关键是在最紧要关口，恰如其分地进行议论，可以增强文章气势，点明文章主题，或者直截了当地表明作者对事对物对人精辟的看法，富有无穷的意味，给人以启迪的哲理思想。这个艺术特色贯穿杜鹏程的整个散文创作之中。

## 李若冰的散文

李若冰（1926—2005），陕西泾阳人。也许是和西部世界有缘，李若冰的情思总是在苍茫的"大漠孤烟直，长河落日圆"的戈壁沙漠绽开艺术之花。迄今为止，他的西部散文创作计有30多万字，主要收录在《柴达木手记》和《塔里木书简》等散文集里。

李若冰的西部散文创作，最为显著的特征是他倾注全力刻画歌颂西部世界的建设者，深深地开掘蕴藏在他们心灵里的美好情愫，赞美他们广阔的胸怀和高尚的品质。在《柴达木手记》里，他的《勘探者的足迹》《戈壁滩上的勘探姑娘们》《在柴达木盆地》《戈壁夜行车》《沙漠之舟》等篇什，莫不饱蘸着劳动者深厚的感情，反映出西部建设者可歌可泣的英雄业绩；《塔里木书简》则主要勾勒出西部奇异的自然风光、淳朴可爱的文化习俗，以及新一代英勇无畏的建设者，这在《龟兹乐舞之乡》《荒漠中的翡翠》《逛银河》《昆仑飞瀑》《致尕斯库勒湖》《燃烧的年华》《和“死亡之海”搏斗》里，情感充沛地表现了出来。在唐代的边塞诗里，在玄奘的《大唐西域记》里，我感受到西部是非常荒凉悲怆的世界，而今，却在李若冰创作的散文里，感受到了西部是一个沸腾的处子般迷人的世界。

李若冰的西部散文创作，呈现在艺术上的风貌，气势磅礴，浑然似铁，情感盎然，诗意和哲理兼长。李若冰早在20世纪50年代就带着一股清新的沙漠荒原雄风走上文坛。他的散文创作，不同于秦牧，也不同于杨朔。秦牧的散文恰如白沙含金，处处有学识的质的闪光点，织锦绣带一般。杨朔的散文蓊郁着古典艺术美，对散文的意境及其营造均有新的探索，更似婉约一派，而李若冰的散文则是羌笛铜鼓，云海茫茫，尽抒北国豪情。

司马迁为了成就《史记》，他出游江淮、登泰山、濒大海，为的是以山水之气韵入文，故获得了“史家之绝唱，无韵之离骚”的绝高评价。而李若冰亦是沉醉于野外之恋，光是柴达木盆地，他1954年、1957年、1978年、1980年，先后去过四次，并且自述说，他的生涯“与沙漠和骆驼结了缘，而且越粘越紧，终于难分难解了”（见《柴达木手记》）。他的审美情趣，不是杏花春雨，小桥流水，而是崇尚莽莽的大山、万里黄河及寒天冷月，从中获取艺术构思，移大自然于笔下，他叙写乘坐披篷卡车从兰州进发柴达木盆地的旅途见闻，用跳荡的句式，错落有致的语言表达着他对柴达木的思念和向往：

啊，这已是第几个夏天，第几个炎热的日子了，我远远地离开了柴达木，柴达木啊柴达木，在四川的圣灯山上，在那些勘探着气田和生产着碳黑的人们中间，我怀念着你。在松花江畔，在那些熙熙攘攘的欢乐人群中，我怀念着你。在渤海的胸膛上航行，眺望着汹涌澎湃的海浪，我怀念着你，祖国的首都，沿着中南海的红墙行走，我怀念着你，怀念着你啊！

李若冰的西部散文写作，愈来愈臻于更高的艺术境界。其后期的散文作品，除了上述艺术特色外，还呈现出纵深的历史感，《塔里木书简》较之《柴达木手记》更为鲜明，不仅从自然风貌及现在的生活进程中去考察，去艺术地描写，而且把审美的视野和整个西部历史联结起来，把忧患与希望，现实与历史交叉起来，使得他的散文创作思想内涵更为深沉。

## 孙犁的散文

孙犁（1913—2002），河北安平人。其散文创作始于20世纪战争年代，并以鲜明的艺术风格影响独立文坛。改革开放时期，他的小说写得少了，除一部《芸斋小说》外，他把时间大多用在研读古籍，写作散文、杂文上了。从1979年到1995年，他先后出版了《晚华集》《秀露集》《澹定集》《尺泽集》《远道集》《老荒集》《陋巷集》《无为集》《如云集》《曲终集》10个作品集。

孙犁的散文晶莹透亮，像是山间含露的山花，又像一泓平静的秋水，迎着朝阳的箭荷，其骨格犹如岩石般坚强，思想内蕴像田野里丰收的庄稼，沉甸甸的，给人以生活的喜悦。他在散文里追忆过去的生活片段、青春遗响，例如《保定旧事》，回忆少年时代在保定求学的往事，记叙了他和王淑的一段美好的交往，字里行间渗透着深情；《服装的故事》，写抗日战争时期“深感到布匹的艰难”的情况下，记叙了从冀中到延安，然后由延安再转回冀中所穿的衣服，反映了抗日战争的艰苦；《吃粥有感》，虽说写个人饮食爱好，但情趣盎然：

我好喝棒子面粥，几乎长年不断，晚上多煮一些，第二天早晨，还可以吃一顿。秋后，如果再加些菜叶、红薯、胡萝卜什么的，就更好吃了。冬天坐在暖炕上，两手捧碗，缩脖而啜之，确实像郑板桥说的，是人生一大享受。

孙犁这一时期的散文，较他早期的创作，文字更加简洁，画面更为生动，飘逸着美的气韵。他笔下的人物，性格鲜明，于生活细节中寓含着灵魂的表现。例如，《乡里旧闻·凤池叔》里写凤池叔的争强好胜：

有一年冬天，他在家里闲着，年景又不好，村里的人都知道他没有吃的了，有些本院的长辈，出于怜悯，问他：

"凤池，你吃过饭了吗？"

"吃了！"他大声地回答。

"吃的什么？"

"吃的饺子！"

他从来不向别人乞求一口饭，并绝对不露出挨饥受饿的样子，也从不偷盗，穿着也从不减退。

他善于采用白描笔法，寥寥几笔，就使人物跃然纸上：

女儿是头大的，名叫小杏。当她还不到十岁，就帮着父亲做事了，十四五岁的时候，已经出息得像个大人。长得很俊俏，眉眼特别秀丽，有时在梢门口大街上一站，身边不管有多少和她年岁相仿

的女孩儿们，她的身条容色，都是特别引人注目的。(《木匠的女儿》)

在他眼里的邵子南：

挺直的身子，黑黑的头发，明朗的面孔，紧紧闭起的嘴唇。灰军装，绿绑腿，赤脚草鞋，走起路来，矫健而敏捷。这种印象，直到今天，在我眼前，还是栩栩如生。他已经不存在了。(《清明随笔——忆邵子南同志》)

还有老焕叔：

走进叔父家，院里也满是人。老焕叔在叔父的陪同下，从屋里走了出来。他拄着一根棍子，满脸病容，大声喊叫我的小名，紧紧攥着我的手。人们都仰望着他，听他和我说话。(《老焕叔》)

孙犁善于在人物的生活行动上刻画人物的心理，表达情感：

有一天中午，我在炕上睡觉，我的妻子也哄着我们新生的孩子睡着了。忽然大梁咯吱咯吱响起来，妻子抱起孩子就往外跑，跑到院里才喊叫我，差一点没有把我砸在屋里。

事后我问她：

“为什么不先叫我？”

她笑着说：

“我那时心里只有孩子。”

我们结婚不久，不能怀疑她对我的恩爱。但从此我悟出一个道

理，对于女人来说，母子之爱像是超过夫妻之爱的。（《住房的故事》）

好的散文，不只简单地凭借叙述来记人写事，还要有精当的切合主题的议论。孙犁的散文议论，形象具体，寓意深刻：

回忆此生，在亲友家借住，有寄人篱下之感；住旅店公寓，为房租奔波；学校读书，黄卷青灯；寺院投宿，晨钟暮鼓。到了十年动乱期间，还被放逐荒陬，关进牛棚。

古之诗人，无一枝之栖，倡言广厦千万，浪迹江湖，以天地为逆旅。此皆放诞狂言，无补实际。人事无常，居无定所。为自身谋或为子孙谋，不及随遇而安为旷达也。（《住房的故事》）

又如在《昆虫的故事》中，他在文末议论道：

现在想来：道家以清静无为、玄虚冲淡为教旨。导引吐纳、餐风饮露以延年。虫之所为，甚不类矣。何以千古相传，赐此嘉名？岂农民对诡秘之行，有所讽喻乎？

孙犁的散文亦善于在记叙中渗透作者的情感：

人对故乡，感情是难以割断的，而且越来越萦绕在意识的深处，形成不断的梦境。

那里的河流，确已经干了，但风沙还是熟悉的；屋顶上的炊烟不见了，灶下做饭的人，也早已不在。老屋顶上长着很高的草，破漏不堪；村人故旧，都指点着说："这一家人，都到外面去了，不再

回来了。”（《老家》）

读这样的文字，仔细揣摩人物的内心，其情感的曲折变化，尽在微妙的行语之中，甚矣！他写物状景，亦是素描勾勒，淡淡数语，意境顿出：

茶花，亭亭玉立，明丽自然，淡雅清净。它没有香味，因此也没有什么异味。色彩单调，因此也就没有斑驳。平常得很，就是这种黄色。但普天之下，除去茶花，再也见不到这种黄色了。（《茶花》）

节遇清明，今晨黎明起，种葫芦豆角于窗下，院中多顽儿，不能望其收成也。前日王林倩人送玻璃翠一小盆，放置廊中向阳处，甚新鲜。（《耕堂书衣文录·六十种曲）》

孙犁的散文无论是记人叙事状景写物，还是抒发情怀，笔墨简洁生动，情感内敛深刻，特别是采用了对话及典型的生活细节来刻画人物心理，出乎于化境，达到了美的境界。对于散文创作的意见，孙犁认为：①感情真实，文字朴实（《关于散文创作的答问》）；②散文的语言很重要，一篇短文，语言文字不讲究，是成不了家传户诵之作的（同前）；③感发与含蓄。所谓感发，即作者心中有所郁结，无可告语，遇有景物，触而发之，形成文字。所谓含蓄，是指人有所欲言，然碍于环境，多不能畅所欲言；或能畅所欲言，作者愿所谈充满哲理，能启发人们思考。故历来散文，多崇尚含蓄，不能一语道破，一揭到底（《散文的感发与含蓄》）；④散文的虚与实。散文在内容上要实，在文字上要简；散文写作的主要特点是避虚就实，情理兼备。当然，由实及虚，因虚及实，虚实结合（《散文的虚与实》）——他以自己的散文实绩证实了他自己的散文理论。

## 巴金的散文

巴金（1904—2005），四川成都人。在改革开放时期，他写了四五十万字的散文，分别以《随想录》《探索集》《真话集》《病中集》《无题集》等命名。

巴金的散文，强调真诚，说真话，又充满一种强烈的忏悔意识。他在《合订本新记》里明确地说："和当初一样我并不为个人的前途担心，把自己的一切奉献出来，虽然只有这么一点点，我总算'说话算数'，尽了职责。讲出了真话，我可以心安理得地离开人世了。可以说，这五卷书就是用真话建立起来的揭露'文革'的'博物馆'吧。"

巴金怀念故人的散文，可谓和血拌泪铸文字，情感真挚纸墨香。他的《怀念萧珊》情深义重，感人肺腑，在萧珊临终的一节，他痛苦地写道：

> 见到熟人她常有这样一种表情：请原谅我麻烦了你们。她非常安静，但并未昏睡，始终睁大两只眼睛。眼睛很大，很美，很亮。我望着，望着，好像在望快要燃尽的烛火。我多么想让这对眼睛永远亮下去！我多么害怕她离开我！我甚至愿意为我那十四卷"邪书"受到千刀万剐，只求她能安静地活下去。
>
> ……我没有能同她诀别，我有许多话没有能向她倾吐，她不能没有留下一句遗言就离开我！我后来常常想，她对表妹说："找医生来"，很可能不是"找医生"，是"找李先生"（她平日这样称呼我）。为什么那天上午偏偏我不在病房呢？家里人都不在她身边，她死得这样凄凉！

巴金深深地谴责着自己，他的一颗灵魂在颤抖，萧珊与他两情依依，然而在特殊年代，萧珊为此付出了生命的代价：

> 我偶尔看见她拿着扫帚回来，不敢正眼看她，我感到负罪的心情，这是对她的一个致命的打击。不到两个月，她病倒了，以后就没有再出去扫街（我妹妹继续扫了一个时期），但是也没有完全恢复健康。尽管她还继续拖了四年，但一直到死她并不曾看到我恢复自由。这就是她的最后，然而绝不是她的结局。她的结局将和我的结局连在一起……在我丧失工作能力的时候，我希望病榻上有萧珊翻译的那几本小说。等到我永远闭上眼睛，就让我的骨灰同她的掺和在一起。

读这样的文字，好像一块铅石压在胸口，让人喘不过气来，如果没有真情就写不出这样的散文。巴金的散文，没有机械制品的千篇一律，完全是掬掏出自己滚烫的心汁，把自己解剖给世人，经过特殊年代的磨难，他的意志更加坚强了：

> 光阴似箭，我绕了数不清的大弯，然后又像回到了原处。可是我也用不着再为这顶知识分子的帽子麻烦了。我就只有在油锅里熬剩下来的那一点点油渣，你用鞭子抽也好，开会批判也好，用大道理指引也好，用好听的话鼓励也好，我总要交出它们，我总要走完我的路。我生长在中国，我的一切都属于中国人民。为自己，这样生活下去，我已经心安理得了。（《再说知识分子》）

又如，在谈到自己的创作时，巴金袒露心曲：

我不寻求桂冠，也不追求荣誉。我写作一生，只想摒弃一切谎言，做到言行一致。可是一直到今天我还不曾达到这个目标，我还不是一个言行一致的人。可悲的是，我越是觉得应当对自己要求严格，越是明白做到这个有多大的困难。(《〈全集〉自序》)

巴金的散文，主要是以第一人称“我”的叙述角度展开的，“我”的情感，“我”的思考，“我”的生活经历与遭遇，也就是他自己的一切。没有巧妙的润色，不大讲究文体的艺术安排，而是像水银泻地，把内心汹涌澎湃的潮水倾诉出来。这是灵魂的礼歌，也是一个久誉文坛的老作家英勇悲壮的挽唱。

深切的忏悔与自剖是巴金新时期散文的又一主题，读过《怀念胡风》莫不使人沉痛哀叹，一代英才，受此厄运，更何况“不才明主弃，多病故人疏”的世态炎凉。然而，随着时间的远去，胡风高大的背影越来越清晰伟岸，他的文艺思想重新被人们认识，他的伟大人格放射出灿烂的光芒。巴金在文章里追叙了他与胡风的友谊，也深深地忏悔了在“反胡风集团”的所谓斗争中，他违心地批判过胡风，“今天翻开三十年前写的那些话，我还是不能原谅自己，也不想要求后人原谅我”——最后，巴金又悲愤地重申：“历史不能让人随意编造，沉默妨碍不了真话的流传，泼到他身上的不公平的污水也起不了什么作用，只是为了那些‘违心之论’，我绝不能宽恕自己”——正如当年鲁迅先生在《新文学大系·小说二集导言》中所说的，“在挖掘自己的心灵，要发见心灵的眼睛和喉舌，来凝视这世界，将真和美歌唱给寂寞的人们。”是啊！巴金正是在挖掘自己的心灵，燃起火把，追求真和美的世界。

# 柯灵的散文

柯灵（1909—2000），浙江绍兴人。著名散文家。他的散文创作似喷泉般地吐珠溅玉，涌现出了大量脍炙人口的美文作品。也许是经历了人生的种种磨难，他的目光更加睿智敏锐，他的散文美学更加趋于成熟，独具风格，为人瞩目。

柯灵追求散文写作“以天地为心，造化为师，以真为骨，美为神，以宇宙万物为支，人间哀乐为怀”，并说：“散文必须打破自我封闭的心理，走向十字街头，和广大读者共忧乐、共休戚、共呼吸，努力开辟一条宽阔的心灵通道。必须抛弃一切自恃清高、自我陶醉、自我多情、顾影自怜、作茧自缚的狭隘趣味，走向自由活泼、生气洋溢、千变万化、不拘一格、多姿多彩的天地。要向晦涩告别，向虚伪告别，向枯燥无味告别，向洋腔怪调、扭捏作态告别；要使笔墨有最强大的表现力和吸引力，既透明，又含蓄，经得起咀嚼。要有批评精神，也要能陶冶心灵，怡情悦性，因为这是生活的需要，社会进步的需要。”（《散文的新走向》）

柯灵的散文无论是状物抒情，还是感时抒怀，或者是叙事怀人，无不紧扣时代脉搏，呈现在艺术上则是形神兼备，浓淡相宜，华采神韵，炉火纯青。他在《怀傅雷》里，写著名法语翻译家傅雷先生：

> 他身材颀长，神情又很严肃，给人的印象仿佛是一只昂首天外的仙鹤，从不低头看一眼脚下的泥淖。

几句话，就把傅雷先生清高如荷的情操表现得准确生动；为表现出傅雷倔强的性格，他写了典型的一件事情：

傅雷又回到了书斋，杜门谢客，但还是勤勤恳恳，一心一意译他的巴尔扎克。唯一的消遣是在小园子里种花。人民文学出版社愿意继续印行他翻译的书，但建议他另用一个笔名。他的回答是“不”——要嘛还是署名傅雷，要嘛不印他的译本。出版社顺从了他。

这个“不”字，一字千钧，使人如见其人，如闻其声。柯灵在散文中，喜发议论，臧否人物，且看他对钱锺书先生的议论赞扬：

钱氏的两大精神支柱是渊博和睿智，二者互相渗透，互为羽翼，浑然一体，如影随形，他博极群书，古今中外，文史哲无所不窥，无所不精，睿智使他进得去，出得来，提得起，放得下，升堂入室，揽天下珍奇入我襟抱，神而化之，不蹈故常，绝傍前人，熔铸为卓然一家的“钱学”。渊博使他站得高，望得远，看得透，撒得开，灵心慧眼，明辨深思，热爱人生而超然物外，洞达世情而不染一尘，水晶般的透明与坚实，形成他立身处世的独特风格。

钱氏健谈，口若悬河，舌粲莲花，隽思妙语，议论风生，令人忘倦。但他更解得“沉默是金”的真谛。《写在人生边上》《人兽鬼》《围城》，无一不受过“左”派的抨击，有的秽词恶语，令稍有洁癖者不愿复述；《宋诗选注》受过声势浩大的“严肃”批判，他一例恝然置之，如菩萨低眉，拈花微笑。十余年前，大陆运动成风，动辄唇枪舌剑，力竭声嘶，争前恐后，或用以自救，或被迫自渎，或卖人自卖，演为“你死我活”的斗争；而他消极怠工，效老僧入定，金人缄口，因此曾被一些人指摘、猜疑、示意督促。而未闻他有片言只语，贻为口实。试一设想，眼看举世汹汹，众醉独醒，是一种什么心态，什么情景，事后思量，很值得低徊吟味。最难能的是，在“忧天将压，避地无之”的险恶环境中，他有本事做到泰山崩于前而色不变，凝神静气，一心经营他的名山事业。《谈艺录》和《管锥编》就都是这样的“忧患之书”。(《促膝闲话钟书君》)

淋漓尽致的议论，将钱锺书先生的学识为人和精神人格栩栩如生地镌刻在读者心中，如同击石凿碑，金线铁笔，仪容风采，宛然眼前。柯灵的散文创作，横跨现代文学史，而愈到后期，愈铁枝斜空，风卷云舒。其实，文章自有天成，更多是以心血为之，“写作于我，是非常艰辛的劳作。由于浅陋，一稿之微，别人一挥而就，倚马可待，我却得消耗许多已经极其有限的时间精力”。为什么呢？他接着说道：“自问或可告无罪的，只是我从来不敢冒渎笔墨的尊严，阿世媚俗，自欺欺人。”(《〈墨磨人〉· 序言》)

柯灵散文的语言很有特色，善于使用文白相间的语句，简洁生动，表现力强，而又余味无穷，例如，他写众多画家劫后余生建立“华夏画苑”的活动：

至是群贤毕至，胜流如云，而笔韵墨趣，经霜弥茂，劫后风光，别有一番葳蕤气象。画家不时联袂出游，登黄山，攀峨眉，涉闽江，渡湘水，访汉唐遗迹，赏北国风光，呼吸万里，目空古今。研摩有得，形之卷轴……

旧词新用，文言活用，动词准确，句式长短变化，流畅自然，似行云流水，山岚出岫。又如，写自己的创作甘苦：

文字生涯，冷暖甜酸，体咎得失，际遇万千。象牙塔，十字街，青云路，地狱门，相隔一层纸。

短短数语，道尽散文写作之难。他的文字运用，独具匠心，似乎有一种刻意雕琢的感觉。确实如此，他确实讲求文笔的“雕琢”，他认为：“不经过雕琢的文笔，不成其为文学作品，正如未经雕琢的大理石，不能成为雕像。”（《文苑絮语续篇》）柯灵的散文讲究细节的描写，例如《遥寄张爱玲》《俯仰之间——关于石西民同志的片断回忆》《回看血泪相和流》等散文，都具有这样的艺术特点，在后一篇中，他写在“文革”期间他与妻子的相见情景：

我急于摆脱，提出要给我爱人打电话，押着我的工宣队员用手一指，说：“这不就是！”他指的是一直站在我身旁的一位妇女，憔悴瘦损，风也吹得倒。我怔怔地望着她发呆，半晌才认出是国容。我可怜的老伴，竟变得对面不相识了！

善于运用细节来表现人物，抒发情感，是成功的散文家的艺术经验，也是一条美学规律，正如他自己所说的：“无论记人叙事，状物写景，怎么少得了细节——可以做一个简单的实验，或者不妨设想一下：如果删掉《红楼梦》里关于饮食、衣饰、家具、车乘、排场的描写，删掉人物关系中呕气、斗嘴、使小性子、啼笑杂作之常的日常琐事，那将是个什么东西？”（《文苑絮语续编·身边琐事与个人感情》）可见，细节在散文写作中具有何等重要的作用。

柯灵的散文，出版有《柯灵散文选集》《墨磨人》等著作，他为《中国新文学大系·散文卷 1937—1949》写的序，非常漂亮。

## 汪曾祺的散文

汪曾祺（1920—1997），江苏高邮人。人民文学出版社2022年出版了精美的《汪曾祺散文全编》6卷1819千字。汪曾祺先生是我非常喜爱的一位作家，记得最先阅读汪先生的著作是小说集《晚饭花》，他几笔就把一个人物给写活了：

> 晚饭花开得很旺盛，它们使劲地往外开，发疯一样，喊叫着，把自己开在傍晚的空气里。浓绿的，多得不得了的绿叶子；殷红的，胭脂一样的，多得不得了的红花；非常热闹，但又很凄清。没有一点声音。在浓绿浓绿的叶子和乱纷纷的红花之前，坐着一个王玉英。

他描写“晚饭花”的文字，真神——这些文字，真见汪曾祺的艺术功力！他的小说的艺术手法是中国古典式，借助环境描写来烘托人物和刻画人物心理，而不是类似西方小说家，用大段大段的文字去作细腻静态的描写，采用传统的艺术手法是“以少胜多”，在小说人物的艺术描写里，留给读者的艺术想象空间非常广阔。

汪曾祺的散文则更胜一筹，无论是写景还是写人，均达到了出神入化的地步。例如，《昆明的雨》里写雨：

> 昆明的雨季是明亮的、丰满的、使人动情的。城春草木深，孟夏草木长。昆明的雨季，是浓绿的。草木的枝叶里的水分都到了饱和状态，显示出过分的、近于夸张的旺盛。
>
> ……一棵木香，爬在架上，把院子遮得严严的。密匝匝的细

碎的绿叶，数不清的半开的白花和饱涨的花骨朵，都被雨水淋得湿透了。

昆明的雨好像是国画里面的雨，诗里面的雨，又好像是含情带韵的雨，给人以无限的艺术享受。汪曾祺的艺术想象力很丰富，例如，他写新疆伊犁的山：

迎面陡峭的高山上，密密地矗立着高大的云杉。一缕一缕白云从黑色的云杉间飞出。这是一个仙境。我到过很多地方，从来没有觉得什么地方是仙境。到了这儿，蓦然想起这两个字。我觉得这里该出现一个小小的仙女，穿着雪白的纱衣，披散着头发，手里拿一根细长的牧羊杖，赤着脚，唱着歌，歌声悠远，回绕在山谷之间……

状物简洁准确，文字雅致优美，还有：

北方令箭，开十几朵就算不错，楚雄的令箭一盆开花上百朵。一片叶子上密密匝匝地涨出了好多骨朵，大概都有三十几个，真不得了！滇南草木，得天独厚，没有话说。

有一种是我认得的，虎头兰。花大，浅黄色。有一舌，舌白，舌端有紫色斑点。其余三种都未见过。一种开白花，一种开浅绿花。另一种开淡银红色的花，花瓣边似剪秋罗，很长的一串，除了有兰花一样的长叶子披下来，真很难说这是兰花。（《滇游新记》）

汪曾祺喜欢写野菜，涉笔的有荠菜、枸杞头、蒌蒿、马齿苋、莼菜……有鳜鱼、河豚、手把羊肉，还有牛肝菌、青头菌、鸡枞……他的《食豆饮水斋闲笔》写了豌豆、绿豆、黄豆、扁豆、芸豆、红小豆、豇豆，尽得豆之神韵，如写扁豆一节：

郑板桥写过一副对联："一庭春雨飘儿菜，满架秋风扁豆花"……这副对子写的是尚可温饱的寒士家的景况，有钱的阔人家是不会在庭院里种菜种扁豆的。扁豆有紫花和白花的两种，紫花的较多，白花的较少。郑板桥眼中的扁豆花大概是紫的。紫花扁豆结的豆角皮色亦微带紫，白花扁豆则是浅绿色的……画扁豆花的画家喜欢画一只纺织娘，这是一个季节的东西。暑尽天凉，月色如水，听纺织娘在扁豆架上沙沙地振羽，至有情味。

这段文字，简直把各色的"豆"写神了，活灵活现，如在眼前。其写吃的名篇有《四方食事》《昆明食菌》《口蘑》《五味》等作品，意境清新，好像是天上飘浮的云，卷舒自然。

写人呢，常常以闲远的笔墨，拣几则生活片段来表现人物，例如写哲学家金岳霖先生，则写他的"怪"：怪事，怪脾气：

他讲的题目是《小说和哲学》。题目是沈先生给他出的。大家以为金先生一定会讲出一番道理。不料金先生讲了半天，结论却是：小说和哲学没有关系。有人问：那么《红楼梦》呢？金先生说："红楼梦里的哲学不是哲学。"他讲着讲着，忽然停下来："对不起，我这里有个小动物。"他把右手伸进后脖颈，捉了一跳蚤，捏在手指里看看，甚为得意。

简练的描写，彰显了金岳霖先生如魏晋人物，不拘小节，扪虱而谈，以及高深的学问与人格的超脱形象。金岳霖先生又极重感情，汪曾祺是这样写的：

> 林徽因死后，有一年，金先生在北京饭店请了一次客，老朋友收到通知，都纳闷：老金为什么请客？到了之后，金先生才宣布："今天是徽因的生日。"

活灵活现地写出了金岳霖先生的赤子情怀和丰富的内心世界。汪曾祺曾谈及自己的散文，说："我的散文大都是记叙文。间发议论，也是夹叙夹议。我写不了像伏尔泰、叔本华那样闪烁着智慧的论著，也写不了像蒙田那样渊博而优美的谈论人生哲理的长篇散文。我也很少写纯粹的抒情散文。我觉得散文的感情要适当克制。感情过于洋溢，就像老年人写情书一样，自己有点不好意思……我的散文大概继承了一点明清散文和五四散文的传统。有些篇章可以看出张岱和龚定庵的痕迹。"（《〈汪曾祺自选集〉自序》）——这话是符合他的散文创作的。

汪曾祺的散文意境美，语言美，人物形象美，也正如他说的："我写的一切，都是小品。就像画画，画一个册页、一个小条幅"，意境悠远，隽永深长。谈到为什么喜欢散文写作，他说：

> 写写小品文，对宇宙万江，胡思乱想一气，可以感觉到自己像个人似的活着，感到自己的存在。写小品文对自己的思想是个磨炼，流水不腐，可以避免思想僵化……另外，为了写小品文，有时就得翻翻资料，读一点书。朱光潜先生曾说过，为了写文章而读书，比平常读书，可以读得更深，是经验之谈。（《汪曾祺小品》自序）

总体来说，汪曾祺的散文没有宏大的时代题材，也没有深刻的社会主题，如同晚明时期那帮“性灵派”文人甚或是新文化运动初期周作人那样的散文，注重闲适生活里的审美情调，大凡花木蔬果，芋头蕨类这些细碎东西，均可进入散文创作的领域，而且写得花枝招展、活色生香。他是从哪儿得道的？汪先生说沈从文是他的恩师，在写作上受恩师的指点与帮助最多。其实，在这里，汪先生是把个人情谊与文化传承混在一起了。事实上，沈从文先生对汪曾祺的影响最主要的还是在写作精神方面，而在艺术风格方面则不是很显著的。就散文创作来说，沈从文先生的语言非常清新，是一种文字原始状态那样的清新，他的《湘行散记》简直是湘西山水的摹印和传达。可是汪曾祺的散文却很少直接去描写山水，而是专注于花卉果蔬或者谈谈饾饤之事，这些题材在汪曾祺的笔下显得活色生香。有人说汪曾祺的散文审美倾向，得益于六朝散文，这种说法不对，是对汪曾祺散文艺术风格来源的误读。六朝散文哪里有汪曾祺先生那种从骨子里透露出来的闲散和雍容呢？再说，六朝是骈体文兴盛的时代，一唱三叹，回环曲折，语言文字典雅，音韵和谐，内容却单调苍白，而汪曾祺好似张岱转世，眼里尽是生活里极具美的事物，文字俱是性灵的流泻。

## 张中行的散文

张中行（1909—2006），河北香河人。散文集有《负暄琐话》《负暄续话》《负暄三话》《顺生论》《流年碎影》《月旦集》等作品。张中行的散文以写人记事为主，笔触如行云流水，冲淡自然。他写人，大部分是北京大学的师友，诸如马幼渔、马一浮、邓之诚、熊十力、胡适之、周作人、刘半农、魏建功、废名、梁漱溟、俞平伯、朱光潜、宗白华……凡 30 余人，莫不写得神情俱肖，栩栩如生。他写刘叔雅的孤傲怪异：

有一次跑警报，一位新文学作家，早已很有名，也在联大任教，急着向某个方向走，他（刘文典）看见，正颜厉色地说："你跑什么！我跑，因为我炸死了，就不再有人讲《庄子》。"

他讲书，吴宓（号雨僧）也去听，坐在教室内最后一排。他仍是闭目讲，讲到自己认为独到的体会的时候，总是抬头张目向后排看，问道："雨僧兄以为何如？"吴宓照例起立，恭恭敬敬，一面点头一面答："高见甚是，高见甚是。"惹得全场为之暗笑。

文字形象生动，活端端地刻画出一位饱读诗书，自视甚高的老学者形象，如见其人，如闻其声。他笔下的周作人，温和待人，永远是窗前桌上放一本书，但也有疾言厉色的时候，例如，以《破门声明》的形式逐沈启无于周门四弟子之外，对知堂老人这样的性格，张中行幽默地说："也许就是偶尔不在意，天命的另一面闯出修养的围墙，闪动一下吧？"他的红楼人物列传系列，不少老一辈知名教授如在眼前。他们的学问事业，喜怒哀乐，纤毫毕现，令人可敬可亲可爱。例如，他写孙楷第先生的耿直和学问至上的精神：

我的印象，除去书和他专精的学问以外，他像是什么也不想，甚至什么也不知道。应该知道而不知道的，其中之一，依常情，相当重要，是世故。例如一次谈闲话，也是在未名湖畔，他提及写了一篇批评某书的文章，某书作者表示谨受教，希望不必发表，他不接受，跟我说的理由是："我发表我的意见，别人管得着吗？"这就是只看见学问，没看见世态。

张中行所描写的人物，还有他的亲友系列，例如《刘舅爷》《刘佛谛》《家乡三李》《祖父张伦》等。通过这些人物，或多或少地可以看出时代的变迁，非艺术功力深厚者，弗能为之。对他散文的人物描写，启功先生说：“要如画人肖像，透衣见肉，透肉见骨，透骨见髓，现在还要加上两句，即是在一定空间里看他的神情，在一定时间里看他的行为。”（《读〈负暄续话〉》）还说到张中行的散文语言风格，“为冷隽而泛隽，或纯冷无热的，当然可算纯哲人，而张先生却忍不住全冷、冰冷，每在无意之中透出热度。其实，他的冷，也是被逼成的。所以纯俏皮的文章，是为俏皮而俏皮；冷中具热或热中具冷的文章，可以说是忍俊不禁。”

张中行还写了不少有关人生感悟的散文，也都营造出一种淡淡的又洇着许多墨渍的文化长卷的艺术气氛，他精研佛道禅理，给散文打上非常厚实的传统文化的底色。红学家周汝昌先生对张中行的《负暄琐话》以诗相称赞，诗云：

甘苦相交橄榄芳，负暄促膝味偏长。
传神手擅三豪颊，掩泪心藏一瓣香。
笔沽诵诗还读史，格高芰芗只存根。
好书自展风前贞，忽睹微名喜附骥。

## 萧乾的散文

萧乾（1910—1999），北京人。在改革开放年代的散文集有《北京城杂忆》《我这辈子》《未带地图的旅人——萧乾回忆录》《萧乾随想录》《过路人》《负笈剑桥》《一个中国记者看二战》等，有《萧乾文集》（十卷）问世。他是世界巨著《尤利西斯》的主要翻译者。

其散文以写人记事为主，文笔朴实，语言有欧化的色彩，情感充沛，知识广博，厚重凝练。如一位睿智的文化老人在娓娓絮谈自己的往事，充满了智慧和经历了社会磨难后的超脱，显得可亲可敬。剖析自己的灵魂，没有勇气是不行的，而萧乾则是坦露情怀，赤诚而言，反映到散文艺术上则形成了自己的风格：接近英国随笔大家兰姆的叙事，但又具有民族的散文结构，二者有机地统一了起来。例如，他写初恋和感情生活：

> 我一生在爱情方面，经历也是曲折的。18 岁在汕头教书时爱上一位大眼睛的潮州姑娘。当时她和我一样赤贫。我们并肩坐在山坡上，望着进出海港的远洋轮，做过一道去南洋飘泊的梦。这姻缘终于被曾经资助过她上学的一位大老财破坏了。29 岁上，我又在九龙遇上一位女钢琴家，一见钟情。当时，我已同“小树叶”在一起了，斩不断，理还乱，我只好只身赴欧洲了事。1944 年巴黎解放后，我才晓得“小树叶”和女钢琴家均已各自同旁人结婚，并有了娃娃。我跌入感情的真空。1946 年又在江湾筑起一个小而舒适的家。然而这个家很快就被一个歹人拆散了。那是我中年所遭受的一次最沉重的打击。
>
> 在这方面，我总归是幸运的，因为我最后找到了洁若——我的索尔维格。结缡三年，我就背上了右派黑锅。倘若她那时舍我而去，也是人之长情，无可厚非。但是她“反了常”，使我在凌辱之下有了继续活下去的勇气。(《八十自述》)

情深义重，却也有几分苦涩。他善于刻画人物，往往是几笔就神情毕现地将人物凸显出来，他写翱翱：

> 在狂欢气氛中，我留意一位个子魁梧、眼睛深度近视的中年人坐在角落里一张藤制安乐椅上。他没唱什么，甚至没说什么。他老

是含着一只烟斗，使劲咂着，好像那是他表示兴奋激动的一种特殊方式。他的笑容显得深挚而温厚。(《怀念翱翱》)

他写著名诗人叶维廉，重其精神：

他说他常忧郁如哀郢的屈子。自从离开国土以后，他在心情上一直处于游离状态，空间的距离给他以被放逐的感觉。这种郁结甚至使他患了胃病。(《寻根者叶维廉》)

这节文字，把叶维廉热爱故乡的情结表现得何等强烈！他笔下的海伦·斯诺形象：

时间真是个忍心的魔术师，我简直认不出海伦来了。三十年代她原是个细长个子，如今胖了一圈了，把蓝色的大眼睛挤成了一道缝缝。可是很快我就发现，当年她那像挺轻机关枪的谈锋却还健在。而且历尽数十载沧桑，她的语气更加肯定、自信，我像是来朝拜一位预言家。(《海伦·斯诺如是说》)

萧乾写人物多用第一人称的叙述语言，行文走笔自然有致，再加上恰到好处的夹叙夹议，给人以清晰、透彻的人物印象。萧乾是著名的记者，他的散文带有人物通讯的色彩，所以给人以凝重真实的艺术感受。还有他的《挚友、益友和畏友巴金》《杨刚与包贵思》《赞孙用》等篇，都是这样的。巴金曾经说过，萧乾是他一生敬佩的人之一。

他在20世纪30年代就开始散文创作了。他的散文清新活泼，洋溢着潇洒之气。进入老年的散文，则少了这种活泼的青春气概，多了沉重的、深刻的、睿智的老练，可见，人的一生的散文风格也是在发展变化的。

## 黄秋耘的散文

黄秋耘（1918—2001），香港人。其散文作品主要有《锈损了灵魂的悲剧》《丁香花下》《往事并不如烟》《风雨年华》《黄秋耘散文选》等作品。黄秋耘的散文创作始于20世纪40年代，而重要的收获期却在80年代以后，他的散文格调高雅，文字雍容典丽，情理俱佳。

黄秋耘认为："优秀的散文，几乎毫无例外地都具有一个共同的特点，那就是情文并茂。"（《黄秋耘散文选·自序》）而他的散文，就是"情文并茂"的，因而具有动人的艺术感染力。而"说到情，这是散文的生命力之所在。如果缺少真挚的情感，即使是用尽惊人的词句和夸张的语言，也谈不上有什么艺术感染力；说到文，散文是讲究语言的文体，如盆栽清供，必须剪裁得当，一字一句都经得起推敲，才能称为佳构。如果沙石颇多，芜词屡见，甚为文风晦涩，枝节横生，那就不堪玩赏了"。

在这种散文理念的影响下，黄秋耘的散文不仅注重语言简洁、生动、形象；更注重情感的抒发，有一唱三叹曲折婉转的特点。例如，《雾失楼台》记叙了住在他家旁边的小提琴手江家父女在特殊年代中的悲惨遭遇：父亲惨死在造反派手中，女儿不知流落何处……当他本人被隔离审查整整三年之后又回到旧居的时候，小楼的邻居已是"物是人非"了。作者写到这里，行文似慢板的悲怆的吟唱：

> 我独行踽踽地、心情黯淡地沿着那条柏油路面的小胡同来回走着，走了一段路，又痴痴地回过头来望那座小楼房一眼。这是一个忧郁的晚秋的日子，眼前的一切景物都被淹没在傍晚的苍烟和夕照当中。当年我常常跟江家父女俩在这条胡同上散步，我们一边走，

一边谈音乐，小江薇跟在后面哼着她所喜爱的曲调，有时是气势雄壮的进行曲，有时是情调低沉的小调。而现在，只留下我一个人沉重的脚步声了。

在《丁香花下》里，黄秋耘写了当年参加学生运动，他被反动军警打伤，后来死里逃生，被一个姑娘更衣相救的故事，缠绵深情又使人哀婉凄愁。当他们约好傍晚在中山公园今雨轩旁的丁香花丛下见面还衣，这一节写得令人扼腕感叹：

> 她默默地望了我一眼，好像要记住我的容貌似的。但很快就说："假如没有什么事，我该走了！"临别时我们轻轻地握了握手，手指尖仅仅接触到对方的手指头。她走到离开我约有十多步的地方，迅速地回过头来望了我一眼，好像有点依依惜别的样子。她那轻盈而苗条的身影，很快就消失在苍茫的暮色和茂密的紫丁香花丛里面了。我猛地想跑上前去跟她多说几句话，至少问清楚她的姓名，但我终于痛苦地克制住自己，我不愿意株连她，因为我还随时有被捕的危险。

时间一晃40多年了，可是作者并没有忘记这近似"初恋"的情景：

> ……每当我一看到紫丁香花，一闻到紫丁香花的香味，我就情不自禁地想起了这么一件事，这么一个人，仿佛又看到她那消逝在紫丁香花丛中的身影，仿佛又听到她离去时轻轻的脚步声。

读到这里，怎能不对他们之间纯洁的值得永远珍藏的情谊而感动呢？使人惆怅，使人叹息，然而，又使人陶醉在这艺术的氛围里，浮想万千……黄秋耘的高妙之处，就是以情感人，使人产生共鸣，拨动起心弦，发出阵阵的颤音。《难忘的眼神和泪光》，描写了一个叫卢达华的女子，因为她的男朋友在学校的壁报上发表了一首20多行的歌颂“人的尊严”的短诗，就被送去劳动教养，她不堪忍受这一切，只身一人来到北京，在结了冰的昆明湖上徘徊，被民警发现后送到派出所。她举目无亲，因为在报刊上读到作者的一些文章，便写信求救，希望能收留她，就是做个保姆也行，只是要求“不会像鲁四老爷和四太太赶走祥林嫂那样的把我赶出大门”就行了，说到这里，“大滴大滴的泪珠在她的眼眶里转悠着，”我“简直不敢也不忍正视她那哀伤的眼神和泪光”。然而，我此刻正处于四面楚歌之境，不能援手帮助她。虽然事情过去了，作者的心情却不能平静下来，他深深地忏悔：

> 每当我心情忧郁、或者独个儿沉思默想的时候，她那哀伤的眼神和泪光就出现在我的脑海中，好像在埋怨我，责怪我，一个她憧憬着的“有一副好心肠”的人，竟然会变得那么冷酷！我永远不能原谅自己，因为我辜负了一个人的信任，辜负了一个把我当作亲哥哥一样的女孩子的信任，我伤害了一个人的心，甚至可以说，我杀害了一个人。我本来应当答应她的请求，可是我竟然为了害怕受牵连而断然拒绝了。难道不正是我间接逼她去找寻最后的“归宿地”吗？我的良心不可能不受到最严厉的谴责，直到二十多年后的今天。我一次又一次地忏悔而流泪，然而这一切都是徒然的了。

黄秋耘散文的情是真情，而真情是宝贵的文学命脉。在语言上，黄秋耘亦是精益求精，不断地推敲打磨，务必使自己的作品没有沙石芜枝败枯，保持了葱俊的气象，例如，他的《春秋佳日》，描写北京的秋天之美：

平心而论，北京的秋天比春天还要美得多，可爱得多，秋季的大部分时间都是晴天，湛蓝的天空飘过几片白色的鱼鳞云，确实使人心旷神怡。特别是香山的红叶，颐和园的残荷，卢沟桥上的晓月，北海白塔畔的晚霞……

接着，他荡开笔墨，写古代文人对秋天的艺术感应，既有悲秋之人，也有喜秋之人，一波三折，心旌摇曳。那么春天呢？当然也是一样。杜丽娘的春的心绪是“把这般都付与断井颓垣”，空自嗟叹“良辰美景奈何天，赏心乐事谁家院”；而孟浩然却是“春眠不觉晓”的闲适恬淡情怀，至于范仲淹的“春和景明，波澜不惊。上下天光，一碧万顷，沙鸥翔集，锦鳞游泳。岸芷汀兰，郁郁青青”，更是把洞庭湖的春光写了个淋漓尽致。最后，作者这样收笔：

无论“伤春”也好，“悲秋”也好，歌唱着春光和秋色的迷人美景也好，其实都与春天和秋天无关，只不过是人们内心情绪的反应。“春秋多佳日”，古往今来都并不例外，但更重要的是，首先要具备一个“免于恐惧”和“不虞匮乏”的环境，人们才能正常地欣赏。当前正是早春二月，春天自然会降临华盛顿、伦敦和巴黎，同样也会降临巴格达。当然，这几个地方的居民对春天的感受是不会相同的，这一点可不能归咎于老天爷的不公平。

黄秋耘的缺憾是有些散文结构变异不大，意境与写法似有较多的重复。

## 郭风的散文

郭风（1917—2010），福建莆田人。他的散文有《小小的履印》《搭船的鸟》《洗澡的虎》《在植物园里》《山溪和海岛》《英雄和花朵》《曙》《避雨的豹》《你是普通的花》《杂文集》《唱吧，山溪》《给爱花的人》《开窗的人》《晴窗小札》《石羊及其他》《旅踪》《木偶人水手》《龙眼园里》《钟楼读书》等作品。

改革开放时期的散文创作，有两支队伍是中坚力量：老年人和女性作家。汪曾祺说过："与此有关的还有一种现象，是这些年涌现的散文作家多半是两种人：一是女性作家，一是老人。"为什么呢？他接着说："女作家的感情、感觉比较细，比较清新，这是散文写作所需要的。老年写散文的多起来，除了因为'庾信文章老更成'，老年人的文笔比较成熟，比较干净，较自然，少做作，还因为老人阅历多一些，感慨较深，寄兴稍远。另外就是书读得比较多，说得更明白一些，就是老作家的散文比较有文化气息。"（《汪曾祺文集·独坐小品》序）除去女性散文作家暂且不论，就老年散文家来说，汪曾祺所论是也。做作是散文的大忌。散文的基本要求是要有真情实感，不要装腔作势，故弄玄虚，视散文写作为"文字游戏"——然而，在老年作家手中，他们的散文如行云流水，具有"文化气息"。"文化气息"是散文的基本要求，所谓"言之无文，行而不远"，就是谈散文的这个美学规律。

就说郭风的散文吧，也具有上述的艺术特征。他的散文描绘并记录了自己对人生、世态、爱情及文学、哲学的深沉思考，虽说篇幅有长有短，但其思想和艺术的感染力是很强大的。例如，他写蕴藏了数十年的爱情，但并没有发芽的情感：

她忽然来叩他的门。

其实他和她，数十年从来不曾交往。他现在已经两鬓如丝。她有如一朵枯萎的玫瑰。

她走进门来。为他所意想不到的是，她目中闪耀一种焕发的青春的光辉。

他请她坐下。她忽然显得有些羞涩。过了许久，她讷讷地说：

“……我对您至今还有印象。我至今记得，我曾看见您在一条下雨的小巷里，边走边读一卷诗。那时，我们都还小……”

“哦，哦。”他说。

她告辞以后，他有些忧伤。他想，她为什么忽然来呢？她为什么表白一段童年的印象呢？他是诗人。他有一点敏感。他想，有一颗无邪的种子，曾经失落在一片干旱的土地上，不曾发芽。这颗种子忽然发芽了。但是，如果作为爱情的种子，它发芽得太迟了。因为在他的这一方面，感到迟暮之阴影降落于他的心灵的某一隅，虽然他的窗前照耀晚晴。

这篇《他和她》写得真美。是的，她还在寻找少年时代心目中的影子。这个影子在她心里珍藏一生了，她不愿意让这个影子伴随着她远走，她不知鼓了多大的勇气才来向他倾诉内心的秘密……情感优美而动人。郭风在散文中大胆地开掘自己隐秘的情感世界，描写纯洁的爱：

他在爱自己的妻子的同时，的确曾经暗自倾慕另一位女子。他写了一些书简，表达这种倾慕之情，但始终未发给这位倾慕之人；而把这些书简作为小品文，用一个化名在若干期刊发表了。是的，他始终未曾向这位女子表达自己的心事，但情况又的确如此：他至今有时还会暗自念及曾经和她一起散步过的山间草径，念及那座小山村，杉木林、小溪和溪上的浮桥以及散步尽处出现的一座小小土地庙……看来，确有一粒爱情的种子，仿佛被封起来，埋在他的心中……

他想，人之一生中，可能有一些心事以及悲伤，一些情感的克制和矛盾，会一直埋藏于心中，直至终老。

人到暮年，顾忌渐少，然而，赤诚地坦露自己的情怀，这才是人生的最高境界所为。没有崇高的情操，是不会有这样的文字的。

郭风的散文，闪烁着哲理的光芒，使人沉思，使人感奋。他写一只美丽的画眉鸟：

只见它豁达地、泰然自若地在断垣上停留一小会，就从那里飞到那座平屋小院中的芒果树中间去。树荫浓密，看不见它了。可是，不久便听见它的歌声，清越、婉转、纯洁，觉察不到中间有一点一滴的烦恼，从芒果树中间传出来。呵，这是一种天才和灵感之同时间的被激发，一时化为即兴的歌？但是，我感到这种歌声中间似乎没有一丝一毫对于四周环境而感应，这，即使纯洁，婉转，我们不能，我们办不到。(《图案及其它·画眉鸟》)

鸟的啼鸣，是一种天籁；而人呢？敢说所言所歌均是天籁吗——人所受的制约比起鸟来，显然是太多太沉重了。人生的磨砺多了，便对生活有了深刻的体察，郭风把这种体察融化于散文的叙写之中：

九月十四日。今日忽然念及70年代旅居于闽北一座小山村时的生活。一天，我携着不到6岁的女儿行于山径之间——这是晴朗的山间的清晨。小径两边，草地上净是露水；有如没有凝结的霜，有如才消融的霜，因为看去是一片绿色中出现发亮的茫茫白色；在这白露如霜的草地中间，我忽然看见一株萱草开着三朵浅黄的鲜花……这完全是一种邂逅；我与花朵在秋天的山径中的邂逅。

我当时不觉紧紧地握着女儿的手。她不到6岁。她懂得人生的凄苦和慰安吗？她知道人生的超脱么？（《夏历九月笔录·萱草的花朵》）

在《夏夜偶得》中，郭风写了一种思绪。这种思绪饱含着一种难以明喻的哲理，一种意念：

夏夜。看不见堤岸的、无始无终和黑暗、空洞的银河系中，有一颗未名的星，有如一粒沙，一滴眼泪向我发光；与此同时，旷野的深处，微茫的光和黑魆魆的野草中间，刚刚开放的野茉莉有如泡沫，向我发来一缕芬芳，斯二者：未名的星和茉莉的花朵，在我的目中和我的意念中的邂逅，使我一时感悟：星的空间和茉莉的花朵的空间，以及哲学中有关永恒和刹那的观念，好像一时共同信奉一种宗教，忽然变得如此亲近。这是夏夜。

这种哲理与意念，包含在散文的艺术叙述之中，也就是说，第一层次是美的意象（星、茉莉花）；第二层次是作者要表达的哲理、意念。而散文的内涵，如果没有哲理、意念的支撑，那将是十分苍白无力的。

郭风的散文题材广泛，一花一草及鸟兽皆是审美的对象，还有山川河流湖泊，以别样的景致反映在他的笔下，例如《蕨草及其它》里就有“和蒲公英的对话”“蕨草”“湖”“十二月的牵牛花”“太阳和飞鸟”等章；《青草及其他》内有“关于肩膀的印象”“青草”“武夷倒影”“焦山银杏”；《鸟的散文》有“麻雀”“鹰”“鹳鸟”“猫头鹰”“黄莺”“喜鹊”“白鹭”……他不单绘其影，而且还揭示了人与自然草木花鸟的辩证关系，入情入理，情趣盎然。他的散文有相当一部分是写国外游记的，他的《香港随笔》，回避了香港世界光怪陆离的现代生活，而是触摸香港民俗文化的深层，如写“庙市”“关于神庙”“关于月亮的书”“关于财神”，独出机杼，自成一格。还有长篇游记《五月，在波兰旅行》，从各个侧面来艺术地反映波兰的一切，引人入胜，美不胜收。例如，他谈人对自然的爱，就很精辟：

人对于自然之爱，表现人的心灵之一种崇高的德性的追求。古往今来之杰出的文学作品，都把表现自然景象作为宣传人类德性的一种理所当然的内容。

把对于自然之爱与人的社会德性作统一的审视，则理解出诗歌何以歌唱自然。（《晴窗小札》）

在散文语言的艺术上，郭风追求严肃、简洁的美学风格，他善于把抽象的事物喻写成具体形象的事物：

当我安静地思考时，恍惚间，感到思想的花瓣纷纷落到我的心灵中间，有浅蓝色的，有浅红色的，有淡白色的；有的像玫瑰的花瓣，有的像梨花或罂果花的花瓣。（《花瓣小集》）

读郭风的散文，正如他所说的对山水的理解一样：“对于山水的理解，如对于人的理解一样，需要反复地接触，需要平心静气去体验，此乃常理，但往往不易办到。”（《青草及其他·武夷倒影》）但如果办到了，你就会好像进入山阴道上，耳闻目睹的是不可言喻的美的花朵……

## 王蒙的散文

王蒙（1934—　），河北南皮人。当代著名作家。他的散文作品有《德美两国纪行》《桔黄色的梦》《苏联祭》《我的喝酒》《印度纪行》《访日散记》《我爱非洲》等。

王蒙的散文是哲人的散文，表现在外却显得文笔轻松、诙谐，寓意深刻。其散文的种类有：时事感评，记事怀人，读书笔记等。他的散文不是传统意义上的散文，没有单纯的状物写人的篇什，而是像沸腾的热泉，向外喷吐着自己的情感、心绪和思想。呈现在艺术上，是现代的多调的、多色彩的，也许正应了他所喜欢的："大道无术，大德无名，大智无谋，大勇无功"（《作家是用笔思想的》）的境界吧。读他的散文集子，好像是一堆闪烁着光芒的晶体玉石，而要详细评说却是难以把握。

王蒙的散文，一半是杂文，一半是时感；一半是文化，一半是心灵独语。

## 周明的散文

周明（1934—　），陕西周至人。散文有《在莽莽的绿色世界》《泉水淙淙》《又是一年春草绿》《记冰心》《远山红叶》《五月的夜晚》《那年冬天没有雪》《为霞满天》《雪落黄河》《山河水恋》《文坛记忆》等著作。

周明是改革开放时期散文创作的积极推动者和组织者。

他 1955 年毕业于兰州大学中文系，分配到中国作家协会工作，至今已有 60 余年，正如他所说"一生只有一个工作证"，先后在《文艺学习》、《人民文学》、中国作协创联部、现代文学馆以及中国报告文学学会、中国散文学会、茅盾文学研究会、冰心文学研究会任职，被文学界誉为基辛格式的人物。由于工作关系，他与冰心、茅盾、巴金、张光年、丁玲、萧军、艾青、胡乔木、贺敬之、柳青、赵树理、赵丹、徐迟、王蒙、邓友梅、刘绍棠、柏杨、马识途、柯岩、黄宗英、陈祖芬以及章含之、王洛宾、刘晓庆等几百位作家、艺术家结下了深厚的友谊。在工作之余，周明常将自己与这些人物的交往写成散文——这些散文不但具有史料的性质，也留下了这些作家、艺术家的人生剪影，展示出众多当代著名艺术家和作家的形象和高远的人生情怀。例如，《生命从八十岁开始》，周明描写文坛的冰心老人：

> 她常常喜欢一个人静下来思索、写作。跟她在一起总感到安静、从容。她与世无争。社会和人民给予她很高的评价和荣誉。她珍惜这些，却并不追求这些。她看重事业，而淡泊个人的名利地位，所以她生活得很平静，很愉悦，也很乐观。

以第三人称的角度叙述，把冰心老人冰清玉洁的精神状态真实地描绘出来，使人弥久难忘。他写报告文学作家黄宗英，为了写作收集第一手资料，深入西藏，本来说好乘机返京，可是，她却不急着收拾东西，反而“坐在沙发上，低垂着头，沉思默想。手里还拿着织毛衣针和正织毛裤的毛线”，作者深感奇怪，“难道她灵感来了，正在构思文章？可为何又在赶织毛裤？”——

> 我感到奇怪。问她，“宗英卓玛，你怎么还不着急？要我帮忙吗？”
>
> 她猛地抬起头对着我说：“我要退掉飞机票！”
>
> 我不相信。因为她也十分清楚这些天为买飞机票的烦人周折和

这几张票的来之不易。我说：

“为什么？”

她说：“我要留下来，跟一位女科学家到原始森林去！”（《宗英卓玛》）

短短的对话描写，把黄宗英热切坚定地体验生活，深入生活的倔强性格和对文学的献身精神形神俱茂地刻画出来。晚年的茅盾先生又是怎样的呢？周明写下了这真实动人的一幕：

由于他的视力减退，左眼又失明了，曾有同志劝他是否口述，旁人帮助记录整理？他拒绝了。我也是，有几次，我们约请他写文章，交稿时间又太紧迫，我就好意地说：“沈老，你说，我们帮你记录整理吧。”他摇摇头，说：“文章怎么能别人代笔呢？几十年习惯了，写文章，总得自己写呀。”有一次，我约他写一篇东西，时间较急，他答应想想，第二天写。我实在不忍心，第二天又去了，还是想说服他允许为他记录整理。我一走进他的书房，只见他用放大镜照着铺在桌面上的稿纸，写一行照一行，然后再接下去。我的心猛然一抽搐，难受极了。我几乎流下眼泪。啊，他是如此艰难地工作啊！（《想起了茅盾先生》）

在《秋歌》里，他以抒情的笔触，赞美诗人郭小川：

“鹭影不来秋瑟瑟，苇花伴宿露瀼瀼。”啊，在秋风落叶的季节，在萧瑟的秋天里，鹭鸶鸟也不再飞来了，田野里一片寂寞。然而莲蓬人却把身边怒放的苇花作为忠实伴侣，依然傲然挺立，坚强地抵抗着寒露的侵袭。多么坚强的性格，多么顽强的意志哟！这不也正是当时处于逆境的诗人郭小川同志所崇尚的精神么？

在周明的笔墨中，还栩栩如生地描写着诗人李季、肖三，还有叶帅、王炳南……翻开周明的散文集，中国当代著名作家的音容笑貌宛然生动于纸页，和你一块交谈，一块开怀畅笑……著名散文评论家红孩在《散文的诗与志——以周明散文为例》中论述道：

> 周明写人物散文非常地驾轻就熟，甚至已经形成了自己的风格。我们看一位作家写作是否成熟，就是要看其是否有了自己的风格。周明散文的风格，首先表现在语言的轻松自如，口语入文。其次是叙事的直接介入，而且以细节取胜。第三，他所写的人物，大都是在文坛、政界有着重要影响，这些人在近百年，或者说在未来的近百年是不可或缺，值得人们去研究记忆的。因此，能为这些人进行生活的记录，实在具有史志的价值。我常说，周明在中国文坛的贡献，除了他做了多年的文学编辑、组织工作，还有一点，就是他用自己的笔端对文坛进行了珍珠般的记录。这不是一般作家所具备的，它要求作者必须有独特的经历。也许，周明的这种史志性散文写作，本身就体现着他散文风格的志向与追求。

——这就是周明散文的价值所在。

## 张承志的散文

张承志（1948— ），出生于北京。其散文作品有《绿风土》《荒芜英雄路》《清洁的精神》《牧人笔记》《鞍与笔》《以笔为旗》《一册山河》《谁是胜者》《鲜花的废墟——安达卢斯纪行》《聋子的耳朵》《敬重与惜别——致日本》《你的微笑》《涂画的旅程》《相约来世：心的新疆》等。

张承志的散文的审美地带主要集中在内蒙古草原以及西北黄土高原蒙古族、回族聚居的地区，在那些铁黑的山脉和荒凉辽阔的草地上，上演着英勇悲壮的故事。例如，《荒芜英雄路》，尽写他在阿勒泰山脉寻找“一条让成吉思汗 40 匹挽马拖着的宫帐大车（ordoteregen）走过的古路”的过程，其文势如山脉曲折，语言如荒原岩石般坚硬又内蕴无限的诗意：

就这么静静地，我仿佛眼睁睁地看见一切都在沉入暮色。无论是 7 个世纪以前那壮举般的行军，无论是大名鼎鼎的成吉思汗或阿睦尔撒纳，无论是石砌的草原大道还是几千年星星点点遗下的各式古墓：一切在这片黑泥巴上都黯淡地沉灭了。山影灰了，树林淡了，毡包模糊了，炊烟终于和天地溶成一色，轻轻拥推着这异界般的夏牧场吐出一个久久的喘息。

野望消沉了，堕入仿佛情欲般的夏夜草原的游魂般的呼吸之中。

他的《静夜功课》，写黑夜里独坐的思绪，依然具有强烈的艺术张力：

这样，有生以来第一次看见了真正的夜。我惊奇一半感叹一半地看着，黑色在不透明的视野中撕絮般无声裂开，浪头泛潮般淹没。黑的粒子像溶了但未溶匀的染料，趁夜深下着暗力染晕着。溶散有致，潮伏规矩，我看见这死寂中的一种沉默的躁力，如一场无声无影的角斗。

散文，没有浓厚的气氛便渲染不出要表达的思想情绪，而张承志则先以气势夺人，然后，剖捧出沉甸甸的文体内涵：

墨书者，我冥冥中信任的只有鲁迅。

但这夜阵中不见他，不见他的笔。渐离毁筑，先生失笔，黑暗把一切利器都吞掉了。是的，我睁大双眼辨了许久，黑色的形形色色中并不见那支笔。只有墨，读不破的混沌溶墨。春秋王公显然是会欣赏音乐的，而到了民国官僚们便读不懂鲁迅的墨书。古之士子奏雅乐而行刺，选的是一种美丽的武道；近之士子咯热血而著书，上的是一种壮烈的文途——但毕竟是丈夫气弱了。

散文要善于在平常之事物中寻找有意思的材料，周作人认为："其实材料原是遍地皆是，牛溲马勃只要使用得好，无不是极妙文料，这里便有作者的才情问题，实做起来没有空说这样容易了。"（《知堂小品·两个鬼的文章》）——把"牛溲马勃"入文，确实存在着作者的才情问题，没有才情的人注定写不好散文。张承志才情横溢，在他的笔下，天地间的自然转运变化，惹动了他喷发的情思，如《天道立秋》，意蕴丰富描写有力：

突然觉出"凉爽"的一刹那，我怔了一怔。那低低的唤声正阴柔地浸漫而来，一瞬之间，不可思议，永远汗流浃背的身体干了。我吃惊地回顾，发现行人们——北京人们都在彼此顾盼。接着，满树叶子在高空抖动了，并没有风，只是树杈间传来一个讯号。我差一点喊出声来，一切是这样猝不及防，只在那分秒之间，凉爽的空气便充斥了天地人间。

……

沐浴着广袤天际，阴柔轻漫的凉爽，我久久感动着。从那立秋的时刻至今，我每一天每一瞬都意识着这秋之伟力。我不再迟钝，不错分毫，我用肉躯和心，一点点地品味着、记录着，我想证明——天道的存在；但我已经预感到证明的艰难。

张承志把立秋节气自然的变化及身心的感受，以充满激情之笔抒写了出来。他的散文意境开阔，是指他把燃烧的激情溶落于纸上，而纸上的文字又显示出广阔无垠的艺术空间和心灵空间。其《背影》，一写母亲的背影，二写兰州赶尔麦里幻觉上两万多回族人的呼啸的背影以及自己的背影，而真正巨大的背影是这样的：

我看到了真正巨大的背影——

原来，这些黄土大山和原野村镇，连同它们怀抱中的那个默默人群从未向世间袒露自己。六盘山一字排成屏障，遮住了它背后的西海固。开都河眨闪着微笑般的粼波，隔开了隐蔽在绿荫中的村庄。黄河湍流上节节拦坝，消失了舟楫也消失了筏客子的传说。数不清的夯土墙蒿草丛掩护着，闭口不言殉教者的冤愤和鲜血的流淌。茫茫大西北黄褐色连着黄褐色；仔细听时，犁铧链枷又只是循着成熟的节奏，你崇拜的人们只是日复一日地忙碌着生计。其实——真实被埋藏在心底的一个微乎的波动上，隔着一座伟大的背影。

字里行间渗透的是一种悲壮的慷慨之气，奇崛之气，绝没有花花草草的低声絮语，独立于荒原的啸叫，但又饱含着文化的奶汁，是山体撞击产生的烈烈火焰，炙烤着人心，令人快意无限。

他的散文写作是传达一种神圣的使命："当你们感到愤怒的时候，当你们感到世俗日下没有正义的时候，当你们听不见回音找不到理解的时候，当你们仍想活得干净而觉得艰难的时候——请记住，世上还有我的文学。"(《荒芜英雄路·后记》)主张"以笔为旗"——散文意境开阔，凸显思想，具有"硬汉"的"豪壮"的写作风貌。

## 周涛的散文

周涛（1946—2023），出生于北京。他的散文集有《秋风旧雨集》《游牧长城》《稀世之鸟》等作品。

他认为，“散文是思想的美丽的容器”。(《新散文十二家代表作》)其《捉不住的鼬鼠——时间漫笔》，对时间进行透彻的发人深省的种种议论：时间是“一切生灵唯一的裁判，如神，‘它’是钟表里的刻度，是太阳和月亮的约会；是由黄转绿暗暗托出春天的一只看不见的手，是淹没着宇宙万物的滔滔洪流；是神秘的意志，神秘的脸，是一切生命的杀手和产婆”。其实，“它根本就没有理睬过我们，既不关心也不评判，就像鱼在水中争吵并不与水有关，也像鸟在天上撕斗并不于天有碍。它静静地坐在一切之上，长河落日，大漠孤烟，坐地日行八万里，巡天遥看一千河”。——周涛散文的议论，是借助事物的意象来挥洒自己某种抽象的思想和感思，又往往逃避具体的意象，升腾起理性的火花，偏离了传统散文的艺术轨道，进入了理性散文思辨的境界。

在《伊犁秋天的札记》中，周涛更是淋漓尽致地表现了自己的思辨才华，如天马行空，怒云翻滚，而笔下鲜见伊犁的秋天风景，倒是尽力展现自己内心的“风景”，采撷的是“倾听风景的独白，追忆河流的往事，模糊时间的视线和撷取暴雨的花朵”，“这种行文的随意性和语言的粗疏化反而成为一种风格，而且是大手笔作风，它以更直率更坦诚为基础，所以包含的内容和情感特别丰富。”（秦晋）

周涛的《守望峡谷》，记述云南的傈傈族村寨的见闻观感，借着胡蜜花——这个年仅五岁的小姑娘天生丽质的美的形象，叹道：“美这种价值连城而又无法购买的品质是怎样对一些人高度吝啬却在另一些不太需要它的地方默默浪费着”，并从中悟出人生命运的不公与残酷：

这里面难道没有含着人们对命运如此残酷的不公所抱的不平和妄图改变这些而激起的幻想么？当肥胖的痴呆儿在北京街上撒娇，聪明可爱的胡蜜花正用她天然纯洁的眼睛——守望峡谷。她注定将守望一生，面对这空茫茫寂静的一座大屏障。

周涛散文的写作冲动，脱离不开某种可以触发他铺天盖地般思辨的“契机”，一旦捕捉住这个“契机”便如火山喷发，涌泄出带着沉重的质感的炽热的理性之流。例如，在合作《东方老墙》时，他久久未能“进入”，而在这时：

“游牧”两个字，在长城的参照下深深打动了我。激动了我，当我有一天偶然想到“游牧长城”这个题目时，冬天沉闷的采访过程解冰了，移动了，在我眼前裂开一角天空，射过来一股刺眼的明畅的光线。

于是，在这种光线的“照耀”下，周涛浑身战栗，他剖白道：“我久久地站立在长城之下的流沙里，我听见风的手指一点一点地耐心抠它，我听见这唯一的见证渐渐剥落的细微声音，一种可怕的坍塌的响声从我心底弥漫上来大融解的预感攫住我，我贪婪地望着长城，几乎是在用眼睛吞吃它。”——创作的内驱力由此而产生的思絮如漠外的雪片纷纷飘落，周涛便活在自己的散文之中了。

## 谢冕的散文

谢冕（1932—　），福建福州人。著名学者、文艺评论家，也是成就相当突出的散文家。他的散文篇幅虽然不多，但均很有艺术个性。代表作有《开花与不开花的年代》《浪漫星云》《每一天都平常》等。

韩小蕙说谢冕善于“将眼前的柔美与历史的雄健结合在一起，使个人的人生感悟插上时代精神的双翼”（《新时期散文名家自选·太阳对着散文微笑》）。这种艺术风格在他的名篇《永远的校园》中体现得比较集中，他写道：

> 燕园的魅力在于它的不单纯。就我们每个人说，我们把青春时代的痛苦和欢乐、追求和幻灭，投入并消融于燕园，它是我们永远的记忆。未名湖秀丽的波光与长鸣的钟声、民主广场上悲壮的呐喊，混成了一代人又一代人的校园记忆。一种眼前的柔美与历史的雄健的合成；一种朝朝夕夕的弦诵之声与岁岁年年的奋斗呐喊的合成；一种勤奋的充实自身与热情的参与意识的合成；这校园的魅力多半产生于上述那些复合丰富的精神气质的合成。

这是对北大校园精神的精辟与诗化的概括，秦晋说这“是一篇悲怆婉丽，气韵非凡的奇文”（《新散文十二家代表作·序》）。谢冕的《在维也纳感到失落》把美丽、洁净、文明的城市维也纳和自己的乡邦对比而写，使人非常痛心。乡邦哟，你何时才能摆脱落后愚昧呢？但是，作者清醒地认识道：“维也纳毕竟只是我的友人的城市，而我的城市正淹没在令我心疼的远方烟尘中。”尽管乡邦的现实令人心痛，但他对祖国的一腔真诚的爱却未曾稍减，正如闻一多般的深沉与感慨。

谢冕追求人世间的爱与同情，在《最初的启迪——庆祝冰心先生创作七十周年》中，他以深情之笔叙写冰心的作品与高尚的人格对他的影响，最后，以诗般的语言升华情感：

> 爱在右，同情在左，走在生命路的两旁。随时撒种，随时开花，将这一径长途，点缀得香花弥漫。使穿枝拂叶的行人，踏着荆棘，不觉得痛苦，有泪可落，也不是悲凉。

谢冕把记忆的闸门打开，回首往事，写下了《流向远方的水》，追忆前尘往事，感慨万千；他不后悔自己的人生选择，也为自己的生命曾经艰难与灿烂而自豪："长沟流月，寂然无声，但流向远处的水希望有不竭的后续。云雀在歌唱中似抛出的弧线，雨后天际那稍瞬即逝的彩虹，还有秋夜匆匆划过银河的流星，作为过程都是美丽的。它们留下的是记忆，记忆中有那么一道匆匆的抛物线。它们抛掷过，而后它们消灭。"

谢冕的散文闪烁着诗情与哲理的光泽，又善于升华自己真切的人生感悟，创造了炽热而又沉重的作品。他的散文语言精练，又处处渗透着书卷的馨香。

## 余秋雨的散文

余秋雨（1946—　），浙江余姚人。散文代表作有《文化苦旅》《文明的碎片》《山居笔记》《一个王朝的背影》《霜冷长河》《千年一叹》《借我一生》《从敦煌到平遥》等。

谈到自己的散文主题，余秋雨说："至少有一个最原始的主题：什么是蒙昧和野蛮，什么是它们的对手——文明？文明都未必战胜，因此我们要远远近近为它呼喊几声。”（《文明的碎片·题叙》）因此，他的散文多是关于历史的探寻、访古寻古，并在这个过程中对古文化进行深刻思考，善于挖掘山水景观中的历史文化，并将历史与现代相结合，以全新的视角描写景物，显示出强烈的理性精神。

余秋雨的散文，拓宽了散文的艺术功能。他的作品，不仅仅是写人记事或状物抒情，更是负载起探索社会历史文化兴衰演变的发展规律，具有深刻的思想与文化内涵。以《文化苦旅》为例：《道士塔》《阳关雪》通过一个个古老的物像，描述了荒芜大漠中黄河文明的盛衰，透出历史的深邃苍凉之感。《白发苏州》《江南小镇》等却是以柔丽凄迷的小桥流水为背景，把清新婉约的江南文化和世态人情表现得形神俱佳。《风雨天一阁》《青云谱随想》等直接把笔触指向文化人格和文化良知，展示出中国文人艰难的心路历程。他在《风雨天一阁》里谈到书籍时写道：

> 只要是智者，就会为这个民族产生一种对书的企盼。他们懂得，只有书籍，才能让这么悠远的历史连成缆索，才能让这么庞大的人种产生凝聚，才能让这么广阔的土地长存文明的火种。

书籍是一个民族文化的智慧结晶，是一个民族迁演的文化积淀，没有书，人类永远不可能从荒蛮走到文明，更谈何创造新的明天。其文化游记，是一种理性的精神漫游，追溯所观景物的人文因素及包含的文化品格、文人的心态，例如，他是这样认识西湖的：

> 然而，多数中国文人的人格结构中，对一个充满象征性和抽象度的西湖，总有很大的向心力。社会理性使命已悄悄抽绎，秀丽山水间散落着才子、隐士，埋藏着身前的孤傲和身后的空名。天大的才华和郁愤，最后都化作供人游玩的景点。景点，景点，总是景点。（《西湖梦》）

有人说，余秋雨的文化是“废墟文化”，凭吊故物残迹，发思古之幽情，这话只是表面的现象。我认为，余秋雨的文化散文题材选择“废墟”来写，实质是一种对历史文化的问“根”究“底”，剖析出“废墟”过去的文明与今日的衰败期间的规律，求证出民族心理及文人情操的核心，给现代进程中的社会提供一种文化参照。在这个意义上，他钟情于“废墟”——“我只怕，人们把所有的废墟都统统刷新，修缮和重建。”（《废墟》）——“废墟”的文化色彩历史就蕴含在“废墟”之中，这是任何东西都替代不了的，“废墟”的美在于透露出古代的文明，因此，余秋雨认为，“对废墟来说，要义在于保存”——他举例说：圆明园废墟是北京城最有历史感的文化遗迹之一，如果把它完全铲平，造一座崭新的圆明园，多么得不偿失。大清王朝不见了，熊熊火光不见了，民族的郁愤不见了，历史的感悟不见了，抹去了昨夜的故事，去收拾前夜的残梦。但是，收拾起来的又不是前夜残梦，只是今日游戏。（《废墟》）所以，他以对历史与文化负责的精神进行散文写作，尽管写作激情爆发了，便“不问青红皂白地涂它几篇，作为调剂”（《访谈录（一）·关于散文），但是“调剂性的动因未必会导致内容上的玩世不恭”——正因为有这样的写作心态，他的散文独秀于改革开放时期的散文园地，以自己沉淀着丰富文化的作品，赢得了大家的喜爱。

余秋雨的散文，还有探索中国文化人格的倾向，对此，他在答记者问里坦言道：“中国的文化人格史，主要散落在大量的典籍间，但更深刻地沉淀在古人的活动环境中，沉淀在今人身上。因此，一旦今人与古人的活动环境相遇合，反思意识就被自然地撞击出来了”——从这个角度来分析，他才写出一系列的诸如《东坡突围》《抱愧山西》等优美的散文作品。

在写作艺术上，余秋雨的文化散文多将描写、叙述以及议论等形式融会贯通，通过旁征博引以典雅和富于诗意的语言来描写景物，取得了很好的艺术效果。

## 史铁生的散文

史铁生（1951—2010），北京人。著有散文集《秋天的怀念》《我与地坛》《病隙碎笔》《扶轮问路》《记忆与印象》等14部作品。

著名作家韩少功说："史铁生是一个生命的奇迹，在漫长的轮椅生涯里至强至尊，一座文学的高峰，其想象力和思辨力一再刷新当代的精神高度，一种千万人心痛的温暖，让人们在瞬息中触摸永恒，在微粒中进入广远，在艰难和痛苦中却打心眼里宽厚地微笑"——史铁生的散文同样"刷新当代精神的高度"。其名篇《我与地坛》是其散文的代表作，史铁生用冷静严峻的口吻来探讨死与生的问题：

> 一个人，出生了，这就不再是一个可以辩论的问题，而只是上帝交给他的一个事实；上帝在交给我们这件事实的时候，已经顺便保证了它的结果。所以死是一件不必急于求成的事，死是一个必然会降临的节日。

问题是，既然死是必然的，那么如何生呢？而这"不是能够一次性解决的事，怕是活多久就要想它多久了，就像是伴你终生的魔鬼或恋人"。生是艰难的，于是，史铁生在文章中以单元的艺术镜头，给读者展示各种在地坛公园中出现的人物的生活图景，从中探寻生的意义和本质，掩卷之后，悲怆之气油然而生。

史铁生偏重对人生命运的探讨，他的《好运设计》便是以此立意着笔的：他设计了种种好运，例如"要占住几项先天的优越：聪明、漂亮和一副好身体”；降生在何等门第的家庭中也很重要，你的母亲也要有知识，但不是某些愚蠢的知识妇女，自己功名难就把一切希望全赌在儿女身上，她凭着爱、理解、宽容来教育你，要求你；然后，你到18岁了，注意异性了，在操场上，一个陌生的姑娘在慢跑，“你被她的美丽和自信震慑了，被她的优雅和茁壮惊呆了”，最后，你们终成眷属——这一生真的是太幸福了：

> 然而，人生是多彩的，有苦难真有幸福，“没有挫折，没有坎坷，没有望眼欲穿的企盼，没有撕心裂肺的煎熬，没有痛不欲生的痴癫与疯狂，没有万死不悔的追求与等待，当成功到来之时你会有感慨万端的喜悦吗？在成功到来之后还会不会有刻骨铭心的幸福？”

是啊，“所谓好运，所谓幸福，显然不是一种客观的程序，而完全是心灵的感受，是强烈的幸福感罢了”。接着，文章至此，陡地一转，又去“设计”一些必要的“痛苦和磨难”，例如，“笨”“狡猾”“一点小病”……盼到“苦尽甘来”，然而，达到这样以后，又能怎么样呢？其实，生命的价值在于过程，“对，生命的意义就在于你能创造这过程的美好与精彩，生命的价值就在于你能够镇静而又激动地欣赏这过程的美丽与悲壮”。

生命的追问是史铁生散文的重大主题，他奏响了命运悲凉的交响曲，透露出深厚的哲学感，给人以对命运积极抗争的坚定信念。

## 雷达的散文

雷达（1943—2018），甘肃天水人。著名的文学评论家、散文家，有《雷达散文》和《缩略时代》等著作。虽说散文文集不多，但是给散文界带来一了股强劲的思辩旋风。

雷达的散文，没有庭院回廊般的风花雪月，而是充满了鸟瞰人生的浩然之气，笔触所到之处，无不痛快淋漓，例如，《足球与人生感悟》，在谈足球时，忽然笔锋一转，直面剖解裁判员的内心：

这位裁判大人的内心独白是：你喀麦隆能进八强就顶破天了，还想干什么？我可能是以小人之心度君子之腹了。事实上，万事万物何尝例外。搞创作，做实验，推行改革，谁也很难不在歧视、轻蔑、刁难中忍耐，而后逐渐奋起。

这段议论，紧扣主题，把人生与人生感悟紧紧地交融在一起，由此及彼，由彼返此，令人回味无穷。接着，他又放荡笔墨，带领读者去作精神的遨游：

我曾经看见一件印刷的古巴比伦的浮雕，叫《垂死的牝狮》，是古代珍品，表现一只无比勇猛、浑身散溢着蛮力的狮子，虽身中数箭，依然怒吼蹒行，气势骇人，大有“困兽犹斗”之悲壮气概。我心目中的喀麦隆队，正是此种意象。你看他们，猎获阿根廷，收缴罗马尼亚，横扫轻视他们的哥伦比亚，最终倒在“四强”门边。至今谈起，其势令人生畏。他们的革命性乃在扬厉了人类原初的生命活力。

雷达的散文，是在理性的层次上营造他的艺术天地的，而这个理性又是纯粹的个体生命感悟的世界，他以此为依据，挥洒文字，点植美的思维的花枝，他说：

巴尔扎克云：“偶然是最伟大的小说家。”其实，偶然，之于足球，之于人生，莫不如此。

于是我又转而想到奥林匹克，神殿的雕塑，想到《掷铁饼者》引而不发的身姿，想到人类爱美、爱体育、爱竞技的天性。熔速度、力量、技巧、意志乃至舞蹈、音乐于一炉的现代足球，不正是人类展示自身力与美的绝好证明吗？足球大概正因为满足了人类直观自身力量的欲望，才大受青睐的吧。

又说：

人是个感觉动物，似乎总为寻求某种感觉而存在，一切皆虚，唯感觉是实。(《冬泳——生活随笔之一》)

生命的形式多种多样。生命活力的表现也千姿百态，每一个精神个体都该展露他的风格，既然瑰丽的大自然不止一种色彩，我们的生活和生命难道不该多样些，更多样些么。

他的散文具有强烈的理论家思辨色彩，在《蔓丝藕实》中说：

河如此，人又何尝不如此？人生世间，难免不有垃圾、污物投来。流言、诋毁袭来，倘若你不停顿，流动，向前，总会换来清新；倘若停滞不动，纠缠不休，纵使就此纤尘不染，你的精神能不萎顿吗？你的生命能不晦暗吗？

等待，是一柄利斧，对灵魂施行无声的砍伐。没有等待，生命将没有着落，有了等待，又渺远难求，迟迟不来，遂使人感到莫大的焦灼。

仰视耿耿星河，俯察浩浩历史，忽然觉得，儒释道也好，各样哲学也好，争论的问题其实是一个，那就是：人与时间。

雷达散文的总体特征是思辨大于形象，因之，使他的散文具有了深邃而丰富的内涵，在自我心灵坦露和解析的基础上，进行相互的思想交流，而得到新的人生启示。他以理入文，以议论为主体，表现了现代人对社会、对生活、对人生深刻的思虑，产生了震颤灵魂的艺术张力。

## 路遥的散文

路遥（1949—1992），陕西清涧人。其主要精力是在创作长篇小说和中篇小说上，没有时间去专门创作散文。但是，在完成了长篇小说《平凡的世界》之后，他拖着极端透支的身体夜以继日地写出了长篇散文佳作《早晨从中午开始》。这是一部反映他写作《平凡的世界》的回顾性作品。可是，在这部作品里，路遥表达了他在文学创作的道路上艰苦探索的精神历程，也深沉地述说着他的人生感悟，整个作品回旋着一股悲壮的旋律，好像始终鸣奏着贝多芬的《命运交响曲》，使人的精神升华到极其壮美的境界。路遥在写作这部散文的时候，也许就冥冥地感知到他的生命是在为了神圣的文学事业最后一拼了，字字句句浸透着从心里流淌出来的鲜红的血，给这个美好的世界留下惊天动地的生命绝唱——就在《早晨从中午开始》出版后不久，路遥毅然决然地走了，他把自己的生命全部燃烧在伟大的作品里，至今还在炙烤着人们的心灵……

# 陈忠实的散文

陈忠实（1942—2016），陕西西安市人。在长篇小说《白鹿原》出版之后，陈忠实几乎把全部的精力都放在了散文创作上。相继出版了《告别白鸽》《原下的日子》《我的关中我的原》《我的行走笔记》《白墙无字》等十几部散文集。他的散文生活底子雄厚，大都是他自己的回忆或者是亲历过的事情，字里行间积淀着浓得化不开的情感，他的作品反映出来的哲理是从生活中提炼出来的，实在质朴，就像一位饱经风霜的关中老汉在向你用结实的含有抒情色彩的语言述说着，亲切淳厚；他营造的散文意境带有苏联作家染着河边白桦林淡淡清香的韵味，仿佛能使人看见清晨关中田野芊芊青草上那晶莹的露珠，闪耀着太阳的光彩。比如他的小说，散文语言多是凝结着蓝色的加长咏叹调，厚重如西安城里那青砖垒成的城墙，秋风里落日筚篥声渐起，一种沉郁的美感使人沉醉。

陈忠实的散文题材多选自关中平原区域（他生身之地白鹿原），所以，他的散文无论怎样去写，无不氤氲着浓厚的传统主流文化气场。西安是十三朝古都，也是儒家学说真正得到发扬的地方，且不说董仲舒在汉代主张“罢黜百家，独尊儒术”，就是在宋代，关中也产生了伟大的哲学家张载，并以他的学说为主形成了影响极大的关学学派。关学学派的内核认为世界是物质的，是气的化成，这就给儒家思想找到了一个安身立命的坚实基础，并在这个基础上发扬光大了儒家思想。张载不是空谈理论的书生，他除了设帐授徒，还身体力行，在家乡眉县横渠镇附近推行自己的土地主张。到了明代，关学继续得到承继，冯从吾等创办关中书院，就以弘扬关学为目的。关学实质是儒家思想在新的历史时期的发展，也是以朱熹为首形成新儒学的主体部分之一。所以，不管是关中的城镇还是边远的乡村，其主流思想仍是儒家思想，承载它的不仅有高雅文化还有世俗文化，至今仍然影响着关中乡村的风俗人情。陈忠实对关中乡村阅世极深，在其作品里或隐或明地体现着这种思想价值，这也是陈忠实散文厚实深邃的主要因素。

## 高洪波的散文

高洪波（1951— ），内蒙古人。他的散文虽说没有王蒙的深刻幽默，却有水墨画般的诗情；虽说未曾飘逸出余秋雨浓厚的书卷气，却清澄如同野涧泉水；虽说不是贾平凹的婉约古韵，却不乏一腔柔情稚趣横生。其实呢，高洪波的散文就是高洪波的散文，他有他的姿颜和芳芬，一支织锦绣带般的笔，营建了他的散文天地。

高洪波散文写作"悟"的"契机"是接触了散文大师丰子恺的著作，他在《波斯猫·后记》中说："被这位佛教居士平实亲切的文笔所吸引，又被他洋溢着的童心所感召"，因此高洪波本来写诗写评论的笔，忽而转向广袤的散文天地，而且来得不同凡响，至今有《波斯猫》《文坛走笔》《高洪波军旅散文选》《司马台的砖》《人生趣谈》《为二十一世纪祈祷》《柳桃花》《避斋走笔》《高洪波散文选》等著作。

高洪波的散文具有怎样的艺术特征呢？其一是意象的拼贴；意象是中国古典文论中经常涉及的美学概念，实质是作家渗透在作品里的主观情感和作家借以表达这种情感的自然景物和社会生活形象。高洪波的散文不同于一般的地方，是他巧妙地在作品里进行意象的拼贴，拓展了散文的思想和艺术空间。例如，《书缘》写酷爱读书的自我的同时，也交错地写了胡干事、老黄的关于书的故事；《小路》主写黄山天都峰上的路，也写了北戴河海边的黄沙小路、瑞丽的边防小路等。其二是稚趣横生。记得有一位老作家说他是一个"长不大的孩子"。这其实是道出了作家的审美倾向问题，至少他在散文写作中表现出了稚趣横生的“童心”，并以“童心”去感受生活、判断生活，写出了社会生活里的人情美、景物美，这在《灯光球场》《陀螺》等篇什里都有体现。高洪波很是崇敬丰子恺，而丰子恺的散文就充满了稚趣，这是一种美学境界。《缘缘堂随笔》即是明证。高洪波得其文艺“三昧”。

高洪波也有不少描写自然景观的散文，如《石林拾叶》《纳木错之旅》《大峡谷》《猫眼蝶》《寿头星》《快活林》及镜泊湖系列散记，在艺术上，也都呈现出意象拼贴的特征，也都是以稚趣的心灵去感触、去抒写自然景观，达到了物我合一、物为我用的艺术层次。

## 贾平凹的散文

贾平凹（1952—　），陕西丹凤人。他创作了数以百万计文字的散文，出版了为数甚多的散文集，影响比较大的有：《月迹》《爱的踪迹》《心迹》《平凹游记选》《商州三录》《人迹》《抱散集》《坐佛》《守顽地》《四十岁说》《邻家少妇》《自在独行》《万物有灵》《天气》《贾平凹散文选集》《贾平凹散文自选集》《贾平凹散文大系》（3卷）等作品。

有评论家说：“与写小说相比，写散文似乎更能见出贾平凹的才情和艺术素质。他的散文确实写出了特色，写出了个性，在全国能自成一家。”（费秉勋《贾平凹论·论贾平凹的散文》）——此话不错，道出了贾平凹散文的真实性。贾平凹的才情，在他的散文里，得到了充分的挥洒和表现。他的散文精品《丑石》曾被选进中学语文教材。

贾平凹的散文皆有深情。他认为，“散文的兴衰是情的存亡的历史。散文是人人皆可做得，但不是时时便可做得；是情种的艺术，纯，痴，一切不需掩饰；甚至暴露、解剖自己，也是成功的一条秘诀。”（《平凹文论集·关于散文的日记》）

贾平凹的散文散发着人间烟火的气息，注重日常生活。亦如他的告诫："请不要在名山上做文章，请不要在胜景上做文章，你到日常生活中去吧，让日常生活走进散文中来。真文才是新文，新文才是奇文。"（《散文就是散文》）他强调："散文更重要的还是细节，甚至比小说来得更精，来得更纯。"

贾平凹的散文继承了传统散文的优点。"以中国传统的美的表现方法，真实地表达现代中国人的生活和情绪。"这是贾平凹 1982 年在《"卧虎"说》中写到的。

贾平凹的散文多是叙事记人，写景状物，游记感想，得天理地趣及人韵之妙。他写散文流泻的是真情，如《一棵小桃树》，他的灵魂在与小桃树对话：

> 啊，小桃树啊！我该怎么感激你，你到底还有一朵花呢，明日一早，你会开吗？你开的是灼灼的吗？香香的吗？我亲爱的，你那花是会开得美的，而且会孕出一个桃儿来的，我还叫你是我的梦的精灵儿，对吗？

在《相思》里，他写一位妻子思念远在大西北勘探队的丈夫，精心做了一个小竹盒子，装一只蟋蟀，送给丈夫，而丈夫的贴身衣服便永远怀揣着小竹盒，听那蟋蟀在歌唱……贾平凹写到这里，情不自禁地把无限的感情融合在笔墨里，描绘出动人的情景：

> 啊，你是梦见了你的妻子吗？梦见了你的儿子吗？在这么深的夜里，月光静泻，风儿没有起，狗儿没有咬，你的妻子打着灯笼正站在竹园边上，你的儿子，蹑手蹑脚进了竹园，竹叶上的露珠滑下来，落在他的头上，他穿着一身雪白的衣服，像一个幽灵，往竹丛

里走。立即，无数的黑点溅满了他的全身，他快活地大叫，你的妻子就跑来，用一只玻璃杯子，对着那白衣上的黑点一罩，黑点便弹进去，一只黄蛉就捉在儿子手中拎着的土瓷罐里了。

贾平凹的散文充满了哲理，在《弦》里，他这样写道：

四邻的人家都觉得稀奇，来院里静听，但什么声音也没有，就嗤之一笑了：

“画观色，琴听音；这无弦无音之琴，有什么可听的呢？”

我说：

“叩寂寞而求音，无声而声自在；今夜地上无月，光亮不是这么弥漫吗？”

“地上光亮，而月在天上，哑琴有声，弦在何处呢？”

“以情观月情满月，弦外有音弦在心。”

文末流露出满满的禅意。而《独白》里的结尾更是如此，引人深思：

幽幽的寺院里，我似乎听见了僧问法老：古镜如何打磨光亮？法老说：古镜不打磨自亮。

而《羊城吃语》里却又有古典哲学《易》的意味：

我大惊，忙求道：“大师能不能为我打开天目穴呢？”

气功师笑而不答，却说：“南方属火，你是金形人。炉中火，沙中金，功夫到，丹鼎成。”

我说：“这么说，去年我浮躁，去柳州谒柳宗元，今年心烦，应该是来拜琼州苏东坡了？”

气功师则说：“无火不成器，火大器却销，你说呢？”

贾平凹的散文善于抓住生活细节来表现人物的特点。例如，他写王愚（著名文学评论家）——平日里嗜烟、豪饮，别有情趣：

五十岁上知道了天命，却性情极尽放纵，嗜雪茄，烟瘾惊人，晚上睡在被窝了要吸一支，夜间小解又吸一支，黎明睁眼再吸一支方能穿衣。家中养有盆景，花叶蔫软，烟雾一起竟也焕然美艳。见酒豪饮，饮之辄醉，东倒西歪却从来拒绝人扶，无论距家多远却能于车水马龙的街上步行而归，且沿途纠正店铺门面上的错别字。

写王愚为人的潇洒：

相传着他在京同人游大栅栏，吸烟没火，却不愿与路人对烟蒂，就去商店买打火机，一枚四十五元，同伴说贵，他还是买了。行到东四，打火机出了毛病打不出火，一扬手又扔到垃圾桶去。同伴直呼可惜，王愚说：“人不要为物累。”

他的《商州三录》把这方山水的峻山秀水风土民俗移植于纸上，具有原始的美，野味的美。例如，《商州初录·黑龙口》里写商州人的纯朴憨厚却又不乏细密之处：

天黑了，主人会让旅人睡在炕上，媳妇会抱一床新被子，换了被头，换了枕巾。只说人家年轻夫妇要到另外的地方去睡了，但关了门，主人脱鞋上了炕，媳妇也脱鞋上了炕，只是主人睡在中间，作了界墙而已。刚睡下，或许炕头上的喇叭就响了，要么是叫主人去开分地包产会，要么是主人去开党员生活会，主人起来了，窸窸窣窣地穿衣服，末了把油灯点着。他要出门，旅人也醒了，赶忙就起来穿衣。主人说："睡你的，我开完会就回来。"旅人肯定要说出什么话，主人用眼光制止了。

"你是学过习的？"主人要这么说。

"学过习的？"旅人疑惑不解。

主人便将一条扁担放在炕中间。旅人明白了，闭了眼睛睡觉。那灯耀得睡不着，媳妇不去吹，他也不敢动身去吹，灯光下，媳妇看着他，眼睛活得要说话……主人回来了，看看炕上的扁担，看看旅人，就端了一碗凉水来让你喝。你喝了，他放心了你，拿了酒又让你喝，说你真是学过习的人。你若不喝，说你必是有对不起人的事，一顿好打，赶到门外，你那放在炕上的行李就休想再带走……

如此文字，读来令人忍俊不禁。他的语言很美，是纯粹的汉语艺术。绝妙之处是他把动词用活了、用神了。例如，《桃冲》里的一段文字：

儿子水中的功夫似乎比老子更高一着，不用铁丝，船只也可自由往来。不管刮风下雨，不论白日黑夜，这边岸上有人吆喝，船便开动了，汩汩地从桃花丛里推出船，一篙点地，船就箭一般嗖嗖而去。

这里的"开""推""点"都用得恰到好处，增强了文章的艺术感染力。《在米脂》也是这样的：

山坡下是一孔一孔窑洞，窑里放着油得光亮的门箱，窑窗上贴着花鸟剪纸，窑门上吊着印花布帘，羊儿在崖畔上啃草，鸡儿在场埝上觅食。从门前小路上下去，一拐一拐，到了河里，河水很清，里边印着丝纹的石子，有银鳞的小鱼，还有蝌蚪，黑得像眼珠子。少女们来洗衣，一块石板，是她们一席福地。衣服艳极了，晾在草地上，于是，这条河沟就全照亮了。

散文传统的写法有“烘云托月法”“云罩峰尖法”“背面敷粉法”等，贾平凹深得其中的奥妙，运用自如，例如，他写陕北少男少女的爱恋：

姑娘有姑娘的意中人，眼波只属于清风，只属于他。他是后山的后生，十八或者二十岁，每天要从这里路过去县上赶脚。进得店来，看见她，粗茶淡饭也香，喝口凉水也甜，常常饥着而来，呆会便走，不吃不喝也就饱了。她给他擀面，擀得白纸一张，切面，刀案齐响，下到锅里莲花转，捞到碗里一窝丝。她一回头，他正看她，给她一笑，她想回他个笑，但她却变了脸。他低了头，连脖子都红了，却看见了桌布下她露出的两只鞋尖。她看出他的意思了，却更冷了脸儿，饭端上来，偏不拿筷子。他问；她说：“在筷笼，你没长手？”他凉了心，吃得没味，出去了。她得意地笑，终又恨他，骂他“孱头”。

这里便用了“两山对峙法”，来刻画这对恋人，再用“层峦叠翠法”反复渲染他们之间微妙细腻的情感变化。虽然没有欧美文学那样大段大段的心理意识描写，却将人物的心理活动用行为细节渲染了出来。

读贾平凹的散文，使人陡生这样的感觉：“藏蕴满怀风与月，吐谈万卷曲和诗”——他的古典文学素养甚厚，而又善于在“意”上得其神，因而，他的散文似水墨画，又似幽兰生深谷，进入中国散文的艺术大境界里了。孙犁先生在 1981 年 5 月 15 日致贾平凹的信里说："你的散文的写法，读书的路子，我以为都很好，要写中国式的散文……"——这里提出的"中国式的散文"，就是指传统的民族风格鲜明的散文，贾平凹的散文，就是"中国式的散文"中优秀翘楚之作。

贾平凹非常讲究文章的虚实，对此，他亦有深刻的艺术体味："山石是坚实的，山中的云是空虚的，坚实与空虚的结合，使山更加雄壮；山石是庄重的，山中的水是灵活的，庄重和灵活的结合，使山更加丰富。明月照在山巅，山巅去愚顽而生灵气；明月照在山沟，山沟空白而包含了内容。这个时候，我便又想起了我的创作，悟出许许多多不可言传的意会。"（《山石、明月和美中的我》）虚实相间，是散文活起来的好笔法。

纵观贾平凹的散文，前期即近于明代"性灵派"和"公安派"的散文风格，以后风格趋向浑厚而又有独创，除了善于对日常生活理趣的挖掘，还善于把人间的幽默情趣展示出来，反映了人性之美；他的散文写景妙在模山范水不留痕迹，又能把自己的审美情趣轻松自然地投射注入，天地与人性和谐一体，如诗如画，流动飘逸，加之具有佛、道思想底色，构成自己独特的散文世界。

## 李敬泽的散文

李敬泽（1964—　），祖籍山西芮城。新时代优秀的具有创新意义的散文家。他突破了传统的散文艺术格局，开辟了散文新天地。他的散文不落"窠臼"——打开了散文文体的疆域，把记人与叙事、议论与哲理、抒情与感悟、时事与历史等全部纳入笔下，构成具有自己独有风格的散文艺术。这从他的散文集《咏而归》中得到鲜明的体现，例如《中国精神的关键时刻》《风之著作权》《《孔门弟子做好事》《当孟子遇见理想主义者》《关于宋襄公，一种想象及种种问题》《伍子胥的眼》《阿房宫，一大烂尾楼也》等篇目，就可略见一斑。还有他的《青鸟故事集》也是如此，其中有对利玛、万历皇帝、清少纳言、穷波斯、布谢的银树、抹香鲸、沉水香等人物和事物的重新考据，加入了作者对当时场景的想象——有评论家说，“李敬泽在真实和虚拟的历史真相中间制造出了一个设谜和解谜的局。整本书对于历史故事的解读”，“充满了考古学和博物学式的智力趣味”——写散文，不仅需要扎实的历史文化知识，还要有理性敏锐的分析能力以及丰富的想象力，李敬泽的散文实践，充分说明了这点。

最为欣赏《〈黍离〉——它的作者，这伟大的正典诗人》，从《诗经·王风》首篇《黍离》写起，起篇突兀而来：“汉语绝顶之诗中，必有《黍离》”，接着介绍了《黍离》写作的时代背景与文本流传的简短历史，然后，横起波澜，从《诗经》到《史记》中所叙述的“黍离”的故事，一路逶迤写将下去，旁征博引，如诗如歌，如山风穿林，如清溪过涧，最终与《黍离》的作者在关中大地相遇……其中关于“黍”的考证至少使人明白“黍”与“稷”的根源——这是了不起的植物考古，千百年来，人们对“黍”与“稷”分辨不清楚，而在李敬泽的笔下终于彻底说明白了，他的结论是：“黍”与“稷”，“还是黄米与小米、黍子与谷子”——通俗点说，以我的理解，黄米就是“糜子”，也就是“黍”；而“稷”就是“谷子”即“小米”——我曾经追踪过“五谷”的来历，至此才算知道了这两者的区别。

在李敬泽的散文里，总能感觉到一股“气”，这种“气”到底是什么呢？在我看来，这就是作者的思想感情或者要在文中表达的理念——唐代哲学家李翱在《答朱载言书》里谈到为文之道时说：“理辩则气直，气直则辞盛，辞盛则文工”，这句话是说，思想内容充实是散文之美的重要根源，也表达了写好散文的首要条件是要有思想的力量，有了思想的力量语言就有了质地，有了质地的语言就会写出优秀的散文。再者，李敬泽曾经说过很是欣赏胡风先生提倡的“主观战斗精神”——这种精神，实质上也是强调文章的思想力量，体现到散文写作里，好像就是“豪气”，就是一往无前的“磅礴之气”，也就是说，在散文写作上，一切的一切，在这股气的运作下，都在作者的笔下被驱动起来了，天上、地下，历史、往事以及世界上与主题写作有关的事物，都围绕着这支笔在旋转、在运动，完美地构造出浑然一体的优美艺术篇什。

李敬泽的散文题材广泛，新近出版的《跑步集》很能体现出这个显著的艺术特点，有人指出这是星图般的“言谈”：

> 看看《跑步集》里包含的文本类型便知：文学演讲、作品序跋、访谈对话、问卷答题、活动致辞、人物印象记……当然，也有传统意义上的文学评论文章，但前述种种“杂类”文本中有很多篇也完全可以作为文学评论文章来读。至于内容，从时代总体经验到个体内心疑难、从文学史话到写作现场、从世界文学大师到国内文坛新秀、从“物”到“人”、从“他”到“我”……兴之所至，几乎无所不包。用作者自己的话来说，这是一本“杂拌儿集”。杂拌儿好吃，但不好定义。直接的后果之一便是难坏了出版社：《跑步集》版权页的分类信息里，一口气列了“世界文学”“文学评论”“文集”三项，可谓是“无远弗届”“有容乃大”了。
>
> ——李壮《星图般的“言谈”》(《光明日报》2021年12月25日)

李壮先生抓住了李敬泽《跑步集》的艺术特点，也抓住了他整体散文的艺术特点，真是的确之言。我觉得，他的散文一是回归了古典散文，二是不落“窠臼”，是对传统散文文体的超越。我国的古典散文，占据主流地位的是议论散文和史传散文，到了晚明山水散文才逐渐兴盛起来，而李敬泽的散文是承接了我国古典散文的美学风貌，具有先秦和两汉的艺术气象；另外，他把散文引入一个完全崭新的境界——他的散文有史有传，有考据有议论，当然也不乏叙事和抒情，而能把这些很完好地糅合在一起，写出神完气足的散文作品，这样的作家，在当下来说还是非常“稀缺”的，令人眼前一新。

散文，这是一个包容性非常广阔的文体，既有描写景物与抒情的艺术表现，也有类似李敬泽这样的写法，而且，当散文写到一定境界的时候，会不由自主地脱离原来的审美定式或者说艺术轨道，而进入另外一个新天地。这个新天地不再是风花雪月，也不再是闲情逸致古色古香的怀旧之思，而是把艺术的视野放大到整个世界和整个当代思想潮流，触及社会生活和文学的本质，触及整个社会工业化进程带来的生态问题和人类的伦理道德问题，还有文学如何适应新时代以及文学应该走向怎样的路径——这些问题，应该是散文应该反映的题材和表现的内容。当然，散文不是社会科学或者历史考据论文，但是，散文的艺术性决定了散文是一个受众广泛的文体，也是一个通过柔性的文字表现出以上问题，给阅读者以深沉的理性的启迪与心灵的撞击。这也许比社会科学论文的阅读影响要大得多，人们也容易接受——在一个需要提倡理性与倡扬思想的社会时代，散文肩上担负的艺术使命不仅仅是审美，更重要的是提升人类的思想境界与洗涤人类的灵魂。在这个意义上李敬泽的散文写作也恰好成为最好的印证。

李敬泽回归古典和充满了“主观战斗精神”的散文，是新时代散文走向新途径、开辟新视野的标志，是呈现出另外一种美学风格的大散文和新散文。

# 红孩的散文

红孩（1967— ），出生于北京。是新时代具有影响的散文家，目前已经出版了《东渡东渡》《女人的荷》《唤声姐姐叫萧红》《父亲的农民帝国》等作品集。著名散文家周明先生总结红孩散文的艺术特征是：

> 第一，语言平白朴素，接地气，绝少四六句那种装腔作势和晦涩难懂的词句；第二，作品感情充沛，有鲜明的情感指向；第三，视野开阔，涉猎题材丰富；第四，作品有自己的意境追求，哲学思辨色彩很浓；第五，长于叙事，特别注重细节的发掘和提升；第六，坚持现实生活创作，兼有浪漫主义情怀，思维具有现代性；第七，写作技巧娴熟，神形统一，善于从小说、美术等方面借鉴，结尾常有出人意料之笔；第八，具有平民情怀，眼睛向下，自觉做到为时代而歌，为人民立传，不断向社会传递温暖向上的正能量。
>
> ——《红孩的散文世界》(《美文》2018 年第 11 期）

周明先生从红孩散文的语言、感情、题材、意境、形神等八个方面，有力地概括出了其散文的艺术写作风貌，确实很有见地。然而，在我看来，红孩的散文继承了我国古典散文和现代及当代散文的优秀传统，沿着这条路径努力笔耕着自己的散文园地，成为新时代散文的“一个符号”。

重要的是，红孩是散文界敢于说真话的散文批评家。对于批评家而言，鲁迅先生早就告诫道：“必须要有真切的批评”，而“真切的批评”，至少是敢于说真话，说真话也就是“好处说好，坏处说坏”，这样才能于“作者有益”。说真话，是批评家进行文艺批评的底线。可惜的是，这条底线对现今的一些所谓的批评家早就成为“奢侈”的期望。有段时间，有人对我国当代著名散文家杨朔提出了种种质疑，认为杨朔的散文是“做”出来的，带有“虚假”的色彩，没有真实反映当时的社会现实，企图否定杨朔的散文成就。红孩决然不会应和此种观点，他在《散文的诗与志》里，明确指出：“杨朔的散文，几乎影响了中国当代散文的整个走向”，接着说：“就散文的诗与志而言，我觉得杨朔和朱自清的散文在诗性的发挥上都到了极致。杨朔在谈到散文创作时曾说过，他是要把散文当作诗来写的。这里的诗不仅是语言的美，也包括感情的抒发和文章意境的提升。正是由于杨朔有着这样的散文创作理念，因此在他的散文创作上其选择题材和感情抒发往往引领那个时代”——这样的批评论断是正确的。杨朔确实是“引领”了那个时代的散文创作，表现出强烈的时代精神。敢于鲜明而又坚定地表明自己的散文艺术观点，使得红孩的散文批评有了“风骨”和战斗的“精神”。还有，他对一些所谓的“采风”散文，也提出了自己的看法，认为在短短的时间里，作者未曾经过深思熟虑的艺术思考就匆忙下笔，注定写不出好的散文作品。红孩关于散文批评的文章，大致收录在《红孩谈散文》这部著作里。

红孩并非只是在散文理论上表述自己的美学体悟，他也十分注意运用先进的文学理论来进行研究和分析。记得前些年，红孩曾经出版过《铁凝散文精品赏析》，这是一部从欧美新批评的文学研究角度，特别是运用文本细读的方法来解读和评价铁凝的散文，取得了很好的艺术效应。

红孩对铁凝散文的文本细读，是通过研究艺术个案，来探索和寻找出散文发展的美学规律。他在这部书里，成功地运用新批评文本细读的方法，紧紧扣住铁凝散文优美的意象，从不同的角度和层面，诠释出铁凝散文的艺术特质，这就是：着意于表现高尚透明的人格和纯净的灵魂以及诗意的生活，无论是对人性的纯美刻画还是把人性深处的善良通过生活的细节不经意地表达出来，编织成绝美典雅、平淡悠远的散文艺术世界。同时在对铁凝散文的美学解读与诠释的过程中，提炼出自己的散文理论观点。

写出思想深邃和意境优美的散文，需要作者具有深厚的历史文化、哲学等人文知识。有小说家、有戏剧家和诗人，然而，没有单纯的散文家，能把散文写到精美程度的作者，其身份必定是“别具一格”的人，散文只是其思想和情感的诗情画意的流露而已，红孩属于这种“双栖”型散文家。

## 结语

新中国成立后的前 17 年的散文家还有魏巍、李健吾、碧野、何为、荒煤、魏钢焰……这些大家，继承了现代文学的优秀传统，紧扣时代脉搏，或黄钟大吕，或柳笛信吹，反映了社会现实生活，歌颂真善美，反映了祖国日新月异的变化和各条战线上涌现出来的新人形象，为中国文学贡献了自己卓越的艺术才华，留下了灿烂的散文篇章。

我国改革开放和新时代的散文，是继中国现代散文之后的第二个繁荣时期。中国现代散文经过沉寂与积累，喷发于新时期是散文的发展规律所致，也是政治清明的社会环境所促成的。

改革开放时期有影响的散文家，还有一些跨越现代、当代的老作家，如黄裳、袁鹰、季羡林、碧野等，新时代的散文家如刘成章、祝勇、刘亮程、合谷、朱鸿、史小溪等各自都以自己精彩纷呈的作品，为这一时期的散文繁荣做出了巨大的贡献。

纵观中国改革开放和新时代的散文发展历程来看，确实是风格各异，流派纷呈，光彩夺目，灿烂辉煌。正如韩小蕙所论述的：“散文的写作可以分为四个境界，一靠个人才气灵动地写，此以天分取胜；二靠独特的人生经历直抒胸臆地写，此以真情取胜；三靠深刻的思索研究智慧地写，此以思辨取胜；四靠渊博的学识形而上地写，此以书卷气取胜。能达到以书卷气取胜者，才是大家。”（《新时期散文名家自选·太阳对着散文微笑》）——不论怎样取胜，总之，在这一片繁茂的散文天地里，琳琅满目，美不胜收。

# 中国当代女性散文

中国改革开放和新时代的女性散文是相当活跃的，形成了阵容强大的群体。著名散文评论家韩小蕙指出：这些女散文家经历了改革开放和新时代，现实生活“给了她们一种独特的对世界和人生的体悟，使她们丰富的内心世界抑制不住地要倾诉，于是就有了一篇又一篇饱蘸着真诚与希望，冲击力极强的散文”（《女性散文与散文变革》）。这个论断和汪曾祺先生相一致。

女性散文之所以空前发达，是因为“当历史的脚步到20世纪70年代末期，特别是进入20世纪80年代，散文终于经过长期的徘徊与停滞状态，出现了真正的转机：思想个性的解放，封闭状态的打破，艺术视野的扩大，促进着散文观念与写法上的变革，致使20世纪80年代以来的女子美文创作出现了‘五四’以来，20世纪散文史上的第二次繁荣”（余树森《中国现当代散文研究·80年代女性散文之艺术品格》）。是的，女性散文的繁荣，标志着中国社会前进的历史进程，更标志着中国当代文学发展的辉煌。

## 宗璞的散文

宗璞（1928—　），出生于北京。是新时期有影响的女散文家，她的主要散文作品有《宗璞散文选集》《紫藤萝瀑布》《丁香结》《铁箫人语》等。

孙犁先生在谈到宗璞的小说《鲁鲁》时说道："一、作者的深厚的文学素养；二、严谨沉潜的创作风度；三、优美的无懈可击的文学语言。"其实，这可以看作对宗璞散文的评价。宗璞长期从事外国文学研究，又有深厚的中国古典文学功底，因此，反映到文学创作上，除去别的暂且不说，仅就语言来讲，非常优美，还是用孙犁的评价来说明："宗璞的文字，明朗而有含蓄，流畅而有余韵，于细腻之中，注意调节。每一句的组织，无文法的疏略，每一段的组织，无浪费或蔓枝。可以说字字锤炼，句句经营。"又说："宗璞的语言，出自作品的内容，出自生活。她吸取了外国语言一些长处，绝不显得生硬，而且很自然。她的语言，也不是标新立异，是在前人的基础之上，有所创造，有所发展。我们不妨把'五四'时代女作家的作品，逐篇阅读，我们会发现，宗璞的语言，较之黄、凌、冯、谢，已经有了很大的不同，也就是有了很大的发展。"（《人的呼喊》）这样的话是对宗璞文学语言的准确而极高的推崇，殊为不易！

宗璞继承了五四散文乃至中国古典散文的优秀传统，表现在艺术风格上，则是典雅秀丽，委婉浓烈，意象鲜明，近趋于炉火纯青的境界。她的散文品类有游记、抒情写景、人物叙事、域外风光及文化随笔等。

宗璞的游记，"重视客观对象的精微体察，描摹真切，情感内敛，语言简约隽永，尽量使你在客观的对象中，自然而然地产生审美的愉悦。"（陈素琰《宗璞散文选集·序言》）例如，《西湖漫笔》中写灵隐的"绿"：

> 雨中去访灵隐，一下车，只觉得绿意扑眼而来。道旁古木参天，苍翠欲滴，似乎飘着的雨丝儿也都是绿的。飞来峰上层层叠叠的树木，有的绿得发黑，深极了，浓极了；有的绿得发蓝，浅极了，亮极了；峰下蜿蜒的小径，布满青苔，直绿到石头缝里。在冷泉亭上小坐，真觉得遍体生凉，心旷神怡。

这段关于绿的描写，和朱自清先生的《梅雨潭的绿》有异曲同工之妙：朱自清笔下的绿是"少妇的裙幅""温润的碧玉"，是更多具有静态的绿；而宗璞的绿是动态的绿，是变换视觉的有层次的绿，绿得使文字有了活力。她的艺术想象力和文字表达能力很强，给人强烈的艺术感染，例如，《紫藤萝瀑布》写藤萝，先写概观：

从未见过开得这样盛的藤萝，只见一片辉煌的淡紫色，像一条瀑布，从空中垂下，不见其发端，也不见其终极，只是深深浅浅的紫，仿佛在流动，在欢笑，在不停地生长。紫色的大条幅上，泛着点点银光，就像迸溅的水花。仔细看时，才知那是每一朵紫花中最浅淡的部分，在和阳光互相挑逗。

接着再写细微之处：

每一穗花都是上面的盛开，下面的待放。颜色便上浅下深，好像那紫色沉淀下来了，沉淀在最嫩最小的花苞里。每一朵盛开的花像是一个张满了的小小的帆，帆下带着尖底的舱。船舱鼓鼓的，又像一个忍俊不禁的笑容，就要绽开似的。

从整体到局部这样来描写，如同画家的大写意与工笔相结合，描绘了这样一架繁茂的紫藤萝。

宗璞的父亲是著名的哲学家冯友兰先生，她自少年时代至今，所熟悉的是书卷生活，熟悉的是燕园环境，因之，她的散文不能不写到这些，《燕园石寻》《燕园树寻》《燕园碑寻》《燕园墓寻》《燕园桥寻》等皆是这类作品。这类作品大都写得优美纯净，浸透着文化气氛，于抒情之中包涵着哲理。例如，她写燕园的桥：

燕园北部镜春、郎润两园水面多，也有几个石板桥，印象中似乎特色不显著。这一带较有野趣，用石板平桥正可取。记得一年夏间，随意散步过来，过几处石桥，见两园交界处，数家民房，绿荫掩映，真有点江南小镇的风光。

曾见一个陌生人在曲折的水湾旁问路，人们指点说，前面有桥，有桥连着呢。

她的文字疏密有度，意象丰富，平淡而自然，却蕴含着动人的诗情画意。

宗璞的散文写人，最能摄其精神，尽力描写“传神阿堵”之处，有呼之欲出，栩栩如生的艺术效应，她的《心的嘱托》，写她的父亲冯友兰先生逝离人世的情景，这位哲学家以“存，吾顺事；殁，吾宁矣”（张载《西铭》）的人生态度对待生死，豁达洞彻，使人肃然起敬。《三松堂断忆》是对冯友兰先生晚年生活的深彻追念，在文章中，她是这样刻画父亲的：

父亲的呆气里有儒家的伟大精神，“天行健，君子以自强不息”，自强不息到“知其不可而为之”的地步；父亲的仙气里又有道家的豁达洒脱。秉此二气，他穿越了在苦难中奋斗的中国的二十世纪。他的一生便是二十世纪中国文化的一个篇章。

而在《花朝节的纪念》《哭小弟》等篇什里，纪念慈爱的母亲和英年早逝的弟弟，还有《霞落燕园》记叙北大著名学者汤用彤先生、饶毓泰先生、魏建功先生、冯定先生、朱光潜先生、王力先生先后谢世的情景，也许是经历了太多的悲欢离合，宗璞把无限深情凝结在自己的文字之中：

他们都是一缕光辉的霞彩，又组成了绚烂的大片云锦，照耀过又消失，像万物消长一样。霞彩天天消去，但是次日还会生出。在东方，也在西方，还在青年学子的双颊上。

这样的描写，深有龚自珍曾云："落红不是无情物，化作春泥更护花"的诗意与哲理。宗璞散文还善于以物寓意，借物写人，她的《水仙辞》，以写水仙花为起由，却写了故友陈澄莱，文中两条线索交织进行，到末尾收束起来，水到渠成，并激荡起情感的浪花："尽管她希望住在遗忘之乡，我知道记住她的不只我一人。我不只记住她那永诀的笑容，也记住要管好眼前的水仙花。换水，洗石子，用红带拢住那从清水中长起来的叶茎。"在这里把人与物统一了起来，以满眼生机的水仙，寄托作者对故友绵远的回忆。

宗璞的散文，飘逸着书卷的清香，思想意境显豁晴朗，文字优美典雅，达到了很高的美学境界。

## 张洁的散文

张洁（1937—2022），出生于北京。她的小说创作给她带来了巨大的文学声誉，而散文则也是独具风格，深受人们的喜爱，有《一个中国女人在欧洲》《你是我灵魂上的朋友》《阑珊集》《世界上最疼我的那个人去了》，散文随笔集《何必当初》《无字我心》等散文著作。

张洁的散文，飘逸着白桦林地里苦艾的清香淡韵，蕴含着淡淡的哀愁与惆怅。例如，《挖荠菜》写得很精彩，这主要表现在两个方面：一是对少女心理的描摹真实准确；二是文字秀丽典雅又涌动着不可遏止的激情。例如，写乡村田野日暮时分：

太阳落山了，琥珀色的晚霞也渐渐从天边退去。远处，庙寺里的钟声在薄暮中响起来了，那钟声缭绕耳际，久久、久久不能淡去；羊儿咩咩地叫着，放羊的孩子赶着羊群回家去了；家家茅屋顶上，升起了缕缕炊烟，飘飘袅袅，薄了、淡了、看不见了。就连一阵阵的乌鸦也都呱呱地叫着回巢去了。

她抓住乡村生活中几个典型的事物："庙寺""羊叫声""炊烟""乌鸦"等，渲染出日暮时分的冷落萧条，甚至流露出一种无奈的神秘感，令人产生了许多生活联想。

张洁的散文，清新而意象鲜明，描写细腻，情感厚绵，语言明媚，她的《想起五月的那个下午，掷进特莱维喷泉的一枚银币……》里，写景抒情甚为佳妙：

从提图斯拱门向外而去，浓郁的意大利半岛在蒸腾的地气里起起伏伏，有一种遥远的，恍惚的哀伤。似有一匹坐骑从远处驰来，它的红鬃在阳光下流火一般的飞扬，它的铁蹄叩击着卡皮托里诺山大道衰老的胸膛，卡皮托里诺山大道黏稠的黑血开始汹涌沸腾。它在凯撒祭坛的遗址前猛然扬起前蹄，向天而立，发出急迫而迷茫的嘶鸣……那是当年临时搭起的柴堆，火烧凯撒遗体的地方。

残壁下，墙角里，一朵火红的罂粟在轻颤。

张洁的散文，还有一部分是感时感事而写，如《潇洒稀粥》《社会主义老哥们儿》《醉也难不醉也难》等作品便是。她的记人散文也别具一格，如《始信万籁俱缘生》《心如明镜台》《你是我灵魂上的朋友》等，其《我的四季》曾入选江苏出版社的语文教材。

## 黄一鸾的散文

黄一鸾（1948— ），四川成都人。有《勿忘我主》《独自从容》等散文作品。她从传统散文的写景状物言情的写作思维中挣脱出来，给散文注入了新的生命意识，带有新的现代意识及当代人的审美特点，真诚坦率地向世界道出了自己对社会人生的全部思索，因此，她的散文内容丰厚，内涵深刻，呈现出新的艺术风貌。

黄一鸾把散文创作视为生命的零件，她说："我们最多只能用一种特殊一点的心情或笔切割下来一点点我们过分匆忙的生命零件，那些零件散发着我们各自零星的生命气息：希望迷惘欢喜忧伤前行放弃。零散而难成体系；但构成生命，且只能构成生命。"（《新散文十二家代表作》）

她的散文，具有先锋意识，语言表面看来甚是散漫，好像是敲碎的金属片，闪着深沉的光泽，却又依据自身的内部结构反映主题，读来令人耳目一新。在《废墟的记忆》里，写德国的都市西柏林：

> 它像一头被围在木笼或是栅栏里的羚羊，喘过了那口气，仍是活蹦乱跳的。西柏林！

起笔不凡，接着以动态的意象来写西柏林城市的街景：

> 幽绿的施伯列河，悄悄穿越这个被围栏隔绝的城市，显得深沉而宁静。水面上闻不到一丝硝烟的气息，只闻到河边的树林和房屋阳台上飘来的花叶香。如梭的车流，如网的街道，像旺盛发达的血脉，突突跳动。霓虹灯闭目养神，却也在白日的细雨中竟发出朦胧

的光亮。四十年，是很久了吗？记忆忘却了生活，还是生活忘却了记忆？我不信它没有留下痕迹。是的，不信。我知道我在找什么。那儿——kudan大街的小广场上，矗立着一座被昔日战争炸去了尖顶的旧教堂……

黄一鸾的散文，在充满了哲学色彩的语言里，述说着自己的感念：

我失去你了，在一个瞬间。想不到只一瞬一个巨大的失去，就得以完成。从来没有设想过。不曾设想。这是一种奇怪的无知。有好长日子，巴赫的、柴可夫斯基的、海顿的曲子总在耳际缭绕。那是音乐，我对自己说。但是在那些旋律里我老是看见你。还有夜晚，有月和无月的夜晚，从纱窗飘进来的晚香玉的阵阵香气里。大哥说，我们是你生命的延续。我想我没有理由不懂这句话，可是的确我不懂。（《寄至何方》）

黄一鸾的散文把时空切割开来，又重新组合，使散文的结构显得均衡而富有节奏（这种节奏好像情感的起伏般），如《背面无风》，她把女友毛毛和13岁的女儿生活片段互相错位交叙，使文章的内涵丰富，显现出多信息的历史—社会生活，厚重而多彩。她的散文文字组合也很奇特，话语句式依情绪排列，在均衡中又突出了奇崛，例如：

是的我宁愿。我相信结局必定如此。但是必得这样去结局。假如那时候我还活着而且还爱你。

那么

或许再见

或许永别

就这样。(《极地》)

诗一般的语言，表达出作者内心的情感起伏，产生了强烈的艺术冲击力。她的散文给传统的散文带来了冲击，表现了现代社会生活的节奏，符合当代人的艺术欣赏特征。

## 苏叶的散文

苏叶（1949— ），江苏南京人。著有《总是难忘》《苏叶散文自选集》等散文集。

她的散文主体意识强烈，她的《只有扇子崖》写得情景交融，文体古典与现代交融，读来令人赏心悦目：

心思忤慢，所以，我登南天门，天门雾障不为我开。我去仙人桥，仙桥云乱不为我渡。东岳大帝不向我显圣，泰山老母也不为我超渡。只是舍身崖不怀好意地招我前往，那万仞深渊，黑风如簇，阴凄凄不是玩儿的。然而去那儿还早着点儿，既如此，我就做个快活子，与众人“随喜”吧。

笔触诙谐潇洒，又如她写崖顶风光，短句如诗如画，令人神往：

原来，这峥嵘的崖是不孤独的。深涧下，身背后，有山连绵，有峰座座。喊一声，便有四面回音；望一眼，就有万树回眸。青山如帐，白云似舟。乌鸦在脚底盘旋，苍松从腋下斜出。好风扑面，林涛送歌。纵目山下，汶河羞涩，弯曲中绕良田千顷：小米黄了，高粱红了，大葱绿了，棉花白了，花生鼓芭了，蜜桃的浆汁灌满了，小孩子牵着斜阳回家了……我的落寞随风散去，人，如烟了……

散文是情感的艺术，而女性散文尤长于表现自己细腻敏感的内心世界，苏叶亦是如此，她的《写给自己》便是倾诉胸臆的篇章：

……我怎能不用“坚强”遮盖我的软弱？我也无法不用“清醒”掩饰我的迷惘。我总是用“怡淡”浇熄我的追索，我用“安详”抑制我的痴狂。虽然只要一个温柔的眼神就会令我泪如雨下，虽然每天我都想展开翅膀，但是，上帝对我说：你的前生是一粒种籽，后世才能长成棵大树，今生今世你必须受苦。你就只能艰难地扎根，奋力地破土。于是我明白了我的选择，除了泰然承受，我别无出路。

这是现代人生存的尴尬之态，也是现代人不甘落后艰难奋进的行者形象。苏叶的笔揭示出这个内涵，显示出她的思想和艺术目光是多么敏锐和深沉。女性的特点是对具体生活事物的感受深刻，她们的散文常以这种对生活的感受为题，娓娓地写出或忧郁或明丽的情绪，苏叶的《车辚辚马萧萧》《去老舍茶馆》诸篇如是。适当的调侃，须要开朗的胸襟和出世的情操才能执笔为文，苏叶的《画饼娘闲话》，虽是“幽了自己一默”，何尝不是当今书生的真实写照呢？你看：

郑板桥画竹，汪士慎画梅花，一个比喻自己“咬定青山”，“千磨万劫”；一个是寓意自己“目盲心不盲”，“崩崖悬峭未全枯”。全都心性高洁。我是个俗人，连笔也拿不好，就在哄哄闹市做一个画饼的人算了。

苏叶是才华横溢的散文家，她的作品意象鲜明生动，想象瑰丽大胆，她的《太阳湖》简直是神来之笔，凌虚而生，妙语连珠：

> 静静地，湖，懂事地平伏了。任破碎的波光泱泱荡荡，却装出一份往日的悠闲，将那哀哀的伤痛，狠劲地，一下一下地，折进一重深比一重的涌痕中。
>
> 起程吧，太阳，把金焰从我的鳞片上一一剥去！
>
> 驾车吧，太阳，把彩光从我的羽衣上丝丝抽去！
>
> 飞奔吧，太阳，把湖的涓涓清凉，冽冽甘醇都收去！
>
> 太阳啊，你该泽被万物，辉映天地！
>
> 而太阳果真跃离湖上，那庄严的肩膀扛起了天棚，那酩酊的脚步趟起了大风，那擎火的巨擘将山林一撩而燃，将云霞一挥而红，那套着赤金豹的云车，铿然腾空……

苏叶的散文清秀如秋山，温润似玉，既有水墨小品的逸气，又有浓墨重彩的大写意，瑰丽而神奇。

## 张抗抗的散文

张抗抗（1950—　），浙江杭州人。以小说创作闻名于世，而她的散文也是新时期散文最重要的收获。著有《橄榄》《地球与人对话》《野味》《你对命运说：不》《恐惧的平衡》《牡丹的拒绝》《故乡在远方》《沙之聚》《沧浪之水》《风过无痕》《诗意的触摸》《在时间深处》《白色大鸟的故乡》《追述中的拷问》《汉语魔方》等30余部散文作品。

她认为，散文取材于自己的亲身经历和真情实感，随手拈来，信笔挥去，似对一个知心挚友娓娓倾诉剖析自己的灵魂，所以，无须杜撰，无须矫饰，只有缕缕愁绪，阵阵欢悦，从心里自由自在地流淌出来。因此，张抗抗的散文真挚意浓，又蕴含着哲理，具有思想深度。

她的《牡丹的拒绝》，写去洛阳观赏牡丹花的情景，却不写花团锦簇时的盛况，而着笔于牡丹孕苞未放前的孤傲之态：

> 然而，枝繁叶茂的满园绿色，却仅有零零落落的几处浅红、几点粉白。一丛丛半人高的牡丹植株之上，昂然挺起千头万头硕大饱满的牡丹花苞，个个形同仙桃，却是朱唇紧闭，洁齿轻咬，薄薄的花瓣层层相裹，透出一副傲慢的冷色，绝无开花的意思，偌大的一个牡丹王国，竟然是一片黯淡萧瑟的灰绿……

据说，当年的武则天由于牡丹不听她的调遣安排而被贬出京城，才移居洛阳的。这说明了牡丹“不苟且、不俯就、不妥协、不媚俗”，情操高尚，冰洁玉清。从中，张抗抗悟出了这个道理：

> 于是你在无言的遗憾中感悟到，富贵与高贵只是一字之差。同人一样，花儿也是有灵性、有品位之高低的。品位这东西为气为魂为筋骨为神韵只可意会。你叹服牡丹卓尔不群之姿，方知“品位”是多么容易被世人忽略或漠视的美。

张抗抗的散文，善于创造优美的情景，设置一个特定的艺术氛围，例如，她写故乡：

> 老家有翡翠般的小河，密密的甘蔗林和神秘幽静的榕树岛，夕阳西下时，我看见大翅长脖的白鹳灰鹳急急盘旋回巢，巨大的榕树林上空遮天蔽日，鸟声盈盈，那就是闻名于世的小鸟天堂。新会县世为葵乡，小河碧绿的水波上，一串串细长的小船满载清香弥漫的

葵叶，沉甸甸贴水而行，悠悠远去……

她的散文叙事与说理紧密结合，夹叙夹议，时有透彻精辟的话语。张抗抗的散文，传统的笔法较多，沿袭情—景—理互相交融的路数，表现明确的主题。

## 斯妤的散文

斯妤（1954— ），福建厦门人。出版的散文集有《女儿梦》《流放者》《爱情是风》《两种生活》《感觉与经历》《斯妤散文精选》等10余部著作。她说，“我近乎执拗地在散文这个小小的空间里着力耕耘，发愿要在它的内涵、形式、风格上有所拓展”——这是斯妤散文的艺术追求。

斯妤的散文带有先锋文学的色彩。勇敢地把笔触深入人的心灵深处，探寻自我，揭示人性与人生的本质，直逼人的精神世界。她的《并非梦幻》，描写自己流动的梦的意识。这是一个冷酷的“家庭”：母亲“闭着眼睛端坐高台，仍旧是满脸的疲倦与无奈”，弟兄们则是“或横眉怒目或吃吃冷笑或不屑一顾”——他们一齐来对付“我”。而“我”“知道自己不是骗子也不是不肖子孙。我也知道当母亲昏睡兄弟迷狂时我说什么也是枉然”。于是，“我无可奈何起来黑色幽默起来万念俱灰起来”我“果然立即将手中的心脏狠狠揉搓起来”——这时，梦醒了。然而，我却立即“重重地摔倒在水泥地上”，而医院的报告单上赫然写着“无心电图，心室已空”——描写意识流动的片段，说明了生存的残酷冷漠，那温暖的热爱人的心不知飘系何处，留下的只是计较利害的行尸走肉。在《心灵速写》里写人与人之间的隔膜：

于是害怕有人敲门。害怕电话铃响。害怕午饭时间霎眼又到。

一如许久以来怕极了喧嚣社交。

冥想世界大放光彩，现实便变得遥远，陌生，无足轻重。扫兴的是背后常常有人大喝一声：当心走火入魔！回头悢悢地惨淡一笑，背书般答对：黄花鱼一斤两毛七。于是一齐哈哈大笑——他笑什么你知道，你笑什么他其实永远不会知晓。

斯妤的散文蜕变出了传统散文的套路，不去写景写物叙事记人，而是专注于人的精神、人性的本质的揭示，她的《我因为什么而孤独》，文中探求为什么孤独的原因，用了五个“假如”来揭示，而这却是真实的人性的弱点和鄙劣之处。当然，她的散文也有性灵之作，如《爱情神话》，一口气写下了16段以“爱一个人”开头的对爱的理解和感受，表达了自己的爱情观。斯妤的散文审美意象是强烈的自我心理感受：

月亮既薄又小，既远又凉。童年时插队时海边那一派月华当顶、金光潋滟当然不复。人与自然的相遇、交融、和谐、共荣更其不复。路灯、车灯都比它明亮。甚至积水倒映出来的残辉也比它耀眼。路人在一派颠簸闪烁呼啸喧闹中形同虚设。机器轰鸣。喇叭轰鸣。圣谕轰鸣。欲望轰鸣。心灵像路旁的小草，在秋风中摇曳，渐渐枯萎。（《夜晚》）

犹如：

生存的喧嚣如乐奏起，荒芜的回声响彻大地时，你不再迷乱，不再惶惑，你心里永远有一个声音，它冰凉然而坚定，淡漠然而美丽，愚钝然而执着。你听从它朝前走去，无论前方多么虚幻，无论前方多么遥远，你默默地坚定地朝前走去。你独行不语。（《随笔三则·独行不语》）

著名文艺评论家吴义勤先生曾指出，斯好的那些带有终极意味的形而上追问的散文，改写了散文“轻文体”的形象，提升了当代散文的品格。

## 韩小蕙的散文

韩小蕙（1954—　），北京人。著有《自嘲》《有话对你说》《悠悠心会》《体验自卑》《女人不会哭》《韩小蕙散文》《欢喜佛境界》《千古男女》《解读与被解读》及长篇非虚构散文《协和大院》等散文著作。

她给自己的散文写作树立起的标杆是“在自己的文章里力求跳出小我，获得一种大我的人类意识，或者准确地说，是以一己的倾吐表现出人类共同的情感与思考。”（《新散文十二家代表作》）这很难，但是，韩小蕙以自己的散文写作实现了。

她的《悠悠心会》，写她与彦弟的情谊。这种情谊是建立在相知相解的基础上，没有会过面，甚至连照片也没见过，可是却整整通信五年了。“鸟需巢，蛛需网，人需友情”，而“你拥有一个无话不谈的挚友，他就是你的世界中的太阳”——友情，是世界上最珍贵的情感，况且，这寂寞的世界缺少友情，那么，我和彦弟彼此在心中葆有这份慰藉，可谓人生的至高境界。韩小蕙欣赏并珍惜这种纯洁的友情，并不是仅仅为彦弟，她是：“带着我美好的祝愿，写给普天下之所有纯洁高尚、重义忘利的朋友们的。”而呼吁“人世再多几分真情”，“人们变得更加真诚”。然而，这世界能容忍这种美好的真情与真诚吗？丑恶依然存在：

> 有着那么多规矩、限制、禁锢、忌讳、阻碍、条条框框、流言蜚语……蛇样地缠绕在我们身上。就连哪怕心灵的一次微颤，也逃不脱它无时不在的刻毒的眼睛。于是，一颗心儿终日里沉甸甸的，

就连对谁多一个微笑，多一点亲情，也似乎犯了罪似的检讨不已。（《有话对你说》〉

不，她要追求人世间的真善美，她要追求理解，她要追求超越，“最好换一个太阳，换一个自我，换一个轻松点的世界”——想象跌落在地上，“我托过风，让风吹遍茫茫天宇，找你”，“我托过雨，让雨流向滔滔大地，找你”，“可是，不知道你是故意铁着心，还是真的没听见，我怎么到处也找不到你？”“苦到极处，甜，能够降临吗？”作者产生了深深的疑问。

韩小蕙还在努力地开掘记忆中的生活矿藏，呈现给人们经过时间的过滤后纯真美好的事物。例如，《我的大院，我昔日的梦》，写得荡气回肠，令人惆怅而低回。悠远的旧梦，倾诉出对生活的热爱，使人感动不已。她还善于采撷自己思辨的花朵，把它艺术地表现出来，例如，《心想事成》里，她写“想”。想，是人类的基本思维方式，但是：

我们难道不也应该经常看看自己在“想”些什么吗？是本真的、实现审美价值的“想”？是纯洁的、人性全面复归的“想”？是高尚的、超脱功利目的的“想”？还是平庸的、混天混地的“想”？还是低劣的、蝇营狗苟的“想”？还是卑下的、出卖灵魂的“想”？

“想”的质量的高低，是衡量人的质量的试金石。

人都应该在这个试金石上测试一下，如果是“想”的积极的，就应该“事成”，否则，还是让丑恶的“想”烟消灰灭吧。

值得注意的是，韩小蕙为新时代奉献出精心撰写的长篇纪实散文《协和大院》。在这部长篇纪实散文里，她重点叙述了协和医院和协和大院百年的历史发展，用了《三位“西来和缓”》《医学圣殿落地东方》《百年不倒的协和》等篇章，全程解说了协和大院的百年光辉历程。然而，那些负有盛名的医学教授和专家，才是本书的重点和浓墨重彩的地方，她以《两位“华人第一长”》《三位大医女神》《四位世家子弟》《五位寒门大医》等篇章，刻画出协和医院第一位有实权的华人院长李宗恩、协和高级护校第一位中国校长聂毓禅以及林巧稚、劳远琇和胡懋华三位女大夫，还有出身世家的王世真、周华康、梁植权和吴征鉴等人物形象，同时，也刻画了出身“寒门”的张鋆、裘祖源、张学德、薛社普和宋儒耀等五位顶尖级的医学大家。

韩小蕙为了写这部长篇纪实散文准备了几十年，她说：“《协和大院》是我半辈子一直想写、一辈子最重要的一部书”，“一直心心念念放不下这件事”——现在，终于完成了——经营长篇纪实散文，关键是纪实，是要依据事物本来的真实面目来写，这就非得有扎实的历史材料、准确可靠的记忆和印象不可。她查阅了大量院史和所涉及的所有人物的相关文字资料，然后在这些资料的基础上进行纪实写作。此作曾经在《美文》杂志上连载。

有论者总结出韩小蕙散文的主题，围绕三个方面：一是关注社会，浓墨重彩抒写时代，自觉地追踪国家、民族和世界的点滴进步，颂扬之；同时有一种勇敢精神，对社会不良现象及时揭露和鞭挞，立场鲜明，毫不含糊；还有一部分历史文化散文，以清醒的知识分子立场，采用观古照今的笔法，对漫长的中国历史进行文化反思。二是抒写内心，强调道德批判和精神内省，对这时代的许多价值，如善与恶等，进行了广泛的思考和批判；她在文章中所展现的，既是重重矛盾与困扰，又是希望与超越，还是追求真善美。这是她散文中最强的部分，许多代表作都在这里面。三是女性话题，思索20世纪的女性命运。在这里，她的笔是苦涩的、滞重的、忧郁的，甚至带着浓重的绝望情绪。但她采取的是一种比较正确的定位，既没有逃遁到“小女人”的狭小天地里避重取轻，也没有不分青红皂白充当“女权主义”斗士与男性为敌，而是主张男女合作，企望在女性解放与传统文化的融合之间找到一条可行之路。

韩小蕙还是改革开放和新时代散文写作有力的评论家，代表作是《太阳对着散文微笑》以及为中国作家协会创联部从20世纪90年代开始至今逐年选编的《中国散文精选》所撰写的书评（序），新见迭出，影响和促进了我国改革开放和新时代散文的发展。

## 赵玫的散文

赵玫（1954— ），天津人。著有《一本打开的书》《从这里到永恒》《欲望旅程》《左岸左岸》《戴着镣铐的舞蹈》等散文随笔集18部。

她的散文蕴含着情感的巨大热力，也是她情感喷泻的艺术结晶。在《不再忧伤》中，她倾诉自己苦苦的爱恋：

> 看冬季到来时墙上藤蔓的最后一片落叶。那叶很红。坚持在狂风的怒吼中，撕裂着温暖。将吻留在胸膛的时候，我闭上眼睛。我们相约不悲伤。但归期遥遥。也许没有归期……慢慢地我才意识到，真的苦痛正在袭来，一层又一层浸润着灵魂，而我要面对的，则是在孤单和凄清中度过一个个不堪的晚上。接下来，便是穿肝透肺的想念。

爱是令人沉醉的，爱是一个女人心灵的永恒：

> 这就是那个秋雨中的黄昏。他们漫无目的地向前，将大地上一片片浸透着雨水的枯黄的叶踩出凄切的响声。还有濛濛的衰草。她随着他。任由他带她到海角天涯。黑夜无声降临，她完全失去了

方向感。而他则说，就跟着我，你甚至可以放心大胆地闭上眼睛。（《和他在雨中》）

爱是一种思绪。有时是透明的水，有时又是血。是血的时候疼痛。生活中有很多的爱。但不是什么爱都可以变成散文的。赵玫的爱，是血，是痛彻心灵的爱。因而，她的散文是用心血写成的。在她看来，女人是柔软的，需要爱的支撑：

女人总是在寻求着保护。女人总是不愿做一个自立的人。女人尽管有着自立的精神和能力，她最深处的那追求，还是柔情似水，从肌体到本质。（《以爱心以沉静·寂静的午夜》）

如此，赵玫才深情唱出一曲曲婉丽的恋歌：

每一个黄昏都总是如期地抵达，而我们已相距遥远。在那个清晨，他或许又独自爬上那片荒草滩，去赴我们神圣的誓言。他说黄昏，他说黄昏已经是他生命中的永恒，他把枯草带回来，他说他坚信那样就是拥有了我。（《草篮中的野花》）

赵玫的散文格调高雅，表现着知识女性的情感世界。她的笔触如油画般的质感强烈，思绪又好像大海般汹涌着；她的散文中主要的意象是：黄昏、鲜血、红、寂黑、秋草。也许这种意象能传递出她神秘而又深情的心曲，给人们营造出环形的情感回鸣的宫殿，叩击着心弦，颤发出悠久的爱的音律……

赵玫的散文激情汹涌，她要表现的是整个心灵的潮水。这潮水卷冲去虚伪、矫饰、自私；这潮水冲刷出一片纯净的心灵。在这个艺术世界

里，“重要的是，你一定得照亮你自己的灵魂”。（《一本打开的书·题记》）

## 铁凝的散文

铁凝（1957—　），祖籍河北赵县，出生于北京。散文有《河之女》《会走路的梦》《我喜欢这个世界是温柔的》《让我们互相凝视》《桥的翅膀》《以蓄满泪水的双眼为耳》《铁凝散文》等著作。

铁凝在散文集《河之女·自序》中说：“散文究竟是因什么而生？在我看来，世上所有的散文本是因了人类尚存的相互惦念之情而生，因为惦念是人类最美好的一种情怀。”又说：“在生命的长河里，若没了惦念，怎么还会有散文？”看来，她的散文便由“惦念”而发端，写下了自己的作品。

她的散文的艺术结构，好像是小说式的，有人物，有情景，有生活细节，有故事的片段，只是文字更为典雅，主题思想显豁。例如，《草戒指》，她写去一位日本友人家做客，看到一簇狗尾巴草，引起了她对乡村少女们天趣生活的深情回忆……乡村的少女心灵手巧，她们用狗尾巴草编织成兔子和小狗，这些小动物毛茸茸的，可爱极了。然而，她们最喜欢最拿手的还是用麦秆编草戒指：在会议上，在田间地头，她们编出各种各样的花结，戴在手指上。这是姑娘们最美的装饰，也是爱美之心的流露。《洗桃花水的时节》中，她以欣喜之笔，写温泉镇的温水池，而这水是桃花水，那些姑娘少妇喜欢这桃花水，而这水“是春天的水洗开了一树树面容姣好的桃花”呢！充满野趣的《河之女》更令人惊异：

它不似滩，不似岸，不似原，是一河的女人，千姿百态，裸着自己，有的将脚和头潜入沙中，露出沙面的仅是一个臀；有的反剪双手将自己倒弓着身子埋进沙里，露着的是小腹，侧着肩，侧着的髋，朝天的乳，朝天的脸……

这原本是一河石头，哪有什么女人。

这些在“河里没规矩”的河之女，是纯洁而姣好的精神升华了的乡野女人，在她们身上体现出原始如同《诗经》里面的天然健康的美丽。铁凝有不少散文是以记人叙事为主，如《惦念》《孙犁与纸》《冰心姥姥您好》《想起阿尔那张床》等作品，还有一部分是记录自己痕印的游记，如《没有梦的旅行》等。

铁凝是当代著名作家，她别具一格的小说创作实践，秀丽的美学风格和鲜明的时代特征，显示了当代文学目前所能达到的思想与艺术的高度，同样，散文也是铁凝十分关注的文学创作文体，是她艺术创作的重要组成部分。广漠的华北平原，给了铁凝敏锐细腻清新的艺术创造力，也给了铁凝阳光一般透亮的心地和永远向上的精神追求，所以，当铁凝执笔为文的时候，就会自觉不自觉地在文字构建的世界里投射进自己心灵的光与影，采撷文学的花瓣营造“袅袅兮秋风，洞庭波兮木叶下”那样牵人心魂的绝美之境——铁凝的散文有许多孙犁的艺术元素碎影，清浅的文字，流淌着无穷无尽的诗意，流淌着人性美，流淌着温暖。铁凝的散文，情感细腻，往往能从生活细微的地方开掘出令人耳目一新的散文题材，而且写得摇曳生姿、动人心弦。能把文章写到淡远的地步是不容易的，这取决于作家的艺术才情和审美趋向。陶渊明就是这样的，他的诗文无不具有淡远的艺术品格，在类似于日常的生活描写中流泻着自己明净得如同山涧流水一般的情怀，表达出自己高远的人生追求与超脱的精神风貌。这其实是一种境界，一种旷世的人生境界。

## 杨海蒂的散文

杨海蒂是新时代优秀的女性散文家，其代表作有《清净如山》《走在天地间》等。

杨海蒂以游记散文见长，在我国当代游记散文里独树一帜。著名散文家韩小蕙在《情怀与境界不可或缺》的年度散文综评中，盛赞她的游记散文名篇《北面河山》，说其“文笔刚烈、大气磅礴，纵横历史、思接古今”，鞭辟入里地概括了杨海蒂游记散文的艺术特质。杨海蒂的游记散文，很少有脂粉气，英姿焕发，文势得江山之助，江山借文字而生辉，字里行间，充盈着浩然正气，善于把历史与现实巧妙地联结在一起，这样的好处是游记散文有了纵深的知识背景又拓展了主题。

她的散文集《走在天地间》也是以行走为主题的散文。“往历史的纵深处看去，陕西，是中国最为壮丽辉煌的地方”，是同名散文《走在天地间》里的第一句话，也是这篇散文的核心意旨。作者提到，炎帝、农耕文明始祖后稷、“造字圣人”文祖仓颉、创建礼制的周文王、分封天下的周武王、统一中国的秦始皇、君临天下的汉武帝、写出“史家之绝唱”的司马迁、开创“盛世之国”的隋文帝、扫除群雄的唐高祖、文韬武略的唐太宗……这些灿古耀今的人物或生长或建树在这片土地上，改变了我国历史的进程。杨海蒂行走在陕北更是一次朝圣之旅，她写道：“延安，是我青春岁月的心灵图腾；延安，是我仰之弥高的精神高地。延安窑洞的灯火，在我心中光焰万丈；枣园、凤凰山、杨家岭、王家坪、瓦窑堡、南泥湾，都是早已深入我灵魂的名称。”“仰望宝塔山，眺望着太阳从地平线上升起，我血液沸腾心灵战栗。”读着滚烫如岩浆的文字，不由使人陡然升腾起万丈豪情，一股股难以遏制的情感激荡着人的心灵。

注重思想的表达与情感的浸透是杨海蒂散文的艺术特色。当下散文创作应该呼唤运用优秀的传统笔法，以倡扬正气担当起新时代精神的丰富表达，杨海蒂的散文或许为这类优秀散文创作提供了可能性。

## 结语

中国改革开放和新时代的女性散文似一树树繁花，为中国文坛带来了无限的春色。还有丁宁、王英琦、黄晓萍、李天芳、李佩芝、素素、舒婷、李娟等散文家，她们的作品，都是散文园地里的奇花异草，都是值得研究的美的佳构。

# 第五章　外国散文

# 柏拉图的散文

一般来说，国外对于文体的分类，大致是虚构文体和非虚构文体。散文属于非虚构文体。对非虚构文体的散文写作影响巨大的首推柏拉图。

散文首先要表达的是思想，也就是对世界的认识和理解。

绝不是文字的晦涩艰深，而是柏拉图那滔滔不绝势如破竹的散文辩论语言中所包含的博大精深的哲学思想，几乎就是古希腊的全部文化交汇在这一泻千里的长江大河之中，令人应接不暇，疲于奔命——阅读《论语》，可以从容不迫地一路莺歌燕舞，因为，孔夫子那浓缩着天地人间至情至理的只言片语，留给读者比较广阔的思考和想象空间，而且语言形象生动、简洁有力，容易接受和理解，而柏拉图虽然是对话体但却具有严格的逻辑性和整体性，要么一鼓作气读完，要么就别去阅读，一旦上手则不能疏忽大意必须沿着他引导的道路前进，否则，如坠五里云雾不知所云——这或许是中西方思维的差异之处吧！

西方思维特征是按照逻辑推理层层深入，离不开假设、求证直到得出结论，而我国的思维特征则是直接呈现出结论，省略了严密推理的过程，具有极大的跳跃性，因而，能不能理解这个结论，就要看自身悟性的高低了。以《易经》来说，历代都有数量不少的诠释家在研究和解说，几乎没有统一的结论，当然，这和诠释家是否固执己见有关，也与诠释家所处具体的时代环境和文化环境有关，他们诠释经典的目的，除了传承经学还与服务当代社会发展有关，而后者是他们诠释经典的主要任务之一。

柏拉图才华横溢，研究涉及的种类之多和全面深刻是前所未有的，如今流传下来的散文著作有40多篇，另有13封书信。我国很早以前就开始翻译介绍柏拉图的著作,1920年，曾经出版了吴献书先生翻译的《理想国》，此后，仍然把柏拉图的著作列为主要介绍的西方哲学思想翻译出版物，除了眼下阅读的《柏拉图全集》，杨绛先生的《斐多》又给我国出版柏拉图的著作锦上添花，为人们研究学习柏拉图的著作提供了很好的读本。

柏拉图有着极其渊博的文化、哲学、伦理、自然科学和艺术知识，他善于把这些内容交融进与苏格拉底的论辩之中。事实上，柏拉图的全部散文著作的写作体裁采取了人们易于接受和阅读障碍少的对话体，而且精彩的话语就像节日夜幕上蓦然绽放的绚烂多彩的烟花，令人会心一笑。在柏拉图的思想视野里，只有他的老师苏格拉底才能够和他进行精神层面上的哲学对话，也只有他的老师苏格拉底才会透彻地理解他的思想机锋和深意所在，因而，他选择了自己的老师作为论辩的另一方，从而创作了不但震撼古希腊及周边国家，而且还有力地影响了后世千百年来仍然有着旺盛生命力的伟大作品，成为滋润和养护人类精神的宝贵哲学思想遗产——估计，连柏拉图自己也未曾意识到由他开启了整个西方世界哲学思想史的一个全新的进程!

柏拉图的哲学思想主要来源于古希腊那先进而丰富的历史文化和哲学思想，特别是传承了苏格拉底的哲学思想，以及得益于当时古希腊自由而民主的社会精神——这三者缺一不可，终于成就了一代哲学思想大师柏拉图。假如没有古希腊极其丰厚的文化精神土壤，没有古希腊领先整个西方世界的哲学思想和整个社会崇尚自由和民主的时代精神，也就不会产生这样的哲学思想大师。

柏拉图最为重要的哲学和散文著作是《理想国》，集中体现了他的哲学思想甚至文化观念以及理想国家设计等，但是，正如法国18世纪杰出的启蒙学者卢梭在《爱弥儿》里所指出的："它是一篇最好的教育论文"——事实上，无论是柏拉图的哲学思想和文化观念还是所涉及的伦理道德等，教育都是这一切观念和理想国家设计的前提条件，缺少了教育，后者就成了空中楼阁而无从实现——所以，柏拉图深知教育的重要性，因而在《理想国》这本著作中尽力论述自己的教育观，表达了先进的教育思想。

柏拉图在《理想国》里设计出一幅正义之邦的图景：国家规模适中，以站在城中高处能将全国尽收眼底，国人彼此面识为度。他认为国家起源于劳动分工，因而将其中的公民分为治国者、武士、劳动者三个等级，分别代表智慧、勇敢和欲望三种品性——治国者依靠自己的哲学智慧和道德力量统治国家，武士辅助治国，用忠诚和勇敢保卫国家的安全；劳动者则为全国提供物质生活资料。三个等级各司其职，各安其位。在这样的国家中，治国者均是德高望重的哲学家，只有哲学家才有认识理念，具有完美的德行和高超的智慧，明了正义之所在，按理性的指引去公正地治理国家。治国者和武士没有私产和家庭，因为私产和家庭是一切私心邪念的根源。劳动者也绝不允许拥有奢华的物品。

为了实现《理想国》里所描述的"正义之邦的图景"，其重要的路径就是教育，而且只有通过教育才能把"图景"变为现实。因此，柏拉图研究和设计了"理想国"的教育发展蓝图，其出发点和归宿是如何科学地治理"正义之邦"：构筑了一个培养护国者（统治者）和保国者（军人）的教育思想体系，主张在统治阶级内部实行公有制，取消家庭，实行儿童公有，国家控制教育，推行这样的教育是基于他这样的认识："我认为一种适当的教育，只要保持下去，便会使一国中的人性得到改造，而且有健全性格的人受到这种教育又变成更好的人，胜过他们的祖宗，也使他们的后裔更好"——这就是柏拉图教育思想的核心和教育目的。

为了达到这个目的，柏拉图具体论述了学前教育、普通教育和高等教育的内容，并设计了一整套的教学内容和完成教学内容的教学方法。学前教育，他强调应该尽早开始，因为“一个人从小所受的教育把他往哪里引导，却能决定他后来往哪儿走”，特别是“在幼小柔嫩的阶段，最容易接受陶冶，你要把它塑造成什么模式，就能成什么模式”。学前教育的内容主要是讲故事、做游戏和简易的音乐歌唱活动。故事的内容是经过严格选择的，以便通过讲故事使幼儿逐渐形成自我克制和勇敢的美德；而音乐歌唱教育是为了使“节奏和谐浸入了他的心灵深处，在那里牢牢地生了根，他就会变得温文有礼；如果受了坏的教育，结果就会相反”。幼儿教育主要采取“模仿”的方法，“从小也就只应模仿他们适宜模仿的人物”，“最后成为习惯，习惯成为第二天性”。

谈到普通教育，柏拉图认为，儿童7岁以后到18岁，开始学习军人所需的各种知识和技能，包括读、写、算、骑马、投枪、射箭，特别是要接受音乐教育，而他所说的音乐教育内容十分丰富和繁杂，包括文学、诗歌、歌曲、故事和神话等，目的在于培养学生的理性、勇敢和公正等美德。

柏拉图主张男女教育平等，“女孩应该练习各种跳舞和角力；结婚以后，便要参加战斗演习、行营布阵和使用武器……因为一旦当所有的军队出动去攻打敌人的时候，她们就能保卫儿童和城市”。并强调：“在治理邦国时，女子之为女子，或男子之为男子，没有特殊的职能，本性里的天资是一样分散于两性之间的，所有男子的事业也是妇女的”，“护国者和他的妻子应有同样的事业”。因此，柏拉图主张无论男女，都应教以音乐和体育，接受一样的教育，男女才能担负一样的责任。

柏拉图认为，接受完普通教育之后，经过一定程序的筛选，那些对抽象思维表现特殊兴趣的学生就要继续深造，接受高等教育，主要学习算术、几何、天文学与声学等学科以锻炼学生们的思考能力，使他们开始探索宇宙的奥妙。

应该注意的是：体育在柏拉图教育体系中占有重要的地位，认为体育应包括教育手段和健康术。柏拉图对当时雅典出现的竞技主义和竞技职业化倾向曾给予猛烈的抨击，同时批评了市民轻视体育的思想和态度。他主张身心和谐发展，强调“用体育锻炼身体，用音乐陶冶心灵”。这些丰富的体育思想对后世体育的发展有深远的影响。

在教学过程中，柏拉图始终是以发展学生的思维能力为最终目标的。在《理想国》中，他多次使用了“反思”和“沉思”这两个概念，认为关于理性的知识唯有凭借反思、沉思才能真正融会贯通，达到举一反三的目的。感觉的作用只限于现象的理解，并不能成为获得理念的工具。因此，教师必须引导学生心思凝聚，学思结合，从一个理念到达另一个理念，并最终归结为理念。教师要善于点悟、启发、诱导学生进入这种境界，使他们在“苦思冥想”后“顿开茅塞”，喜获“理性之乐”。

柏拉图始终认为，教育就是为了开启民智，就是用理性引导人性走向光明，摆脱人性愚昧和蠢笨。为了清楚地说明自己的这一观点，柏拉图用“洞穴”来比喻解释教育的重要意义：有一群囚徒在一个洞穴中，他们的手脚都被捆绑，身体也无法转身，只能背对着洞口。他们面前有一堵白墙，身后燃烧着一堆火。在那面白墙上他们看到了自己以及身后到火堆之间事物的影子，由于他们看不到其他任何东西，这群囚徒以为影子就是真实的东西。最后，只有一个人挣脱了枷锁，并且摸索出了洞口。他第一次看到了真实的事物。他返回洞穴并试图向其他人解释那些影子其实只是虚幻的事物，并向他们指明光明的道路。但是对于那些囚徒来说，那个人似乎比他逃出去之前更加愚蠢，并向他宣称，除了墙上的影子，世界上没有其他东西了——柏拉图利用这个故事来告诉大家：这些囚徒是没有受过教育的，是没有被启蒙的沉湎于感性世界并受习惯性观念所支配，缺少反思与批判精神的愚昧蠢笨者，他们的感官世界所能感受到的不过是那白墙上的影子而已——而教育就是要让这些囚徒走出“洞穴”，放他们到外边的阳光世界，认识清楚真实的存在。

既然教育担负着如此重大的责任，那么，在“正义之邦”这个“理想国”里，全体公民必须从儿童时代开始就要接受教育。教育内容要经过严格选择，荷马、赫西俄德的史诗以及悲剧诗人们的作品，一律不准传入国境，因为它们会毒害青年的心灵。柏拉图认为，全体公民都要接受算术、几何、天文、音乐等四科的教育，因为每门学科均有其独特的功能，凡有所学，皆会促成性格的发展。广泛而全面的学科内容是为了培养公民的一般素养，而对于未来的哲学家来讲，前面所述的各门学科都是学习辩证法必不可少的知识准备。文法和修辞是研究哲学的基础；算术是为了锻炼人的分析与思考能力；学习几何、天文，对于航海、行军作战、观测气候、探索宇宙十分重要；学习音乐则是为了培养军人勇敢和高尚的道德情操。

柏拉图的教育思想几乎涉及教学领域中的所有重要方法，第一个确定了心理学的基本划分，并使之与教学密切联系起来；继承并发展了斯巴达的依据年龄特征划分教学阶段的教学理论，在教学的具体内容、形式、方法和手段上则更多地总结与采用了雅典的经验，提出了全面、和谐发展的课程体系。他十分注重在教学中发展学生的思维能力，强调探讨事物的本质，这些都给后世教育家们以巨大的影响和启迪。

不管怎么说，柏拉图的教育思想达到了前所未有的高度，难能可贵的是，他首次提出了教育要和实际相结合的观念，提出课程设置的理论，这些都是当时先进的教育理念，把古希腊的教育进程推进了一大步，他创建的“柏拉图学园”为此后世界各国的大学教育积累了相当丰富的理论知识和实践经验；柏拉图还认真总结了以往接受苏格拉底的教育以及自己执教40余年的经验，大力倡导“苏格拉底问答”法教学，反对用强制性手段灌输知识，而是通过问答形式，提出问题，揭露矛盾，然后进行分析、归纳、综合、判断，最后得出结论。

应该指出，柏拉图的教育思想不是着眼于人的文化、科学与思想素质的全面提高，而是要培养“哲学王”（国家的最高统治者），这势必走向精英教育的道路，剥夺了绝大多数公民的教育利益，显然是在现实社会行不通的——不过，柏拉图在《理想国》里体现出来的教育思想以及培养学生具有较高的科学文化素质和具有高尚的道德品质的课程设计，确实是世界教育史上非常珍贵的遗产，而且他的教育思想具有不断认识的永久价值！

柏拉图确信如果按照他的教育思想施教的话，无疑会培养出一大批“理想”的堪称为栋梁的人才，而这些人才不但具备统治国家的管理能力，也有研究社会科学和自然科学的能力，不但具有较高的伦理道德品质，而且也具有高尚纯洁的人格——用什么来作衡量呢？柏拉图找出来一个能让人信服的办法，这就是对爱情的态度——这就是流传甚广著名的柏拉图“精神恋爱”观。

柏拉图承认：“爱是美好带来的欢欣，智慧创造的奇观，神仙赋予的惊奇。缺乏爱的人渴望得到它，拥有爱的人万般珍惜它”，“爱情，只有爱情，可以使人敢于为所爱的人献出生命”。为了真正的爱情，柏拉图提倡拒绝肉体交往的爱情，他借苏格拉底之口表述说：当心灵摒绝肉体而向往真理的时候，这时的思想才是最好的；而当灵魂被肉体的罪恶所感染时，人们追求真理的愿望就不会得到满足——这就是他提倡“精神恋爱”的理论依据，具体来说就是：这种爱认为肉体的结合是不纯洁的、是肮脏的，认为爱情和情欲是互相对立的两种状态，因此，当一个人确实在爱着的时候，他完全不可能想到要在肉体上同他所爱的对象结合，因为，真正的爱情是一种持之以恒的情感，而唯有时间才是爱情的试金石，唯有超凡脱俗的爱，才能经得起时间的考验，并认为爱情能够让人得到精神的升华而变得纯洁起来。

柏拉图的“精神恋爱”也恰好印证了他的教育思想：一个人如何面对爱情或者说能不能在爱情的滋养下升华自己的精神情操，达到纯粹的没有丝毫自私成分的至高的爱情境界，这是衡量一个人是不是具有高尚品质和崇高人格的标准——既然人都是通过教育来获得良好的文化和道德情操修养，那么，检验教育成功与否，在柏拉图看来就看能不能保持这种没有肉体欲望的“精神恋爱”，假如能一直保持没有肉体欲望的“精神恋爱”，那么，具有这种爱情观的人无疑是一个纯粹而高尚的人，这就说明了教育在人的伦理道德方面取得了伟大的胜利。

晚唐著名诗人李商隐和柏拉图处于不同的国度和不同的时代，但却是柏拉图爱情观的忠实体现者，他是一个爱情至上主义者，也是一个非常关注自己精神生活的人，而这些均成为李商隐的诗歌和骈体文创作的重要主题思想，借以抒发自己的人生感慨和对生活的深刻体验。李商隐饱读诗书，无论是诗歌还是写作技巧都要求相当高的骈体文创作，都达到了那个时代的高峰。然而，在晚唐藩镇割据、宦官专政和党争激烈的黑暗现实下，个人高远的政治理想只能化作无限的失望和灰心——由于李商隐长期沉沦下层，寄人篱下，生活清贫以至于为了挣得些许银两而四处入幕执掌笔墨，其中多少怨和恨，伤痛和辛酸，留待向美丽娇小却和自己心灵息息相通的可爱妻子诉说。他们夫妻聚少离多，李商隐只好把对妻子的万千思念寄意在愁肠百结而朦胧凄美的诗歌里面，而这种刻骨铭心的爱情又不能大胆地表白出来，所以，李商隐便把这隐秘心底的衷情以及对黑暗现实的强烈愤恨，全部隐含在自己创作的大量“无题”诗中，好像这样就能减轻一些心灵的压迫和灵魂的困苦。这些“无题”

诗，无非是他在寂寞失意的时日想念妻子以及伤感身世的情感流泻而已。后来的学者自以为是故作“郑笺”的种种无端猜测，硬是把一个正直清白专注于夫妻恩爱亦有高尚的柏拉图式的“精神恋爱”的李商隐拖进情感暧昧的污泥旋涡，以至于难以恢复他的真实面目——退一步说，就算李商隐不断追求新的爱情也依然仅仅属于“精神恋爱”并无逾越道德规范的举动，难道这样美好的爱情不值得人们赞美和理解吗？为什么会对李商隐产生这样严重的“误读”，关键是那些自以为是作“郑笺”的人根本就不懂得爱情乃是人世间最美好的情感！

如果在两千多年以前，中西方文化就开始交流和融合，当人们读过柏拉图著作以后，也就不会沿着直线式的思维去理解和诠释李商隐了，而是理性地去探究爱情的本质，那么，李商隐就会得到理解，而那些优美的“无题”诗也会得到理性而又充满灵动的审美评价。在我看来，李商隐在我国的八九世纪是一个践行柏拉图爱情观的杰出诗人，应该获得人们广泛而崇高的致意……

柏拉图是西方轴心时代产生的最伟大的哲学家和思想家，无论是在哲学思想还是教育理论等方面提出的问题依然是那么新鲜、深刻而富有远见，几乎在每一个时代都有哲学家认为他们在某些重要的命题方面都是从他那儿得到有益的启发——柏拉图确实做到了自己所言的那样：“在短暂的生命里寻找永恒”，而这“永恒”就是他博大精深的思想和高贵的人格，创造了人类精神历史一个蜿蜒千里的“长城”！

柏拉图的哲学思想属于客观唯心主义，其学说的核心是：他把“理念”或宇宙间的原则和道理看作第一性的、永恒普遍的，至于感官接触的世界则是“理念”世界的摹本或幻影，无永恒性和普遍性，所以不仅是第二性的，而且是不真实的。但是，柏拉图的教育理论和教育思想，却使他成为西方教育史上第一座高耸的山巅！

世界哲学思想的历史，毋庸置疑，是由各种哲学思想观念构成的，无论哪一种哲学思想观念都在积极地探索世界和认识世界，试图把握世界和引领时代的脉动而作出了高度智慧的努力，相异而互生，缺一不可，这才构成了人类丰富多彩而又波澜壮阔的精神生成发展历史——现代英国著名哲学家怀特海曾经严肃地说：西方的哲学传统只不过是柏拉图书页下方的一系列脚注而已——对此，还能再说些什么呢？

## 卢梭的散文

据说，康德是一个生活习惯极有规律的人，大家惯常根据他每天散步经过门前的时间来校正钟表。但是，有一回他的时间表打乱了几天，那是康德读卢梭的《爱弥儿》到了非常入迷的程度。康德说：第一次读《爱弥儿》时被那书中优美的文笔妨害了对其内容的理解，而再读才能进入内容的世界——可见，卢梭的散文具有多么大的艺术魅力！

笔者是在20世纪80年代初期开始阅读卢梭著作的，阅读的第一本书是他的散文集《一个孤独者的散步》。这本书素白色的封面当中是一个瘦长的人携着拐杖的墨色剪影，沿着一径细长蜿蜒的小路走向远方……这富于诗意的图画顿时吸引了笔者，然而，就是这本薄薄的汉译小书，竟然如同雷电般射中了笔者的心灵，那坦诚的胸襟和敢于解剖自己灵魂的勇气以及渊博的植物学知识，就像一股强大的涡流把人卷进去而不能自拔。

接着阅读了卢梭两卷本《忏悔录》，对卢梭的一生有了大致的了解，自然，他那清新而优美的叙述文字和如实地交代自己一切的真实故事又一次征服了笔者，不由对他产生了深深的敬意。之所以有这样的认识和感受，是因为当时社会正处于改革开放的初期，一些世界经典著作才陆续翻译出版，阅读到的东西实在有限，比如，和卢梭同时代的伏尔泰、狄德罗等人的著作尚未接触过，对卢梭还谈不上全面的认识，产生这样的印象是不足为奇的——这也使笔者明白了一个道理：要比较确切地了解一个人的思想和行为，单凭一方面的材料是不行的，而要尽可能收集所有和其有关的材料，无论是正面的或者是反面的，这样才能彻底地了解，得出的结论也才靠得住，不然，凭着一鳞半爪道听途说，肯定是不会还原出真实情况的。

卢梭出生于瑞士日内瓦的一个钟表匠家庭，出生后不久母亲便离开了人世。他 10 岁时，父亲被放逐。16 岁时，他只身离开日内瓦四处谋生，当过学徒、杂役、家庭书记、教师、流浪音乐家等。难能可贵的是，卢梭从不向命运低头，虽然过着漂泊无定的日子，可是，他始终热爱读书，阅读了大量的社会科学和文学作品，特别对音乐有着天然的兴趣及才华。

30 岁时，卢梭搬到巴黎，与狄德罗认识，后来直接参与了狄德罗主编的《百科全书》的编写，这是一项非常浩大的工程，先后有一百余位思想家、哲学家、科学家、政治家，以及工程师、航海家、军事专家和医生承担了该书有关条目的撰写，他们在编辑《百科全书》的过程中，形成了一个为了第三等级利益，以反对封建专制、天主教会和经院哲学为己任的百科全书派。

1749 年 7 月的盛夏，天气非常炎热。一天，卢梭步行十五六里路去樊尚，手上拿着去年 10 月的一期《法兰西信使》杂志，上面刊登了 9 月 28 日颁布的一则决定，他减缓了脚步，翻开杂志，读到了第戎科学和文学院举办 1750 年“伦理奖”征文的消息，题目是“科学和艺术的进步对改良风尚是否有益”——看见这个题目，就好像被雷电击中一样，竟然引起卢梭一阵灵魂和肉体的震颤，他感到被强烈的心跳压迫，行走间呼吸困难，倒在一棵树下，泪流满襟，这个过程持续了半个多小时才渐渐恢复平静——这种不可言喻的紊乱伴随着突如其来的灵感，在晕眩的同时，他觉得自己的思想被千万条光束照亮，大量生动的观点杂乱无章地涌进头脑。但是，卢梭没有忘记，就是在这一刻，一个坚定的信念闯入他的思想：人的本性是善良的，是社会制度使人变恶——卢梭后来几次回忆到当时激动人心的情景——他依靠着那棵橡树，匆匆用铅笔写出了《法布里修斯如是说》的笔记。经过反复修改，卢梭最后以《论科学和艺术》为题寄出应征——没有想到的是，1750年，这篇论文获得了此项征文的头等奖——1753年11月，第戎科学和文学院又在《法兰西信使》上公布了新的论文题目："人类不平等的起源是什么？它是否符合自然规律"，而这时期，卢梭的名字已经在社会上沸沸扬扬：围绕《论科学和艺术》的此起彼伏的讨论、《乡村占卜师》的巨大成功、《关于法兰西音乐的信》引起的轩然大波，卢梭成为当时的"新闻人物"——卢梭决定再一次回答第戎科学和文学院提出的问题，不过，得奖与否已经和卢梭无关了，这个问题给他提供了一个通过严密论证阐明自己对人类社会看法的机会，于是，卢梭写出了《论人类不平等的起源与基础》这部著名论著，他把这部论著献给了自己的故乡——日内瓦共和国。

1756年，卢梭接受朋友的馈赠，在一座环境优美的乡村小房子，开始了他的隐居生活——在隐居的6年之中，卢梭写出了具有世界影响力的散文著作：《社会契约论》《新爱洛绮丝》《爱弥儿》等作品——这三部曲散文集的出版，全面奠定了卢梭在世界文化史和文学史以及教育史上的崇高地位。

1776年，卢梭艰难地写完了《忏悔录》的续篇《一个孤独者的散步》后，身体急剧恶化；1777年5月，卢梭移居巴黎附近的埃尔默农维尔庄园，希图这里清新的空气对身体恢复带来好处，不幸的是，1778年，卢梭最终在贫穷和一片造谣诽谤中凄然离世……1794年，革命政府迁葬卢梭灵柩于巴黎先贤祠。

很欣赏卢梭的书信体散文小说《新爱洛绮丝》，他笔下描写的美丽的田园风光、风土民情、自由的思想、浪漫的爱情、细腻的心理活动、微小的心灵颤动……对人产生了不小的艺术吸引力，特别是平民知识分子圣普乐和他的学生、贵族小姐朱丽的爱情悲剧，令人久久不能忘怀……

文学作品如果是作者的自叙传的话，在这部小说里，未必没有卢梭的影子——从这个侧面入手去探究卢梭的情感世界，怕要比单纯看《忏悔录》要真实生动得多，感性往往在理性不留意的地方逍遥自在地散步，而这是真实感知和深入理解一个人的天赐良机。

客观地说，卢梭的著作有些地方在论述过程中条理不清缺少内在的联系，拖泥带水纠缠不清，可是，这些掩盖不住卢梭清新刚健带有锋芒的思想以及饱含诗意的汹涌激情，对此，拜伦赞叹道：

自我折磨的诡辩家
狂野的卢梭
这鼓吹痛苦的人，他给
激情施了魔法，并从困苦
中挤出势不可当的滔滔雄辩……

——拜伦说对了，激情与雄辩，这是卢梭散文最吸引人的艺术魅力所在，也是卢梭散文显著的风格，特别是一些具有格言色彩的话语蕴含着深刻的意义，至今仍然有着鲜活的生命力，例如，“人是生而自由的，但却无往不在枷锁之中”；“人生的价值是由自己决定的”；“在寂寞无聊中，一个人才能感到跟有思想的人在一起生活的好处”等——这些浓缩着思想哲理和生活经验的话语，就像璀璨的明珠，散落在卢梭那浩瀚如秋天的夜空一般美丽的篇章中，一起闪耀着不朽的光芒……伟大的德国浪漫主义诗人席勒把他和古希腊伟大的先哲苏格拉底相提并论：

苏格拉底死在诡辩家手里
卢梭受尽基督徒折磨而死
卢梭——他要把基督徒改化成人。

是啊，在当时的社会条件下，要把基督教徒改化成人，这是非常艰难的工作，在这条改化的道路上不知道有多少个光荣的牺牲者——别说改化了，就是稍有对基督教教义的怀疑都会引来疯狂的报复和反扑！哥白尼虽然很早就证明了地球绕着太阳转动这一科学现象，为了避免受到教会势力的迫害，他写的《天体运行论》直到将要告别人世的时候才刊发出来；布鲁诺坚持和发展了哥白尼的“日心说”，提出“宇宙无限论”，极大地震撼了教廷的统治地位，被教廷活活烧死在罗马鲜花广场上。卢梭是大无畏的，他要做的工作就是要坚决打破被腐朽反动的封建专制思想和教会势力束缚了许久的精神枷锁，解放被压制和囚禁的灵魂，还原人自然的真面目——为此，他不懈地斗争，顽强地抵抗一切打击和迫害，绝不屈膝于任何阴暗的东西，而且，他敢于把自己的一切袒露在世人面前，是好是坏，让后人去评说吧！同时，卢梭又是新时代的春燕，他欢呼新世界的诞生，极大地鼓舞了资产阶级革命，并为人类的思想史和教育史留下了丰富珍贵的遗产。

# 罗素的散文

杜威先生的著作厚重是厚重，然而，语言却晦涩难懂，一个本来浅显的问题，叙述起来一波三折回旋往复，没有足够的耐心，很难让人畅快地读完，况且，概念的内涵与外延，在他手里随时加减，须得紧紧盯住，灵敏地在那山重水复之处寻找一条直捷的路线，直奔话语的落脚点，方能愉快地坚持到他画上的最后一个句号。

罗素则不然，犹然一位善于布局构图的丹青高手，早就留够了天地，然后，一张素纸，舞动蕴含着生命韵律的线条纵横驰骋，紧要处密不透风浓墨重彩，疏阔处，旷野雁飞大江东去，且个性张扬妙语迭出，宛如一溪秋水映衬着鲜活的红叶，五彩缤纷，引人入胜；虽然，他提倡用数理逻辑来研究哲学，估计要是换了别人，其语言必定一片黄沙，肃杀凄凉，而罗素一路欢快，轻歌曼舞，不经意间，便曲终奏雅。

罗素以其优雅而绝美的语言文字阐述自己的思想，这使其他同类哲学家难以望其项背，其晚年的著作《西方哲学史》，更是把这种对语言的调配能力发挥到新的高度，把一部到处都可能充满哲学术语、概念和思想框架的纯粹理性化的著作，竟然写得如同优美的散文，小桥流水，曲径通幽；长河落日，大漠苍茫……这部著作，是他应邀为美国宾夕法尼亚大学的巴恩斯艺术基金会讲座而写的，一些章节曾经在那个讲座上讲过，此书一共分为三卷，卷一是古代哲学，卷二是天主教哲学，卷三是近代哲学，把从苏格拉底开始一直到杜威以及后来兴起的逻辑分析哲学这漫长的思想观念史，如一段锦山秀水一般勾画出来，居然神形兼备，呼之欲出，更兼评骘有据精彩纷呈——深得瑞典文学院的垂青，一举把1950年诺贝尔文学奖的桂冠戴在了他那飘拂着散乱柔软、苍苍白发的头上，而让那些专事文学艺术创作的以调弄语言为业的作家们瞠目其后，自愧弗如！

《罗素回忆录》中有专门一章《我如何写作》似乎能给我们带来一些有益的启示，他说："在第一次思忖一本书的主题之后，随之对这个主题予以认真地考虑，然后要有一段潜意识的酝酿时间，那是不能仓促行事的，而要说有什么区别的话，那就是我会过分地深思熟虑"——这句似乎漫不经心的话，其实道出了写作过程中一个非常重要的问题：这就是"要有一段潜意识的酝酿时间"——这里的"潜意识"是指什么呢？根据弗洛伊德的观点，潜意识就是指潜藏在人的一般意识底下的一股神秘力量，是相对于"意识"的一种思想，换句话说，潜意识是区别于意识的一种尚未被开发出来的积存着巨大能量的意识。积存着巨大能量的意识，一旦被开发出来成为显现的意识，那么，就具有极其重要的创作能量，而这种能量往往呈现出——文学艺术这样的形式。这就告诉我们：不应该忽视日常生活和通过阅读而产生的精神能力的积存，这些生活和精神的积存常常令人没有任何觉察地潜藏于人的意识的底层位置，毫不显山露水，等积存到足够的能量，就会挤开意识的大门奔泻出来，这时，那些逼真的生活画面和丰满生动的人物形象以及灵光四射的理性精神霎时被激活了，便要借助文字或者线条倾泻于文学艺术作品之中——罗素那十分丰厚的著作就是绝好的证明！

罗素不仅仅是杰出的数学家和文学家，他的研究涉及的范围实在是太广泛了，不但有哲学、逻辑学、伦理学、教育学，还有社会学、政治学，而且在这些研究领域都做出了非同一般的贡献，同时，他又支持女性解放，同情社会主义，反对美国侵越战争，反对核武器，反对滥用私有财产，反对专制主义，当然，这和他时刻站在时代精神之巅有关，也和他敏锐的思想以及良好的研究方法有关，还有平常的研究者不能超越的是：罗素精湛的语言技巧和深厚的文学修养，善于使用不同的文体来表述自己的思想和观念，深刻的洞察能力和细微的文字表达能力，决定了他的著作无论是何种文体都带有不可遏止的激情和永远美丽的诗意。

在我的认识里，凡是终生把自己投入痴迷不已的事业之中的人，都是具有真情的人，都是具有大情怀的人，都是磊落坦荡的人，都是具有担当的人，也都是对待事物异常认真的人，若是没有这样的品质和人生态度，是不会干成任何事情的——不大去计较蝇头小利，也不大看重誉毁起伏，更不会蝇营狗苟，而是超然世外，淡泊宁静，把全部注意力都集中在早就设置好的“问题”上，废寝忘食夜以继日勤勤恳恳地耕耘那一方思想或者艺术的领地，给这个日益苍白堕落的世界涂上一抹希望的曙色。

然而，这样的人必然是孤寂的，罗素深有体会，他说：“我们站在海岸上，对着茫茫夜空呐喊，偶尔会有来自黑暗的回音……下一瞬间，又回复到沉寂无声”——是啊，前行者必然是孤寂的，也正因为孤寂才坚强而自信，并对将来充满了信心，罗素指出：“人类就必须在即将面临的危险年代中试图摆脱绝望，生气蓬勃地保持对未来有一个比过去任何时候都更加美好的期望。这并非不可能，如果人类真的愿意，人类的希望将会获得实现”——可是，学者注定了只是思想者。罗素还是回到了哲学：“让这个世界充满幸福美满的最必要的东西就是认识。”

阅读罗素的文字，最适宜在清晨光线充足的窗前。若是再有一架碧绿油亮的藤萝就最好不过了，那份惬意，那份自在，如同夫子“浴乎沂，风乎舞雩，咏而归”，会意处，禁不住莞尔一笑，罗素把美丽的诗意缠绕在表达认识的论述中，就像从那一片嫩绿的秋野，迈步走向遥远的闪动着光亮的地平线……

# 梭罗的散文

如果把时光推向 19 世纪中期，荒凉空旷的美国西部和北部，工业革命如火如荼地进行着，蒸汽轮船闯进了平静的长满了密密实实的摇曳着碧绿芦苇的河湾，铁路穿越了大草原，电报线路不断地在田野上延伸，面对着新城市文明的曙光，梭罗却选择了另外一条道路：决定远离社会，走向大自然，回归人类初始的心灵世界。

梭罗是幸运的，在瓦尔登湖畔还能找到一块不曾被人类开采的处女地，还能凭着一把借来的斧子砍伐出粗细有致的枝条，搭建起自己居住的小木屋，过着远离城市繁华的、宁静的生活，悠然地劳作、读书和思考，写出令世界瞩目的散文名著《瓦尔登湖》。这种幸运，现在是不会轻易降临在当代人的头上了，梭罗早已经成为一个符号，一个避世而居的隐士，一个美丽而遥远的梦了……

在我看来，梭罗归隐于瓦尔登湖畔，实质上是向人们说明：在新教伦理深层心理驱动下产生的资本主义精神，并没有给人干涸的灵魂带来丝毫的滋润，反而把人的灵魂压囚在更加逼仄的地步，刺激了人们无限的不可抑制的欲望——如何摆脱这种不可抑制的欲望，就必然要面对孤独，而只有在远离人烟的荒野，才能深刻地审视自己的灵魂，寻找真我，寻找内心的平静，寻找原初。

不仅仅是梭罗在寻找，同样地，俄罗斯智者安布罗斯也在寻找，企图通过孤独的、寂静的田园生活或者更为严酷的苦行者生活，来观照那初始纯洁而优美的灵魂，来修补自己的心灵，提升自己的精神，达到灵魂的和谐与安宁，以此来抵抗现代社会那太过的理性，给人类的思想与情感重新营造出一片可以放飞纸鸢的绿洲。

不过，无论是梭罗也好，安布罗斯也好，毕竟未曾再向灵魂更为荒远的地方耕耘，其实，在那里是前所未见的十分肥沃的土地，不是吗？像克尔凯郭尔、尼采不是种出了参天大树，冲破了从柏拉图以来经过笛卡尔、康德、黑格尔一再修补近乎完善的理性主义的樊篱，释放出充满鲜活生命力的灵魂，把对人的本质的认识又推进了一大步！

当然，在瓦尔登湖畔逐日记录湖水在不同光线下表现出来的不同色彩，丝丝入扣地描绘长年累月居住在这里的土著居民——那些可爱的鹭鸶、草鸡，还有貂类等小动物日常生活里的神态，为我们提供出一幅幅永远不能再现的大自然的风貌画面，也是非常有益的事情。至少，可以从这些散发着草花清香的文字里，想象出原生态的大自然，暂时休歇一下疲累的心灵，确实甚为惬意；特别是阅读着安布罗斯那些闪烁着睿智和光亮的话语，真如独步空山新雨，明月松间清泉石上的境界，远离了曾经的龌龊，胸腔油然升腾起透亮舒畅的正气，也许，这就是孟子所谓的浩然之气吧！

走向大自然，也就是走向孤独，也只有在孤独里才能体味出与大自然交谈的愉悦，也才能把自己的整个身心投入阅读中去：阅读大自然也好，阅读世俗也好，阅读被时光做旧仍然饱蘸着青春汁液的书籍也好，在阅读中延伸历史延伸生命——从这个角度上说，只有不停地阅读才有可能在现代化浪潮里不会迷失方向，才有可能保持着一颗完整没有被锈蚀的心灵，才有可能认识你自己。

尽管两千多年前的哲学家苏格拉底就告诫人们：要保护你们的灵魂。问题是：直至现在我们还没有能很好地保护好自己的灵魂。怎样才能保护好我们的灵魂，使我们的灵魂健康起来呢？梭罗指出："如果你想让你的心灵和精神可以吸纳到健康的话，就非得花上相当多的时间与田野和树林进行交谈不可。”而“只有通过让灵魂与大自然的结合，才能让知性开花结果，孕育出想象力”。无可置疑，怀有敬畏天地自然之心，才能培育出健康而美好的灵魂。

人与天地自然结合的媒介是永远保持阅读的激情。梭罗通过阅读给自己的灵魂安顿了一个宁静的家，安布罗斯也通过阅读给自己的灵魂安顿好了一个宁静的家——当在西方世界找不到安顿灵魂的净土的时候，他们不约而同地把阅读的目光投向东方，投向东方那蕴藏着无穷智慧的哲学。在美国学者彼得·法朗士的著作《隐士：透视孤独》里，知道了包括梭罗在内的在历史镜框中封存的那些隐士的精神画像以及他们最后的精神归宿。

# 梵高的散文

读完《亲爱的提奥》这部梵高充满无限深情和才华的书信集，心灵久久不能平静，犹如大海傍晚时分狠狠地冲刷着岸边礁石的那一波接连一波的潮汐，不断溅起一阵阵剧烈的雪白的浪花：在我有限的印象中，梵高那亘古少见的天才只是挥洒在他那形制不一却涌动着强烈生命意识的油画里，却没有想到，梵高还是一个非常优秀的散文家，是一个充满人间至爱真情又至为纯真的人，一个具有卓然独立美学见解的伟大的艺术家！

梵高的《向日葵》是我最为喜爱的画作，那充满汹涌的激情和炽热明亮的内在艺术旋律在敲击着我的心灵，击打着我的灵魂，如同那强烈内旋而产生的巨大吸引力的宇宙空洞一样，紧紧地席卷了整个人，我知道，梵高彻底征服了我。

也许是缺少温暖的人才会勇敢地追求那炽热的阳光，才会感受阳光那强烈的令人炫目的光线而奋起，以至于调动起全部心灵的材质燃烧自己迎合这亘古走来的光辉灿烂的阳光，梵高就是这样：在四遭冷眼和处处无人理解的重重扼制下，1888 年，他听从自己灵魂的指引，离开虚伪、浮华的巴黎来到阿尔勒，来到这座法国南部小城寻找他的阳光，他的麦田，他的向日葵……

美国著名传记作家欧文·斯通在《渴望生活——梵高传》中，对梵高在阿尔勒的创作情况进行了客观的叙述，其中对阿尔勒地区那滚烫的阳光带给梵高旺盛的创作力和高涨的生命力做了深刻的带有诗意的描写——那如流火一般逼人的阳光，铺满了整个带着旋涡和热浪的金色的麦田，梵高就是在这样明亮的光线下完成了自己的创作，把阳光的巨大热力融合在笔墨里边，于是，在他的笔下一幅幅具有震撼力的画作诞生了……

在梵高的世界里，只有不断地通过线条、色彩和独有的绘画语言来表现他掩压不住的蓬勃旺盛的生命力以及深沉地对整个世界的抗议——在人们对他误解最深的时候，正是他对自己的创作最有信心的时候，也是他艺术创造力最旺盛的时候！你看，在《向日葵》里，画面上朵朵向日葵夸张的形体和激情四射的色彩使人头晕目眩。梵高内心充满激情地去画那些面朝太阳而生的花朵，花蕊画得火红火红，就像一团炽热的火球；黄色的花瓣就像太阳放射出耀眼的光芒。画家用奔放不羁、大胆泼辣的笔触，仿佛使其中的每一朵向日葵都获得了强烈的生命力，在这里你用“栩栩如生”来描绘这些向日葵，已经显得软弱和浅薄，因为那火焰般的向日葵仿佛是一朵朵燃烧的生命，画家赋予它们一种生命蓬勃燃烧的冲动和张力。有人说这是“梵高的向日葵”，因为那是他内心火热感情的写照，是他精神力量的外露，满怀炽热的激情和粗厚有力的情绪强烈地灌注在审美对象中，利用单纯的色彩而又天真的语言，使太阳之花——向日葵，具有了激动人心的画面效果，让人们的心灵为之震颤，喷薄出内蕴的激情，在瞬间共同融入梵高丰富的主观感情中去——还有，在梵高的笔下：橙色的太阳，暗蓝色的天空，翻卷的铅色云朵，金色的麦田，海蓝色的土地，扭曲的像火焰一样熊熊燃烧的树木，丛密的翻卷的植物，无不富有生命的韵律和向上的力量，这些体现在《星空》《乌鸦群飞的麦田》《阳光和收割机的麦田》《橄榄树丛》《日落》等大量的作品里。

尽管梵高早已成为世界上伟大的后印象主义画家，然而，他生前并未得到社会的认可，他作品中所包含的深刻的悲剧意识，强烈的个性和在形式上独特的追求，远远走在时代的前面——前行者注定是寂寞而孤独的，不为世俗的人们所理解和所看重。在巴黎流光溢彩的画廊里，梵高没有一幅画作被成功卖出，绝世天才只能吞咽现世的辛酸。可是，梵高并没有屈服，他依然高扬着自己的艺术理想！

梵高以环境来抓住对象并重新改变现实，来达到实实在在的真实，在他的笔下，一切事物都呈现出原本的形象，呈现出经历了岁月磨难的沧桑和蕴含在其中的生活重量，呈现出不向命运低头的人性的高贵，也呈现出苦心孤诣的绘画美学理念——只有坚强的内心和不可摧毁的理性精神，才能战胜命运的不公和冷漠，但却给这个世界留下了人类智慧所能达到的思想哲学和艺术极限的高度的刻印，这真是一个悖论，一个无可奈何的悖论呵！

叔本华非常敏锐地发现了这一悖论现象，他说："我很希望有人来写一部悲剧性的文学史，揭示出许多国家对于自己民族的大文豪和大艺术家虽然无不引以为荣，但在他们活着时，却百般残害虐待他们；揭示出在所有国家和任何时代里，真和善与邪恶进行着不知疲倦的无休止的斗争；他要揭示出在艺术的各个领域里，除了少数幸运者，人类的英华巨擘几乎都得遭灾罹难，他们贫寒困苦，命乖运蹇，而荣华富贵则为庸碌鄙俗者所享有。他们就像《创世记》中的以扫，以扫外出为父亲打猎时，雅各却穿了以扫的衣服，在家里接受父亲的祝福。然而人类的巨匠大师们不屈不挠，继续奋斗，终能完成其事业，光耀史册。"——这段话大致有两层意思：其一，那些能给国家和民族带来莫大荣耀的人生前遭受到百般的残害和虐待；其二，尽管他们遭受到百般的残害和虐待，可是他们仍然坚韧不拔地从事着伟大的工作——叔本华一生的命运为自己的这一段话做了最好的注释和说明：18 世纪是欧洲大陆文明高度发展的一个巅峰，不但在文学艺术领域出现了伟大的作家和不朽的作品，而且也出现了伟大的思想家和哲学家，这是一个群星灿烂的时代，他们继往开来把人类的精神智慧推向新的高度。虽然叔本华写出了非常厚重的开辟了哲学新天地的著作《作为表象和意志的世界》，却没有受到当时社会的青睐和重视，他完全被笼罩在黑格尔那如同雨后长虹一样的光环下面，为了挑战他认为是沽名钓誉的诡辩家黑格尔，叔本华在柏林大学挑选了和黑格尔同一时间上课，可是，没有学生愿意听他的讲课。叔本华只好退回冷清的书房固守一盏青灯默默地继续自己的哲学思考，陪伴他的只有一只忠诚的小狗。为了能有一个安静的学术环境，他愤怒地前去驱赶同院落里的一个讨厌的饶舌妇而被告上法庭，不得不负担起这位饶舌妇后半生的生活——叔本华曾经这样悲愤地说："如果不是我配不上这个时代，那就是这个时代配不上我！"幸运的是，就在叔本华将要告别人世的时候，人们才发现了其盖世才华以及著作的伟大价值，不过，为时已晚，叔本华在寂寞、冷清的房间一个人悄悄地离开了这个给予了他屈辱和难堪的世界。叔本华的思想和美学观念，影响了哲学、艺术和心理学等诸多方面。

这样的际遇不仅叔本华以及梵高经历过，就连我国文学史上也屡见不鲜：屈原、司马迁、杜甫、苏轼、曹雪芹……相对来说，书画艺术家的生活比较平静，其主要原因是：前者一般以儒家积极入世的态度面对社会和人生，自觉地以天下为己任，不可避免地发生了理想与现实的巨大矛盾，往往坠入彷徨与痛苦的深渊；而书画艺术家则守护着道家的思想，比较超脱一些，容易遁入清静无为的状态，不少人选择了远离是非旋涡而得以保全性命。就西方国家来说，也是这样，一般比较宽容书画艺术家而苛待文学家，但是，一个显著的特征是：一代绝世独立的天才横空而出，由于其认识、思想和艺术实在超前而绝不是凡夫俗子们所能理解和领悟的时候，可以说，其命运大致逃脱不了叔本华的论述，梵高也确凿地印证了这些！

梵高在给弟弟提奥的书信里曾经伤痛地写道："生活对我来说就是

一次艰难的航行，但是我又怎么会知道潮水会不会上涨，乃至淹没嘴唇，甚至会涨得更高呢？但我将奋斗，我将生活得有价值，我将努力战胜，并赢得生活。”——这是他不向命运低头的声明，是卑贱者那高贵的灵魂的庄严的自白，也是捍卫生命尊严的抗争——梵高最终胜利了，他用自己的心血和智慧以及前所未有的艺术创新实现了自己的诺言，做成了人类绝少有人能与之相比肩的大事情，这是何等的功绩！

梵高之所以对绘画艺术具有如此炽热的热情和坚韧不拔的创造精神，是因为他的心灵里储满了永远熊熊燃烧的激情，是因为他终生都在追求那炽热而明亮的光芒……

# 巴乌斯托夫斯基的散文与散文理论

认真地倾听大自然的呼吸和寻觅大自然的美，是俄罗斯文学的优秀传统之一。俄罗斯文学黄金时代的屠格涅夫就是描写俄罗斯田野和大自然的圣手，他的《猎人笔记》一直是俄罗斯作家描写自然生态的艺术标杆，也是世界文学史上璀璨瑰丽的篇章——巴乌斯托夫斯基与屠格涅夫不同的是：在他的笔下俄罗斯大地充满了生命的温情和意气风发昂扬前进的精神，给人以纯美的艺术观感。这是因为，巴乌斯托夫斯基和屠格涅夫生活在两个不同的时代，也正是由于不同的时代精神决定了他们作品不同的艺术主旋律。

但是，就观察事物的艺术眼光来看，他们各自都有自己独特的方面，都表现出了对俄罗斯大地那种炽烈的恒久不变的爱，这种爱是贯穿他们的艺术作品的主线。巴乌斯托夫斯基晚年在其主要著作《一些片段的思考》里这样说道：

> 时常会出现这样的情形：当你眼前出现一条乡间小路或者一座山坡上的小村庄时，你突然想起来：似乎很久很久以前，甚至在梦中早已见到过，并且早已全身心地爱上了她。

这段话说得真好！从这个角度去认识巴乌斯托夫斯基创作的那些厚重的林林总总的文学作品，而这些作品的核心主题就是对俄罗斯大地的爱。那还是在 20 世纪 80 年代中期，就读到了由湖南人民出版社出版的

《面向秋野》这部散文集。虽然说这部散文集大都是谈论关于文学艺术创作方面的种种问题，继续深化《金蔷薇》里的一些认识和观点，但是，这部散文集燃烧着作者情感的火焰，形成了强烈的艺术磁场，有力地打动了人的心弦！

最先知道《金蔷薇》，并不是直接阅读了这部著作，而是来自我国现代文学研究学者唐弢1962年出版的《创作漫谈》里面的介绍。客观地说，唐弢这部书也写得风趣活泼，把文学创作中经常遇到的一些问题，用散文化的语言表述出了深刻的道理——唐弢写作这部书，是不是受到了巴乌斯托夫斯基《金蔷薇》的艺术启发，没有确切的资料说明，但是，当我后来读过《金蔷薇》之后，总觉得这两部书之间是有一定的关联的。

《金蔷薇》是巴乌斯托夫斯基为人称道的一部书，简直可以作为优美的散文来读，其中简单的故事情节和带有激情的描述，吸引了无数热爱文学的青年。他讲述的是一个退伍的清洁工人答应一位小姑娘的要求，每天坚持从作坊里的尘土中筛取那极其微小的金末，终于积少成多，做成了“金蔷薇”。显然，巴乌斯托夫斯基是用这个令人感动的故事，来说明文学创作是需要持之以恒的精神和善于在生活中发现富有诗意的因素，然后，采纳起来，最终形成文学作品——坚持文学艺术源自于生活，并且是生活诗意的反映，用巴乌斯托夫斯基的话来说，就是“诗意的现实，现实的诗意”，这是他自始至终坚持的文学创作观点，也得到了他自己文学创作实践的证明。

俄国19世纪著名的思想和哲学家车尔尼雪夫斯基，在他1855年发表的学位论文《艺术对现实的审美关系》中提出了“美是生活”的定义，挑明了生活和文学艺术之间的关系，这在当时来说，是一个全新的文学艺术新理论，既影响了俄国19世纪至20世纪的文学艺术创作，也影响了我国20世纪初期乃至后来好长一段时间的文学艺术创作。可以说，巴乌斯托夫斯基所持的文学思想，应该受到不少有益的启迪。

阅读巴乌斯托夫斯基的《生活的故事》是在一个清冷的夜晚。那夜，苍白单薄的月亮游走在窗外的高树枝梢间，万籁俱寂，有风卷过青瓦屋脊。这是一部以作家的生活为主线的叙事散文，也有他描写的同时代作家肖像的篇幅——巴乌斯托夫斯基尤其擅长对大自然的艺术描写，往往简单几笔就勾勒出具有地域色彩的风景，对表现故事中的人物形象起到了有力的衬托作用，另外，他的人物对话艺术几乎达到了炉火纯青的地步，不但揭示出人物微妙的心理活动，而且还塑造出非常饱满的人物性格，同时，也有力地推动了故事情节的发展，用简练的文字，形神俱佳地把俄罗斯波澜不惊的平淡生活描写得如此高贵优雅和纯净，营造出一个和谐美妙富有诗情画意的艺术世界，令人赞叹不已。

应该提到的是，巴乌斯托夫斯基在创作这些优美的文学作品的时候，他却深受当时苏联极权主义的艺术掣肘和压制，他和他的作品一直不属于当时的主流文学，而处于被边缘化的状态——据说，巴乌斯托夫斯基是 1965 年的诺贝尔文学奖人选，而苏联政府却施加压力并通过外交手段，让肖洛霍夫获了奖——这里暂且不去评价他们两个的文学成就，但是，他们两个的文学风格迥然有别，不过在对俄罗斯大地的景物描写方面，肖洛霍夫就显得有点粗糙了，不及巴乌斯托夫斯基那倾注了无限感情的文字优美。

著名诗人普希金对俄罗斯秋天“忧郁的季节”“临别时的美丽”有着独到的艺术感受，曾经让巴乌斯托夫斯基感叹不已，“严寒给枯萎的田野蒙上一层银霜”，这美得让人的心灵在颤抖的诗句，点燃了他对俄罗斯土地上美丽秋天的深刻理解和诗意的表现艺术热情，你看，在《一篮枞果》里，巴乌斯托夫斯基开首这样写道：

作曲家爱德华·葛利格正在卑根近郊的森林里过秋天。整个森林，使人心悦神怡，蘑菇发出清香，树叶悉索低语，临海一面陡坡上的树林，更是令人陶醉。在那里，你可以听到海浪激岸的声音。在那里，你可以看到树苔在湿润的空气中怎样滋长着，它们像斑白的胡须一样从树枝上垂拂到地下。在这些山林中，有一种快乐的回音，像学舌鸟那样顽皮，它静静地等待着，一有声音，就把它抓住，然后，又把它投出去，像一个球一样地从一个悬崖蹦到另一个悬崖。

这段对秋天田野充满动感的描写，使这些景物显露出了无限的生机，被他赋予了鲜活的生命的情感，有着一种昂扬向上的精神，和普希金笔下秋天的景象相比较，显然具有了依依的温情，而这种温情就是巴乌斯托夫斯基的散文不断回旋的情感要素，也是感染了千百万读者的奥秘之所在。

巴乌斯托夫斯基很是注意向他的文学前辈学习，俄罗斯抒情诗人和优秀散文作家蒲宁，教会了他善于在生活里寻找诗意并把这种生活里的诗意完美地表现出来。曾经读过蒲宁的短篇小说《安东诺夫卡的苹果》，俄罗斯秋天的原野那忧郁的、感伤的美，那让人揪心的凄婉迷茫的诗意，让人的心灵久久震颤——巴乌斯托夫斯基在自己的作品里传承了蒲宁这种用整个心灵感受俄罗斯土地并诗意地表现出来，而且达到了新的艺术高度。

在我有限的俄罗斯文学艺术作品的阅读范围里，总觉得无论是小说、诗歌还是散文，大都流露出太多的忧郁和沉重——这或者和俄罗斯一年到头那漫长的冬季有着某种联系，作家和艺术家不由自主地把这湿漉漉的乌云带进了自己的作品，弥漫着无法克制的忧伤和凄迷的情绪，而这种情绪只能排解在澄明、美丽、透亮的秋天，所以，他们描绘的俄罗斯秋天绝美而动人。

这种特性不但影响到小说、诗歌和散文作家，而且还影响到俄罗斯那些著名画家的艺术创作上，比较喜欢艺术大家希什金和列维坦的画作，他们创作的俄罗斯风景画和俄罗斯文学艺术的黄金时代的那些诗人和作家一样，都能让读者陶醉在巨大的审美愉悦之中，具有丰富的艺术再生能力，得到许许多多的艺术启迪。他们两个的艺术创作，有不少以秋天为题材的作品，前者创作于1892年的两幅不同景色的《秋》，还有虽然没有以秋命题，却倾尽全力描绘秋天的《晚景》，无论是森林、树木还是河流、草地和木屋，其艺术的景深和表现出来的美学震撼力，足以把人们带回俄罗斯那充满原始风情的境遇里面去而流连忘返；列维坦更是善于在自己的笔下表现俄罗斯土地的秋景，从1871年至1895年，他相继创作了《秋天的乡村小路》《苏克尼克公园之秋》《水磨坊秋色》《秋》《庄园之秋》《金色的秋天》等，这些作品都是在其艺术生命最旺盛的时期创作出来的，可见，秋天对列维坦的审美追求有着怎样的艺术意义了——如果按照文学具有地域性的观点来分析俄罗斯文学艺术，色彩斑驳的秋天，不但使作家和艺术家产生巨大的视觉形象和艺术感悟，更重要的是秋天澄明的天空和使人愉悦的原野和土地，最能激发作家艺术家的创作欲望，而清冽的消去夏季燥热的空气，也适宜作家和艺术家躲在一个安静的环境里，潜心进行自己的艺术构思和创作——这可能是作家和艺术家偏爱和刻意反映秋天的内在驱动力吧！

巴乌斯托夫斯基在《为了故土的美丽》里说过："俄罗斯文学、音乐、绘画，整个我们伟大的文化，乃至整个历史——所有这一切都与俄罗斯土地的美丽紧紧相连着。"——此话不错，而俄罗斯土地全部的美丽大多绽放于秋季，应该这样补充一句就更符合实际了。因此，他选定了俄罗斯中部，作为自己的"生活基地"。还是在《一些片段的思考》里，他剖析自己当时的创作心态："当我来到俄罗斯中部时，就发生了这种情形。这块土地一下子就俘虏了我的心，使我对她产生了永生不易的恋情。我对她的感触使我想起了古老的故乡，而且让我真正感觉到自己每一根血管里流淌着的俄罗斯人的热血。"——因此，巴乌斯托夫斯基感觉到那里的树林、飘着星星点点的阴暗的天空，村庄里升起的一缕缕炊烟，草原上那一阵阵湿润的微风，这一切都和他自己的生命紧紧地连在一起了。正是由于巴乌斯托夫斯基有了固定的“生活基地”，十分熟悉这块土地的历史、现状和山何时蓝、水何时绿，他才创作出了大量诗意盎然文字优美的小说和散文，从而跻身于具有世界影响力的作家行列里。

# 跋

春日迟迟，卉木萋萋。

校完书稿，关中平原已经是烟柳如幛，千里沃野麦苗碧绿一片……

既然有序，也得有跋，算是首尾呼应。简单地说，这部书稿是我长期对散文艺术不懈努力研究的结果。很是心仪李健吾先生注重对文学作品以感悟体验为特色的文学批评风格，并为此而努力。需要说明的是，我国现代与当代的散文创作，大家迭出，还有不少的甚至产生过重大影响的作家没有涉及，这是我才力不足造成的，希望读者予以谅解。

庄子云：日月出矣，而爝火不息——太阳月亮都升起来了，然而，细小的火在亮着。关于散文的研究方兴未艾，必有大成者，这点文字权作我些微的努力。感谢为出版本书付出极大努力和热情鼓励的各位师长，也感谢我的妻子和女儿为此书稿所付出的艰辛的劳动。

二〇二二年三月十六日